가족을 빌려드립니다

나남
nanam

나남창작선 166

가족을 빌려드립니다

2021년 7월 15일 발행
2021년 7월 15일   1쇄

지은이   윤혜령
발행자   趙相浩
발행처   (주) 나남
주소   10881 경기도 파주시 회동길 193
전화   (031) 955-4601 (代)
FAX   (031) 955-4555
등록   제 1-71호 (1979.5.12)
홈페이지   http://www.nanam.net
전자우편   post@nanam.net

ISBN 978-89-300-0666-8
ISBN 978-89-300-0572-2 (세트)

책값은 뒤표지에 있습니다.

이 책은 울산문화재단 '2021 울산예술지원' 선정사업의 일환으로 제작되었습니다.
울산광역시 울산문화재단

나남 창작선 166

윤혜령 연작소설

가족을 빌려드립니다

나남
nanam

슬픔의 인간

소설을 쓴다는 것은 생에 대한 질문이라는 것에 이의가 없다. 그 질문이라는 것이, 맞는가 틀렸는가를 따져 묻는 것이 아니며, 불변의 철학으로 영원히 무너지지 않는 집을 짓기 위해, 더 본질적이고 근원적인 질문에 답을 찾는 것 또한 아닐 것이다. 인식의 문제, 그러니까 세계를 어느 시점에서 어떻게 바라보느냐의 문제이다. 인간의 삶은 사건들로 이루어지고 이어진다. 일어난 사건에 대해 시점을 바꾸어, 각도와 방향을 달리해 질문을 던지는 것. 그 질문들이 소설의 집을 짓는 벽돌이며 주춧돌이며 기둥이며 서까래이며 지붕이 될 것이다.

하지만 그 질문이라는 것도 지극히 개인적인 것일 수도 있고, 관계와 시대를 읽지 못한 공허한 것일 수도 있다. 변화하지 않는 것에 지나치게 몰두한 나머지 변화하는 세상에 초점을 맞추지 못한 것일 수도 있고 그 반대일 수도 있다. 가장 적당한 질문을 찾는 것. 그것이 좋은 소설의 재료가 될 것은 분명하다.

적당한 질문만으로 좋은 소설이 지어지지는 않는다. 좋은 집을 지으려면 재료들이 제자리를 잡아 탄탄하게 서로 연결되어야만 구조적으로 균형을 잡게 된다. 그뿐만 아니라 좋은 집은 주변 자연과의 조화를 생각하고 그 집에 사는 사람을 생각해서 지어진다. 소설도 마찬가지라고 생각한다.

여기 실린 11편의 중단편 소설은 가족에 관한 이야기이다. 아무렇지 않게 저지르는 한 사람의 일탈과 이기심 혹은 욕망이 가족이라는 공동체를 어떻게 파괴하는지, 가족이었던 관계를 어떻게 떠나가는지, 그리고 가족관계를 어떻게 유지하려 하는지, 말하자면 가족의 해체와 복원의 문제를 다룬 연작인 셈이다.

가족은 관계의 시작이자 끝이다. 가족 간에 끊임없이 일어나는 사건들로 인해 끊임없이 반복되는 갈등과 반목. 그것을 어떤 시각으로 바라보고 어떻게 받아들이느냐에 따라 이야기는 달라진다. 당연히 저마다 느끼는 고충과 고통이 다를 수밖에 없다. 그러나 다른 사람의 아픔이 자신에게 넘어오는 것을 막을 수 없는 것 또한 가족관계이다. 세대와 역할을 떠나 가족 구성원 각자가 겪는 고통과 외로움을 시대나 환경의 변화로, 혹은 가치관의 변화로만 치부할 수는 없을 것이다.

사랑이라는 이름으로 끈질기게 묶으려 들지만, 정작 서로를 밀어내며 외면하는, 가족이라는 불가해한 관계. 서로 등을 보이며 돌아앉아 있어도 감정의 한 겹만 들추어도 거기 상처는 고스란히 그대로 있다. 가족일 뿐 가족 공동체도 운명 공동체도 아닌 가족 구성원을, 이들을 무슨 수로 하나로 묶을 수 있단 말인가. 결국은 모두가 타인에 불과한 것을.

이런 가족의 문제를 다른 방향에서 다른 입장과 관점에서 완전히 다르게 바라볼 수 없을까? 타인의 시선으로 볼 수 없을까? 이것이 소설을 쓴 동기이다. 하나 그것 역시 내가 살아낸 방식으로 바라볼 수밖에 없으며, 내가 살아가는 방식대로 이해할 수밖에 없다는 것도 알고 있다. 어느 방향에서 어떻게 바라보아도 사각지대는 또 있기 마련이다. 거기 뜻밖의 진실이 있을 수도 있다. 타인은 원래 이해할 수 없는 존재라는 것. 그것이 인간의 슬픔이다.

나는 아직 거기에 대해서 적당한 질문을 찾지 못했다. 그나마 찾은 질문들은 제자리를 찾지 못하고 제각각 삐걱거린다. 겨우 쌓아 올린 벽은 엉성해 언제 무너질지 모르게 위태롭다. 지난봄 '안도 다다오'가 지은 집을 보았을 때, 내가 지은 집의 엉성함에 그만 무참해져 그 자리에서 꼼짝할 수 없었다. 인간의 근본적인 질문에 답을 하고 있기 때문이었다. 그 앞에서 나의 좌절이나 고통이 끔찍하고 참혹했어도, 내가 지은 소설의 집이 쑥스럽고 부끄러워도 그 슬픔을 피해가거나 다른 사람에게 미루지 않겠다. 엉성하고 위태롭고 부끄러운 것들이 어쩌면 실제 우리의 삶과 더 가까울지도 모르므로. 하여 내 슬픔은 다시 소설을 써야 할 이유가 될 테니까.

소설집이 나오기까지 용기를 주시고 독려해 주신 나남의 조상호 회장님께 감사의 인사 올린다. 방순영 편집장님의 따뜻한 지지가 큰 힘이 되었다. 허술한 문장들을 꼼꼼히 읽고 함께 책을 만든 편집부 이윤지 님께 고마움을 전한다.

무엇보다도 이 엉성한 소설집을 지을 때 무너지지 않도록 축원해

6

주시고, 형승한 필치로 상량문을 써주신 고승철 선생님께 깊이 머리를 숙인다. 어떤 감사한 말로도 여기에 값할 수는 없을 것이다. 집은 엉성해도 거기 써놓은 상량문의 기원이 오래도록 그 집을 받쳐줄 것이리라.

2021년 봄날

윤혜령 연작 소설

가족을 빌려드립니다

차 례

가족을 빌려드립니다

내 고객은 주로 여자들이다. 남자고객이 아예 없는 건 아니지만 아주 드물다. 물론 더 늘어날지는 모를 일이다. 내 여자고객들은 남자를 필요로 한다. 그들은 진짜가 아닌 가짜를 원한다. 가짜지만 진짜가 되는 것, 그게 내 역할이다. 어떤 상황이든 그녀들에게는 남자가, 그러니까 남자의 역할이 부족한 상태다. 그리고 보면 내 고객들에게 남자란 없어서는 안 될 존재라기보다 부재중인 존재라고 해야겠지. 내 유일한 남자고객 역시 남자 역할을 원한다. 그러나 그는 정작 필요한 것에 대해, 부재중인 것에 대해 말하지 않았다. 그는 왜 남자 역할이 필요했을까?

K가 나를 찾아오거나 안부 전화를 걸어올 때는 딱 두 가지 이유다. 빌린 돈을 갚으라는 압박이거나 언제쯤 갚을지 타진하는 경우. 막다른 골목으로 몰아넣었다기보다 슬슬 몰아가는 형국이랄까. 점잖은 척 둘러대지만 알고 보면 잔인한 면도 없지 않다. 지능범이라 해야겠지. 하

11

지만 그와 교유가 한두 해인가. 내가 어긴 약속이 또 한두 번이었던가.

K가 말했다. "어제와 같은 오늘을 살면서 내일이 바뀌기를 기대한다면 그건 정신병 초기증상이지." 그는 조금 뜸을 들인 후, "아인슈타인이 한 말이지, 아마"라고 덧붙였다. 생각해보면 세상의 거의 모든 사람들은 아, 아닌가? 그렇다면 많은 사람이라고 해야겠지. 그렇지, 많은 사람들은 어제와 같은 오늘을 살아가기 마련이지 않나? 그렇게 살아갈 뿐이지 않은가? 어두컴컴한 곳을 응시하면서, 신산스러운 작업장에서, 공원 벤치에서, 맞은편에 앉은 사람들의 신발을 바라보며, 더러는 쓰레기 더미에 앉아···. 그러니까 지하방에서, 언제 쫓겨날지 모르는 불안을 안고, 지하철 안에서도 고개를 숙이고, 변변한 우의도 없이 비바람을 맞으며, 버려야 할 쓰레기를 끌어안고···. 절대 오지 않을 내일을 기대하며 살아가지 않나? 어제의 그곳에서, 어제의 방식으로, 어제의 시선으로, 어제의 속도로. 그러면 그들이 다 정신병 초기증상을 앓고 있다고 봐야 하나?

내가 이 일을 시작한 것은 어제와 같은 오늘을 살고 싶지 않아서도, 어제의 내가 아닌 다른 사람이 되고 싶어서도, 어제의 나를 완벽하게 벗어버리고 싶어서도 아니다. 다 그게 그 말 아니냐고? 천만에. 밀린 집세며 책상 위에 수북이 쌓여 있는 공과금 독촉장이 없었다면, 무엇보다 K가 나를 비웃지만 않았어도, 난 좀더 우울에 빠져 있어도 좋았을 것이다. 바퀴벌레나 곰팡내에 무감각해지면 반지하라고 구태여 피할 필요까지야. 시각을 거둬들이면 소리에 민감해지기 마련. 그 정도는 감수하거나 즐기거나. 뭔가를 궁리하기엔 좀더 안전한 공간일 수도 있으니까. 지상의 온갖 욕망의 전염을 피해, 추억이라는 침울하고도 부질없는 것들을 되풀이하기엔 그만이니까.

"넌 그 컴컴한 곳에서 하루빨리 벗어나고 싶지 않니?" K가 또 다그친다.

그 말인즉, 어서 빚을 청산하라는 말이다. 솔직히 말하면, 이곳의 삶을 청산하고 싶은 만큼 후회의 쓴맛을 끊임없이 되씹으며 무기력에 빠지고 싶은 유혹도 없지 않다. 그건 좌절이나 실패에 따른 상처를 견디지 못하기 때문이기도 하다. 부질없는 회상 못지않게 상처 또한 아주 끈질기고 모진 데가 있어, 실상은 정상적인 생활의 유보상태라고 해야겠지. 전염병 환자처럼 저 공허한 바깥세계로부터 자가격리 상태랄까. 자웅동주 음지식물처럼 자가번식 중이랄까. 아무튼, 이곳 생활이 길어질수록 의지나 인내가 너무나 쉽게 무너져 내려 영영 여기서 빠져나오지 못할지도 모른다는 불안감도 없지 않다. 그 속에서 키운 자의식은 내 삶에서조차 자주 나를 소외시켜 버린다. 자신과 소통하지 못하는 자가 다른 사람과 공감할 수 있다고? 세상과 단절의 위험도 없지 않지만, 까닭 없이 희망을 품지 않으니 슬픔이나 괴로움도 견딜 만해졌다. 그사이 이 컴컴한 방이 자신을 스스로 가두는 유폐 공간이 될 줄이야. 하지만 삶이란 매 순간 예기치 않은 국면을 맞게 되지 않던가.

정상적인 생활에 대해 거의 포기상태에 이르렀을 때쯤 집주인으로부터 최후통첩이 날아왔다. "일을 구할 때까지 말미를 좀 주십시오." 나는 조심스럽게 그리고 참을성 있게 사정했다. 집주인은 단호했다. 보증금은 이미 월세로 전부 삭감이 된 상태. 이제 더는 물러날 곳이 없다. 찬밥 더운밥 가릴 때가 아니다.

K가 '가족을 대여하는 일'을 소개했을 때 나는 조금 흥분까지 했다.

그야말로 한소식이 당도한 듯 벌떡 일어나 손뼉까지 쳤다.

"아이디어 탁월해!" 그리고는 아이디어가 탁월한 이유를 이렇게 말했다. "진짜 가족은 가족 같지 않은 가족이잖아. 그러니 가족 같은 가족이 필요하지."

K가 물끄러미 쳐다보았다. 나는 K를 외면한 채 말했다.

"저런 사람들이 어떻게 가족이지? 라고 할 만큼 서로를 외롭게 만드는 사이 아닌가? 괴롭게 만드는 사이라고 해야 하나. 그게 진짜 가족 아닌가? 응원과 지지보다는 비난하고 방해하는. 그걸 사랑이라는 이름으로 우기며 끈질기게 묶으려 드는 관계. 이해 못 할 상황들로 가득 차 있지. 뭐? 서로 사랑하고 아껴주는 존재라고? 웃기지 말라지. 진정 필요할 때는 서로 어디에 있는지 모르는, 이 비정상적인 관계가 진짜 현실 가족 아닌가?"

K가 노려보았다. 나는 K를 향해 다시 한 번 똑똑히 말했다.

"우리가 굳건하다고 믿고 있는 가족이란 그렇게 되어야 한다고 세뇌당하고 있었던 것뿐이야. 완벽하고 안전하다고 믿고 있는 가족은 일종의 전래되는 미풍양속이거나 전승된 설화 같은 건지도 모르고. 허구일 뿐이야. 실제로는 정반대 아닌가? 더러는 아무도 모르게 내다 버리고 싶은 존재들이지. 정상적이고 자연스러운 가족은 가식적이고 껍데기뿐인 위태로운 관계들 … ."

K가 팔을 휘저으면 내 말을 중간에 싹둑 잘라버렸다.

"헛소리 집어치워. 진정한 가족은 태어나는 것이 아니라 만들어지는 거야."

"그러니까 없는 걸 만든다는 것 아냐?"

"세상 사람들이 다 너 같은 줄 알아? 너처럼 꼬이지 않았다고. 근원도 근본도 없는 인간이 어디 있겠냐. 가족만큼 소중한 건 없어. 그 소중한 자리가 비었을 때, 그러니까 부재중인 사람의 역할을 대신 해주는 일이지."

"뭐 다들 정상적인 척하지만 온전한 가족이 얼마나 있다고. 실제는 비리의 온상 아냐? 친밀하다는 이유로 온갖 폭력이 난무하는. 가족이니까 못할 말이 없다? 천만의 말씀. 가족이니까 할 수 없는 말이 있는 거지."

그쯤에서 멈췄다. 그런 식으로 밀어붙이기엔 뭔지 모르게 분위기가 싸해졌기 때문이다. K가 나를 비열한 놈으로 몰아붙이더라도 어쨌든 일이 생기는 거니까. 오래전 찾아낸 네잎클로버의 행운이 이제야 찾아온 건가? 나는 금방 말을 바꾸었다.

"그만한 스펙터클한 일도 없을 것 같아. 생생한 삶의 현장이잖아." 그리고 톤을 낮추어 혼잣말처럼 내뱉었다. "일인 창업, 매력적이지."

우선 고용주의 횡포나 간섭을 받지 않아도 된다는 점. 무엇보다 자본금이라든가 사무실이라든가, 미리 준비해야 할 번거롭고 잡다한 잡무가 많지 않다는 점. 스케줄을 조절해 시간을 자유롭게 쓸 수 있다는 점, 등등. 내가 약간 들뜬 목소리로 K에게 물었다.

"그럼 뭐가 필요하지?"

"인내심과 성실함, 친절함 정도? 그 정도가 자본이 되지 않을까?"

그걸로 끝냈으면 좋았으련만 K는 기어이 질책하듯 한마디 덧붙였다. "끈기도 필요하고."

마치 한소식이 줄낚시에 걸려든 듯 꼬리를 흔들며 딸려 올라왔다.

고용주의 횡포 대신 고객의 횡포가 얼마나 심할지, 저마다 다른 인간들이 저마다 다른 역할을 얼마나 다양하게 요구할지, 시간이나 전략의 노하우가 얼마나 필요할지 …, 이렇듯 숙고해야 할 점들이 어디론가 달아나버린 후였다. 나는 또다시 혼잣말로 중얼거렸다. 역시 인생은 예기치 못한 사건의 연속이야.

가족이 아닌 가족이 되어 주는 일. 가짜지만 진짜인 척 부모나 자식이 될 수도 있고 삼촌이나 조카 또는 연인이 될 수도 있다. 고객에게 꼭 필요한 역할을 제공함으로써 그들에게는 이미 사라져버린 옛 추억을 되살리게 할 수도 있고, 현실적으로 불가능한 가족의 형태를 만들어 주기도 할 것이다. 서비스를 제공한다기보다 뭔지 모르게 베푸는 듯한 느낌마저 들었다.

실제로 가족은 서로를 잘 안다고 생각하기 때문에 서로에게 더 큰 상처를 주는 사이가 아니던가. 그 상처를 확인하는 것이 고통스러우니까 등을 돌리고 모른 채 살아가는 존재들인지도 모르고. 어쩌면 우리는 가족이라서 사랑하는 것이 아니라, 헌신적이고 희생적인 역할을 수행하는 사람을 사랑하는 건 아닐까?

그렇다면 더 이상 주춤거릴 이유가 없다. 마치 오랫동안 기다려온 일처럼, 그 일이야말로 내게 딱 맞는 일이기라도 하듯 나는 여기저기 정보를 찾기 시작했다. 내가 제공할 수 있는 역할의 예를 만들고 각각의 역할에 대한 규칙을 만들기 시작했다. 일이 진행되면서 규칙은 수정될 것이다.

가족으로 혹은 친구로 연인으로 살아가는 건 쉬운 일이 아니지만, 누군가의 가족인 척, 친구와 연인인 척, 다른 사람이 되어 다른 사람의 삶을 사는 일, 그러니까 '잡'은 싫고 말고의 문제가 아니다. 오히려 대단히 매력적인 일이 될 거라고 지레짐작했다. 실제 가족이나 연인이 되어 누군가의 인생과 깊이 연결되는 것을 바라지 않는다. 그렇게 되기에는 내 처지가 줄곧 너무 열악했으니까. 아니 내 자신이 너무 거칠었다고 할까, 비참했다고 할까.

그러나 연기자가 되어 천의 얼굴로 사는 일은 다르다. 최대한 고객이 원하는 대로 고객의 요구에 맞추면 될 테니까. 때론 다감하고 때론 엄격하게, 때에 따라 교양이 넘치며 이해심 많은 사람으로 말이다. 대체로 사람들은 그런 사람을 원하지 않을까? 그 말인즉, 그런 역할을 제대로 해줄 사람이 없다는 말. 나는 역할에 충실하면 될 일. 설령 내가 진짜 그런 사람이 아니어도 뭔 상관이랴. 배우의 본업은 연기일 테니까. 만약 고객이 그 이상의 다양한 관계를 바란다면 나는 단호해질 수도 있고, 칼같이 예리한 결기를 보일 수도 있고, 혹은 불공정한 세상의 폐해에서 벗어나 멋있게 폼 잡을 수도 있을 테고, 철없이 순수해질 수도 있을 테니까. 낙관적이며 천연덕스러운 인간이 될 수도 있을 테고, 그악스럽게 움켜쥘 필요 없는, 세상이 어떻게 돌아가든 무관한 방관자가 될 수도 있을 것이고⋯. 이보다 더 매력적인 일이 또 어디 있겠는가.

계획이란 것이 어디 계획대로 흘러가기만 하던가. 바람과는 상관없이 굴러가기도 하는 것을. 하긴 제대로 자식 노릇을 해본 적 없고, 아내도 아이도 없고 연인도 '절친'도 없는 내가, 그 역할들을 잘할 수 있을까? 그런 우려는 기우일 뿐일지도 모르지. 지레 겁먹을 필요까지야. 어디까지나 연기자니까. 역할을 연기할 뿐, 배우가 그 역할의 당사자는 아니라는 말. 연기라면 고교 시절 내내 연극반 활동을 했으며 그 인연으로 지방극단에서 한때나마 잡다한 역을 맡지 않았던가. 물론 지금은 아니지만. 나는 자세를 다잡으며 의지를 다졌다.

고객이 요구하는 역할을 잘하는 것이 꼭 좋은 일이라 할 수 없지만, 그 역할로 인해 수입이 보장된다면 그거야말로 좋은 일자리일지도 모르지. 요컨대 수입이 보장되지 않는 일은 좋은 일자리가 아니라는 말인데, 대부분 사람도 수입에 따라 일자리의 선호도가 달라지지 않나? 누군가 '가장 가시적이고 물리적이며 또한 노골적으로 빛을 발하는 세계가 돈의 세계'라고 하지 않았던가.

내 고객은 나를 이용하고 대가를 지급할 것이다. 다양한 역할에 따라, 서비스를 제공하는 시간에 따라 사용료를 책정하게 될 테니까. 역할이 마음에 들면 다음을 기약할 것이고. 바라건대, 인센티브를 얹어준다면 그거야말로 '땡큐'지. 그렇다면 뭐 고객과 인간적으로 끈끈해질 수도 있고. 순수한 비즈니스 관계이긴 하나 일반적으로 생각하는 것과 다른 새로운 형태의 가족관계가 형성될 수도 있을 테고. 어차피 외로운 사람들일 테니까. 역시 인생은 모르는 일이야.

고객은 필요한 가족의 역할을 취하게 될 것이고 나는 오랜 백수 생활을 털어낼 절호의 기회다. 바라건대, 역할을 그럴듯하게 수행해 사업가로 변신한다면 더 바랄 게 없겠지. 역시 쉽지 않겠지만. 아무렴, 세상에 쉬운 일이라는 게 어디 있기나 한가. 난관은 곳곳에 도사리고 있는 법. 어쨌든 매력적인 일을 찾았으면 된 일이다.

우여곡절 끝에 일이 시작되었다.

첫 고객은 여자였다. 무릇 모든 처음이 그렇듯 설렘과 기대 못지않은 두려움으로 나는 떨고 있었다. 여자는 어린 아들의 삼촌 역할을 의뢰했다. 삼촌이라고 하지만 실은 아빠 역할인 셈. 여자의 전남편, 그러니까 아이의 아빠는 부재중이라는 말이다. 유치원 참관 수업에 참여하고 놀이공원에서 진짜 아빠처럼 함께 시간을 보내는 일이다.

생각해보면 내 아버지는 당신이 원하는 인간을 만들기 위해 쓸데없이 엄격했다. 아버지가 서슴없이 자행했던 직무유기. 일테면 그가 내게 베풀어야 했던 자상함과 내가 그토록 받고 싶었던 관심들. 충분히 반면교사가 될 것이다. 너무 멀리 갔나?

두 번째 의뢰인 역시 여자다. 밝고 경쾌한 아가씨 목소리. 실제로 그녀가 아가씨인지 아닌지는 모르는 일. 그녀 역시 내가 총각인지 아닌지는 모를 터. 그러나 젊은 남녀라면 으레 약간의 운명적 사건을 기대하거나, 사건까지는 못 되더라도 설레는 순간을 기대하지 않을까? 긴장한 내 모습은 초보 티가 역력하다. 내심 연인의 역할을 기대했지만 아니나 다를까 예상은 엇나갔다. 여자는 성형 수술이 회복되는 동안 그녀의 애완견 보호자 역할을 의뢰해왔다. 그렇지, 개〔犬〕야말로 가족 중에 으뜸이지.

안경 너머로 코와 눈이 푸르딩딩 부어올라 나이를 가늠할 수 없었다. 다만 덩치가 큰 대형견이 그녀 옆에 턱 하니 버티고 서서 사납게 짖어댔다. 그야말로 미녀와 야수. 이렇게 자그마한 여자가 이 큰 개를 어떻게 감당했지? 여자는 자신의 애완견에 대해 살뜰한 애정을 시연해 보였다. 물론 그렇게 보살펴달라는 제스처다. 나는 속으로 중얼거렸다. '실제 가족에게 저토록 살뜰할까?' 역시 난 꼬인 데가 많다.

약간의 어색함과 실수는 있었지만, 첫 번째 고객의 어린 아들과는 힘이 넘치는 보호자가 되어 뛰어놀았고, 두 번째 의뢰인의 애완견 시베리안 허스키와는 원 없이 함께 뒹굴었다. 시베리아에서 썰매를 끌던, 원래는 늑대로 알려진 종이니만치 활동량이 장난이 아니었다. 오래 갇혀 있었던 탓일까. 밖으로 나오자 시베리안 허스키는 발광했다. 아이와 개를 좋아하지만, 아이도 개도 기를 수 없는 처지이긴 매한가지. 원풀이를 한 셈이다. 이쯤 되면 오히려 그녀들이 내게 필요한 가족을 제공한 셈이 아닌가. 역시 나는 노는 데는 일가견이 있다. 아리따운 목소리의 주인은 썩 마음에 드는 표정이었다. 그녀가 마음에 들어 한 것이 내가 아닌 내 역할이라는 것이 좀 아쉽긴 해도 기회는 앞으로도 얼마든지 있을 것이다. 다음 스케줄이 연결되었으니까. 그녀는 이틀 후에 다시 방문해 줄 것을 예약했고 예약금까지 지급했다. 그런대로 성공적인 시작이다.

그러나 이번은 만만치 않은 고객이다.

깐깐하기만 한 게 아니라 어두컴컴하기까지 했으니까. 물론 목소리와 말투이긴 해도. 아, 그건 딱 질색인데. 짧은 통화였지만 어쩐지 혹독한 신고식을 치를 것 같은 예감이다. 아무려면 반지하 방의 습습하고 컴컴한 우울, 대책 없이 우울함에 갇혀 있는 것만 할까. 더 이상 대낮에도 문을 걸어 잠그고 이 세계에 부재중인 인간으로 살 수는 없는 노릇, 아니 형편. 그렇지, 찬밥 더운밥 가릴 때가 아니지.

나는 다시 세부사항과 정보를 꼼꼼하게 체크했다. 그러고 보니 영감의 카리스마에 눌려 계약 조건에 대해선 입도 벙긋 못했잖아. 뭐 쩨

쩨하게 따지기야 할까. 그건 어디까지나 내 희망사항일 뿐. 깐깐한 말씨나 목소리로 보아 독하게 걸려들 수도 있지 않을까?

대체로 내 무의식 속에는 부정적인 생각이 먼저 들어와 앉는다. 방법을 찾기에 앞서 핑계를 댈 준비가 먼저 작동하니 말이다. 일어나지 않은 일에 대해서 미리 예단하는 것이야말로 부정적인 결과를 초래할 뿐. 범접하기 곤란한 위협적인 상대라면 오히려 간단한 문제일 수도 있다. 그런 부류의 인간이라면 상대를 읽을 줄 알 것이고, 초짜의 팔을 비틀 만큼 어리석지 않을 테니까. 나는 여러 변수를 차례대로 떠올려 보았다. 어떻게 처신해야 할지 방법을 찾는 것은 일을 시작하기 전 기본 매뉴얼일 테니.

담은 턱없이 높았다.

내부를 완전히 차단한 철 대문 앞에 서서 나는 숨을 깊이 들이켰다 천천히 몰아 내쉬었다. 그리고 조심스럽게 초인종을 눌렀다. 개 짖는 소리가 들리고 곧바로 철커덕, 쇠문이 열렸다. 문이 열리자 두 마리 개가 한꺼번에 짖어댔다. 다행히 개들은 묶여 있었다. 높은 담에 비해 집은 오래되고 마당의 잔디는 드문드문 흙이 드러나 오래 버려진 유기견 등 같았다. 담쟁이넝쿨이 그악스럽게 담을 움켜잡고 있는 오래된 집. 벽오동과 대추나무가 제멋대로 키를 키운 마당에 분재 화분이 줄지어 놓여 있었다.

안 좋은 예상은 빗나가는 법이 없다. 역시 영감은 깐깐했고 눈빛은 날카로웠다. 의자에 앉아 눈길은 그대로 둔 채 눈썹 근육만 약간 당겨 말했다. "거기 앉으시오." 분명 하대는 아니지만, 아랫것들을 다루는 듯한 말투. 나는 그에게 들키지 않도록 다시 한 번 숨을 깊이 몰아 코로 천천히 내쉬며 의자에 앉았다. 담배는 영감의 손가락 끝에서 타고 TV는 저 혼자 윙윙거렸다.

나는 머릿속으로 영감이 의뢰한 아들 역할의 예를 떠올렸다.

살가운 아들, 버거운 아들, 믿음직한 아들? 아니면 재미있는 아들, 진지한 아들? 혹, 애증의 관계라면? 그럼 역할은 미묘한 감정선까지 요구하는 거잖아. 뭘, 그렇게까지 하겠어. 진짜 아들이 아닌 아들 역할일 뿐인데. 어쩌면 심부름꾼에 불과할지도 모를 일이지.

우선 오늘의 일정을 물었다. "계획적이군." 영감이 나를 쳐다보며 말했다. 그냥 쳐다볼 뿐인데 묘한 냉소가 엿보였다. 그의 냉소는 계획적인 인간에게 보이는 경멸이라기보다 상대를 탐색하려는 의도로 보였다. 내가 그에게 일정을 물은 것은 계획적인 인간이어서가 아니라 긴장한 탓이었다. 초짜임을 들키지 않기 위해 제법 경력자다운 자세를 보였던 것인데, 실은 어색한 분위기를 참지 못해 아무 말이나 내뱉은 것이었다.

"외출할 일도 없고, 찾아올 사람도 없어."

분재용 전지가위와 분재철사를 집어 들고 일어서며 영감이 말했다. 부연 창을 통해 보이는 담장은 턱없이 높았고 영감의 깐깐한 어투가 그만큼 섬뜩했다. 텔레비전 화면에서는 미스터리 스릴러 영화가 숨막히게 돌아가고 있었다. 순간 영감이 편집증에 사로잡힌 사이코패스처럼 가위와 철사를 든 손을 뻗어 나를 자르고 조일 것처럼 위태로웠다. 눅눅한 실내에 배어 있던 노인 냄새가 싹 사라졌다.

나는 다시 자세를 고쳤다. 그는 거동이 불편해 보이지 않았고 집안은 그런대로 정리되어 있었다. 누굴 만날 일도 어딜 가야 할 일도 없다? 그렇다면 말벗이 필요했던 걸까? 슬쩍 영감의 분위기를 다시 살폈다. 차가운 목소리와 날카로운 눈빛, 만만찮은 고객임엔 틀림없다. 영감이 목을 한 번 가다듬었을 뿐인데 바짝 긴장한 세포가 쫙 올라붙었다. 끊임없이 갈등의 불씨를 키웠던 내 아버지의 모습이 얼핏 스쳤다. 다시 입이 바싹 말랐다.

영감은 그저 한 사람의 고객일 뿐, 다른 상황을 끌어오거나 감정이 입은 금물이다. 될 수 있는 한 냉정하고 침착하게, 고객이 원하는 역할을 하면 될 일.

말벗도 벗은 벗이니까, 콘셉트는 신중하되 산뜻하게, 진실하되 재미있어야겠지. 신중하려면 무겁기 마련이고 산뜻해지려면 가벼워지기 마련 아닌가. 진실하게 재밌다? 그게 가능한가? 묘안을 찾을수록 머릿속이 뒤죽박죽 엉켰다.

의외로 영감은 정치 얘기나 싹수없는 자식들에 관한 이야기는 하지 않았다. 뜬금없이 영화 얘기를 꺼냈다. 이건 뭔가? 밑밥인가? 긴장을 푸는 순간 훅 치고 들어오는. 말하자면 허점을 노려 정곡을 찌르는 수법? 나는 바짝 긴장했다.

영화 이야기는 꼬장꼬장한 비판 일색이었다. 비판이라기보다 완고한 편견이었다. 말이야, 말이지로 시작하는 영감의 영화 이야기는 좀처럼 납득하기 어려웠고 불편했다. 맥락을 짚어낼 수도, 그렇다고 무시할 수도 없는 일방적인 견해일 뿐이어서 반발심을 불러일으켰다. 강력하다고 해야 하나, 막무가내라고 해야 하나. 요컨대 불만투성이였다. 처음 보는 사람에게 이런 얘기를 늘어놓는 의도가 뭘까? 의아했다. 정확하게 불만이 뭔지, 뭘 말하고자 하는 건지조차 가늠하기 힘들었으니 말이다. 혹시 치매? 아닌 것 같았다. 구사하는 언어나 눈빛이 날카로울 정도로 정확했으니까. 이럴 때 진짜 아들이라면 어떻게 반응했을까? 이럴 때 말벗은 어떻게 대응해야 하지? 점점 난감해졌다. 나는 꿀 먹은 벙어리처럼 앉아 그의 말을 경청하는 척했다. 근데 영감의 얼굴에 썩 좋은 말벗을 만난 것처럼 희색이 돌기 시작했다. 목소리가 높아지고 말이 바빠졌다.

나는 한참 후에야 희미하게나마 분위기를 파악했다. 영감은 아들이 필요했던 게 아니라 자신의 말을 들어줄 사람이 필요했다는 걸. 딱히 영화 얘기를 하고 싶다기보다 자신의 견해를 우기고 싶다는 걸. 영화를 빙자한 세상에 대한 불만이라는 걸.

말이지, 말이야로 시작하는 영화 얘기는 대충 이런 거였다.

"말이지, 요즘 영화가 말이야, 치고 박고 욕질은 예사고, 여차하면 미친개처럼 물어뜯고 죽이고, 정신없어. 자기네만 옳아. 너무 사나워. 힘을 주체 못 해. 독재자도 마초도 아니고, 그걸 두둔하는 것도 아니고 말이야. 왁자지껄 시끄럽기만 해. 품위 없이, 상스러워. 맛 내느라 조미료를 내리퍼부어 넣은 음식 같다, 그 말이야. 맵고 짜고 펄펄 끓어. 너무 자극적이야. 자기 이익을 위해서만 움직이는 이기적인 기계들, 폭력밖에 모르는 협잡꾼들, 괴물들이지. 너무 공격적이고 극단적이야. 장르도 없고 주장도 없고. 그렇지, 고전. 통찰과 심미안, 그게 없어!"

딱, 딱, 끊어지는 어투가 회초리를 들고 사정없이 후려치는 느낌이었다. 마치 '배수의 진'을 치고 사납게 몰아가는 형국. 흉포하기 짝이 없는 횡포가 아닌가. 문제는 감정의 분출이었다. 분노가 입 밖으로 나오는 순간, 감정이 형태를 가지면 무섭게 돌변한다는 사실. 마치 진짜 아들을 후려치듯 영감의 사나운 눈길이 계속 나를 따라오는 것을 느꼈다. 후덜덜, 그가 나를 모욕할 리 없는데 영락없이 독 안에 든 쥐 꼴. 이상하다면 영감의 언행이 아주 낯설지만은 않다는 거다. 제발 인간이 되라고 후려치던 아버지를 상기시켰으니.

가부를 떠나 어찌 보면 그는 거칠고 냉정한 인간의 인상을 유감없이 보여주었다. 냉정해지기 위해서는 반드시 완벽할 필요는 없을지도 모른다. 만약 그의 견해가 신중하고 빈틈없었다면 그만큼 냉정하지는 않았을 것이다. '요즘 영화' 운운하며 막무가내로 밀어붙이고 있다는 걸, 억지를 부리고 있다는 걸, 영감은 전혀 모르는 것 같았다. 영감이 연신 헛기침을 하며 입을 씰룩거렸다. 영감의 시선이 빠르게 나를 훑고 지나가자 약간의 공포감이 가세했다. 나는 두려움을 떨쳐내기 위해 속으로 '아무것도 아니라고, 아니라고' 연거푸 되뇌었다. 저 굳게 닫힌 성은 결코 문을 열지 않을 것이다. 입이 달싹거렸지만 나는 침묵할 수밖에 없었다. 감히 어느 안전인데. 을이라는 사실. 이 불쾌감을 견디면 돈이 들어오지 않는가. 영감이 헛기침을 멈추고 다시 말을 시작할 때까지 나는 얌전히 몸을 접고 기다렸다.

"웃기는 일이지. 유머도 코미디도 아니고, 온통 게릴라전이고 추격전이야. 재난영화도 가족영화도 아니고 스릴러물도 액션물도 아닌 것이 말이야. 그렇다고 괴수물도 호러물도 아닌, 이것저것 다 섞어 그냥 막돼먹었어. 힘 말고는 아무것도 믿는 게 없다 이거야. 힘을 빼고 나면 뭐가 뭔지 모호하고 난삽해. 말이지, 낭만이란 게 없어. 그게 영환가, 그 말이야."

　순간적으로 영감의 시선이 더 날카로웠다. 실제 영화와는 상관없이 마치 도발하는 것처럼 보였다. 자신의 시선이 옳다는 걸 증명해야 하는 것처럼. 만약 내가 그의 말에 굴복하지 않고 도발한다면 영감은 폭력을 행사할지도 모른다. 덩달아 내 신경도 예민해졌다. 영감이 고개를 절레절레 흔들었지만, 그의 진실이 나에게 미치지는 못했다. 도무지 영감이 뭘 원하는지 알 수 없었다.

　그는 준비된 매뉴얼의 범위를 넘어버린 고객이었다. 그 말인즉 매뉴얼의 확장을 의미할 테지만, 한편으론 과부하에 걸려 넘겨질 수도 있다는 말이다. 영감은 예상을 벗어난 까다로운 고객임엔 틀림없었다. 부정적인 생각이 긍정적인 생각을 누르고 앞서기 마련. 긍정적인 상황이 부정적인 요소를 불식시키지 못하는 한, 부정적인 상황이 끝나지 않는 한 영감은 이대로 살 수밖에 없지 않을까?

　영감이 담뱃불을 붙이고 뚫어지게 창밖을 응시했다. 세상의 이치를 모두 아는 듯한 완고한 시선. 그 시선은 주변을 배척할 뿐만 아니라 자신마저 가두어버렸다. 하지만 시선 끝으로 의식하고 있는 나를, 그의 시선 끝에 붙들려 있는 나를 의식하지 않을 수 없었다. 무슨 말이나 행동을 취해야 할 상황인데, 나는 눈동자만 난처하게 굴리고 있었을 뿐 도무지 어떻게 해야 할지 몰랐다. 영감의 말이 이상한 게 아니라 영감의 말에 침묵할 수밖에 없는 사실이 이상하다면 이상하달까. 영감의 독설은 아무도 말릴 수 없는 억지가 분명한데, 그가 영화를 비판할수록 세상을 비판하는 것으로 들렸고, 어쩌면 그는 그런 세상에 지친 한 사람일지도 모른다는 께름칙한 생각마저 스쳐 지나갔다.

나는 머뭇머뭇하다가 남의 말을 전혀 들을 것 같지 않은 영감을 향해, "그렇죠."라고 대답했다. 그런가요? 라든가, 그게 아니죠, 라고 말하는 대신. 내 목소리가 마치 다른 사람의 목소리처럼 들렸다. 나는 될 수 있는 한 영감과는 시선을 맞추지 않았다. 그 순간 그렇게 말하지 않으면 안 될 것 같은 압박감을 느꼈기 때문이다. 그 와중에도 나는, 영감이 자신의 내밀한 속마음을 털어놓아 나를 난감하게 하는 것보다 낫다는 생각을 했다.

　조금 후 영감은 다소 화를 억누르며 말했다.

　"이게, 이게 말이지, 다 제멋대로야. 제어가 되지 않는 거지. 세상이 어떻게 돌아가고 있는지 말이야. 쯧쯧 …"

　논조랄 것도 없는 영감의 주장은 결코 가볍게 넘길 일이 아니었다. 별 것 아닌 것을 준엄한 조치가 필요한 사안으로 만들어버렸으니까. 세상이 그따위로 돌아가기 때문에 홀로 유폐 생활을 할 수밖에 없다는 말로도 들렸다. 영감은 그제야 제자리로 돌아온 사람처럼 끙, 하고 신음 소리를 내며 일어섰다. 그 소리는 세상이 온통 틀려먹었다는 말이고, 그 말에 나는 고개를 숙인 채 묵묵부답, 바닥만 내려다보았다. 그런데 문득 그때 네잎클로버가 떠오를 게 뭔가.

　"아직도 누군가는 네잎클로버를 찾고 있겠죠?" 고개를 들고 영감을 향해 물었다. 뜬금없이 왜 그 말을 하고 있는지, 맥락 없기는 나 역시 매한가지였다. 영감은 정신 나간 인간 보듯 한 번 힐끗 쳐다보고는 고개를 돌려버렸다. 어쩌면 나는 그때 잠시 정신이 나갔는지도 몰랐다.

　고객에 대해 냉정함을 잃지 말 것. 동조도 거부도 하지 말 것. 자기 뜻을 피력하는 건 금물. 고객의 요구에 따라 최대한 성의를 다할 것.

가짜지만 진짜처럼 ….

머릿속에서 매뉴얼이 어지럽게 흘러갔다. 나는 다시 고개를 들고 영감이 뭘 요구하는지 살폈다. 그는 이 빌어먹을 세상과 타협할 의사가 전혀 없어 보였고, 칩거 생활에서 자발적으로 탈출할 의사 역시 없어 보였다. 높은 담 안에서 키를 키운 수목의 그늘이 집안 깊숙이 들어와 서늘했다.

제기랄! 영화를 만든 사람이 나란 말인가. 나는 당황하여 의자를 당긴다는 게 그만 기우뚱, 탁자 위 물컵을 치고 말았다. 물이 주르륵 바닥으로 흘러내렸다.

'내가 왜 여기 있지, 여기서 뭘 하지, 어떻게 하면 여길 빠져나갈 수 있지 … 아니 지금 무슨 생각을 하는 거야. 물부터 닦아야지. 걸레가, 휴지는 … .'

나는 조심스러운 표정을 바꾸지 않으려 애쓸 뿐 그 분위기를 참을 수 없었다. 근근이 붙들고 있던 인내가 바닥을 드러내면서 무너지기 시작했다. 이 정도쯤이야 경험이나 단련의 기회로 삼아도 될 텐데, 애초의 의지나 의욕 같은 것이 점점 좌초하여 포기상태에 이르게 될 수도 있음을 예고했다. 두려웠다. 또다시 유폐 생활의 유혹에 빠질 수는 없지 않은가.

영감의 서슬과는 달리 마당에는 개들이 기진한 듯 뻗어있었다. 집 안은 오래전 시간이 정지해버린 듯 덕지덕지 앉은 권태의 먼지가 푸석거렸다. 땟국이 얼룩덜룩한 창문, 벽에는 가족사진이 걸렸음 직한 빛바랜 직사각형의 빈 흔적만이 남아 있었다. 무엇보다 집 안 구석구석 눅진한 습기와 한 덩어리로 밴 냄새를 견딜 수 없었다. 영감은 눈길을 창밖으로 던져 놓은 채 연신 담배 연기를 뿜어냈다. 그것도 내 쪽으로. 전혀 배려가 없는 독재자. 어찌 보면 그 모습 자체가 그 공간의 배경이거나 배경의 그림자이거나.

대체로 영감의 얘기는 맥락 없는 주장 일색이었다. 말끝마다 말이지, 말이야, 라고 말했지만, 말이 되는 것도 되지 않는 것도 아닌 이상한 고집이었다. 자신만의 논리라고 하기엔 뭔가 수상쩍은, 일테면 아주 구체적인 망상에 빠진 듯 집요한 면도 없지 않았다. 하지만 그 나이에 어울리지 않게 관심의 폭이 넓다고 해야 하나, 그 나이에 어울리게 편협하고 억지스럽다고 해야 하나. 한편으로는 세상을 향한 심각한 우려나 과도한 두려움이 만든 과격한 시선이 아닐까 싶기도 했다. 분위기는 사뭇 그랬다.

영감은 자신의 확신을 확인이라도 하듯 헛기침을 버릇처럼 했다. 그런 행동이야말로 위엄이 아닌 위험이 잠복해 있는 독재자로 보이게 했다. 분위기는 공포감이 느껴질 만큼 위협적이고, 낭만 운운했지만 영감에게 낭만 같은 것은 보이지 않았다. 나는 조금 비켜서서 그를 바라보았다.

저 퍼런 서슬은 영화 때문이 아닌 영감의 실제상황이 아닐까… 복잡하고 사납고 왜곡된…

무엇이 그를 이렇게 높은 담 안에 스스로 갇히게 했을까?

영감이 일어서자 앉았던 자리가 움푹 패어 있었다. 얼마나 오랫동안 그 자리에 앉아 있었는지 소파는 짜부라진 채 탄력성을 잃어버렸다. 그가 화장실을 들락거리는 사이 나는 창가에 놓인 분재 쪽으로 눈길을 돌렸다. 분재는 볕 바른 창가에 놓여 있었지만, 왠지 볼모로 잡혀 있는 것 같았다. 사지가 묶인 채 자신의 꿈은 폐기하고, 영감의 손아귀에 영락없이 걸려든 꼴이었다.

"선생님은 분재를 좋아하시나 봐요?"

조심스럽게 영감에게 말을 걸었다. 딱히 물어도 그만, 묻지 않아도 그만인 말을. 분재 철사를 고쳐 감으며 영감은 대답 대신 나를 한 번 훑어보았다. 그냥 바라볼 뿐인데 이상하게 얼굴 주름이 곡선을 그으며 조금씩 일그러지고 있었다. 그랬다. 나야말로 영감의 손아귀에 걸려든 꼴. 나는 조금 전보다 더 바짝 졸아들었다. 왜 이 늙은이에게 이렇게까지 긴장하지?

깨질 듯 날카로운 목소리나 눈빛과는 달리 영감의 몸은 왜소했다. 엉성한 흰 눈썹 끝이 회오리를 일으키며 위로 뻗어 귓속에서 자란 털과 어울려 기이한 인상을 줄 뿐, 머리카락마저 얼추 빠져 엉성한, 보호해줄 가족도 없는 노인이 아닌가. 그런데도 독재자의 강인한 인상을 보이다니. 상대를 제압하기 위해선 우람한 신체의 강력한 힘은 필요 없을지도 모른다.

아무튼, 일을 하려면 이 정도의 고충은 겪어내야만 한다. 서비스를 받는 자가 예측 가능하거나 설계 가능한 대상이 아닐지라도, 서비스를 제공하는 자는 자신을 적절히 통제하고 컨트롤할 수 있어야 한다. 그거야말로 일에 임하는 자의 기본기가 아닌가. 일을 시작하게 된 동기는 지극히 현실적인 문제였지만, 동기를 활성화하기 위해선 좀더 과감하게 다른 선택을 해도 좋을 것이다. 극단적인 위험을 초래하지 않는다면 말이다. 그렇지, 철없는 아들 역할!

영감이 뭘 어쨌는데? 혹 뭘 어쨌다고 하더라도 뭐 상관할 바인가.

나는 자세를 가다듬었다. 영감은 다시 분재의 수형을 잡느라 골몰했다. 자신이 추구하는 아름다움을 위해서 집중하고 있는 그때만큼은 옆에 있는 사람을 의식하지 않은 듯 보였다. 그럼 아들도 말벗도 아닌, 그냥 바라봐 주는 사람이 필요했던 걸까?

영감과 분재는 어떤 상관관계가 있지 않을까? 의문이 들기 시작한 것은 그때였다. 가족에 관해 묻고 싶었던 마음이 싹 달아났다. 영감의 얼굴을 마주 보며 또다시 바짝 쫄고 싶지 않았다. 그가 어떤 사람이든 상관할 게 뭐람! 근데, 왜 영감은 아들 역할이 필요했지? 그는 집이 있고, 신랄하게 세상을 비판할 힘이 있고, 무엇보다 도움이 필요한 노인 같아 보이지 않았다. 하긴 외로움에 대해서는 함부로 예단할 문제가 아니지.

영화 얘기 외에 영감은 다른 이야기를 하지 않았다. 이를테면 가족이라든가 친구라든가…. 나에게도 그런 유의 질문은 일절 하지 않았다. 그건 그따위 질문을 하지 말라는 일종의 경고 같았다. 대신 배달 음식을 주문했다. 자신은 울면을 내겐 자장면을 시켜주었다. 물론 메뉴 선택도 그가 했고 식대도 영감이 지급했다. 난 사양했지만, 그는 꿈쩍하지 않았다. 어떤 식으로든 영감을 막을 수는 없었다.

음식을 먹는 동안 영감은 먹는 것에 집중했다. 좀더 인간적이었다고 할까. 내게 자장면을 먹을 충분한 시간을 주었으니. 자장면을 먹으면서 나는 생각했다. 애매하게 얼버무리거나 회피하지 말고 좀더 적극적으로 행동하리라. 하지만 영감의 침묵이야말로 몹쓸 부담으로 작용했다. 나는 계속 뭔가 할 말을 찾으려 애썼지만 허사였다. 자유의사가 모두 박탈당한 채 영감이 쳐놓은 덫에 걸려들고 만 느낌. 급하게 넘긴 자장면이 명치끝에 걸려 좀체 내려가지 않았다.

점심을 먹은 후 나는 무얼 해야 하느냐고 물었고, 영감은 할 일이 없다고 말했다. 그리곤 서스펜스 스릴러 영화 한 편을 함께 보자고 제의했다. 그럼, 스릴러 영화를 함께 봐줄 착한 아들을 원했단 말인가? 역시 긴장의 끈을 놓을 수 없었다.

영화는 손에 땀을 쥐게 할 만큼 긴장감을 고조시켰다. 불안감과 긴박감이 극대화되면서 내 입에서 자꾸만 이상한 소리가 터져 나왔다. 나는 손으로 입을 틀어막으며 영감을 훔쳐보았다. 간담이 서늘해지는 그 순간 영감의 시선은 딴 곳에 있었다. 그는 영화를 제대로 보는 것 같지 않았다. 오히려 영화를 보지 않으려고 애쓰는 것 같다는 느낌마저 들었다. 나는 영감이 눈치채지 못하게 힐끔힐끔 곁눈질로 그의 행동을 살폈다. 극 중 주인공은 모르는 위기나 음모를 관객이 훤히 알고 있기에 긴박감은 극으로 치닫고 있는데, 영감의 시선은 창가의 분재에 머물러 있었다. 나무의 수형을 고쳐 잡을 궁리를 하고 있는지 눈빛이 예리했다. 영화는 보지도 않고 영화에 대해서 그렇게 신랄할 수 있단 말인가. 혹, 진실을 바라보는 것이 두려우니까, 그것이 두려워 최대한 스펙터클한 장면을 켜놓은 채 딴청을 부리는 건 아닌가. 공포에서 빠져나오기 위해선 공포를 외면하는 것이 아니라 직면해야 한다고, 진실을 알기 위해서 진실을 직시해야 하는 거라고, 나는 다시 영감을 쳐다보았다. 그 모든 것은 음성적 징후일 뿐 진실은 모습을 드러내지 않았다. 슬슬 또다시 불안감이 몰려왔다. 확실한 위험보다 불확실한 위험이 더 견디기 어려운 법.

영감은 나의 세 번째 고객에 불과하다.

고객에게 가지는 선입견은 좋은 태도가 아니다. 그가 어떤 사람인지, 무얼 좋아하고 무얼 싫어하는지, 무엇에 집중하는지 …, 많은 걸 읽을 필요는 없다. 그게 오히려 좋은 역할을 하는 데 도움이 되지 않을 수 있으니까. 상황에 따라 의뢰인이 필요로 하는 만큼만 역할을 수행하면 될 일이다. 고객의 정신세계까지 신경 쓸 일이던가. 난 초짜가 분명하다. 떨지 않고 노련해지려면 좀더 시간이 필요하겠지. 어쨌든, 복잡해지거나 깊숙이 들어가는 건 경계해야 한다. 감정 역시 구분되어야 하고. 다시 자세를 재정비했다.

영감은 나를 대여해 놓고 부리지 않았고 부리지 않았기에 더 불편했다. 불편할 뿐만 아니라 불안하기까지 했다. 이번엔 신랄한 말보다 침묵이 더 강하게 분위기를 내리눌렀다. 집안에 배어 있는 냄새가 다시 코를 찔렀다. 영감은 내가 얼마나 견딜 수 있는지 지켜보는 것 같았고, 나는 그런 영감과 대결하듯 그를 견디고 있었다.

왜 나는 영감에게 물리적인 어떤 역할을 해 주어야만 한다고 생각하지? 정작 그에게 필요한 것은, 자신의 말을 들어줄 아들이거나 자신을 지켜봐 줄 아들일 수도 있지 않은가 말이다.

영감이 나를 쓰는 것은, 다른 사람들이 가정교사나 가사도우미 혹은 운전기사를 쓰는 것과 다를 바 없지 않은가. 다르다면 가족을 대여한다는 것. 가족으로서 역할을 수행하는 것이다. 사람에 따라 역할이 바뀔 뿐, 의뢰인이 원하는 역할만 하면 될 일. 정신적이든 물리적이든 영감이 원하는 아들 역할을 하면 될 것이고, 그는 오늘 나를 아들로 쓰면 될 것이다. 아들이란 가족일 뿐, 때론 아무짝에도 쓸모없는 물건이기도 하지 않나?

영화를 본 후 내가 한 일은 분재 화분을 마당으로 내놓고 수도에 연결된 호스를 당겨와 영감 손에 쥐여 준 일이었다. 자기 몸을 터무니없이 작은 통 안으로 구겨 넣고 재주를 부리는 '통아저씨'마냥 나무는 철사에 묶여 최대한 성장을 억제당한 채 물을 흠뻑 먹었다. 압박당한 채 부모의 뜻을 잘 따르는 순한 아들처럼.

들어올 때 본 것과는 달리 마당에는 소사나무, 단풍나무, 모과나무, 금강송 등 여러 종류의 분재 화분이 있었다. 굵은 목대에서 뻗은 가지들은 철사에 묶인 채 가지마다 잎이 무성했다. 여러 개의 줄기가 어우러져 특이한 형상을 한 느티나무와 짙고 옅은 분홍 꽃을 열매처럼 달고 있는 산사춘이 눈에 들어왔다. 싸리나무는 볼수록 세월의 고태미가 돋보였다. 영감이 금강송을 가리키며 말했다.

"목리가 곧고 수관이 좁지. 연륜 폭이 균등하고 줄기가 곧아."

나는 무슨 말인지 알아들을 수 없었지만 알아들은 척 고개를 주억거렸다.

긴장의 끈을 놓을 수 없었던 시간이 채워졌다.

영감은 칼같이 정확하게 내게 시간을 견딘 대가를 지급했다. 긴 하루가 일당과 맞바꾸어졌다. 힘든 노동 없이 나는 거의 그로기상태가 되었다. 무거운 철문이 열리고 등 뒤에서 개들이 짖어댔다. 바짝 따라오는 개 짖는 소리 때문에, 그 집을 벗어났음에도 불구하고 내쫓기는 기분이 들었다. 대로변으로 내려오며 봉투를 열어보았다. 어리둥절해서 나는 다시 돈을 확인했다. 나의 세 번째 의뢰인은 고용인을 깐깐하게 부리지 않고 어두운 셈법으로 과한 사용료를 지급했다. 내가 아들 역할을 잘 하긴 한 건가? 있어도 그만 없어도 그만인 아들 역할을.

다음 고객 역시 여자였다.

이번 고객이 원하는 역할은 친구 같은 연인이다. 나는 미리 그녀에게 전화로 사용 매뉴얼을 통보했다. 손을 잡거나 어깨를 감싸는 정도까지의 스킨십은 허용되지만 깊은 포옹이나 키스는 위반 사항이라는 것을. 여자는 능청스럽게 맞받아쳤다. "그럼 섹스나 하죠." 거침없는 표현과 솔직함. 충분히 매력적이다. 욕망의 목소리를 솔직하게 발설하는 여자라면 빠져들 수밖에 없다. 자신에 대해 거침없는 여자, 화끈하고 '쿨'한 여자의 친구 같은 연인. 우정 같은 사랑을 나누는 사이? 인간들 사이에 영원한 것이 존재하겠느냐마는 어쨌든 신선하다. 우정에서나 가능한 의리나 신의도 멋있고, 헤어질 위험도 덜 하니까. 누군가의 인생에 개입해서 피투성이가 되도록 싸우지 않아도 되고. 뭐니 뭐니 해도 상대의 인생에 책임을 다하지 않아도 된다는 점. 가족이면서 동시에 그 누구의 가족도 아닌 관계라면 확실히 매혹적이라 할 만하다.

여자가 내 앞에 나타났다.

평소 나의 이상형과는 아주 딴판인 모습을 하고. 옛 연인의 결혼식에 참석해 현재의 연인으로 다감한 포즈를 유감없이 취해 달라는 요구였다. 남자는 한때 동거인이었으며 그에 대한 애정은 그때나 지금이나 별반 다른 게 없다고 말했다. 치부라면 치부일 수도, 상처라면 상처일 수도 있는 상황을 이렇게 담담하게 말할 수 있다니! 그걸 사랑이라 말할 수 있는지 의심스럽지만, 썩 괜찮은 역할인 건 분명하다. 구질구질하지 않고 멋지잖아.

열렬한 사랑을 해보지 못한 인간들은 대체로 사랑에 대한 환상이 있다. 기막히게 로맨틱한 사랑, 영화에서나 있을 법한 꿈같은 사랑을 그린다. 요컨대 현실에서는 실현 가능성이 없는 그런 환상적인 분위기를 온몸으로 발산하는 역할. 주변의 시선은 아랑곳하지 않고 최대한 느끼하게. 뭐 연기니까.

미리 분위기를 익히기 위해 그녀와 차를 마시고 가볍게 손을 잡았다. 여자를 바라보는데 아니나 다를까 신의로 똘똘 뭉친 친구가 아닌가. 도무지 감정이 잡히지 않는다. 울어야 하는 장면에서 도저히 눈물을 흘릴 수 없는 연기자의 심정이랄까. 이럴 땐 감정이입이 관건이다. 우선 나의 이상형을 떠올려 보자. 돌이켜보니 한때 열렬까지는 아니어도 연인의 관계를 유지했던 S가 있지 않은가. 그녀가 나를 매몰차게 차버리지만 않았더라도 더없이 로맨틱한 상상의 대상이 될 터인데. 옛 연인의 이미지를 떠올릴수록 여자의 굽실굽실한 머리카락이 점점 더 부풀어 올라 '메두사의 머리'처럼 보이고, 급기야 머리카락이 온통 우글거리는 뱀으로 보이고… 위태로웠던 내 지난 행적을 알아낸 S가 칭칭 감고 있던 몸을 풀어 내게서 빠져나갈 때의 서늘한 미끈거림을 견딜 수 없었다. 나는 고개를 세게 흔들었다. 약간 튀어나온 여자의 눈과 아무 말이나 거침없이 내뱉는 여자의 입술을 번갈아 쳐다보았다. 그녀의 눈과 내 눈이 마주치는 순간 나는 돌처럼 굳어버렸다. 이 미션을 성공적으로 수행할 수 있을까? 세상엔 결코 쉬운 일이란 없다.

하지만 걱정은 기우에 지나지 않았다. 역시 나는 연기자의 기질이 다분하다. 무대가 펼쳐지자 혼신을 다한 내 연기는 물 만난 듯 매끄러웠고 그녀 또한 만족해 했다. 호텔식의 뷔페는 덤으로 멋진 만찬이 되었다. 연인인 척 역할을 했을 뿐인데 여자와 헤어질 때 가짜가 아닌 진짜가 되어 다소 섭섭하기까지 했다.

가족을 대여하는 일은 제법 체계적인 매뉴얼이 만들어지고 있다. K는 자기 일처럼 관심을 보이고 시시때때로 일의 진척을 물어왔다. 내 일에 관한 관심이라기보다 채무 관계의 청산을 바랐을 수도 있다. K와의 약속 장소에 막 도착했을 때쯤 핸드폰이 울렸다. 영감이었다. 그때 바로 앞에 K가 걸어오지만 않았어도 나는 핸드폰을 도로 덮어버리고 말았을 것이다. K를 보는 순간 더는 민망해지고 싶지 않았다. 그 앞에서 비굴해지는 나 자신을 용납하기 싫었다. 한때 지나친 광기가 저지른 결과를 끝내야 했다. 전화기를 타고 깐깐한 목소리가 전해졌다. 영감은 처음인 것처럼 건조한 인사를 건넸고 또다시 아들 역할을 부탁했다. 스케줄을 더 이상 잡을 수 없다고 완곡하게 거절하면 그만이다. 그러나 나는 벌써 영감과의 약속을 잡고 있었다. 그 전에 한 여사와의 스케줄이 잡혀 있다.

*

자신이 아무짝에도 쓸데없는 이야기를 하고 있다고 스스로 나무라며 한 여사는 계속 같은 얘기를 했다. 자신은 모든 걸 갖춘 사람이라고, 아무 부족함이 없다고. 그래서 어쩌라고? 내가 어떤 역할이 필요하냐고, 물었다. 거만하면서 고상한 척 입을 다물고 음, 하고 길게 생각을 고르는가 싶더니, "친구가 필요하다고 해야겠지 …"라고 말꼬리를 끌었다. 이런 경우 난감하기 그지없다. 내가 먼저 그녀를 읽어버렸으니까. 분명 모든 걸 갖추었다고 말했지만 모든 게 텅 비었다는 말로 들렸으니까. 완벽하다는 건 현실감이 없다. 인간이란 원래 불완전한 존재들이기에 한쪽이 차면 한쪽이 비기 마련. 그런 이상적인 가족은 현실적으로 불가능하기 때문이다. 이상적인 가족의 일원이라면 나에게 역할을 의뢰할 필요가 없지 않은가. 대체로 같은 말을 되풀이하거나 쓸데없이 힘주어 말할 때는 역설이라는 걸 의심해 보아야 한다. 요컨대 아무것도 궁금하지 않다고 여러 번 말한다면 실제로 궁금하다는 말.

"그러니까 가족이 아닌 친구 역할이 필요한 거로군요."

내가 물었다.

"친구도 또 다른 가족 아닌가?"

그녀의 치뜬 눈초리가 찌릿하게 느껴졌다. 그러니까 친구란 가족의 다른 이름이라는 말. 가족 중에 꼭 꼬집어 누구랄 것도 없는, 어쩌면 그녀에겐 가족 전체가 필요할지도 모른다는 생각이 들었다. 그렇다. 그녀가 내 고객으로서 요건을 완벽하게 갖추었다.

한 여사는 집이 아닌 카페에서 만난 첫 번째 고객이었다. 원인 불명의 바이러스가 세상의 작동을 멈추게 하고 개인의 삶을 무력화시키고 있을 때였다. 늙은 사람들은 수인처럼 갇혀서 기약 없는 시간을 살아가고, 젊은 사람들은 마스크를 쓴 채 서로를 경계하며 살아가는 도시. 그 도시의 한적한 거리를 걸어가며 나는 역병이 창궐하던 알제리 도시 오랑을 떠올렸다. * 이 무참한 시간을 사람들은 무슨 생각을 하며 살아가지?

38

카페에는 드문드문 마스크를 쓴 사람들이 앉아 있었다.

한 여사는 첫눈에도 단연 돋보였다. 지나치게 화려했고 건강해 보였다. 이마와 광대가 돌출해 전체적으로 전진하는 인상을 주었지만, 피부만은 붉은색이 도는 하얀빛이 차분하게 고왔다. 화려한 치장과 허스키한 목소리, 걸걸한 어투. 어디서나 튀지 않으면 안 될 것 같은 기센 사람의 전형을 보여주었다. 그녀는 나를 보자마자 자기 아들 또래라고 단정 지었다. 그렇다면 적어도 이십 년 이상의 차이가 난다는 말이다. 그 말을 하지 않았으면 나는 그녀를 훨씬 더 젊게 보았을 것이다. 한 여사는 마스크를 쓰지 않았다. 전염병 예방수칙을 어기는 것일 테지만 나 역시 마스크를 벗었다. 어쩐지 마스크를 쓰고 인사를 하는 것은 고객에 대한 예의가 아닌 것 같았다. 그녀의 말대로 아무짝에도 쓸데없는 얘기가 시작되었을 때부터 내 임무는 시작되었으니까. 그녀의 앞니와 냉커피 잔에 선명하게 묻어 있는 붉은 립스틱 자국이 거슬리긴 했지만 그걸 지적할 만큼 편한 상대가 아니지 않은가. 어쩐지 그녀의 입술과 찻잔에 번져 있는 붉은 색이 붉은 피를 흘리며 죽어가는 오랑의 쥐를 연상케 했고, 무차별 집단 감염으로 그녀와 나도 이 도시에서 곧 사라질지도 모른다는 생각이 스쳐 지나갔다.

겉으로는 짐짓 담담한 표정으로 나는 그녀의 말을 경청했다. 무얼 말하려는지 의도를 알 수 없는 가족 이야기가 계속되었다. 재산과 인품을 가진 나무랄 데 없는 가족들과 특히 힘주어 말한 고시에 합격한 아들에 관한 이야기는 사뭇 무용담같이 들렸다.

---

* 알베르 카뮈, 《페스트》, 민음사.

사람들은 왜 자신이 누구인지, 어떤 가족의 일원인지 기를 쓰고 알리려고 할까. 아무짝에도 쓸모없는 이야기일 뿐인 것을. 그녀는 나에게 어떤 역할이 필요한지만 말하면 된다. 내게 가족을 의뢰하는 사람들은 완벽이라는 허구의 형태를 갖추지 못한 사람들, 이를테면 그들에게 비어있거나 부재중인 역할을 의뢰해 오지 않는가 말이다.

화려하고 강렬한 인상과는 달리 그녀는 오래전의 다복했던 시절이 사무치는 듯 자주 말을 끊고 먼 곳을 바라보았다. 전염병이 창궐할 때 사람들은 '시간의 흐름을 재촉하고 싶은 동시에 과거로 돌아가고 싶은 구체적인 감정이 교차한다,'고 했다. 그녀도 현재를 살지 못하고 끝없이 역주행하고 있는 느낌이었다. 하지만 나는 고객의 과거를 살아줄 수도 미래를 앞당길 수도 없다. 단지 현재를 함께 할 뿐. 아무런 친분도 없는 사람들의 과거를 공감하는 척 고개를 끄떡이며 앉아 있다가, 그렇다면 혹? 일종의 우울증이 아닐까? 그녀의 상태를 의심해 보았다. 전염병은 숙지막해지는가 싶으면 다시 기승을 부렸고, 그즈음 나 역시 지난날의 우울한 회상에 자주 빠져들었다.

카페를 나서면서 한 여사가 내게 자동차 키를 건네주었다.

"윤사월인데 벌써 한여름 날씨잖아."

한 여사가 선글라스를 쓰며 말했다.

"하늘도 땅도 귀신도 다 쉰다고 하는 덤달이죠. 덤으로 봄이 한 달 더 주어졌습니다." 나는 어색한 분위기를 다소 털어내기 위해 자연스럽게 대답했다.

도로는 이미 한여름 무더위로 흐물거렸다. 주차장 바로 옆 공터에 보리수나무가 붉은 열매를 주렁주렁 달고 있었다. 한 여사가 보리수

열매 한 알을 따서 입으로 가져갔다.

"이건 과일이라고 하기엔 좀 그렇지 않나? 단맛도 신맛도 다 빠진 싱거운 맛."

"담백한 맛이겠죠. 예부터 무미, 무색, 무취한 것이 참된 맛이라고 하지 않았나요. 따지고 보면 최고의 맛인지도 모르죠."

나는 별생각 없이 주절댔다. 분위기는 다소 모자지간 느낌이 났다.

"그러니까 보리수나무 아래서 득도하는 맛이라는 건가?"

가볍지 않게 응수하는 한 여사의 손목에 염주가 걸려 있었다.

"이치를 깨닫는 맛? 글쎄요. 득도나 해탈의 맛이 그런 맛일까요?"

누가 알겠는가. 그 맛에 대해. 그 말을 하면서 문득 보리수나무가 서 있던 옛집 마당이 떠오르고 어머니 생각이 났다. 삶은 서글프더라도 아름다운 거라고, 일러주던 그때로 돌아가고 싶어도 난 지금 돌아갈 수 없다. 내 현재 상태는 여전히 심각하니까. 어쩌면 수그러들지 않는 전염병과의 싸움만큼 길어질지도 모른다.

차를 타고 가는 도중 한 여사는 요즘 한창 뜨고 있는 트로트 가수의 '찐 팬'이라고 했다. 목적지는 팬클럽 모임 장소라고 말했다. 나는 의외의 일정에 적잖게 놀랐다. 한 여사와 팬클럽이라는 단어는 도무지 연결되지 않았다. 차가 달리기 시작하자 오디오에서 그녀의 스타가 부르는 옛 노래가 흘러나왔다.

"아침에 눈을 뜨면 먼저 음원차트 모니터링을 하면서 시작해. 그리고 내 가수의 노래를 스트리밍하고 영상을 보면서 회원들과 소통하지. '팬덤' 활동이 시작된다고 봐야겠지."

"'덕질'인 셈이군요."

"그렇지. 위로와 감동뿐 아니라 설렘, 설레임 때문이지."

스타 얘기를 할 때만은 한 여사가 거짓말처럼 변했다. 강렬한 인상과는 달리 눈빛은 은은하고 목소리는 가볍게 들떴다. 스타를 향한 열광만큼은 소녀 팬을 방불케 했으니 그야말로 '찐 팬'임을 의심할 여지가 없었다.

왜 이 시점에 사람들은 흘러간 노래를 소환하는 걸까? 새삼 트로트에 열광하고, 늙은 여자는 소녀로 되돌아가고, 잊고 살았던 옛 친구를 그리워할까? 이렇게 역주행하고 있는 게 다 전염병 때문이란 말인가?

도로는 전에 없이 한산했다. 가로수가 바람에 나부끼고 건너 수변에 핀 꽃들이 눈에 들어왔다.

"이제 도시 전체가 정원이 되어버린 것 같아요."

한 여사가 창문을 내리고 수변을 바라보는가 싶더니 환호를 질렀다.

"저기 창포 좀 봐. 부들도 있어. 바지 걷고 들어가 꺾고 싶네. 우리 어릴 적엔 들꽃 몇 송이 꺾는 것쯤이야 예사였는데 작금엔 풀꽃 하나 꺾어도 범죄가 될 것 같단 말이야. 이때쯤 지천에 들꽃이었지. 화심에 이끌렸다고 해야 하나, 사로잡혔다고 해야 하나. 들꽃을 한 아름 꺾어 들게 되는 마음을. 꽃반지도 만들고 꽃목걸이도 만들고…."

그녀의 목소리가 먼 시간 속으로 잦아들었다. 차는 앞으로 달리고 생각은 과거로 달려가고, 이럴 때 내 역할은 함께 돌아가는 일.

"아직도 누군가는 네잎클로버를 찾겠죠?"

"그 순수의 시절은 흘러가 버렸어. 네잎클로버는 추억 속에나 숨어 있지."

백미러 속 한 여사의 시선은 여전히 창밖에 있었다. 내 시선도 그쪽으로 향했다. 개망초 꽃이 흐드러지게 피어 있는 쪽으로.

"개망초 어린잎은 나물로도 먹지. 꽃은 차로도 먹고."

한 여사가 내 시선을 읽은 듯 말했다. 뒤돌아보지 않았지만 아마 입가에 미소가 감돌았을 것이다. 그녀의 목소리가 이미 젖어 들었으니까.

"개망초 꽃쯤이야 그땐 꽃도 아니었지. 내가 꽃이었으니까, 저 은은한 꽃 색이 눈에 들어왔겠어. 요즘은 낯선 꽃들이 너무 많아. 너무 화려하고 강렬해 조화 같아 보여. 자연 그대로 순수한 맛이 없다니깐. 우린 점점 더 순수를 그리워할 테지."

화려하고 강렬한 인상이 무색할 정도로 그녀는 순수를 그리워하고 있었다. 문득 나는 책갈피에 끼워 둔 네잎클로버와 함께 언젠가 옮겨 적어놓은 문구를 떠올렸다. '자신이 누구인지 알아가는 여정이 삶이 아니라, 자신이 누구인지 망각해야 하는 여정이 삶일지도 모른다.' 그 말은 맞는 말일지도 몰랐다. 어쨌든 인간은 자기 자신을 모른다. 자신을 모르면서 남을 알지 못해 안달을 내다니. 그게 더 웃기는 일 아닌가. 고객에 대한 섣부른 판단이나 선입견은 일하는 데 백해무익할 뿐이다. 나는 엉뚱한 쪽으로 달아나는 생각을 다잡으며 말했다.

"여사님은 꽃을 좋아하시나 봐요."

아무짝에도 쓸데없는 질문이었다. 그러나 울고 싶은 사람에게 뺨을 때린 격이 되고 말았다. 왜냐면 그녀가 끊임없이 말을 쏟아내었기 때문이다. 목소리는 마치 식물이 물관으로 물을 빨아올리듯 물이 올랐다.

"새벽 뒷마당에 노랗게 떨어져 있던 감꽃, 수챗가에 피어 있던 창포와 장독대 옆 앵두나무, 뱀은 몸서리쳐도 뱀딸기 유혹은 어쩔 수 없었지. 모내기가 끝난 무논에는 개구리 울어대고, 감자 꽃이 하얗게 필 때쯤이면 담장에는 붉은 덩굴장미가 흐드러졌지. 함께 얽혀 피어 더 열렬했을까? 덩굴장미가 필 때쯤 온 마을에 찔레꽃향이 퍼지고 야반 도주 소문이 무성했어. 그때가 순수의 시대였던 거지. 사랑 앞에 모든 걸 포기할 줄 알았으니 말이야. 요즘 애들 버젓이 혼전 임신을 혼수 운 운하며 우기는데, 그게 더 웃기는 일이야."

나는 조금 더 용기를 냈다. "사모님께서도 야반도주하신 건가요?"

"글쎄? 그랬으면 인생이 더 열렬했을까?"

한 여사가 큰 소리로 웃었다.

나는 다음 말을 하지 않으면 견딜 수 없는 것처럼 재빨리 말을 받았다. "여사님은 무슨 꽃을 좋아하시나요?"

한 여사의 목소리 톤이 조금 그윽해졌다.

"음, 향기로 치자면 찔레나 마삭, 치자꽃과 인동꽃, 라일락만 한 것 도 없고, 반갑기로는 채송화, 봉숭아, 목단과 작약, 석류꽃만 한 게 있을까. 마음 설레기로는 사과꽃, 배꽃, 복숭아꽃, 오얏꽃, 모과꽃 … 그만한 게 없지. 아련하기로는 쑥갓꽃, 무꽃, 파꽃, 부추꽃만 할 까. 익숙한 꽃이 예쁘고 반갑지. 된장에 김치처럼. 근데 말이야 요즘 은 봉숭아도 채송화도 다 그 시절 피던 꽃 같지가 않아."

그녀는 점점 더 과거로 들어갔다. 어쩌면 내가 그 속으로 밀어 넣고 있는지도 몰랐다. 이게 다 전염병 때문이란 말인가?

"참꽃과 참나물 같은 식물은 꽃 색이 연하고, 개살구, 개복숭아처럼 쌉쌀하고 떨떠름한 뒷맛이 도는 것들은 꽃 색이 진해. 그뿐인가. 라일 락과 같이 향기가 진한 꽃을 피우는 나무와 유난히 단 열매를 맺는 대추나무나 감나무의 몸통은 거칠고, 꽃향기가 연하고 달지 않은 열매를 맺는 모과나무나 배롱나무 같은 것들은 몸통이 매끈하지 … ."

예나 지금이나 어머니들은 꽃에다 대고 인생을 읽는 버릇이 있다.

한 여사도 나도 한참 동안 말이 없었다. 그 어색한 틈에 나는 매뉴얼의 보다 효율적인 작동을 위해 무슨 말이든 해야 할 것 같았다. 그때 한 여사가 먼저 "어때?"라고 물었다. "뭐가요?" 내가 되물었다. "뭐든." 한 여사가 짧게 끊었다. 나는 은근히 에둘러 말했다. "참 어렵습니다." 그 말인즉, 어려운 일이 많지 않나요? 라고 되물었던 것이다. 일종의 탐색이라고 해야겠지. 근데 한 여사는 예의 어른으로서 엄한 충고를 날렸다.

"있으면 있는 대로 없으면 없는 대로, 괴로우면 괴로운 대로 외로우면 외로운 대로, 괜찮다 괜찮다 다 괜찮다, 스스로 다독이며 살아가는 거지 뭐."

그렇게 말하면서 그녀는 조금도 괜찮아 보이지 않았다. 내가 기대한 대답은, 열렬하지 못했던 인생의 탄식이거나, '난 나를 믿어!' 따위의 확신 정도였다고 할까. 예상은 빗나갔다. 나는 다시 머쓱해져서 "그래요"라고 긍정도 부정도 아닌 대답을 하고 말았다. 그녀의 비어 있는 자리를 도저히 상상할 수 없었다.

가족의 역할이란 어디까지일까? 심각한 사태를 예감하는 것까지? 손써 볼 도리 없는 데까지 … ? 생각하다가 다시 어머니 생각을 했다. 어머니들이란 대체로 미래와 현재에 대해 과대 망상적이거나 턱없이 심각하게 받아들이는 경향이 있다. 노파심 운운하며 습관적으로 과민하게 반응한다. 나야말로 어머니 생각을 할 때 왜 이렇게 과민하게 반응하지? 얼른 생각을 밀어 넣었다.

"세상에 딱 맞는 일도 딱 맞는 사람도 없어. 어딘가 조금씩 어긋나고 뒤틀리고 삐걱대고 꼬이는 게 세상사라니까. 불응하다가도 때론 순응하며 살아갈 뿐."

분명 한 여사는 나를 아무것도 모르는 미성숙한 인간으로 여기고 있다. 그저 '꼰대'의 점잖은 충고쯤으로 받아넘겼지만, 뭔지 모르게 점점 더 종잡을 수 없었다. 그녀는 쉽사리 부재중인 것에 대해 말하지 않았다. 준비된 매뉴얼을 다르게 작동시켜야 할 것 같았다. 허리를 펴고 나는 자세를 고쳐 앉았다.

팬클럽의 모임 장소는 지하카페였다. 입구는 좁고 허름했다. 계단을 내려가 문을 열자 실내는 다소 어두웠다. 집단 감염의 치명적인 여파에도 불구하고 벌써 많은 팬이 모여 웅성거렸다. 리본을 길게 늘어뜨린 모자를 쓰고 머플러와 액세서리를 늘어뜨린, 화려하게 치장한 한 여사가 큰 동작으로 손을 흔들자 손끝에서 다이아몬드 반지가 번쩍거렸다. 쇼트커트를 한 여자가 달려와 한 여사를 격하게 반겼다. 전염병 같은 건 아랑곳하지 않은 듯 분위기는 뜨거웠다. 한 여사가 쇼트커트에게 나를 소개했다.

"우리 잘난 아들이야."

"아, 성형외과 의사 쌤, 반가워요!"

쇼트커트의 목소리가 퐁퐁 튀었다.

이건 뭔가? 나는 내 귀를 의심했다. 잠시 '멘붕' 상태. 그러니까 나는 순식간에 두 가지 인물로 변신해야만 했다. 성형외과 의사와 그녀의 변호사 아들로. 그녀의 아들이 변호사인지 의사인지 나조차도 헷갈렸다. 진짜 아들이었다면 여기까지 따라왔을까? 따라와서 이 황당한 상황을 어떻게 대처했을까? 한 여사는 시치미를 뚝 떼고 씩씩하게 걸어 들어갔다. 마음이 내키기만 하면 언제든지 거짓말을 할 수 있다는 듯, 두꺼운 가면을 쓴 한 여사가 태연하게 웃기까지 했다. 나는 조금 전보다 더 헷갈렸다. 그녀의 모자가 더 크고 화려해 보였다.

욕망과 실제의 간극이 저토록 억지스럽단 말인가. 그녀를 바라보며 나는 생각했다. 마음속에 거대한 공허함이 자리 잡고 있을지도 모른다고, 그 빈 곳을 채우기 위해 저렇게 과하게 행동하는 건지도 모른다고. 요컨대 겉은 화려하지만 속은 한없이 초라한 인간 행동의 안과 밖의 모습. 자기애에 빠져 있거나 자존감이 낮은 사람일수록 자신을 그럴듯하게 포장하려 들지 않던가. 무분별한 욕구를 다스리는 이성은 이미 마비되어 버렸는지도 모를 일이다. 내가 왜 이렇게까지 고객일 뿐인 한 여사를 파악하려 드는가.

잠시 생각을 고르는 사이 한 여사가 압도적인 목소리로 분위기를 휘어잡았다. 그 기세는 판을 뒤집어 놓을 만큼 드셌고, 사람들은 일시에 잠잠해졌다. 너무 과한 건 믿을 게 못 된다. 그 옆에 있으면 다치게 되니까. 박수갈채를 보내며 환호하다가도 여차하면 등을 돌릴 수도 있다는 생각을 하니 우울해졌다. 지금쯤 어디선가 가짜 웃음을 웃고 있을 어머니 생각을 하자 기분은 더 엉망이 되어버렸다. 그랬다. 나는 오랜만에 어머니의 눈물과 웃음을 떠올렸다. 동시에 한 여사에게 가족의 역할을 하고 있다는 사실을 상기시켰다. 고객에게 없거나 부족하거나 부재중인 역할을. 아무튼, 그녀에게는 많은 것이 없거나 부족하거나 부재중인 것은 틀림없었다. 한 여사의 목소리가 웅성거림 속에서 크게 울렸다.

"요즘 대중교통 이용하기가 위험하잖아. 마침 공휴일이라 우리 의사 쌤이 동행해 주었지."

나는 다시 놀랐다. 저토록 화려하고 강력한 한 여사가 가족의 후광을 받아야만 자신의 존재를 드러낼 수 있단 말인가. 이해할 수 없는 일이었다. 쇼트커트가 한 여사와 나를 번갈아 쳐다보며 농담하듯 희롱했다.

"잘생긴 데다 효자이기까지?"

쇼트커트의 말끝이 턱없이 올라갔다. 나를 위아래로 훑으며 그녀가 묘하게 웃었다. 뻔히 알면서도 이 정도 허세나 허영쯤은 눈감아 주는 척. 한 여사는 보란 듯이 더 크게 너스레를 떨었다. 어쨌든 나는 최대한 의사 아들로서 품위를 유지해야 한다. 혹 품위를 지키지 못한다고 한들 큰 흉이야 될까마는. 실제 어머니들이란 자기 자식을 가장 잘 안다고 믿고 있지만 실은 가장 모르는 사람일 테니까. 그걸 또 다른 어머니들은 알고 있다는 게 문제다. 쇼트커트에게 나지막한 목소리로 인사를 건네었을 뿐 나는 진짜 아들인 척 시종일관 진중하게 사태를 엿보았다. 역할을 최대한 완수하기 위해서 사태파악은 필수.

카페 안이 점점 밝아졌다. 시력이 카페의 조도에 맞추어졌다. 다소 시끄럽긴 해도 화기애애한 가족 같은 분위기였다. 선택의 여지가 없는 혈연이라는 고통스러운 굴레에서 벗어나 더 끈끈하게 맺어진 또 다른 가족. 다소 과한 허풍도 우스개로 넘길 줄 아는 관계. 아마 저들이 바라는 것은 그런 게 아닐까?

쇼트커트는 남의 일에 나서길 좋아하는 사람처럼 보였고 잠시도 두꺼운 입술을 다물지 않았다. 누구랄 것 없이 모든 회원에게 친화력을 유감없이 발휘했다. 말하자면 분위기를 띄우는 사전 엠시 정도의 역할을 맡은 듯했다. 나는 한 여사와 쇼트커트를 같은 부류의 사람으로 보았으나 그들은 서로 닮았다는 말을 절대로 듣고 싶지 않을 것이다.

스타를 향한 열렬한 응원은 물론 팬 미팅 사전 준비와 팬 카페 댓글 관리 등, 차후 운영방식의 논의로 왈가왈부. 회원들의 결속을 다지는 한편 전염병 극복을 위한 기부 모금 활동이 펼쳐졌다. 아니나 다를까, 누구보다도 먼저 한 여사의 목소리가 터져 나왔다. 모금방식에 대해서 어깃장을 놓으며 한 여사가 벼락같이 화를 냈다. "팬클럽 이름으로 해야지, 왜 스타의 이름으로 한다는 거야!" "진정하시죠, 여사님." 쇼트커트가 다시 중재에 나섰다. "누가 화를 냈다는 거야. 정당한 방식으로 가자는 거지." 한 여사는 정말 화를 내고 있었다. 분풀이하듯 막무가내였다. 전체 맥락으로 보아 한 여사의 의사는 억지스러웠고 분란을 조장할 뿐이었다. 자신의 말밖에 할 줄 모르는 한 여사는 끝까지 쇼트커트의 말을 들으려 하지 않았다. 자기주장이 강하고 분위기를 주도해야 하는 사람들은 상대방의 우월함을 견디지 못한다. 입장을 달리하는 쇼트커트에 노골적으로 경고를 날렸다. 한 여사의 목소리가 점점 더 커졌다. 누가 말리랴.

그때 쇼트커트가 나를 쳐다보았다. 내 눈동자가 방향을 잃고 흔들렸다. 나는 긴장이 되었을 뿐, 어떻게 공격하고 어떻게 방어해야 할지 도무지 알 수 없었다. 그러니까 '어머니'가 아닌 '고객'을 어떻게 말려야 할지 어떻게 두둔해야 할지 몰랐다. 한 여사의 몸은 더 부풀어 올랐고 나는 살얼음판을 걷듯 졸아들었다. 말을 아꼈던 게 아니라 할 말이 없었다. 이럴 때 맞춤형 멘트나 적절한 행동이 있었으면 좋으련만. 쇼트커트는 나에게 뭔가를 기대했지만 고객매뉴얼에는 대처법이 없었다. 내 시선은 계속 딴 곳에 머물렀고 쇼트커트는 여전히 나를 쳐다보고 있는 게 분명했다. 진짜 팬이라면 자기 생각만 고집할 게 아니라 스타를 위해서 뜻을 모을 줄도 알아야 했다. 하기 싫어도 해야 할 때가 있고 불손해지고 싶어도 정중해야 할 때가 있듯. 딱 그런 상황이었다. 분위기가 순식간에 썰렁해졌다.

그러거나 말거나 열광하는 '팬심'을 자극하듯 스피커에서는 계속 노래가 울려 퍼졌다. 동시에 대형 화면에 스타의 얼굴이 비쳤다. 사회자는 능수능란한 말솜씨로 회원들의 절대적인 호응을 끌어냈다. 다시 분위기가 후끈 달아올랐다. 그들의 스타는 가락과 율선을 놓았다 당겼다 하며 화면 속에서 팬들의 감성을 조롱操弄했다. 언제 화를 냈던가? 화를 낸 사실을 잊어버린 듯 여사의 얼굴이 환해졌다. 스타에 환호하는 순간만큼은 소녀처럼 순수했다. 나는 그녀가 순수를 지향했던 사람이라는 것을 다시 상기했다. 노래의 음률에 따라 팬들은 젖어 들었다가, 토해 냈다가, 위로하다가⋯ 그들의 구세주가 나타난 것처럼 별것도 아닌 것에 환호했다. 물결치던 함성이 다시 와! 하고 일어났다. 그 소리는 하나의 덩어리로 모여 점점 더 커다랗게 뭉쳐지고, 마치 이성이 마비된 것처럼 흥분과 열광 속에서 사람들은 조금씩 제정신이 아니었다. 반쯤 얼이 빠져 있거나 자신이 어디에 있는지도 모르는 것처럼 보였다. 거기서 제정신인 사람은 나 한 사람밖에 없었다. 그러나 나조차도 지각능력이 뒤죽박죽되었다. 소리의 덩어리가 너무 컸다

50

가 작아졌다가 웅성거리다가, 귓가에 윙윙 울렸다. 어느 순간 그 소리
는 점차 위협적인 소리로 변했고, 머릿속에서 약간의 분열이 일어났
다. 마력에 이끌리듯 하나로 뭉쳐진 열광의 덩어리는 감흥이라기보다
뭐랄까? 무언가를 떨쳐내기 위한 일종의 기형적인 몰입에 가까웠다.
넘치거나 모자라거나, 한쪽으로 몹시 기울어진 혼돈의 상태. 생의 열
정이 엉뚱한 곳으로 달아났다. 내겐 그렇게밖에 보이지 않았다.

사람들의 심리는 생각보다 복잡하고 각양각색이라 확실하게 규정
할 수 없지만, 그랬다, 그것은 외로움의 반란이었다. 외로움이란 때
론 정신을 놓아버릴 만큼 맹렬해지기도 하니까. 자신을 다스릴 수 없
게 만들기도 하니까. 그들은 모두, 알 수 없는 저마다 다른 외로움에
떨고 있었다. 맹렬한 바이러스의 침입으로 인한 무차별 감염과 패닉
상태. 나는 그들 뒤편에 앉아 집단 감염의 공포를 맹렬하게 느끼고 있
었다. 그러니까 저들은 가장 가까운 관계, 가족이라는 굴레 속에서 최
소한의 존엄마저도 내팽개쳐진 채 이곳으로 내몰린 사람들이 아닌가?
굳건하다고 믿고 있는, 완벽하고 안전하다고 믿고 있는 가족이라는
환상을 지우며. 이미 내 두려움은 바이러스가 아닌 외로움이 되어버
렸다.

스타와 팬, 이를테면 인기와 위로의 관계.

이 또한 공중에 떠다니는 바이러스와 같아서 우후죽순 접촉하고 감
염되어 증세를 보이다가 죽어가는 것. 저렇게 열광하다가 한순간 인
터넷 댓글의 흉포한 무리가 되지 않는가? 이런저런 생각들이 밀려왔
다 밀려갔다. 다시 약간의 분열이 일어났다. 무리의 힘은 한 사람을
살릴 수도 있고 죽일 수도 있다. 맹목적인 것은 파괴되기 마련이니까.

한 여사가 휙 고개를 돌려 나를 쳐다보았다. 그녀가 돌아봤을 뿐인데 순간 영감의 얼굴이 선명하게 클로즈업되었다. 이건 뭐야? 서로 등을 지고 반대 방향으로 달아나는 사람들? 그렇다면 영감의 아내도 여기 어디쯤 앉아 있다는 말? 외로움에 치를 떨며, 미친 듯 열광하며, 새로운 가족을 만나기 위해 ….

회원들은 같은 색의 티와 같은 색의 모자와 같은 색깔의 머플러를 두르고 한껏 가족애를 다지다 헤어졌다. 흡수하기만 하고 분출하지 못한 가슴 속 덩어리를 쏟아내고. 쇼트커트는 끝까지 모자지간이 아닌 연인 같다고, 친절을 베풀었다. 그들이 아무리 가족 같은 관계라 할지라도 가식적인 건 어쩔 수 없었다. 가식이 몸에 밴 도무지 나이를 가늠할 수 없는 사람들이 뭉쳤다 흩어졌다. 아니나 다를까 한 여사는 큰 목소리로 자신의 퇴장을 알렸고, 과장된 행동으로 금일봉을 쾌척했다. 이런 사람들은 대체로 무슨 일이든 돈으로 해결한다. 돈으로 사람을 꼼짝 못 하게 만들고 만다. 쇼트커트의 공치사가 늘어졌다. 얼마나 어리석고 촌스러운 짓인지. 어깨를 젖히고 고개를 쳐들고 의기양양 걸어가는 한 여사의 모습. 나는 한 발짝 물러서서 그녀들을 바라보았다. 아, 저 외로움을 누가 알겠는가.

다음 목적지로 이동하면서 한 여사는 나머지 일정에 대해서 말했다. 흥분이 가라앉지 않은 듯 목소리는 탁했다. 이렇게 일정이 종일 풀가동되면 여러모로 이점이 많다. 시간이나 경비도 절약되고 수익은 배가되니까.

"어땠어?"

한 여사가 뜬금없이 물었다.

나는 입속에 말을 넣고 조금 얼버무리다가 좋았어요, 대신 "좋아 보였어요"라고 대답했다. 회원 모두가 진짜 가족 같았다고. 무엇보다 가족 같은 관계가 인상 깊었다고 말했다.

"이 나이에 실없어 보이지 않고?"

한 여사가 다시 물었다. 조금 전까지는 몰랐는데 남도 지방의 사투리 억양이 살짝 섞였다. 정확하게 말하자면 실없어 보였다기보다 뜻밖이었다. 그러나 나는 한 여사의 팬이 된 것처럼 대답했다.

"열정적이었습니다. 아무런 편견 없이 사람들과 어울릴 수 있다는 건 쉽지 않은 일이죠. 보기 좋았습니다." 그런 삶을 지지한다고까지 말하려다 관두었다.

"나잇값을 못한다는 말이지?"

한 여사가 은근히 째려보았다. 어떤 말을 해도 정확하게 알아듣는 어머니처럼, 내 생각을 훤히 들여다본 것이다.

"아니죠. 가벼워서 좋았습니다." 나는 금방 고쳐 말했다. "무겁지 않아서 좋았어요."

"하기는 무거운 게 탈이지. 인생에 너무 많은 의미를 부여할 필요는 없어. 의미니 가치니 뭐 그런 이유 따위 따지는 것보다 더 중요한 건 살아가는 일이지. 살아내는 일보다 더 중요할 수는 없어." 그녀는 조금 후 다시 말을 이었다. "그걸 나도 뒤늦게 알아버렸지 뭐야. 어쨌든, 가볍게, 가볍게 …."

"사모님께서는 많은 의미를, 부여하며 사신 것 같은데요."

립서비스에 불과하리라. '많은 의미를'이라고 말해놓고 다음 말을 찾는 그 짧은 순간에 머릿속에서는, 찾으며, 되새기며, 살피며, 담으며 … 줄줄이 따라 나온 단어 중에 가장 적당한 말을 찾느라 분주했다. 그래도 저희 어머니에 비하면요, 라든가 제 어머니는 아직 그걸 알지 못하실 걸요, 라는 말을 도로 집어넣었다.

"한때는 목표를 향하여, 가치를 위해서 맹렬했지. 그게 최선이라고 생각했어. 마치 그것만이 최고의 사랑이고 의무이기라도 하듯 말이야. 멈추지 않는 기계처럼 미친 듯 휘몰아쳤거든. 뭔가 꼭 해낼 줄 알았지. 정작 그게 뭔지도 모르면서, 왜 그래야만 하는지도 모르면서. 내 인생인지 니 인생인지도 구별 못 하고 말이야. 그래서 남은 게 뭘까? 아무 소용없다는 걸 알게 됐을 때는 애석하게도 되돌리기에 너무 늦어버렸어. 자식을 위한답시고, 가족을 위한 것이라고 변명을 해대지만 결국은 자신의 욕망에 휘둘렸던 거지. 구태여 의미를 찾았다면 그런 것일 테지."

잠깐 착시현상이 일어났다. 한 여사가 아닌 다른 사람의 얼굴이 나타났다 사라졌다. 이상하게도 그 얼굴이 영감 같기도 하고 아닌 것 같기도 하고. 내 어머니 같기도 하고 아버지 같기도 하고.

"간절히 바랐던 것. 그게 웃기는 거야." 그녀의 갈라진 탁음이 삶의 왜곡을 번갈아 일으켰다. 그녀가 다시 툭, 내뱉었다. "자기가 원하는 대로 살면 돼."

종잡을 수 없기는 매한가지. 짓궂게도 그 순간 나는 그녀의 아들에 관해서 묻고 싶었다. 그러니까 그녀의 완벽한 가족에 대해서 말이다. 그러나 고객 매뉴얼에 사적인 질문은 금기사항이다. 만약 눈치 없이 내가, '가족은 살아가는 이유죠?'라고 묻는다면, 잠시 가면을 벗고 그녀가, '살고 싶지 않은 이유지'라고 말할 것 같았다. 그렇게 되면 나는 한 여사를 조롱한 것일 테고, 한 여사는 스스로 거짓말을 증명하는 꼴이 되고 말 테지.

내가 할 일은 고객이 뭘 원하는지 눈치 빠르게 파악해 대처할 뿐. 역할 수행 능력을 최대치로 끌어올리기 위해 먼저 상대를 읽는 일이다. 극단적인 예로, 어쩌면 그녀가 독신일 수도 있지 않을까. 욕망에 따라 가족이 만들어질 수도 해체될 수도 있는. 또 다른 예는 실제 가정은 있지만 가족은 해체되었거나, 가족은 있지만 가정은 깨져 버린 상태일 수도 있고. 나는 여러 변수를 생각해 보았다. 그런데 정말 웃기는 일은, 내가 마치 그녀의 진짜 가족이 된 것처럼 그녀를 질타하고 또 이해하려 한다는 것이었다. 내가 그녀를 파악하려 하다니. 그것은 분명 역할의 과몰입이었다. 나는 다시 생각을 가다듬었다. 고객에 대해서 너무 많은 걸 알 필요는 없다고. 더 많은 관심은 필요 이상의 공상을 불러일으킬 뿐이다. 실제 가족처럼 복잡해지는 건 금물이니까.

"어디로 가야 하죠?" 시동을 걸면서 내가 물었다.

"아무 데로나 갑시다." 한 여사가 말했다. "길이야 어느 길로 가든 길로 이어질 테니. 또 모르지, 어느 길이든 길을 잃게 될지도."

나는 이미 그녀가 어딜 가려는지 알고 있었다. 어느 쪽 길로 선택할까요, 라고 물어야 마땅했다. 내비게이션에 도착지를 입력했다. 내비게이션이 마술을 부려 공포의 현장으로 안내하지 않는다면 우리는 곧 대형마트에 도착할 것이다.

도착지 주변에서 우왕좌왕하다 길을 잘못 들었다. 내 실수를 나무라지 않고 한 여사는 오히려 그걸 즐기는 듯했다. 마트는 바로 저기 보이는데 차들의 긴 행렬을 벗어나 엉뚱한 방향으로 밀려나고 말았다.

"서두르지 말고 천천히 가지. 바쁜 일도 없는데." 한 여사가 여유를 부렸다.

지척에 목적지를 두고 차는 자꾸 엉뚱한 길로 차머리를 돌렸다. 지름길로 이어질 것 같은 길의 입구에서 내비게이션은 계속해서 되돌아가기를 종용했다.

"사는 것도 마찬가지야. 이렇다니까. 코앞에서 놓쳐 버리고, 목전에서 돌아선다니까. 자신의 길을 가고 있다고 말하는 사람들은 자신을 모르는 사람일지도 모르지. 어느 길로 가야 하는지, 어디로 가는지 모른다는 말일 수도 있고. 그걸 알려고 할수록 길을 잃을 수밖에 없어 … ."

한 여사의 말은 전적으로 맞았다. 그녀에 대해서 종잡을 수 없기는 매한가지였지만, 어쩌면 그녀는 못 말리는 속물이 아닐지도 모른다는 생각이 들었다. 나는 처음으로 한 여사에게 신뢰감을 느꼈다.

한 여사는 물건의 가격 같은 건 신경 쓰지 않고 카트에 물건들을 집어넣었다. 욕망이란 어쩌면 그다지 거창하지 않을지도 모른다. 돈에 구애받지 않고 사고 싶은 것을 사고, 마음껏 서로 사랑하고 싶을 뿐일지도. 뭐, 그게 거창하지 않다고? 모르겠다. 정말 모르겠다. 간절히 바라는 것이 이루어진다고 해서 욕구가 멈추겠는가. 돈이란 매번 사람을 멍청이로 만들고 마는 것을.

나는 아무 생각 없는 사람처럼 카트를 밀며 한 여사 뒤를 따랐다. 실제로는 너무 많은 생각이 머릿속을 채워 무슨 생각을 하는지조차 모를 지경이었다. 발이 걸어가는지 생각이 걸어가는지 모를 정도였으니까. 까딱하다 상품 진열장 사이에서 그녀를 놓칠 뻔했다. 그녀가 다그치지 않아도 겁쟁이처럼 돈 앞에서 자꾸 주눅이 드는 건 왜일까.

나는 시선을 한 곳에 고정해 놓고 사람들의 얼굴을 쳐다보지 않았다. 그때 불현듯 속에서 뜨거운 것이 올라오면서 불끈 주먹이 쥐어졌다. 누구든 붙잡고 세게 한방 내리치고 싶었다. 주먹이 본색을 드러낼까 전전긍긍 긴장하고 있는데 덩달아 허기가 몰려오면서 이상하게 성적 욕구가 강렬하게 올라왔다. 그때였다.

"어때? 팬클럽에 가입하고 싶지 않나?" 물건을 고르며 한 여사가 말했다. 그녀의 억양은 의사를 묻기보다 명령조였다. 어딘지 모르게 아주 익숙한 어투, 묘한 흥분을 일으켰다. 흥분은 강렬해서 몸속에 장전하고 있던 오래전 도벽을 되살렸다. 눈을 돌리기만 하면 사방에 장물이 즐비해 있지 않은가. 지천에 핀 들꽃처럼. 나는 그 불손하고 불온한 흥분을 억지로 누르며 천천히 대답했다.

"글쎄요, 아직은." 여지를 두지 않고 서둘러 그녀와의 통로를 차단했다. 사적으로 가까워지거나 끈끈한 관계를 원치 않는다. 개인적인 관계라면 감정적으로라도 얽히기 마련. 얽히는 건 질색이다.

"가족 같은 관계지. 일단 편안해. 서로 부담 줄 일이 없으니까. 챙겨주고 들어주고 무엇보다 서로 이해해 주니까. 어떤 관계보다 살뜰하다고 해야겠지."

정말 그럴듯하게 말했지만, 그렇다고 해서 내가 한 여사의 말을 곧이곧대로 들을 리 만무하다. 아무리 살뜰한 관계라 하더라도 서로 살뜰한 관계라는 것을 아는 순간 사달이 나고 만다는 것도 나는 알고 있었다. 살뜰해 보일 뿐 그 속으로 들어가면 온갖 잡음이 난무한다는 것을. 질투와 비웃음, 위선과 음모가 뒤섞여 있기 마련이라는 것을. 세상을 너무 비관적으로 본다고? 천만에. 조금 전 한 여사의 횡포를 보지 않았나. 가해자들은 본인이 얼마나 상대를 괴롭히는지 모른다. 사춘기 아이들이 얼마나 그들의 부모를 괴롭혔는지 알 리 없듯. 알고 있다면 그건 질풍노도에 휩쓸렸던 자신의 괴로움뿐일 테니까. 인간관계 역시 그렇지 않나? 비열하기 짝이 없는 생각을 떠올리자 온몸이 서늘해지면서 팔뚝에 한기가 돋았다. 대형마트의 냉방시설은 탁월했다. 장난감 판매대 앞에서 떼를 쓰던 아이가 땅바닥에 드러누워 악을 쓰며 울어대고, 나는 조금 전보다 더 심한 허기가 졌다.

문방구에서 훔친 문구들을 모두 넣은 가방을 메고 지구대로 향했다. 지구대 문을 열고 들어가는 순간까지 어머니는 내 손을 잡고 있었다. 문이 열리고 경찰 아저씨가 내게 다가왔을 때 어머니는 냉정하게 내 손을 뿌리쳤다. 그리고 급히 문을 열고 나가버렸다. 나는 절도죄로 감옥에 갇혀야 하고 다시는 어머니를 볼 수 없게 되었다고 경찰 아저씨가 윽박질렀다. 아마 그때 처음으로 일생일대의 절박감을 느끼지 않았을까. 다시는 그런 짓을 하지 않겠다고 울면서 싹싹 빌었다. 결국, 그 말은 거짓말이 되고 말았다. 하지만 그 순간만큼은 진심이었다. 예닐곱 살 때쯤이었다. 그러고 나서 나는 어머니의 지갑에 몇 번이나 더 손을 댔고 어머니를 기가 막히게 했다. 이후 도벽은 사라졌다. 대신 더 심각한 문제아로 등극하게 될 줄 어머니는 몰랐던 것이다.
마치 모든 사람이 자신을 쳐다보고 있기라도 하듯 한 여사는 우아한 걸음으로 마트를 누볐다. 기품이랄 것도 없지만 그녀가 뿜어내는 빛이 눈에 띄게 밝고 다채로웠다. 자신이 화려하다는 걸 그녀 자신도 모르지 않을 터. 그걸 즐기고 있을지도. 그것만이 그녀를 구제할지도….

한 여사를 바라보면서 어머니의 바짝 마른 모습이 다시 떠올랐다. 뭔지 모르게 끔찍하게 혼란스러웠다. 나는 그만 자기연민에 빠진 눈빛으로 해서는 안 될 말을 하고 말았다. 저녁을 사주실 수 있겠느냐고. 고객 매뉴얼에는 절대 해서는 안 될 위반 사항이었다. 한 여사가 힐끗 한 번 뒤돌아보고는 다시 매대로 눈길을 돌렸다. 물건이 가득 담긴 카트를 밀며 나는 다소 비열하고 건방진 어투로 다시 한 번 더 말했다. 분명 미친 짓이었다. 나는 정말 미쳐가고 있는지도 몰랐다.

내가 미쳐가거나 말거나 한 여사에게서 '지름신'은 물러가지 않았다. 그녀는 '지름신'의 함정에 빠져들었고, '지름신'이 쳐놓은 그물에 걸려든 물고기처럼 퍼덕거렸다. 꼼꼼하게 가격을 대조하지 않았고 물건을 선택하는 것에 망설임이 없었다. 그랬다. 그녀는 복잡한 걸 싫어하는 사람이었다. 구매 욕구가 불타올라 물건을 사들여야만 행복해지는 사람이었다. 카트에 가득 쌓아 올린 물건들, 강렬한 욕구가 이미 이성을 마비시켜 버렸는지도 모를 일. 욕망이 방향을 잃어버리고 여기저기 충돌하면서 자기조절능력을 모두 상실해 버린 사람 같았다. 그녀의 행동은 선택 장애가 있는 나를 놀라게 하기에 충분했다.

돈이 없다는 건 사람을 우울하게 만들지만, 돈이 있어도 우울한 건 마찬가지. 너무 많거나 너무 적거나, 인간의 욕망은 중간을 용납하지 않았다. 한 여사는 자신의 무분별한 행동에 완전히 취해 있었다. 분명 우울증 때문일 거라고 나는 혼자 상상했다. 어쩌면 저장강박증으로 그녀의 집은 이미 포화 상태가 되어버렸을지도 모른다고.

"뭐 무질서해 보인다고?" 그녀가 힐끗 나를 돌아보았다. 굳이 말하자면 제 발에 걸려 넘어진 꼴. 한 여사가? 아니 내가?

"난 무식하고 생각 없는 인간이 좋아. 온갖 가식을 떠는 인간보다 낫다는 말이야."

나는 놀라 그녀를 다시 쳐다보았다. 그녀의 말은 자기검열이 아닌 항변의 어투였다. 목소리 톤이 다시 커졌다. 그러니까 자신은 가식적인 인간이 아니라는 말. 웃긴다. 이런 사람들은 어떤 식으로든 자기가 옳다고 우긴다. 딱히 옳은 사람이라기보다 기필코 옳지 않은 사람이 되지 않으려 한다. 자신이 옳은 사람이 되기 위해서 다른 사람은 어떻게든 옳지 않아야만 한다. 자신은 남의 잘못을 지적하면서도 자신의 잘못을 지적하면 견디지 못하는 인간. 기가 막힐 노릇이다. 내가 무슨 말을 할 수 있겠는가. 나는 그녀의 말에 아무 대답도 하지 않았다. 다만 조금 전 왜 미친 짓을 했을까? 후회했을 뿐이다.

도시의 저녁은 낮보다 인간적이다. 누군가는 생을 마감하는 시간일지라도, 사람들은 여기저기 모여들고 불빛은 더없이 다감하다. 식당으로 들어가는 골목 옆 꽃집 창가에 양귀비꽃이 만발해 있었다. 분명 생화보다 더 진짜 같은 조화. 한 여사가 꽃을 보며 환호했다. 나는 강아지 꼬리처럼 보송보송한 털이 코끝을 간질이던 강아지풀을 바라봤다. 한 여사가 또 환호했다. 안에서 작업을 하던 플로리스트가 내다보았다.

"어머, 강아지풀이잖아. 조화 같아 보이지 않아. 맞아, 화려한 유색 꽃들에 환호하다가도 정작 마음이 가는 쪽은 저런 풀꽃이거든. 그

러고 보면 나도 어쩔 수 없는 촌사람이야. 쭉쭉 몇 가닥 뽑아 올려 질
그릇에 꽂아놓고 잎차나 마셔도 좋을 텐데."

종잡을 수 없기는 매한가지.

"여사님도 촌사람인가요?"

"촌사람이었지. 촌사람이고."

나는 그녀가 촌사람 같은 순수한 사람이라는 건지 아니면 우둔하다
는 건지, 진짜 촌사람이었다는 건지 또 헷갈렸다. 그녀가 어떤 사람이
든 무슨 상관인가. 그런데 그녀가 촌사람이라고 말하자 이상하게 어
머니에게서 나던 나뭇잎 타는 냄새가 나는 것 같았다. 기분이 다시 썰
렁해지면서 또다시 어찌할 바를 몰랐다. 나는 꽃들을 바라보다 네잎
클로버를 다시 떠올렸고, 하마터면 그녀에게 네잎클로버에 대해 다시
물을 뻔했다. 지난날을 회상하면 거기 어딘가에 넣어둔 네잎클로버
하나쯤은 발견하게 되지 않나. 아무리 어려운 시절에도 한 자락 희망
은 품고 사는 거니까.

곰탕은 뜨겁고 진했다. 한 여사는 쩝쩝 소리를 내며 음식을 먹었다.
자식 때문에 마음 편할 날 없던 어머니가 혼자 앉아 쩝쩝 소리를 내며
밥을 먹을 때, 나는 그 소리를 듣는 것만으로 안도했다. 어머니는 어
쩌면 죽을 만큼 괴롭지 않을지도 모른다고. 혹 죽을 만큼 괴로워도 다
시 힘을 내서 살아갈 거라고. 고개를 돌리고 방문을 닫고, 마음 내키
는 대로 소리 지르며 어머니를 완전히 무시하면서도. 나는 그때 왜 조
금도 바뀔 생각을 하지 않았던 걸까. 왜 조금도 어머니 생각을 하지 않
았던가. 어머니와 연결될 때는 언제나 어린아이가 되는 건 왜일까? 말
도 안 되는 투정을 부리고 싶고 엇나가고 싶어지는 건. 갑자기 술 생각

이 간절했다.

저녁을 먹은 후 한 여사는 내게 시간이 된다면 사용료를 더 지급할 테니 술 한잔하지 않겠냐고 말했다. '사용료를 더 지급할 테니'를 특히 강조했다. 그리고 뒤이어 덧붙였다. 친구가 되어, 라고. 나도 모르게 순간 히죽 웃음이 새어 나왔다. 아무리 웃음을 잡으려고 해도 도무지 웃음이 사라지지 않았다. 이럴 때가 예기치 않은 상황이다. 마치 내가 술 한잔을 기다렸다는 듯이. 아니면 그녀를 비웃고 있다는 듯이. 분명 화를 내거나 정색을 해야 할 상황임에도, 미안하거나 용서를 구해야 할 상황인데도, 난감하거나 슬퍼해야 할 상황임에도 의외로 웃음이 나올 때가 있다. 멈추고 싶은데 제어가 되지 않는다. 감정의 균형이 무너져 버린 것이다. 감정이 한쪽으로 치우치면 의외로 표현은 반대로 향하고 만다. 잠깐이지만 이럴 때 새어 나오는 웃음은 정말 치욕스럽기까지 하다. 딱 그 상황이었다. 강경하게 대응하고 싶은데, 신중해지고 싶은데, 상대를 응징하고 싶은데, 그럴 때 이렇게 실없는 인간처럼, 분위기 파악이 되지 않는 덜떨어진 인간처럼 행동할 때 정말 나 자신이 싫다. 나는 얼른 한 여사에게 사과를 구했다. 그러나 한 여사는 따끔하게 나무라는 대신 '쿨'하게 대응했다.

"사는 게 다 반대로 가는 거지 뭐. 없어도 있는 척, 서글퍼도 괜찮은 척, 약해도 강한 척 … 그렇게 웃는 거지 뭐."

한 여사의 말에 울컥했다. 아니 뭉클했다. 아무튼, 그녀는 어깃장을 놓는가 싶으면 또 순수해지고, 사정없이 후려치는가 싶으면 감쌀 줄도 안다.

억박지르다 달래고 협박하다 타이르고, 상처를 외면한 채 다그치고 분노하다 결국은 제각각 혼자가 되었을, 그 외로움을 누가 알겠는가. 그녀의 아들은 지금 뭘 하고 있을까? 뭔가 조금 잡히는 듯도 했다.

"어려울 때는 이유 없는 낙관도 헤쳐 나가는 데 도움이 된다고 하지 않습니까?" 하필 그때 왜 이런 쓸데없는 말을 하고 있는지, 나 자신이 한심스러웠다. 그녀가 좀더 가깝게 느껴졌을까. 좀더 솔직해도 될 것 같았을까. 맥락 없는 말을 불쑥 내뱉고 나서 무슨 용기였을까, 나는 그만 정곡을 찌르고 말았다.

"가족은 서로를 잘 안다고 생각하지만, 정작 서로를 잘 모르는 사람들 아닌가요? 그래서 더 큰 상처를 주고받는지도 모르고요. 한쪽이 틀렸거나 나빠서가 아니라 서로를 잘 알지 못하기 때문 아닐까요?"

의외로 나는 쫄지 않았다. 오히려 태연하게 말했지만 어쩐지 착잡한 기분이 들었다. 그제야 한 여사가 모자를 벗었다. 모자를 벗고 나니 훨씬 빈약하고 늙어 보였다.

"한집에서 함께 살아도 서로가 서로에게 부재중이라는 말이지. 밥도 같이 먹지 않고, 눈도 마주치지 않는 가족을 가족이라 할 수 있나? 원수처럼 으르렁거리며 서로 외면하며 다른 쪽으로 달아나는데. 기를 쓰고 잡고 있던 걸 놓고 나니 이렇게 허무할 수가 ⋯. 여태 그걸 몰랐던 거지. 그토록 힘들었던 시간이었는데 돌아보니 너무 빠르게 지나가 버렸어. 참 웃기는 게 인생이라니까."

자신의 목소리가 확고할수록 다른 목소리는 존중받지 못한다. 기를 쓰고 잡고 있다는 건 자신의 뜻을 몰고 간다는 말. 한 여사는 시대를, 방향을 읽지 못한 게 분명하다. 내 삶과 네 삶이 구분되지 않는 부모와 자식 간일지라도, 다른 목소리에 가중치를 두어야 하는데, 그 목소리에 귀 기울여야 하는데 ….

나는 어떻게 처신해야 하는지 잠시 잊었다. 세상의 모든 것은 변화와 사라짐밖에 없어요, 따위의 말이 자꾸 불쑥불쑥 올라왔다. 하지만 다른 말을 했다. 그러니까 그녀의 아들로, 충분히 감정이입이 되었다.

"계속 따듯한 밥상을 받는 게 부담스럽지 않았을까요. 더는 눈을 마주칠 자신이 없었던 건지도 모르죠. 도저히 기대에 부응하지 못하는 자신을 자책하고 있는지도 모르고요. 그게 아니면 지독한 반항이겠죠. 이제 비로소 자기 자신을 살아가고 있는지도 모르고요. 다른 사람의 욕망에 휘둘리지 않고."

그 순간 나는 부재중인 가족의 역할을 하는 것이 아니라, 있지만 없는 것처럼 살아가는 자의 역할에 충실해 있었다. 내가 그녀의 아들에 대해 뭘 안다고, 그자를 대변하게 될 줄이야. 나조차도 혼동이 되었다. 과연 누구에게 고용되었는지조차 헷갈렸다. 그 와중에 한마디 빠진 게 있다면, 그는 이제 가족 속에서 아무것도 찾을 수 없는 사람이 되어버렸다는 것. 매뉴얼이 이렇게 진화해 가리라는 걸 예상하지 못했다.

근데 이게 무슨 일인가. 한 여사의 크고 짙은 눈에서 눈물이 흘러내리는 게 아닌가. 왜인지 모르겠으나 계속 눈물이 흘러내렸다. 지독한 배반감이거나 회한이거나, 그건 알 리 없었다. 한참 동안 말이 없던 한 여사가 눈길을 딴 데로 돌린 채 말했다.

"이건 아니다, 이건 맞다, 그게 눈에 훤히 들어오는데, 맞아도 아니어야 하고 아니어도 기다, 라고 해야 할 때가 있어. 그게 …."

그녀는 다시 눈물을 훔쳤다. 자신의 말을 어떻게 받아들이고 이해

했는지 다소 의심스러운 눈으로 나를 한 번 쳐다보았다. 어머니들은 대체로 속마음을 속 시원히 드러내 보이지 않는다. 아마 그건 실제가 초래할 결과를 두려워해서일지도 모르겠다. 나는 더는 아무 말도 하지 않았다. 일테면, 결국 삶이란 아닌 것은 아니다, 맞는 것은 맞다, 고 분명히 구별하는 것이 아니라, 아닌 건 아닌 게 아니고 맞는 건 맞는 게 아닌 채 살아가는 거라는 말이었을까? 반쯤은 알 것도 같고 절반은 무슨 뜻인지 여전히 알아듣기 어려웠다.

벌써 한참 전부터 정신을 집중시킬 수 없는 것이 문제였다. 그러니까 자기주장을 일삼던 한 여사도 자식에게만큼은 어쩔 수 없다? 눈앞이 흐릿해지면서 또다시 헷갈리기 시작했다. 무슨 말을 하고 있는지 분명하지 않았지만 분명한 것은 그때 한 여사가 울고 있었다는 거다. 나는 다시금 어머니의 눈물을 기억해야만 했고 그것이 더 고통스러웠다. 아마 내 눈시울도 벌겋게 달아올랐을 것이다. 한 여사가 나를 보고 있지 않아도 붉어진 눈시울만은 보았으리라.

자리를 옮기지 않았지만 한 여사도 나도 이미 취해버린 것이었다. 취하지 않고서야 어떻게 속을 토해 낼 수 있단 말인가. 나는 쥐고 있던 자동차 키를 그녀에게 넘겼다. 물론 다음을 기약하지 않았다. 먼저 한 여사가 손을 한 번 들어 보이고는 돌아서 걸어갔다. 나는 울먹이고 있었다. 울먹임은 쉽게 진정이 될 게 아니었다. 나는 방향을 틀어 반대쪽으로 무작정 걸어갔다. 다만 역할에 충실했을 뿐이었을까?

삶은 매 순간 작별하는 일이지만 또 매 순간 만나는 일이기도 하다. 다음 날 영감과의 스케줄을 생각하니 마음이 무지근해졌다.

*

녹슨 철문이 둔중한 소리를 내며 열렸다.

영감은 등을 진 채 마당에서 분재목을 손질하고 있었다. 지난번 경험으로 미루어보아 영감이 원하는 것은 약간의 호응과 미소 정도임을 상기했다. 개들이 달려들며 짖어대자 영감이 제지했다. 개는 영리했다. 개들이 영감의 가랑이 사이를 비비며 냄새를 맡아대는 동안 나는 조심스럽게 그의 곁으로 다가갔다.

"분재목은 말이야, 처음엔 믿음직스럽지가 않거든. 키를 키우고 몸집을 불릴 일이 아니라네. 에너지를 응축시킬 필요가 있다는 말이지. 아무렇게나 쑥쑥 크는 나무는 분재목으로선 적당치가 않아."

결정적 일격을 당한 느낌. 무언가에 걸려 넘어지듯 몸이 앞으로 꺾였다. 영감의 말을 경청하는 척 나는 고개를 숙이고 있었다. 영감은 전보다 훨씬 살갑게 대했다. 그런 호의로 인해 상대가 까닭 모를 모욕감을 느낀다는 사실을 그는 모른 척했다. 점점 더 영감과 밀착되는 느낌. 나는 영감으로부터 한 발짝 물러섰다. 영감의 옆얼굴에 웃음기가 돌았다. 웃음인 듯 아닌 듯 야릇한 비웃음. 자신의 웃음조차도 싹을 묶어버려 더 이상 자라지 못하도록 만들어 버린 건가. 그때 발가락과 손가락이 저릿해져 오면서 내 몸이 조금씩 묶이고 있는 것처럼 느껴졌다. 왜 이런다지, 연일. 머릿속에서는 꼬리에 꼬리를 물고 생각이 이어졌다.

아버지가 나를 다잡으려 할수록, 그 엄격한 제도에 순응하려 할수록, 억누르던 힘은 감당할 수 없이 솟구쳐 올라 엉뚱한 곳으로 뻗쳤다. 이유 없었고, 터무니없었고, 막무가내였고, 막무가내였기에 매 순간 펄펄 끓었다. 그게 나였는지, 아버지였는지 …. 어떻게 되리라는 것을 뻔히 알면서도 증폭제를 장착한 채 나는 거친 세계로 뛰어들었다. 아이러니하게도 나는 그 세계의 '오야붕'에게 한동안 절대 순종했다.

영감이 개작하고 있는 모과나무는 굵은 외목대 수형이 웅장했다. 덩이거름을 넣고 순치기를 하고 단엽을 하는 동안 나는 옆에 우두커니 서 있었다.

"인간이란 우습게도 원치 않는 쪽으로 흘러가게 된다, 그 말이야. 자신도 모르게 빨려 들어가게 되지. 위험한 것일수록 더 깊이 빨려 들어가게 돼. 그렇게 될 줄 뻔히 알면서 그곳으로 걸어 들어가게 되는 게 인간이다, 그 말이야. 우스운 일이지."

순간 얼굴이 확 달아올랐다. 나는 이래저래 허둥대다 두서없이 "그런가요" 하고 모호하게 대답했다.

"그쪽으로 흘러갈 것 같으니까 미리 경계하는 거지. 애초에 가지가 뻗는 쪽을 돌려놓아야 한다, 그 말이지."

그 말을 할 때 날카로운 목소리와 예리한 눈빛과는 달리 영감의 굽은 등이 공처럼 부풀었다. 그는 무엇을 정확하게 표현하고 있지 않았지만 내게 정확하게 전달되었다. 영감의 말이 몹시 불편했던 것은, 이미 나는 그 세계를 넘나들었으며, 언제라도 다시 그 세계로 넘어갈 불안을 품고 있었기 때문이었다. 단지 노인의 케케묵은 노파심이라고 하기엔, 그 정도 삶에 대한 성찰이라고 하기엔, 어딘지 모르게 께름칙했다. 훤히 나를 꿰뚫고 있는 듯한 눈빛. 영감이 다시 담배를 물었다.

나는 얼른 라이터로 불을 댕겼다. 담배 연기가 영감과 나 사이를 빙글빙글 돌았다.

이렇게 쫄고 있지만, 영감이 함부로 취급할 만큼 나는 순진한 편이 아니다. 어느 정도 세상의 거친 때가 타 있어 서툴지만 상대를 읽을 줄도 안다. 영감의 행동이 낯설고 생경하게만 느껴지지 않는 것은 그런 이유이다. '우스운 일'이라고 말하면서 영감은 무거운 얼굴로 말했고, 나 역시 무거운 표정으로 대답했다. 내 속에 꾹꾹 눌러놓았던 것이 신경질적으로 올라왔다.

휘말려서는 안 돼! 영감의 감정은 온전히 영감의 것일 테니까. 내가 영감에게서 읽어낸 것이 진짜가 아닐 수도 있잖아.

나는 다시 자세를 가다듬었다.

햇볕이 쨍쨍한데 갑자기 마른천둥이 치고 소낙비가 쏟아졌다. 영감 옆에 시무룩하게 엎드려 있던 개들이 털을 사정없이 털어대며 개집 안으로 꼬리를 들이고 영감도 비를 피해 대문의 처마 밑으로 몸을 들였다. 담쟁이넝쿨이 비를 맞고 퍼덕거렸다. 햇볕에 빗줄기가 투명하게 빛났다. 한곳에 떠처럼 뭉친 먹구름이 서쪽으로 흘러가고, 나는 처마 밑에 서서 먹구름과 햇살이 서로를 밀어내는 하늘을 쳐다보았다. 발밑에서 흙냄새가 훅, 올라왔다.

오늘도 영감은 나를 마음대로 부리지 않을 것이다. 그런데도 왜 이렇게 혼란스럽지. 겨우 이 정도에서 회의를 느껴야 한단 말인가. 일을 시작할 때의 간절함이나 기대가 사라지고 있었다. 일은 점점 복잡해지고, 어쩌면 더 많은 것들이 꼬일지도 모른다는 생각이 들었다. 영감은 단지 한 사람의 고객일 뿐, 그가 특별한 고객이 되는 걸 원치 않는다.

비가 그치고 영감이 다시 모과나무 수형을 잡으며 말했다.

"분재는 시간의 예술이지. 자연 상태에선 의미가 없던 것이 애정을 가지고 공을 들이면 격이 다른 모습으로 변하게 돼. 어때?"

영감은 대수롭지 않게 말했지만 내게는 실로 가공할 만한 놀라운 말로 들렸다.

"그런 건가요."

얼떨결에 대답했다. 영감이 담장 아래 철쭉나무 쪽으로 네댓 발짝 옮겼다. 수형이 잘 잡힌 철쭉나무는 사방으로 길게 뻗은 뿌리 덕에 근장부가 튼튼해 보였다.

"봐, 목대도 굵고 가지 배열이 좋잖아."

영감이 말했다. 세상을 경계하며 조롱하는 듯한 날카로운 어투가 다소 수그러들었다. 분재를 바라보는 순간만큼은 영화에 대한 불만 따위는 잊은 듯 고요했다. 한 치의 오차도 허용해서는 안 될 것처럼 눈빛은 신중했고 손놀림은 정밀했다. 나는 완고하게 굽은 그의 등을 바라보며 중얼거렸다.

'살아 숨 쉬는 생물의 틀을 잡는다고? 차라리 무관심이나 결핍이 훨씬 더 강한 생명의 원동력이 되지 않을까?'

나무는 원래 자연의 기운을 받아 뻗고 처지고 얽혀야 하는 것 아니냐고, 성장을 억제하는 것이야말로 생명을 거역하는 일 아니냐고, 영감에게 묻고 싶었다. 아니 물을 필요가 없었다. 그는 가지와 줄기와 잎이 완전한 조화를 이루는 완벽한 형상을 만들어 낼 수 있다고 믿고 있을 테니까. 분재목이 그의 손길에 무릎을 꿇을 수밖에 없다고 믿고 있을 테니까. 결국은 보잘것없는 나무가, 볼품없이 뻗어 나가던 가지들이 하나의 완성된 작품으로 존재를 드러낼 거라고 믿고 있을 테니까.

영감에게 분재는 단지 취미가 아니라 삶을 유지해 주는 그 무엇인 것 같았다. 그 비밀에 대해서 그는 말하지 않았다. 나는 영감의 손에 의해 휘어진 가지를 바라보며 생각했다. 저렇게 수형을 잡으면서 자신이 원하는 대로 세상이 달라질 거라고 믿었을까? 아니면 세상에 대한 불만을 더 키웠던 걸까? 알 수 없는 일이었다. 가까이서 보니 철쭉나무는 뿌리와 목대를 연결하는 부분이 불에 탄 듯 검게 패여 있었다.

"뿌리 부분이 썩은 것 같은데요."

내가 말했다.

"썩은 게 아니고, 가시나무가 뚫고 자랐다가 고사했어."

그 말을 할 때 슬픈 전설을 말하듯 영감의 얼굴이 어두웠다. 영감은 검게 팬 곳을 한참 동안 쏘아보았다. 영화 이야기를 할 때와는 달리 고통을 직시하는 듯한 눈빛. 그건 절망도 원망도 아닌 이상한 슬픔이었다. 무어라 설명할 수 없는 슬픔이었다. 그 모습을 바라볼 뿐인데 컹컹, 가슴이 짖기 시작했다. 다시는 되찾을 수 없고 돌이킬 수 없는 회한 같은 것. 직면하기 싫지만 직면하게 되는 안타까움 같은 것. 그때 영감이 다시 말했다.

"근장부가 썩은 게 아니라 가시나무 고사목을 품고 있는 거지."

영감의 어조는 담담했으나 바닥 모를 심연으로 떨어지는 공허함이 전해졌다. 나는 요지부동 그 자리에 서서 내게 전해진 공허감을 그가 읽을까 봐 애써 태연한 척했다.

영감에게 분재는 무엇이었던가? 나는 이미 굽고 어두워진 영감의 등 뒤에 서서 점점 뚜렷해지는 형체를 감지했다. 고사목은 슬픈 전설이 되어 검게 타들었고, 영감의 눈동자에는 절제되지 않는 선명한 슬픔이 배어들었다. 이미 떠나버린 자식을 끌어안고 있는 모습이랄까? 어쩌면 영감의 자화상일지도 모른다는 생각이 들었다. 감정에 치우치지 않고 일관되게, 냉정하게, 객관적인 시선으로 고객을 바라볼 것. 머릿속에서는 매뉴얼이 쉼 없이 작동하는데 나는 이미 통제력을 잃고 말았다. 꽁꽁 닫혀버린 감수성이 속수무책 풀려 감당할 수 없었다. 내가 어두운 지하방에 칩거하며 삶을 유보했듯, 이 서늘한 집에 영감이 스스로 갇히고 만 까닭은 어쩜…? 그래서 단단히 문을 걸어 잠그고 자신의 내부로 피신했던 건 아니었을까? 그것만이 견뎌내는 방식이었고 그래서 더 세상을 향해 딱딱하게 굳어버린 건 아닐까?

스스로 갇혔지만 갇히기를 원치 않았던 사람들. 가까워지기를 간절히 바라면서 멀어져 버린 사람들. 우리는 서로의 이야기는 하지 않았지만 결국 서로의 이야기밖에 하지 않은 사람들이 되었다.

영감이 마당에 유령처럼 서 있었다. 저물어가는 붉은 빛이 영감의 성성한 머리카락과 얼굴에 어리어 흐릿하게 빛났다. 한참 후 뭔가 결심한 듯 그가 말했다. 맥없이 허탈한 목소리였다.

"이제 마당에 옮겨 심어야겠어. 자네가 좀 도와주게나."

영감이 처음으로 나에게 도움을 요청했다. 마치 아들을 바라보듯 나를 바라보며. 그의 허탈한 어조가 슬픈지 괴로운지 분간하기 어려웠으나 분명 어떤 비애가 느껴졌다. 그 비애는 영감이 내뿜은 비말처럼 내게 옮겨져서 알 수 없는 분노로 바뀌었다. 급기야 간당간당 버티고 있던 것들이 무너져 내렸다.

그럼 여태껏 수형을 바로잡기 위해서가 아니라 옮겨심기 위해였더란 말인가. 어리석음은 좀체 포기하거나 양보할 줄 모르는 끈질긴 데가 있어서 언제나 끝을 보고야 마는 것을. 나는 천천히 숨을 내쉬었다. 낙담이 체념으로 변한 듯 우수가 밀려왔다. 속으로 매뉴얼을 주문처럼 외면서 나는 영감의 눈을 똑바로 바라보았다. 영감의 눈동자가 노란색이었다는 걸 그 순간 처음 알았다. 그는 한때 꿈꾸었던 아름다움을 포기하고, 나는 말벗도 지켜봐 주는 이도 아닌, 비로소 그의 아들 역할을 하게 된 것이다.

끝없이 소유하거나 결코, 깨지 않을 꿈을 꾼다는 건 가당찮은 욕망일 뿐이다. 사방으로 뻗어 엉킨 뿌리를 화분과 분리할 때 끙, 하고 영감이 또다시 앓는 소리를 냈다. 영감의 꿈이 영감을 떠나면서 내는 소리인지, 영감이 꿈을 포기하면서 내는 소리인지 분간되지 않았으나, 그 소리는 참혹한 것임엔 틀림없었다.

나는 땅을 깊숙이 파고 뿌리가 다치지 않도록 자리를 잡은 후 그 위에 다시 흙을 덮었다. 그리고 수도와 연결된 호스를 영감의 손에 쥐여주었다. 부풀었던 흙이 서서히 가라앉았다. 오후의 붉은빛이 젖은 나무를 비추었다. 철쭉나무는 검게 타들어 간 채 마당에 심어졌다. 이제 철쭉나무는 더는 분재가 아니다.

영화 이야기는 엉뚱한 곳으로 날아가 버린 화살 같은 것이었을까?

영감에게 아들인 척 아들 역할을 할 뿐인데 진짜 아들인 것 같은 착각은 뭐지. 어투라든가, 표정이라든가, 말과 말 사이 휴지라든가, 끊임없이 수형을 고쳐 잡고 있는 모습이라든가, 뒤돌아 앉아 있는 등이라든가 … 말이 아닌 분위기나 느낌만으로도 충분했다. 아버지의 화법, 아찔할 만큼 익숙함이었다. 영감에게서 벗어날 궁리를 하는 동안 나는 줄곧 잊고 있던 무언가를 찾고 있었다는 것을 깨달았다. 영감은 나를 맨 처음으로 되돌려놓았다. 그것은 겉으로 멀쩡해 보이는 상처가 돌연 다시 쓰라려 오는 고통이었다. 나는 영감을 등지고 독백처럼 중얼거렸다.

'키를 키우고 몸집을 키울 나무가 아니라는 거지. 수형을 다시 잡아 에너지를 응축시켜야 한다는 거지. 위험한 쪽으로 뻗어가는 가지의 방향을 돌려놓아야 한다, 그 말인 거지. 근데 뭐야? 이미 죽은 고사목을 끌어안고 있는 건⋯.'

수려하고 격조 높은 아름다움을 연출하기 위한 끈질긴 애정. 영감의 행동을 모두 이해할 필요는 없지만, 그는 이미 내 속에 반란을 일으켰다.

아버지를 끊임없이 학대하는 가해자로 몰아붙이며 얼마나 못되게 굴었는지, 얼마나 냉정하게 곁을 떠나왔는지, 그리고 얼마나 무심하게 관계를 방치했는지⋯, 하지만 여전히 나를 바로잡으려 애쓰며 여전히 나를 설계하고 있을 아버지.

머리 위 띠구름은 어디론가 몰려가고 눈앞에 부연 안개구름이 퍼졌다.

"언제 또 만날 수 있겠지?" 영감이 말했다.

나는 속으로 대답했다. '아마 다시는 못 볼 거예요.'

나의 여자고객들은 꾸준히 가족의 역할을 의뢰해 오고 있다. 그들에게 그 역할을 할 사람이 여전히 부재중이라는 말이다. 단지 역할일 뿐이지만 가끔은 그들이 진짜 가족인 것처럼 느껴질 때가 있다. 가짜지만 진짜인 척 그들이 원하는 역할을 하는 동안 내 속에서는 정작 진짜이면서 가짜로 살아가는 자의 슬픔이 차오르고 있다.

가족을 대여하는 일의 매뉴얼은 수정되고 보완되어 그럭저럭 체계를 잡았다. K와의 채무 관계도 조금씩 변제되어 가고, 쌓여가던 고지서도 주인 여자의 깐깐한 목소리도 사라졌으니 이삿짐은 단출하다. 나를 무겁게 짓누르던 것들이 다소 가벼워지긴 했어도 내겐 여전히 벗어날 수 없는 무게가 남아 있다. 어쩌면 그건 영영 가벼워지지 않을지도 모른다.

이미 해는 저물었지만, 추수가 끝난 들녘에 나뒹구는 볏짚가리에는 아직 붉은 빛이 머물러 있다. 어두워지는 하늘에 별이 돋기 시작하고 별빛보다 먼저 반짝이는 알전구 하나. 저기 알전구가 오래된 대문을 밝히고 있는 집을 향해 나는 걸어가고 있다. 나는 지금 서른아홉 번째 고객을 만나러 간다. 가짜가 아닌 진짜 나를.

리큐르 만드는 밤

　　—꼭 백 가지여야 하나요? 아흔아홉 가지, 그러니까 그 한 가지 차
이가 있을까요?

　　—그 차이, 음 … 그건 단순히 화학적 성분으로 비교할 수 있는 게
아니지. 뭔가, 있겠지.

　　그는 '있지'라는 말 대신 '있겠지'라고 말끝을 닫았다. 그 말은 '있을
수 있다'라는 가정이 아니라 왠지 '있다'라는 확신에 대한 신묘한 표현
으로 들렸다. 박 씨의 확신을 대신하듯 백초효소는 짙은 갈색이었지
만 투명할 정도로 맑았다.

　　—이건 백화주와는 다르지. 꽃뿐만 아니라 줄기와 뿌리, 열매와
잎, 껍질까지 섞인 거니까. 백 가지 산야초의 약성이 전부 녹아 있다
고 봐야죠. 식물의 정수를 고스란히 뽑아냈다, 그 말이지. 그러니까
한데 어우러진 것, 바로 그거죠.

　　박 씨는 효소를 희석한 물에 잣까지 띄워 내밀었다. 경어와 반말을
대충 섞어 쓰는 그의 어투만큼이나 효소를 담은 질박한 그릇이 잘 어

울렸다. 나는 효소를 입안에 머금었다가 천천히 넘겼다. 정기가 도는 듯한 묘한 쓴맛. 일테면 햇살이 부서지는 맛, 바람이 나무의 몸을 할퀴며 지나가는 맛, 폭우가 이파리를 짓뭉개는 그런 강렬한 쓴맛이 아닌, 단비가 내린 뒷맛, 눈이 내리는 맛, 아랫목이 데워지는 맛, 그런 맛. 그편이 옳았다. 독소를 증발시킨 쓴맛이 부드럽고 깊었다.

백초효소가 목을 타고 넘어가자 문득 '마들렌 조각이 녹아든 홍차' 생각이 났다. 나는 '내 몸속에서 특별한 일이 일어나고 있다는 사실에 주목했다'.* 어지러움이나 메스꺼움, 그런 느낌과는 다른, 둥둥 떠도는 이물감이 가라앉는 느낌.

— 그나저나 선생이 찾는 식물이 뭐라고 했죠? 요즘은 약초꾼도 많고 희귀식물을 찾는 사람도 많아 닥치는 대로 채취하다 보니 이 산속도 안전지대가 아냐.

박 씨가 지칭하는 선생은 나, 이겠지만 딱히 나를 향해 던지는 말 같지는 않았다.

몇 해 전 멸종위기 식물을 찾아가는 길에 들른 박 씨의 토방에는 온갖 효소 항아리가 가득했다. 햇볕에 검게 탄 왜소한 몸이 항아리들 가운데 오래된 항아리처럼 앉아 있었다. 아무렇게나 기른 머리를 질근 묶고, 철 지난 밀짚모자를 쓰고.

— 뭘 찾아다니는 건 초보자들이지. 그저 헤매다 보면 만나게 되죠. 그게 또 인연일 테고. 식물이든 사람이든 그렇게 만나게 되는 거지.

처음 박 씨를 만났을 때도 그의 말은 선문답 같았다. 그저 그런 말

---

* 마르셀 프루스트, 《잃어버린 시간을 찾아서》, 열화당.

인데도 듣고 있으면 뭔지 모르게 아찔한 데가 있었다. 그러고 보니 눈을 부릅뜨고 헤맬 때 찾아낸 건 없었던 것 같다. 포기하고 돌아오는 길목에서 '섬개야광나무'를 발견했고, 가파른 경사 길에서 굴러떨어지면서 '암매'를 만났으니까. '광릉요강꽃'도 '만년콩'도 그랬다. 종일 헤매다 지쳐 풀썩 주저앉은 자리에서 '갯봄맞이꽃'을 발견하지 않았던가. 나는 박 씨에게 다시 물었다.

— 백 가지나 되는 식물을 어떻게 다 찾아내죠?

— 글쎄, 찾았다기보다 더러는 들켰다고 봐야지. 문득 떠오른 생각처럼, 우연히 만나게 되기도 하고. 가끔은 흠칫 놀랄 때가 있죠. 오히려 내 발자국이 먼저 들켜버렸으니 다 찾아냈다고는 할 수 없지.

팔십 가지나 구십 가지가 아닌 기어이 백 가지인 까닭이 그럼 들켜버렸기 때문이라는 건가? 또 아찔. 내가 그에게 백 가지나 되는 산야초에 관심을 두게 된 연유를 묻자 그는 빙그레 웃었다.

— 산야초? 지천에 널려 있으니까. 왜 거기 피어있느냐고, 앞뒤 사연을 경청할 게 있겠어요? 일몰을 바라보듯 산야를 보고 있으면 풀 한 포기 들꽃 하나하나가 눈에 들어오게 되죠. 자연의 순리에 순응하며 피고 지는 것들이. 그걸 바라보고 있으면 경건해질 수밖에 없지. 경건해진 마음으로 바라보면 온갖 게 다 보여.

다시 아찔했지만 나는 들키지 않으려 가만히 그의 말을 듣고 있었다.

— 김 선생은 산야초들 저마다 흐르는 수액을 생각해 본 적 있나요? 그러니까 제각각 흐르는 혈액, 그렇죠, 혈액. 그걸 한 번 섞어보고 싶었달까.

혈액이라고? 박 씨가 정확히 혈액이라고 말했을 때 또 아찔. 피를 섞는다고? 아찔함과 동시에 무언가 들켜버린 듯한 느낌. 순간 입속에서 금속의 피 맛이 감돌았다. 수액이 혈액으로 바뀌면서 분위기는 사뭇 위험하고 경건해졌다. 마치 그가 알프스 깊은 산자락에서 '리큐르'를 만드는 수도사처럼 보였다면, 분위기 탓이기만 했을까?

— 근데 김 선생은 허적허적, 도대체 뭘 찾는 사람 같아 보이지 않아. 뭔가 잃어버린 사람 같기도 하고…. 보통 산꾼들처럼 '깡'이 없어. 오늘은 또 무얼 잃어버린 거요?

대체로 박 씨의 말은 말의 의미를 걷어내고 감정마저도 이미지의 한 형태로 만들어 버리는, 일테면 선문답처럼 적막하게 들렸다. 하여튼 그랬다. 사방에서 딱따구리가 나무를 쪼아대고 산비둘기는 구슬피 울어댔다. 하지만 그 소리가 딱히 귀에 담기지 않았다. 어떻게 대답해야 할까? 정확하게 해석되지 않는 그의 말이 수평선을 바라볼 때처럼 아득하기만 했다. 불목하니로 산 흔적 같기도 하고, 오랜 산속 생활로 굳어버린 말버릇 같기도 하고, 어딘지 모르게 스산했다. 내가 멸종위기 식물에 대해 보존의 의미보다 훼손된 환경이나 인간의 이기심에 대해, 멸종될 수밖에 없는 것에 더 관심을 보였기 때문인지도 모른다는 생각이 들었다.

민기가 길길이 뛸 때마다 유신은 방문을 굳게 걸어 잠갔다. 문을 잠그면서 감정마저 걸어 잠가버렸다. 재희가 아무렇지 않게 하는 말이나 행동에도 민기와 유신은 각각 다른 반응을 보였다. 내 눈에만 그렇게 보였을까? 재희는 매번 유신보다 민기에게 더 신경을 썼지만, 그거야말로 민기를 길길이 뛰게 하지 않았던가. 피의 구분 같았으니까.

내가 민기를 재희가 유신을, 동갑내기 사내애들을 데리고 살림을 합칠 때 문제가 이렇게 심각하게 돌아갈 줄 예상하지 못했다. 민기는 겉돌다가 휘몰아치고 그 회오리에 휘둘려 유신은 더 말이 없는 아이가 되었다. 말을 가두어 자신을 더 우울한 상태로 몰고 갔다. 근데 나는 그걸 또 영악한 짓이라 생각했다. 그것 역시 피의 구분이었을까? 두 아이는 기질적으로 기름과 물. 그로 야기되는 문제는 감당할 수 있는 영역을 벗어났다.

— 얼마나 더 참아야 해!

재희가 소리쳤다.

— 방법이 없잖아.

나는 엉뚱한 곳을 바라보며 대답했다. 내 속에 있는 말들을 그녀에게 정확하게 옮기기에는 요령부득이었다. 내가 나서면 재희까지 폭발할 것이고, 민기는 더 길길이 뛰게 될 것이기에. 아무런 접점도 없는 전시 상태에서 재희가 소리쳤다.

— 민기를 제 엄마한테 보내면 어떨까?

나는 대꾸하지 않았다. 무언가 심각하게 잘못되고 있었다. 그건 내가 그렸던 그림이 아니었다. 똑같은 문제 똑같은 상황이 계속되고, 똑같은 문제를 해결할 똑같은 방법은 어디에도 없었다. 나는 하루에도 몇 차례 항우울제를 삼켰다. 약을 먹어도 우울감은 좀체 사라지지 않았다. 나아지지 않는 상황과 내가 받아들이고 싶지 않은 상황은 늘 같은 문제였으니까. 가슴이 답답하고 손발이 저리고 슬픔이 차오르는 동안 민기의 눈빛은 더 날카로워졌다. 끝을 향해 가고 있다는 느낌. 속에 쌓여 있던 것들이 부글부글 개어 오르면서 온 집안에 가스 냄새를 풍겼다. 터질 듯 팽창하는 냄새.

— 어떻게 좀 해봐! 피하지만 말고!

재희의 목소리가 뾰족하고 빳빳해질수록 나는 뭘 어떻게 해야 할지, 할 수 있는 게 뭔지, 할 수 있기나 한지, 아무것도 알 수 없었다.

— 좀더 기다려 보자고. … 당장 답이 없잖아.

나는 괜찮은 척 모르는 척 무감각한 상태로 대답했다. 대체 무슨 말을 해야 할지 모르는 절망과 좌절감. '기다려 보자고,' 완전히 틀렸다는 걸 알면서도 내가 얼마나 그 말을 믿고 싶었는지. 재희는 해결방법을 찾으려 하고 나는 문제를 덮어두기에 급급했다. 그녀가 미래에 몰두하는 동안 나는 자꾸만 과거로 뒷걸음쳤다. 괜찮지 않고 모르지 않았으므로. 대책 없는 기대나 각오 같은 걸 말하기에 상황은 너무 심각했으니까. 한쪽 발을 겨우 빼내 옮기려 하면 다른 쪽 발이 더 깊이 빠져들었다. 그렇게 피하고 미루면서, 손 쓸 수 없는 지경까지 가 버리는 건 아닌가, 똑같은 고통에 제각각 시달리다 우리는 완전히 흩어져 버리는 건 아닌가, 하는 두려움에 떨었다. 이런 나의 두려움을 재희는 문제를 해결할 의지가 없는 것으로, 피하기만 하는 것으로 몰아세웠다. 등 뒤에 바짝 따라오는 그녀의 목소리를 따돌리고 나는 집을 나섰다.

박 씨와 얘기를 나누면서도 내내 뒤가 켕겼다.

백 가지 산야초의 약성이 전부 녹아 있는 효소를 다시 천천히 입안에 굴렸다. 쓴맛이 이렇게 깊을 수가, 이렇게 부드러울 수가. 한데 어우러진 맛? 혈액이 섞인 맛? 좀처럼 납득되지 않는 박 씨의 말을 나는 애써 붙들고 있었다.

— 산야초의 피가 섞이기 위해서는 어떻게 해야 할까요?

마음속에서 일고 있는 격랑을 억누르며 나는 시답잖은 어투로 말했다. 그때 박 씨가 느닷없이 "침묵이지"라고 말했다. 그가 침묵이지, 라고 말했을 때 영락없이 봉쇄수도원의 수도사 모습이었다. 침묵을 서원한 수도승. '피가 섞이기 위해서 침묵이라고?' 나는 속으로 몇 번이나 곱씹었다.

— 침묵의 시간이라는 건가요?

— 그렇죠. 기다리는 시간, 섞이는 시간. 섞이면서 달라지는 거죠. 깊어지기도 하고 또 잃어버리기도 하고. 그게 침묵의 속성이고 진실이니깐.

경어와 반말이 절묘하게 섞인 박 씨의 말을 듣고 있으면 구름에 싸인 산을 바라보듯 모호하고 스산했다.

— 이를테면 우리 몸의 균형을 깨트리는 설탕이 백 가지 산야초와 섞여 우리 몸에 꼭 필요한 포도당으로 바뀌는 시간 같은 거죠.

오랜 시간 깊게 스며들어 분리될 수 없는 것. 그게 박 씨가 붙들고 있는 화두란 말인가?

박 씨가 항아리 하나를 들고 들어왔다. 뚜껑을 열자 더덕의 짙은 향이 코를 찔렀다. 향이 너무 강해 다른 냄새들을 모두 덮어버렸다. 큰 항아리를 꽉 채운 더덕 한 뿌리. 어림잡아도 어른 팔뚝만 했다.

— 글쎄, 백 년은 되지 않았을까요. 무너진 담을 치려고 흙을 파는데 순간 신기神氣가 뻗치더라고. 온몸이 싸해지면서 삽 끝이 떨리고 팔이 푸르르 떨리는데 … 더덕은 이미 더덕이 아니었던 거지. 천기와 지기를 모두 빨아들여 영검한 영물이 되어버린 거죠. 이것이 땅 위로 몸

을 드러낼 때는 필시 무슨 뜻이 있지 않을까. 캐는 순간 두렵더군요.

박 씨는 상기된 얼굴로 한참 동안 말을 잇지 못했다. 천기는 누설할 게 아니었으므로. 영검한 존재를 대하듯 더덕을 다루는 그의 손길이 경건했다. 그 기운에 휩쓸려 내 몸에 약간의 진동이 느껴졌다. 그가 항아리를 기울여 진하고 맑은 윗물을 떠서 내게 내밀었다. 더덕의 알싸한 향이 사방에 진동했다. 이베리아반도 동쪽 깊은 산골에 자리한 '프리오라트'의 척박한 땅, 수십 미터 깊숙이 내린 뿌리가 감로수와 같은 지기를 빨아올려 영근 포도로 빚은 와인. 나는 카르투지오 수도회 수도사들이 빚은 명주 '프리오라트의 와인'을 떠올렸다. 벨벳처럼 결이 부드럽고, 색은 짙고 맛은 깊고 깊은.

나는 와인을 마시듯 더덕주를 입안에 굴려 천천히 넘겼다. 목구멍을 쏘며 더덕 향이 순식간에 화, 퍼졌다. 천기니 지기니 쩍쩍 달라붙는 느낌과는 다른, '내 몸속에서 특별한 일이 일어나고 있다는 사실에 주목했다'. 열이 오르면서 식도인지 위인지 분간할 수 없는 곳이 답답해지기 시작했다. 구역질과 함께 명치끝이 쓰라리면서 어질어질했다. 내 안색을 살피던 박 씨가 말했다.

— 김 선생은 특이체질이구먼. 정상적이지 않은 데가 있어. 독기부터 제거해야 하겠어.

그가 다시 백초효소 한잔을 내밀었다.

— 독기라뇨?

— 꼭 몸속에만 독이 있는 게 아니고, 정신에도 독이 있다, 그 말이요.

— 정신의 독을 뺀다는 말씀인가요?

그는 잘못 나간 말을 갈무리하듯 말을 멈추었다. 잠시 후 조심스럽게 말을 이었다.

— 누군가 '모든 들풀에 신神이 있다'고 했거든. 모든 식물은 약성이 있다고 봐야죠. 강한가 약한가의 문제일 뿐. 약성이 강하면 독이 될 것이고 적당하면 약이 될 테고…. 그러니까 강하고 약한 것들이 한데 어우러져야 한다, 그 말이죠. 그게 이치일 테니.

이치라니? 섞여서 엉망진창이 되어버리는 것도 있지 않은가. 어쩐지 그가 시정의 약장사 같은 석연찮은 의심도 떨칠 수 없었다. 그는 줄곧 섞임에 대해 말했지만, 그가 섞임을 말할수록 내겐 섞일 수 없는 것으로 들렸던 것도 사실이었다. 백초효소를 마시자 구역질은 더 심하게 올라왔다. 그는 한술 더 떴다.

— 섞이는 거지. 서로 다른 기운이 섞이고 스며드는 건 순리니까.

이치니 순리니, 도무지 앞뒤가 연결되지 않는 말들. 그 말을 할 때 박 씨의 어태는 단정적이지 않았다. 약간의 여지를 남겼는데, 섞임이야말로 그의 바람인 듯 들렸다. 다시 그가 백초효소에 대해 확신에 가까운 말을 했다.

— 효소가 단지 몸속 기운과 섞일 뿐이지만 마음의 갈피를 잡는다, 그 말이지. 몸속 기운의 흐름을 잡아 마음의 방향을 돌린다, 그거죠.

언어나 문자에 의지하지 않고 마음으로 전하는 불가의 불립문자라면 모를까, 그의 말이 해법을 알 수 없는 어려운 수학 문제 같다가, 멀고 아득한 길 같다가… 어떻게 해석해도 왜곡은 불가피했다. 그가 전하는 뜻과는 뚝 떨어진 채 내게 전해졌다. 콜라겐 덩어리가 피부세포를 뚫고 들어가 피부를 젊고 탱탱하게 만든다는 터무니없는 광고를 들을 때의 느낌이랄까. 꼭 그런 기분이었다. 유사과학의 덫에 걸려든 듯 어리둥절한 상태에서 나는 그가 한 말을 되뇌었다. 어쩌면 백초효소는 가공된 이미지일 뿐이지 않을까? 바로 그거였다. 그의 말을 들을수록 잡히지 않는 진실이, 미안한 듯 얼굴을 붉히며 패배의 분위기를 풍기는 그의 표정에 얹혀 있었다. 나는 효소 항아리와 박 씨를 번갈아 멀뚱멀뚱 바라보았다. 부스럭부스럭, 토방 밖에서 짐승 발소리가 들렸다.

쉽게 말해지지 않고 쉽게 알아들을 수 없는 말들. 나야말로 쉽게 말할 수 없는 말들을 침묵 속에 가두고 행여 드러날까 봐 그가 알아챌까 봐 전전긍긍했다. 어쩌면 박 씨 역시 마음의 갈피를 잡지 못하고 헤매고 있는 사람일지도, 헤매고 있었던 사람일지도 모른다는 생각과 동시에 얼굴이 홧홧, 머릿속이 뒤죽박죽.

다른 사람의 절망에 대해 함부로 짐작하거나 지나치게 낙관적인 말을 건네는 것은 공허한 위로일 뿐이다. 더덕주는 항아리 뚜껑을 덮어두었는데도 코가 매울 정도로 향이 진하게 퍼졌다.

— 재수 없어. 비겁한 놈, 꺼져!
— 너, 그렇게 생떼를 쓴다고 뭐가 달라져?
민기는 시비를 걸고 유신은 회유하는 쪽.
— 내가 우습게 보여? 무슨 피해자인 척, 너 같은 새끼 진짜 밥맛없어. 뭐, 그렇게 위선을 떤다고 우리가 행복한 가족이 될 것 같아?
— 일단 노력이라도 좀 해 봐야 할 것 아냐.
— 노력? 뭘? 뭘 노력해! 좀 솔직해져 봐, 임마! 너도 내가 싫다고 말해. 내가, 내가 괜찮지 않은데, 누굴 위해 우리가 가족이어야 하냐고!

민기는 닥치는 대로 충돌했고 필사적으로 유신을 거부했다. 민기가 야생의 맹금류처럼 볏을 세우고 위협적으로 유신을 노려보았다. 막무가내로 몰아치는 민기와는 달리 유신은 단호했다. 내면의 격랑을 억누르고 자신을 숨긴 채 있는 힘을 다해 참아내는 중이었을까. 인생에서 요구하는 것이 적은 자가 '선한 존재'일까? 쌓아놓은 블록을 조심조심 한 개씩 빼내 다시 쌓아 올리는 젠가 보드게임, 아슬아슬 블록이 무너져 내리기 직전, 유신이 미친 듯 소리를 질렀다.

— 나가, 나가라고! 가족이 되기 싫으면 나가!

그래서 어쩌라고! 쏘아붙이는 유신의 눈빛이 누굴 향해 있는지는 정확하지 않았다. 거칠고 날카로운 눈빛. 아슬아슬 지탱하던 깃털 같은 균형 하나가 어긋나자 쌓아놓은 블록은 통째로 무너져 내렸다. 제 속에 저런 난폭함을 숨기고 있었다니. 폭력마저 용서할 만큼 유신은 '선한 존재'가 아니었다. 말릴 틈도 없이 두 아이가 순식간에 엉겨 붙었다. 장착하고 있던 폭발물이 터지자 집안은 온통 질식 상태. 이렇게까지 하면서 저 애들을 섞어야 하나. 유신이 나를 힐끗 쳐다보았다. 원망의 눈빛이 역력했다. 아이의 눈빛이 역력할수록 나는 더 무기력해졌다. 그랬다. 세상의 모든 사실관계는, 비참하고 끔찍했다. 단순하지도 명료하지도 않았다. 다만 무기력할 뿐, 서로에게 아름답지 않았다.

겁 없고 무모한 사춘기의 아이들은 시시때때로 폭발했다. 민기는 불안하고 불안정한 상태에서 벗어나지 못했다. 분리불안이 있었던 아이가 엄마에게서 떨어져 나오면서 생긴 분노가 언제 터질지 모르는 폭발물이 되어버렸다. 민기의 반란은 일시적인 것이 아닌 파괴를 의미했고, 나는 그 사실이 두려웠다. 파괴될 대로 파괴된 후 뼈저리게 몸으로 느껴야 받아들일 수 있는 것이 가족이란 말인가. 문제는 해결될 기미를 보이지 않고 잡으려 할수록, 섞으려 할수록 더 바삭바삭 부서졌다. 내 선택이 뒤섞어 놓은 섞이지 않는 가족이라는 이름. 그것은 폭염과 가뭄으로 푹푹 찌는 여름의 얼굴을 하고 있었다.

폭염과 가뭄이 계속되면서 생태계 전체를 위협했다. '살아서 천년 죽어서 천년'을 산다는 주목이 고사하고, 구상나무와 분비나무 같은 상록 침엽수가 생장 쇠퇴를 겪거나 고사하는 현상이 일어났다. 내가 소속해 있는 문화재 팀에서 멸종위기 식물 실태조사가 시작된 것도 그때쯤이었다.

박 씨가 안내한 곳은 도로를 내기 위해서 절개한 가파른 절벽 아래였다. 절벽의 바위틈에 곱고 예쁜 분홍 꽃이 매달려 있었다. 분홍장구채는 한눈에 봐도 관상 가치가 높았다. 식용이든 관상용이든 어느 쪽이든 마찬가지일 터. 개발과 무분별한 불법 채취로 서식지가 거의 다 훼손되었으니 멸종은 불을 보듯 뻔했다. 저렇게 가파른 바위틈에서 자생하는 식물이 생태계를 떠나 살아낼 수 있을까? 나는 한참 동안 절벽에 매달린 분홍장구채를 올려다보았다.

그날도 박 씨는 내게 백초효소를 내놓았다. 나는 뜬금없이 분홍장구채도 들어있느냐고 물었다. 박 씨는 대답 대신 나를 물끄러미 쳐다보았다. 갑자기 얼굴이 벌겋게 달아올랐다.

희귀식물은 약성도 약성이거니와 자태가 뛰어나서 스스로 멸종위기를 맞게 되는 게 아닐까요? 무분별하게 채취되기도 하겠지만 환경에 잘 적응하지 못하는, 생명력이 약하기 때문이기도 하겠죠? 라고 말해놓고 조금 후, 이상기온으로 자연스럽게 멸종되지 않을까요? 라고, 나는 어느 것 하나 확신 없는 말들을 주절거렸다. 그는 내 말을 듣고 있는 것 같지 않았다. 가만히 앉아 있던 박 씨가 뜬금없이 말했다.

— 끈질긴 생명력이죠.

결코, 죽지 않고 살아남을 생명력? 박 씨와 나는 서로 다른 말을 주고받았다. 그는 별 어렵지 않은 말을 또 어렵게 만들었다. 그가 말하는 것이 생명력인지 섞임인지 점점 더 모호해졌다. 정확하게 짚어내는 말은 대체로 쉬운 말이거늘 나는 또 그의 모호한 말을 잡고 복잡해졌다.

혹 풀리지 않는 실타래 같은 사연을 안고 살아온 사람이 아닐까? 그래서 어렵게 생각할 수밖에 없는 사람? 어쩌면 그는 백 가지 산야초만큼이나 많은 사연을 가진 사람일지도, 그럴지도 모른다는 생각이 또다시 스쳐 지나갔다. 나는 다시 물었다.

— 꼭 제외해야 하거나 꼭 넣어야 할 것도 있지 않을까요? 이를테면 섞여서 약효가 없어지거나 다른 식물의 효능을 해치는 것도 있을 테니까요.

그는 조금 더 앞으로 당겨 앉았다.

— 독초가 아닌 약초라 하더라도 약간의 독성을 지니고 있지. 그래서 뿌리와 열매, 꽃과 줄기를 다르게 써요. 대부분 약초는 전초를 쓰지만, 독이 있는 부분은 제외하지. 장구채를 포함해서 익모초나 용둥굴레, 산작약과 와송, 그리고 패랭이꽃 구절초 얼레지 방가지똥 … 이런 식물은 전초를 쓰고, 양지꽃과 소루쟁이, 왕고들빼기 짚신나물, 단풍

취와 비비추, 우산나물 … 등속은 대체로 뿌리를 제외하죠. 냉이 달래 쏨바귀 민들레 같을 것들, 그리고 질경이 달맞이꽃 엉겅퀴 산부추 …

그가 산야초를 나열하는 동안 내 머릿속에는 흙바람이 불고 소낙비가 내리고, 개울과 들판을 가로질러 아이들이 내달리고, 추위도 더러움도 모르고 진흙탕 속에 몸을 던지고 놀던, 바보같이 순한 눈빛과 뻐딱하고 불량한 눈빛들이 스쳐 지나갔다. 박 씨는 숨을 한 번 몰아쉬고는 다시 말을 이었다.

— 곰보배추 무릇 원추리 잔대 지치 도라지 둥굴레 … 그러니까 우리가 흔히 보고 먹는 식물들은 뿌리와 잎을 함께 사용하죠. 인동초는 향기는 좋은데 꽃에 독이 있어. 이런 종은 잎만 사용하고, 고추나무와 등칡 같은 식물은 잎과 꽃을, 진삼은 잎과 뿌리를, 청미래덩굴 메꽃 당귀 쇠무릎 등도 뿌리를 포함해서 전초를 사용해요. 독활은 이름과 달리 싹과 뿌리 모두 약성이 좋아. 청가시덩굴과 산초나무 같은 것은 새순만 따고, 담쟁이덩굴은 나무를 타고 올라간 것만 새순을 채취하죠. 바위나 담을 타고 올라간 것은 독성이 있으니까.

이쯤에서 박 씨가 쓰는 존댓말은 나에 대한 예의라기보다 산야초에 대한 경의로 들렸다. 그가 줄줄 외는 산야초들은 더러 낯선 것도 있었지만 대체로 친근했다. 대지의 생명력과 태양의 에너지를 모두 흡수해도 저마다 다른 약성, 그러니까 다른 수액이 흐르고 있다는 말이다. 박 씨가 이 재료들을 하나로 섞는 것에 대해 말하는 동안 내 머릿속에서는 뭔가 파괴되고 뒤틀리고 흩어지는 것들로 혼란했다.

— 뭔가 비법이 있겠죠?

— 비법이랄 게 뭐 있겠어. 침묵이죠. 그게 비법이라면 비법일까.

역시 침묵. 비법이랄 것도 없는 비법을 털어놓고는 마치 모든 비밀을 털어낸 사람처럼 그는 허탈하게 웃었다. 내가 기대한 것은, 일테면 배합 같은 것이었다. 그러니까 효소를 만들기 위해 설탕을 쓸 것인지, 설탕이라면 황설탕인가 백설탕인가, 아니면 올리고당을 쓸 것인지 꿀을 쓸 것인지, 혹은 재료에 따라 달라야 할 비율 같은 것들. 박 씨는 그것에 대해선 일절 말하지 않았다. 대신 다른 말을 했다.

　　— 재료가 귀하다고 약효를 너무 믿을 건 아니지.

　　그러니까 약초도 독초가 될 수 있고 독초도 약초가 될 수 있다는 말? 불로장생의 선약이 없듯 만병통치 천하 명약은 없다는 말?

　　— 백초효소는 지천에 피고 지는 산야초의 저마다 다른 약성이 하나로 응집된 거라고 봐야지.

　　박 씨가 약성이라고 말할 때 나는 속으로, 저마다 다른 피, 라고 고쳤다. 그러니까 응집이 아닌 섞임.

　　— 일테면 넘치지도 부족하지도 않은 균형 같은 거겠죠…….

　　잡힐 듯 잡히지 않는 박 씨의 말이 머릿속을 둥둥 떠다녔다. 단지 제조법이나 약성이 아닌 그 무엇. 쉽게 말해지거나 쉽게 짚어낼 수 없는 그 무엇. 진실에 닿기에는 요령부득한 그 무엇.

　　늦은 오후의 햇살이 사선을 그으며 토방으로 내리꽂혔다. 빛이 산란하면서 시야를 부옇게 덮었다. 뿌연 빛 속에서 매캐하고 끈적끈적한 묵은 냄새가 진동하고, 선반이며 선반 위 기물들 위에 내려앉은 먼지며 박 씨까지도 오래된 유물처럼 느껴졌다. 나는 몸을 뒤로 빼고 부서지는 빛을 바라보았다. 토방에는 깊은 어둠을 숨긴 창백한 빛이 가득하고 마음속에는 뭉글뭉글 어둠이 차올랐다.

버터나 달걀을 듬뿍 넣는다고 하여 빵이 고급스러운 맛을 내지 않는 것처럼, 빵 본연의 맛을 좌우하는 건 적당한 배합의 반죽이며 발효일 터. 말하자면 촘촘하게 공기를 가두어 빵을 부드럽게 만드는 것이 재료가 아닌 상호작용의 결과라는 것. 산야초의 약성이 하나로 응집되는 것도 그런 거라고 봐야 하나. 말하는 것과 깨닫는 것은 별개의 문제. 정확하게 알아듣기에 박 씨의 말이 점점 더 모호해지는 오후, 배합이니 반죽이니 발효니 하는 것과는 딴판으로 내 머릿속은 엉망으로 분리되고 있었다. 우리 가족은 한데 섞일 수 있을까?

대체로 세상의 사연들은 비극의 징조를 숨겨두고 있다. 박 씨와 내가 이렇게 마주 앉아 있는 것도 그런 까닭이 아닐까. 그게 민기 때문일 수도, 유신 때문일 수도, 재희 때문일 수도 있다고 생각하다가 순전히 나 때문이라는 생각에 이르자 어떤 기시감마저 느껴졌다. 나는 다시 박 씨를 물끄러미 바라보았다. 그와 나의 사연이 전혀 색다르지 않을 것 같은 낌새나 조짐이 애당초 우리를 여기 있게 하지 않았을까, 하는 의문이 들면서 문득 박 씨가 이 깊은 산속으로 들어온 까닭이 궁금해졌다.

그는 끊임없이 섞임을 말하고 있지만, 어느 누구와도 연결되어 있지 않잖아. 그에 대한 막연한 추측이 기정사실처럼 느껴지고, 해는 기울어 안개구름이 산 아래까지 내려와 토방을 감쌌다.

토방에는 백초효소와 함께 노봉방주와 백하수오주, 장생도라지주, 천삼주까지 온갖 담금주들이 줄지어 있었다. 박 씨가 항아리 하나를 골라 담금주를 떴다. 색깔이 붉디붉었다. 시고 달고 쓰고 짜고 매운

맛이 오묘하게 섞인 오미자주가 몸속으로 들어가자 가슴이 뛰면서 몸이 뜨거워졌다. 나는 수천 미터 고도의 공기를 들이마시듯 길게 공기를 빨아들였다가 다시 길게 내뱉었다. 우리 가족은 어디까지 갈 수 있을까? 그런 나를 간파한 듯 박 씨가 말을 던졌다.

— 섞이는 거지 ….

그는 나를 쳐다보지 않았다. 다만 내가 뭘 물을지 훤히 알고 있는 듯했다.

— 효소를 담글 때는 항아리 가득 채우면 안 되죠. 기포가 생겨 재료를 자꾸 밀어 올리거든. 넘칠 우려가 있어. 올라오는 재료를 그냥 두면 곰팡이가 펴. 재료를 잘 섞어주어야 한다 그 말이지. 그래야 골고루 발효되니까.

— 그리곤 침묵이겠죠? 내가 대꾸했다.

— 그거죠. 한 삼사 개월 정도 발효되면 거품도 잠잠해지고, 약효란 섞이면서 저절로 생기는 법이니까.

— 그럼 침묵은 끝나는 건가요?

— 이제부터지. 완전히 숙성될 때까지 밀봉은 금물이요.

박 씨는 효소 이야기를 하며 담금주 한 잔을 더 따랐다. 손 하나 잡을 리 없는 이 깊은 산속에서 섞임에 대한 그의 끈질긴 열망은 어쩌면 자기혐오나 좌절의 다른 이름이 아닌가? 나는 머리를 숙인 채 고개를 가로저었다. 토방은 축축하고 끈적끈적한 냄새들로 어질어질. 담금주가 목을 타고 채 넘어가기 전 목구멍이 홧홧했다.

그러니까 우리 가족이 푹푹 기포를 발생하며 섞이고 있다? 지금쯤 다시 저어주어야 한다? 시도 때도 없이 폭발하고 상황은 더 심각해지고 있는데 침묵이라니?

다시 속이 울렁거리고 눈앞이 아득했다. 그때였다. 박 씨가 전속력으로 달려온 마루 운동선수처럼 착지점에서 쾅, 바닥을 치며 평형을 잡았다.

— 발효되어 숙성된 것은 독성이 없어. 완전히 숙성되면 끈적끈적함이 없어지고 물처럼 되는 거지.

박 씨의 목소리가 처연했다.

그는 편집증에 사로잡힌 은둔자였다가 상대의 본색을 꿰뚫어 볼 줄 아는 산중 처사였다가 궁극의 이치를 깨달은 수행자였다가, 오락가락. 그를 바라보는 내 시선도 머물 데 없이 흔들흔들.

물처럼 된다? 우리 가족이 물이 될 수 있을까? 박 씨의 뜻을 정확하게 짚어낼 순 없어도 이미 그는 나를 간파했다. 술기운이 오르고 분위기는 난데없이 더 경건해졌다. 대화는 이어졌다 끊어졌다, 시큼한가 하면 매큼하고, 매큼한가 하면 달큼하고, 달큼한가 하면 쓴맛이 도는 향이 코를 찌르고, 텁텁하면서 톡 쏘고, 톡 쏘면서 담담하고, 담담한가 하면 달짝지근한 맛이 혀끝에 맴돌았다. 그러거나 말거나 토방의 항아리들은 무던히도 침묵 중.

박 씨는 내킨 김에 노봉방주를 열고 장생도라지주 뚜껑을 열었다. 토방은 이미 진동한 더덕 향에 더해 오미자와 백하수오와 말벌과 도라지가 뒤섞이고 나는 아예 윗도리와 양말까지 벗어 던졌다. 술인지 효소 때문인지 어느새 혀의 감각은 둔해지고 취기를 빌미 삼아 나는 아무 말이나 뱉어냈다.

— 담금주에 백초효소를 타서 먹으면 어떨까요?

박 씨는 대구하지 않았다. 그의 침묵이 이상하게 두려움으로 변하고, 나는 그를 등지고 앉았다. 정신은 흐릿한가 하면 또렷하고 또렷한가 하면 다시 흐릿해지는 밤. 섞이고 스며드는 이야기는 어디론가 자취를 감추고 그의 얼굴에 뜻밖의 표정이 뚜렷하게 드러났다.

　—어머니를 따라 들어간 집은 이미 자식이 네 명이나 있었거든. 텃세가 대단했지. 그들이 하나같이 의붓자식을 내치는데 어떻게 감당하겠어. 굴러들어온 돌멩이 하나쯤 내치기는 식은 죽 먹기였던 게지. 아무 말도 할 수 없었어. 말을 해도 말을 하지 않아도 문제는 항상 나였으니까. 의붓아비의 구박과 학대도 혹독했지. 그 속에 섞이기 위해 얼마나 애를 썼던지 … 어느 순간 말을 잊어버린 거야. 점점 아무 말도 들리지 않는다는 게 더 문제였어. 살아남기 위해 지나치게 애쓴 것이 오히려 나 자신을 폭력적으로 만들어 버리고 말았던 거지. 일어날 일은 반드시 일어나게 돼 있어. 나도 모르게 키워온 폭력이 사소한 일로 폭발하고 말았으니까. 싸워서 득이 되지 않는다는 걸 뻔히 알면서도 온 집안을 박살 내고 뛰쳐나오는데, 뒤돌아보지 말자고 이를 악물었다네. 후련함도 무서움도 아닌 두려움이었던 거지. 뒤에서 울음을 삼키고 서 있을 어머니를 생각하면 지금도 … 오래전 얘기지.

　그는 이마를 짚었던 손으로 앞머리를 뒤로 쓸어 넘기며 고개를 꺾었다.

　—그게 다 가난 때문이었으니까, 여기저기 떠돌며 독을 품고 살았다네. 닥치는 대로, 미친 듯이, 일했지. 그땐 세상이 온통 돈으로 보였거든. 버려진 쓰레기도 다 돈이 된다는 걸 알았지. 사람들은 그 귀

한 돈들을 마구 버려. 엄청 벌었지. 근데 내 속에 폭력성이 그대로 살아 있다는 게 문제였어. 여차하면 꿈틀꿈틀 올라오는데, 그게 복병이 될 줄이야. 얼마나 깊이 새겨 넣었는지 좀체 내 몸에서 빠져나가지 않더구먼. 분노나 원망의 대상을 수시로 바꾸어가며 내가 받은 지독한 학대를 그대로 되돌리고 있더라고. 습관적으로 같은 행동을 되풀이하고 있다는 게 더 믿을 수 없는 일이었다네. 인간은 왜 같은 실수를 반복하는지 모를 일이야. 한심한 일이지. 얼마나 큰 분노를 키웠던지 닥치는 대로 충돌하며 그예 독종이 되어버렸어. 철저히 혼자가 된 인간. 그게 나였던 거죠. 우선 내가 키워온 폭력을 좀 다스리고 싶었달까. 절로 들어간 것은.

앞뒤 사정을 경청할 일이 없는 지천에 피어 있는 산야초의 사연이 이럴진대⋯. 박 씨가 멍하니 시선을 던져 놓은 채 숨을 몰아 내쉬었다. 토방에는, 무자비한 침묵 속에 자신을 가두어버린 한 남자와 자포자기의 세계에 자신을 던져버린 또 다른 남자가 앉아 있었다. 사랑의 갈망을 산야초로 돌려놓은 한 남자의 이야기가 아직 끝나지 않았다는 걸 나는 알았다. 뭐라 설명할 수 없는 감정이 밀려왔다 밀려갔다. 그의 시선만큼이나 내 시선도 아득히 멀어졌다. 무슨 말이든 해야 했지만, 머릿속은 그저 아득할 뿐. 사건의 중심에 그는 사라지고 대신 민기가 날뛰고, 유신이 문을 걸어 잠그고, 울부짖는 재희 목소리가 들리고, 나는 박 씨가 되었다가 민기가 되었다가 유신이 되었다가⋯ 내 안의 이야기도 끊어졌다 이어졌다 부분이었다 전체였다가⋯ 문밖에선 부스럭부스럭, 귓속에서는 윙윙 바람 소리가 들렸다. 박 씨가 다시 말을 이어갔다.

— 불목하니로 사는 동안 속에 밴 독이 빠진 줄 알았지. 그깟 생채기 정도야 이골이 날 만도 한데, 그게 아니었던 거죠. 여전히 겉돌고 있는 거야. 그렇게 섞이고 싶으면서 아무 데도 섞일 수 없는 인간이 되어버렸더라고. 그래서 절을 나와 토방을 지었죠.

그는 말의 틈을 길게 두었다. 반말과 경어가 뒤섞인 어투는 친근감이나 배려가 담긴 예사말이거나 공대말이라기보다 이리저리 갈피를 잡지 못하는 자의 독백으로 들렸다. 나는 멀찌감치 앉아 그를 견디고 있었다.

생의 이면은 이렇듯 참혹하다. 참혹하기에 쉽게 발설되지 않는 진실들. 진실은 그래서 모호해질 수밖에. 그가 기둥에 비스듬히 기대앉자 덩달아 우주가 비스듬히 기울고 기울어진 채 그가 쥐고 있던 말을 놓았다.

— 난 평생 섞이길 원하면서 혼자서 겉돌았지,

라고 말하며 박 씨가 고개를 돌렸다. 그 순간 어떻게 반응해야 할지 나는 알지 못했다. 모르는 게 나을 뻔한 이야기를 듣게 되었을 때의 당혹감이랄까. 아득하고 아뜩했다. 사연이란 도대체 고통 없이는 존재하지 않는 법인가. 그가 다음 말을 내게로 넘기자 내 쪽으로 무언가 쏟아지면서 빠르게 침투하는 느낌이 들고, 무자비하게 나를 관통하고 지나가는 이것, 점점 난폭하게 나를 흔드는 이건 뭔가?

토방에는 산야초 냄새, 피의 냄새가 뒤섞이고 그 가운데 더덕 향이 진동했다. 저 영검한 것은 함께 섞일 수 없다는 말. 진하디 진한 더덕 향 속에서 박 씨와 나는 오래 침묵했다.

그의 이야기를 듣고 있는 것이 아니라 내 이야기를 하는 듯한 밤이 속절없이 깊어갔다. 그와 내가 공연히 뒤섞이는 밤. 이미 무성영화는 돌아가고 있었다. 어느 시절로 돌아갔는지 어느 곳을 헤매고 있는지 서로는 모른 채, 필름은 돌아가고 있었다.

내 기억 속의 흑백 영상은 수천만 년 전 바닷속 기암괴석이 땅 위로 솟아올라 장관을 이루고 있는 그리스 테살리아 평야 북쪽 끝 메테오라 수도원을 비추었다. 속세를 차단하기 위해 깎아지른 바위산 꼭대기에 세운 수도원이 화면을 가득 채우고 … (영상은 또 다른 영상과 겹쳐진다) 세속과 절연하고 세상의 가장 깊은 곳으로 피신해야 했던 한 남자가 서 있다. 그는 누구도 접근 불가한 곳으로 숨어들었다. (다시 카메라는 수직으로 우뚝 솟은 거대한 바위들의 표정을 살피며 돌아간다) 바위의 숭숭 뚫린 구멍에서는 검은 눈물이 흘러내린 흔적이 보이고 … 남자는 깊은 산속 오래된 사찰로 숨어들었다가 고립무원의 땅에 토방을 지었다. (카메라는 다시 수도원을 비춘다) 박해 세력을 피해 더 깊숙이 피신해야 했던 수도사들은 바위 동굴로 숨어 들어가 절벽 위에 수도원을 지었다. 철저하게 세상과 단절된 저 궁극의 은둔처.

(카메라가 이번엔 나를 쫓고 있다) 나는 바위산 꼭대기 붉은 수도원의 침묵 안으로 들어간다. 헤이! 누군가 나를 불러 세운다. 검은 수도복을 입은 수도사가 다가온다. 입장료를 지급하면 진입이 허락되는 그 옛날의 봉쇄수도원. 인간도 신도 아닌 모습으로 관광객의 알현을 받고 있는 수도자들 속으로 나는 성큼성큼 걸어 들어간다. (카메라의 초점이 다시 수도원 쪽으로 향했다) 수도원 건물은 서로 연결되어 있으면서 분리되어 있다. 저마다 독방에 평생 자신을 가두고 살아가는 수도사들. 신은 서로 사랑하라 하고는 왜 저들을 홀로 침묵 속에 서 있게

했을까? 오직 고독과 침묵 속에서 그들은 하느님의 음성을 들었을까? 성부와 성자와 성령과 함께 일치를 이루었을까? 신은 그들의 기도에 응답했을까? 기암절벽 깎아지른 바위 위에 서서 부르짖는 저들의 기도를. 입장료를 지급함으로써 성과 속의 경계는 무너져 버렸지만, 세상과 철저히 단절되었던 저 오랜 침묵. 침묵 속에 서서 나는 생각한다. 저 침묵이야말로 메테오라의 장엄함일 거라고. 어떤 영상도 결코 그것을 담아낼 수 없을 거라고.

눈을 뜨고 나는 박 씨를 바라본다.

그의 영상은 지금 어디쯤을 헤매고 있을까? 모든 사유의 중심은 섞임인 듯하지만, 산야초라든가 효소라든가 침묵이라든가 그토록 디테일한 집착은 섞일 수 없음에 대한 후회의 언사가 아닌가. 삶이란 서로 부딪치며 갈등하고 상처내면서 그 속에서 뿌리내리는 것을. 그는 자발적으로 산속 깊숙이 들어왔지만 이미 이 사회의 '아웃사이더'가 되어 버리지 않았는가.

쉽게 알아들을 수 없는 말들은 침묵 속에 뒤섞이고 영상은 흐릿하게 찌지직거린다. 이제 카메라의 초점은 공간을 훌쩍 건너뛰어 알프스의 산자락을 비춘다. 일반인의 출입을 철저하게 제한하는 그랑드 샤르트뢰즈 봉쇄수도원 문이 처음으로 열렸다. * 영화는 일체의 말과 자막이 없다. 침묵이 전부다. 빛과 어둠 그리고 계절에 따라 변하는 풍경이 있을 뿐, 침묵과 고독 속에 머무는 은수자들의 삶을 비추고 있다. 일하고 기도하는 수사들의 몸짓들. 발걸음 소리, 옷깃 스치는 소리, 유

---

* 영화 〈위대한 침묵〉

일하게 찬미의 소리가 들린다. 오직 내면의 소리에 귀 기울이고 있는 저 깊고 아득한 영성의 세계. 그 적막한 세계에 바람이 불고, 새들이 날아오고, 눈이 내리고, 구름이 내려와 산을 감싸고, 빗방울이 퍼지고, 햇살이 부서지고…. 말이 사라진 자리에 사물들 하나하나가 존재를 드러내기 시작했다. 바람과 새들과 구름과 산과 빗방울과 햇살이 비로소 살아 숨 쉬는 세계의 언어가 되었다. 빛과 어둠 속에서 오직 침묵을 통해서만 들을 수 있는 언어들. 침묵이야말로 가장 진실한 말이 되었다. 수많은 말을 품고 있는 침묵을 응시하며 나는 중얼거린다. 저 침묵이 리큐르*를 만들었을지도 모르지.

토방을 둘러싸고 부유하는 정적 속에서 내 안에 오가는 수많은 말들은 불필요한 소음이 되고, 딱 꼬집어 말할 수 없는 무엇, 그러나 어떤 느낌만은 확실하게 다가왔다.

박 씨는 허리를 꼿꼿이 세우고 눈을 감고 있다. 지금 그는 '가난하고 외롭고 높고 쓸쓸한'** 고독과 마주하고 있을까? 자신의 내면으로 깊이 내려가 그 무엇과 혼연일체의 상태에 머물러 있는 걸까? 그가 만드는 백초효소는 그만이 알고 있는 '섞임의 묘약'일까? 어쩌면 그는 줄곧 자신에게 거짓말을 하고 있었던 건 아니었을까…?

토방에서는 백 가지 산야초가 한데 섞이며 스며들고, 수액의 냄새

---

* 그랑드 샤르트뢰즈 수도원의 수도승들이 만든 '장수의 묘약'. 리큐르를 만들어내기까지 무려 100년이 넘게 걸렸다. 130여 개의 약초 추출물을 첨가해 참나무통에서 5년 정도 숙성 과정을 거친다. 약보다는 술로 애용되다가 프랑스에 콜레라가 퍼졌을 때 다시 약으로 각광받았다. 리큐르 제조법은 여전히 수사들만의 비밀이다.
** 백석, 〈흰 바람벽이 있어〉, 《정본 백석 시집》, 문학동네.

라든가 피의 냄새라든가 효소가 숙성되는 소리라든가, 그것들이 묘하게 뒤섞이고, 그 묘한 정적 속에서 백초효소는 메타포였다가 망상이었다가 술이 되었다가 약이 되었다가, 무언지 모를 의미가 깊어졌다가 의미를 잃었다가, 의미가 달라졌다가 다시 깊어졌다가 … 내 속에서는 더덕주와 노봉방주와 오미자주가 백초효소와 진창으로 섞이고, 박 씨와 나도 엉망으로 섞여 들고, 선문답같이 대체 알아들을 수 없는 말들은 과자처럼 바삭바삭 부서져 생각 밖에서 겉돌고, 그만이 알고 있을 백초효소의 비법을 알아듣기에는 요령부득한 밤이 깊어가고 있었다.

제 사

홀쩍거리는 소리가 점점 더 커졌다.

해시亥時도 자시子時도 아닌 벌건 대낮. 절 마당은 고요하다. 미경은 옆에 앉아 있는 큰오빠를 힐끗 쳐다보았다. 그의 행동이 몹시 거슬리고 부담스러웠다. 스님이 목탁 치던 손을 멈추고 그들 남매를 돌아보았다.

저기 휴지 있으니 코 풀고 와요, 훼엥!

스님의 억양은 부모님을 향한 회한의 심정을 헤아리기보다 못난 자식들을 꾸짖는 듯 들렸다. 곧 어조를 바꾸어, 다리들 푸세요, 라고 말했다. 그들 남매는 그렇게 나란히 절 법당에 꿇어앉아 있었다. 전생의 죄까지 모두 사뢰어야 할 것처럼. 그런 면구한 얼굴로. 미경은 또 마음이 복잡해졌다. 부처님 전 엄중한 분위기 때문일 거라고. 부모님에 대한 회한이거나 죄송함 때문에 그런 얼굴을 하고 있을 리 없다고. 미경이 고개를 돌려 다시 두 오빠를 번갈아 쳐다보았다. 역할을 제대로 하지 못하는 사람에 대한 연민이랄까. 결단력 없는 장남과는 달리 작은아들은 억지로 끌려온 듯 못마땅한 얼굴로 앉아 있었다. 참석한 것만으로도 도리를 다한 듯한 표정. 그는 언제나 가족에서 한 발을 뺐다. 이제 그들도 희끗희끗한 머리카락이 삐져나오는 영락없는 중년의 모습이 아닌가.

미경은 먼저 부처님 전에 삼배를 올렸다. 스님의 분부대로 제단에 올려놓았던 떡을 망자의 영정과 위패를 모신 불단 좌측 영단으로 옮겼다. 그리고 향불을 피웠다. 전통 유교식 제사와 불교식 제사는 다르겠지만 '강신분향'의 순서일 것이었다. 영단 앞에는 맑은 음식으로 제사상이 차려졌다. 공양 보살의 발걸음이 바쁘게 오갔다.

지방이나 축문을 쓸 일도 제수를 진설할 일도 없는 제사. 어머니가 살아계실 때는 늘 함께했던 제수준비가 아니던가. 먼저 몸과 마음을 깨끗이 근신하면서 집안 대청소를 하고 제기를 닦고 제수 음식을 준비했던, 그 정성도 번거로움도 어머니의 죽음과 함께 모두 끝이 나고 말았다.

향불이 타오르고 목탁 소리와 함께 스님의 염불 소리가 울려 퍼졌다. 육고기와 생선은 없어도 전과 나물, 떡과 과일이 정갈하게 놓였다. 강신뇌주나 참신, 진찬의 차례를 생략했다. 바로 밥그릇의 뚜껑을 열고 자식들이 차례로 잔을 올렸다. 초헌과 아헌의 순서인 셈. 그 사이 스님의 관세음보살 다라니경이 시작되었다. 알아들을 수 없는 긴 주문은 깊은 뜻이 들어 있는 불경이며 불공일 것이다. 망자의 넋을 달래고 천도하는 의식인 동시에 자식들의 안녕을 기원하는 불공일 터. 부처님의 뜻이 전해지면서 말로 표현할 수 없는 마음의 상태에 이르렀다. 마치 돌아가신 부모님의 영혼이 가까이 머무는 듯한 신비감에 휩싸였다.

그러니까 불교의 관점에서, 죽은 사람의 영혼이 제삿날 찾아온다면 망자가 이승에서 맺은 인연에 대한 미련을 버리지 못하고 중음의 세계에 남아 있다는 말 아닌가. 윤회도 극락세계도 들지 못하고 이승을 떠돌아다니는 영혼. 천도가 되지 않았다는 말이다. 미경의 몸이 와르르 떨었다. 염불 간간이 영가와 자식들의 이름이 호명되고, 이어지는 진언은 스님의 음성을 통해 간곡함이 전해졌다. 미경도 눈물을 훔쳤다.

　　잘했어. 절로 모셔 오길 잘한 거야. 이렇게라도 제사를 올릴 수 있는 건 어머니의 공덕일지도 모르지.

　　미경은 마음속으로 중얼거렸다.

　　스님은 자식들에게 다시 술잔을 올리고 수저를 올리도록 했다. 아들들이 우왕좌왕하는 사이 미경이 대신 고위에 올려 둔 메에 숟가락을 얹었다. 숟가락 앞을 동쪽으로 향하게 꽂고 젓가락은 손잡이를 서쪽으로 걸치며 미경은 제사의 절차를 다시 헤아려 보았다. 첨작은 없었지만, 종헌이나 유식에 해당하지 않을까.

　　반야심경 독송이 시작되었다. 우물우물, 쭈물쭈물, 웅얼거리고 있는 자식들을 향해 스님이 다시 한 번 소리쳤다.

　　큰 소리로 읽으세요! 경전을 소리 내어 읽는 것은 그 소리를 귀로 듣는 것이고 들어서 깨치는 것이요!

　　그러니까 경전〔境〕은 눈과 입과 귀〔根〕에 의해 아는 마음〔識〕이 이루어진다는 말. '간경'看經일 터였다. 스님의 독경은 구성지고 자식들의 목소리는 점점 기어들어 갔다. 더 크게 소리 내어 읽는다 해도 경전의 가르침이 그들에게 더 크게 들릴 리 없고, 그 무한한 진리를 깨칠 수 없는 일. 알아듣지 못한 수많은 말과 흘려버린 말들이 웅웅, 법당

안을 맴돌았다.

스님의 독경과 엇박자를 내며 반야심경 독송이 계속되었다.

… 없고, 없으며, 없으며 … 없고, 없으며, 없고, 없으며 … 없으므로, 없어서, 없느니라 ….

스님의 독경 소리는 같은 음조일 뿐인데 음성과 음률에 따라 멀어지다 흩어지다 휘몰아치다 … 묘한 정신의 감응이 일어났다. 동시에 참을 수 없는 설움이 북받쳤다.

… 무명도 없고 또한 무명이 다함도 없으며, 늙고 죽음도 없고 또한 늙고 죽음이 다함까지도 없으며 …

미경은 소리죽여 울었다.

독경이 멈추고 목탁 소리도 멈추었다.

'합문'*과 '계문'**의 절차 없이 '진숙수', 그러니까 마지막 물을 올리는 절차쯤에서 미경이 큰어머니와 아버지와 어머니께 차례로 잔을 올렸다. 부모님의 기제사를 큰어머니 제삿날에 맞춘 데는 제각각의 사정도 사정이거니와 어머니의 부탁도 한몫했다. 미경은 잔을 올린 후 영단 앞에 걸린 감로탱화를 쳐다보았다. 육도윤회에서 고통받는 중생들과 판관의 판결을 기다리는 중음신中陰身의 영가들이 감로를 마시며 극락왕생을 기원하는, 모두 죽음과 관련된 도상圖像이었다. 목구멍으로 터질 듯 북받쳐 오르는 서러움을 누르며 미경은 향불을 하나 더 피워 올렸다.

---

* 망자가 마음 놓고 음식을 드시도록 자리를 비움.
** 독축자가 세 번 인기척을 내며 제자리로 들어가는 순서.

다시 스님의 회향 법문이 이어졌다. 이승에서 지은 업과 공덕으로 부처의 나라, 육도윤회의 세계로 갈 수 있도록 영가를 설득하는 법문이 구슬펐다. 미경은 감로탱화를 바라보며 생각했다. 어머니는 이승에서 맺은 인연에 대한 미련을 모두 버리고 극락왕생하실까?

스님의 나무아미타불 독송이 이어졌다. 장남의 목소리가 먼저 터져 나오고 둘째의 목소리도 섞였다. 지방도 축문도 없는 기제사. 극락왕생을 비는 스님의 발원문이 축문을 대신했다. 그 전에 '합반개'*를 했다. 수저를 거두고 부모님 영가 전에 절을 올리고 마지막으로 부처님 전에 삼배를 올렸다. 스님께 깊이 몸을 숙이는 것으로 제사는 끝이 났다. 물론 '낙시저'**도 '분축'***도 음복도 없는 제사였다. 공양주가 법당으로 들어와 제수를 내리고 철상을 서둘렀다.

며느리는 좀체 가족의 울타리 안으로 들어오지 않았다. 살갑지도 않았지만 크게 미워하는 법 없이, 등 뒤로 조용히 손을 뻗어 시집 식구들을 밀어냈다. 선한 인상과는 달리 전략은 몰인정하고 용의주도했다. 단단하게 자신의 울타리를 쳐놓고 시집 식구들을 들이지 않았다.

틀이나 규정에 벗어나는 짓을 용납하지 않던 아버지도 그 일만은 어찌할 수 없는 모양이었다. 아버지의 얼굴빛이 점점 더 어두워졌다. 이 상황에 전전긍긍하는 쪽은 어머니였다. 며느리를 들이고 일손이 줄어들기는커녕 상전 같은 손님까지 치러야 했으니. 어머니는 난감함 대

---

* 밥그릇의 뚜껑을 도로 덮음
** 밥을 숭늉에 마는 순서
*** 지방과 축문을 태움

신 자신의 부덕인 양 안절부절못했다.

처음이라 겉도는 게지. 집안의 법도를 몰라 어려워서 그럴 거야. 차츰 익숙해지면 정도 붙이고 어우러지게 되겠지.

어머니는 그렇게 말했지만, 며느리는 겉돌지도 어렵지도 어우러질 것 같지도 않았다. 아예 가족 안으로 들어올 생각이 없었다. 자신을 가족 밖에 두었고, 어른이나 법도를 어려워하지도 않았으며, 익숙해지려고 애쓰거나 정을 나누려고 하지 않았다. 오로지 순하고 잘생긴 남편이 필요할 뿐, 가족제도 자체를 받아들이지 않는 것 같았다. 그들끼리는 다정하다가도 시집 식구들 앞에서는 순식간에 무뚝뚝하게 변하고 말았으니. 당연히 제사나 집안 행사는 관심 밖일 수밖에. 느지막이 나타나서도 미안해하거나 변명 같은 건 하는 법이 없었다. 그러나 정확하게 자신이 할 말은 참지 않는, 여전히 남 같은 새 식구 앞에서 어른들이 더 미안해졌다.

쯧쯧, 싹수가 노래.

마르고 급한 성격이어도 말만은 함부로 하지 않았던 아버지가 눈을 한 곳에 박은 채 나지막이 토해 낸 말이었다. 두고 볼 일이 아니라는 투였다. 며느리 사랑은 시아버지라고 했으니 며느리에 대한 기대가 만만찮았다. 실망 또한 만만치 않은 모양이었다. 어머니는 또 자신의 잘못인 것처럼 안절부절못하고, 아버지는 그런 어머니를 나무라며 어른 노릇을 탓했다.

철이 없어서 그럴 거요. 애라도 하나 낳아 기르면 알게 되겠죠.

어머니는 또 며느리를 감쌌다.

곧이어 들인 둘째 며느리는 깜찍하고 발랄했다. 싹싹하고 살갑고 붙임성 좋은, 그야말로 어려워할 줄 모르는 며느리였다. 아버지의 노여움이 다소 가라앉았다. 자주 웃으셨고 바라보는 눈길이 따뜻했다. 하지만 그녀는 맹랑하게 깜찍했다. 손위 동서가 직무를 유기하는데 자신이 떠맡을 일은 아니라는 계산이었을까? 학원 강사 일이 그런 거라고 하더라도 특강이니 뭐니 하며 휴일에 드는 제삿날도 빠지거나 제사상이 다 차려진 후 나타나기 일쑤였다. 그녀는 가사 일에서 날씬하게 제외되는 딸 같은 며느리이기를 바랐는지 몰라도 그건 큰 착오였다. 그녀가 딸이 아닌 며느리라는 것을 정확하게 인식시킨 사람은 시어머니가 아닌 손위 동서였다. 그녀들의 신경전은 점점 대결 양상을 띠게 되고, 어머니는 그 틈에서 어찌할 바를 몰라 또 전전긍긍했다.

제사준비라는 게 통상 여자들의 일이다 보니 미묘한 감정싸움이 번거로운 노동을 앞설 수밖에 없었다. 그녀들의 신경전을 어머니는 도통 알 수 없다는 얼굴로 바라봤다. 미경이 보기엔 아버지의 사랑 때문이지 않을까 싶기도 했다. 더 사랑받는 쪽이 피해자가 되는 건가? 큰 며느리는 시시콜콜 아래 동서를 못마땅해 하며 쏘아붙였다. 어머니에 의해 그나마 지탱해오던 평안에 균열이 가기 시작했다.

자식도 없는 시아버지의 전처 제사를 왜 모셔야 하는지 모르겠다고 딴죽을 건 사람은 큰며느리였다. 모처럼 동서의 말에 둘째 며느리가 공조했다.

그 말은 하지 않은 거로 하자. 안 들은 거로 하겠다.

산처럼 꼼짝도 하지 않고 앉아 있던 어머니가 한 말이었다. 어머니가 단호하게 며느리들의 입을 막았다. 그뿐이었다. 더 이상 뒷말은 하지 않았다. 그 제사가 지금까지 왜 그렇게 정성스럽게 모셔졌는지, 앞으로도 계속 모셔야 하는지에 대해 어떤 말도 하지 않았다. 지금껏 그래왔듯이. 어머니가 말문을 닫아버림으로써 어떤 말도 용납되지 않았다. 며느리들은 서로 눈치만 살필 뿐, 모처럼 뜻을 같이한 일격이 싱겁게 끝나버린 데 대해 다소 의아해했다.

큰어머니 제사를 언제부터 지내게 되었는지, 어머니가 그토록 완고하게 지킨 제사에 대해 그들 남매는 의문을 갖는 것조차 도리가 아니라고 생각했다. 미경은 가끔 그 사랑의 역사가 궁금하기도 했지만, 궁금하다고 다 물어볼 수는 없는 노릇. 워낙에 단단한 신앙 같은 것이 되어버렸으니까.

아버지는 아내를 두고 아직도 첫사랑을 못 잊을 만큼 순정남이거나, 그렇게까지 염치가 없는 사람은 결코 아니었다. 단순히 죽은 사람에 대한 예우라고 보기엔 뭔지 모르게 께름칙한 면이 없지 않았다. 그러나 자식들이 모르는 또 다른 이유가 있다 할지라도 그건 부적과 같아서 믿음의 결과물일 뿐 함부로 누설되지 않았다. 이미 죽은 사람에 대해 시비를 거는 것이야말로 어리석은 짓이기도 했으니까. 진실이란 원래 불편한 것.

어머니는 제삿날이면 남편과 자식들 뒤에 서서, '큰어머니, 우리 아이들 가는 걸음걸음마다 보살펴주시고, 올 한 해도 저 자식들 잘 키우도록 도와주시고, 저희 잘 살도록 지켜주세요'라고 술잔 대신 간절한 마음을 울렸다. 어머니가 '저희'라고 지칭하는 사람은 아버지와 어머니를 포함한 가족 전체일 것이다. 근데 어머니의 기원을 가만히 듣고 있으면, 마치 자식들을 잘 키우는 것만이 큰어머니에 대한 도리를 다하는 것이며, 나아가 큰어머니에게 진 빚을 갚는 것처럼 들리기도 했다. 마치 가족의 운명이 큰어머니의 손에 달린 것처럼.

어머니는 정성을 다해 제사를 지냄으로써 가정의 평안은 물론 집안의 재액을 막아준다고 믿는 것 같기도 했다. 큰어머니에게 어떤 주술적인 힘이 있다고 믿었던 걸까? 전적으로 큰어머니에게 기대는 기대 같은 거라고 할까? 사진 한 장 남아 있지 않은 남편의 전처에 대해 이렇게까지 공손하게 몸을 숙이다니. 그때만큼은 자신이 후처라는 사실을 완전히 잊고 있는 사람처럼 보였다. 그런 사실을 잊지 않고서야 어떻게 그렇게도 신실한 모습을 보일 수 있겠는가.

제사가 조상의 은덕을 기리고 가호를 바라기 위함이라고 하더라도 큰어머니의 제사는 어딘지 모르게 의구심을 자아냈다. 그건 순전히 어머니의 정성 때문이었다. 집안의 평안은 물론 잡귀와 액운마저 물리치는 벽사의 의미도 없지 않았으나 어머니의 정성이 도를 넘을수록 의구심은 더 커졌다. 대상이 남편의 전처가 아니던가. '효'라는 유교적 전통사상에 견주어 봐도 어머니의 신실함은 온전히 납득이 되지 않았다. 어찌 보면 큰어머니는 아버지의 첫 아내가 아니라 어머니가 만든 신이 아닌가, 싶기도 했다. 마치 물의 신, 대지의 신을 모시는 듯 정성스럽고 경건했다.

어머니에게 그것은 미신도 종교도 아닌 어머니가 지켜내는 한 세계일지도 모른다는 생각을 한 것은 한참 후였다. 어머니의 삶이 그만큼 곽곽하고 위험했으니까. 아버지의 연이은 실패와 그로 인한 위기를 쉼 없이 감당해야만 했으니까. 아버지의 방임과 자식들의 무관심한 행태가 어머니를 그쪽으로 몰아갔던 건 아니었을까?

시샘할 수도 있는 영혼에 대해 예를 다함으로써 어머니의 세계가 평안하게 유지되었던 것처럼 미경도 그 세계를 그대로 받아들였다. 일종의 학습된 훈련의 효과 같은 것이라고 해야겠지. 큰어머니의 존재는 가족들에게 하나의 상징이 되었고, 그 영혼이야말로 집안을 지켜주는 수호신이 되었다. 어머니의 지극한 정성이, 틀린 것들을 맞는 것으로 바꾸지는 못해도 세상을 두려워할 줄 아는 법을 가르치는 데는 부족함이 없었다. 대체로 제사의 분위기는 그렇게 깊이 뿌리를 내렸다. 딱히 남편의 전처에 대한 예의라기보다 지켜야 할 세계의 믿음 같은 것으로.

어머니가 그토록 정성을 다하는 제사가 돌아가신 분을 기리는 예이자 자손으로서 도리이며 윤리의 한 형태라 할지라도, 윤회의 관점에서는 이치에 맞지 않았다. 신앙과 연관 짓는 것 자체가 무리였다. 그럼에도 불구하고 굳이 믿음이라고 한 것은 그만큼 어머니의 자세가 경건했고 신실했기 때문이었다.

한 번도 본 적 없는 또 다른 어머니가 있었다는 사실을, 큰어머니의 존재를 그들 남매는 일찌감치 기정사실로 받아들였다. 그건 결코 어머니의 생을 가볍게 생각한다거나 또 다른 의미를 부여하는 것과는 달랐다. 예를 들자면, 다른 사람의 자리를 차지했다거나 누군가의 생을 대신한다거나…. 하여간 그런 억측이나 추측, 짐작 같은 것들과는 거리가 멀었다.

가족 누구도 이설이 없었던 집안의 불문율에 대해 큰며느리가 따져 묻다니. 자신의 본분을 방기한 채. 그녀는 가족들이 어떻게 받아들일지 눈치 같은 건 전혀 살피지 않았다. 그렇다고 생각 없이 말을 던지는 것으로 보이지도 않았다. 변명 같은 건 없었으니까. 그녀의 발언이야 말로 금기를 깨는 행위가 아니던가.

몹시 화가 날 만도 한데 어머니는 남편이 알게 될까 쉬쉬했을 뿐이었다. 변함없이 정성껏 제사를 모시는 것으로 그 일은 없는 일이 되었다. 아버지는 며느리들의 반란을 전해 듣지 못한 채 돌아가셨다. 돌아가시기 전 가족들에게 제사는 따로 지내지 말고 큰어머니 제사와 함께 지내라는 말을 남겼다.

정말 너무하는 것 아닌가. 이생에서 다하지 못한 사랑에 대한 한인가, 싶다가도 어머니를 향한 배려라고 생각을 돌렸다. 이미 늙은 아내에게 두 번의 제사를 준비하게 할 수 없다는 애정으로 받아들여야 한다고.

어머니는 며느리들 대신 미경에게 번번이 일손을 빌렸고, 제사는 아버지가 살아계실 때와 다름없이 모셔졌다. 매번 늦은 시간에 남편과 함께 나타나던 큰며느리가 슬슬 빠지기 시작하더니, 명절에는 친정으로 가겠다고 아예 불참을 선언했다. 그리고 깜찍한 둘째네는 기독교로 개종했다. 어머니는 낙담 대신 그들을 가만히 지켜볼 뿐이었다.

어쩌겠니. 내 살아 있는 동안만이라도 잘 모셔야지.

어머니의 말은 죽은 후에는 자신의 소관도 아니거니와 도리가 없다는 말로 들렸다. 아버지가 돌아가신 후에도 어머니의 자세는 여전히 확고했다. 아들들은 어머니의 뜻을 받들지도 거절하지도 않은 채 귀찮은 행사쯤으로 여겼다.

너무 하는 것 아냐? 어머니도 이젠 예전 같지 않다니까. 연로한 노인인 거 몰라?

미경이 오빠들에게 서운한 마음을 드러냈다.

납골당에 찾아뵙는 거로 간소화하자고 했잖아. 어머니가 고집을 꺾지 않는 걸 어떡하라고.

장남은 계속 화가 나 있었다.

요즘은 여행지에서 지내거나, 각자 간단하게 제수 음식을 준비해서 산소에서 지내기도 한다고, 우린 산소가 없으니 납골당에서 만나면 되지 않겠냐고, 전부터 큰며느리가 한 말이었다.

추도식으로 대신하자고 했잖아요, 어머니.

둘째는 멀찌감치 서서 남 얘기하듯 말했다. 그가 챙겨야 할 것은 제사도 어머니의 노년도 아닌 하루빨리 장남이 은행 빚을 갚고 아버지가 남긴 집을 상속받는 문제가 아니던가. 미경은 자신이 많이 꼬였다는 걸 의식하면서 두 오빠를 향해 따지듯 물었다.

아버지는 납골당에 모셨지만 그럼 큰어머니는 어디로 찾아뵙는다는 거야? 그리고, 두 분은 기독교인이 아니셨잖아?

그런 걸 왜 따져. 형편대로 하는 거지.

도대체 형편이 어떻다는 거야? 뭐가 그렇게 못나서 그래? 올케들에게 기를 못 펴는 잘못들을 한 거야? 친정 제사는 지내러 가면서 시집 제사는 왜 안 오는지 이유나 좀 알자.

그래 너 말 잘했다. 이참에 형편 괜찮은 네가 지내든지.

적반하장도 유분수. 어머니가 믿어 의심치 않는 큰어머니의 보살핌으로 키운 자식들이 맞기나 한가.

결국, 어머니는 잘난 아들들 앞에 두 손을 들었다. 당신이 할 수 있을 때까지 제사를 모시는 거로 결론지었고 분란을 잠재웠다. 이런 분란이 어떻게 전달되었는지 모르겠지만 며느리들은 남편과 아이들의 참석까지는 막지 않은 모양이었다. 어머니는 제사는 물론 어린 손자들까지 챙겨야 하는 수고를 맡게 되었다. 그런데도 여전히 큰어머니께 그들의 안녕을 빌었다.

　아버지는 살아생전 전처에 관해서 얘기한 적이 없었다. 어머니 역시 마찬가지였다. 아버지의 첫사랑에 대한 서사는 알 길이 없었지만, 큰어머니는 우리 가족의 모태가 되어 제사로 버젓이 존재했다. 가족의 시작점이었으니 정성을 다해야 함은 마땅하고 당연한 것으로 여겼다.
　큰어머니는 우리 집을 관장하는 수호신인 셈. 어머니는 가족의 모든 길흉화복을 큰어머니께 빌었고, 큰어머니는 토주신이 되었다가 삼신이 되었다가 고방신이 되었다가 때론 조왕신이 되기도 하고, 말 그대로 우리 집안의 성주신이 되었다. 가신家神을 함부로 모실 리 없는 법. 그 정성은 그대로 어머니의 세계가 되었을 것이라고 미경은 미루어 짐작할 뿐이었다.

　감히 어느 누구도 불평할 수 없었던 제사에 대해 다시 잡음이 일기 시작한 것은 아버지가 돌아가시면서부터였다.
　고인을 추모하고 가족이 화합하는 가족 행사가 되어야 할 제사가 오히려 가족의 갈등을 부추기는 화근이 되고 말았다. 가족 안으로 들어오지 않은 가족에 의해 제사에 대한 의견이 분분했다.

명절엔 참석하지 않겠노라, 불참을 당당히 선언했던 큰며느리는 이사달의 책임을 어머니 쪽으로 돌렸다. 그러니까 세상이 변했으니 룰이나 틀도 바뀌어야 한다는 말이었다. 그랬다. 시어머니가 자신이 지키고자 하는 세계를 지키기 위해 억지 떼를 쓰고 있는 거라고, 당신의 방식을 고수하기 위해 자식들을 불편하게 하는 거라고 몰아세웠다.

어머니의 얼굴빛이 하얗게 질렸다.

아직도 미신 같은 허상에 매달려 살고 있지 않으냐고, 추도식만으로도 얼마든지 추모할 수 있는 걸 왜 번거롭게 하는지 이해할 수 없다고, 둘째 며느리가 말했을 때 어머니는 완전히 전의를 상실해 버린 얼굴이었다. 며느리들은 절대 밀리지 않으려는 기세였다. 여기서 밀려나면 자식들의 앞날이 어떻게 될지 어머니 눈엔 훤히 보였을까? 제각각 뿔뿔이 흩어지고 말 거라는 것을.

어떻게 해야 하나? 밀고 가야 하나, 받아들여야 하나? 어머니는 전의를 상실했을 뿐, 당신의 의지까지 완전히 포기한 것 같지는 않았다. 끝내 아무 말도 하지 않음으로써 어머니의 믿음은 더 굳건하게 유지되었다. 어머니로선 제사를 모셔야 할 명분이 더 뚜렷해진 증거가 되었다. 뒤이어 어머니의 한마디에 고스란히 묻어났다.

나 죽고 나면 그때 너희들끼리 다시 의논해 보아라.

그 말인즉, 어머니는 바뀐 세상의 방식을 받아들이지 않을 것이며, 세상이 아무리 바뀌어도 근본은 바뀌지 않는다는 역설이지 않은가. 어머니는 바뀌지 않는 것에 대해 말하고 있었지만, 목소리는 힘이 빠지고 점점 약해졌다. 그런 어머니가 미경의 눈에는 거센 물살에 휘청거리며 혼자 강을 건너는 모습이었다.

어머니는 왜 자식들 앞에 큰소리를 내지 않는 걸까? 스스로 위태로워졌을 뿐, 왜 자기 뜻을 끈질기게 요구하지 않는가? 무조건 내 자식을 위해서라면 거짓과 위선은 물론 위협과 폭력마저도 감수하는, 그런 이기적인 인간으로 변하는 것이 모성의 실체가 아니던가. 큰어머니가 자식들의 안녕을 위해서 없어서는 안 될 존재라면 어머니의 의사는 더 강력해도 될 것이었다. 어머니가 그토록 간절히 원하는 것이라면 말이다. 이럴 땐 오히려 어머니가 큰어머니보다 더 멀게 느껴졌다. 실제로는 아무런 힘도 닿아 있지 않은 큰어머니보다.

오빠들은 왜 가만히 있어? 무슨 말이든 좀 해봐?

미경이 또 불만을 토했다. 그들은 묵묵부답이었다. 한참 후 작은아들이, 맞는 말이잖아, 라고 대꾸했다. 맞는 말이라면 누구의 말이라는 건가? 어머니의 말이라는 건가? 아내의 말이라는 건가?

어머니는 자신이 고수하고자 하는 세계가 길지 않을 거라는 것을 알고 있었을 것이다. 어머니의 뜻이 완고할수록 자식들은 더 무관심해진다는 것을. 구태니 답습이니 번거로움이니, 하나같이 어머니의 뜻을 거역하는 것들뿐, 어머니에게는 헤아릴 수 없는 준엄한 세계일지라도 자식들에겐 그저 전시대의 방식에 그치고 말 일이라는 것을. 추모와 화합이라는 미풍양속이 오히려 자식들 간의 갈등을 야기하게 될 거라는 것을.

불교에서는 인간으로 태어난 것부터 '업'이 있다고 했으니, 남은 업을 소멸시키고 극락왕생할 기회를 사는 것이 현생일진데, 범부중생은 업장을 소멸시키기는커녕 업을 지으며 살아가기 일쑤. 그러니 끝없이 윤회의 세계를 떠돌지도 모를 일이다.

어머니의 세계는 과하지도 부족하지도 않은 마땅히 지켜야 할 가치였다. 그건 어머니의 진심이었다. 그러나 시점을 옮겨놓고 보면 완전히 달라질 수도 있다. 그러니 미경은 어머니를 지켜볼 수밖에 달리 도리가 없었다.

어머니가 끝내 고까운 기색을 보인 것은 다름 아닌 아들들이었다. 그들이야말로 내리내리 제사를 모셔야 할 당사자가 아닌가. 세상의 룰이나 틀이 바뀐 게 아니라 아들들이 바뀌어 버렸다는 사실이 어머니는 괴로웠다.

언젠가 어머니는 죽게 될 것이고, 어머니의 정성도 사라질 것이다. 큰어머니가 지켜주지 않는 평안을 생각해 본 적 없듯, 어머니의 죽음과 함께 이 평안함이 끝이 나고 말 거라는 것 역시 생각해 본 적 없었다.

미경은 마음속으로 중얼중얼 반야심경을 외었다.

… 없고 … 없으며 … 없어서 … 없으므로 … 없느니라 …

애당초 아버지의 기막힌 첫사랑의 서사도 없고, 그리하여 어머니가 믿고 있는 실체도 없으며, 집안을 세울 아무런 근거도 없어서, 그 어떤 믿음조차 없으므로, 일가친척 하나 없는 타지에서 마땅히 기댈 곳조차 없어서, 아무것도 없는 텅 빈 손을 맞잡고 간절히 빎으로써 어머니는 가족을 지켜냈던 게 아닌가. 내가 미안하다, 내가 죄인이다, 하면서. 오래전부터 어머니는 자신이 누구의 죄인이었던 것처럼 가족들에게 죄인이 되었고, 죄인인 채 오직 간절한 정성으로 전생의 업을 닦고 있었던 건 아니었을까? 그렇게 우리의 어머니가 된 건 아니었을까?

'엄마'라고 부를 때보다 '어머니'라고 부를 때의 그 한 음절만큼의 거리. 함부로 대할 수 없는 그 미묘한 감정의 선 한 가닥. 돌이켜보면 어머니와의 사이에 뭔지 모르는 그런 게 있었던 것도 같다. 한 음절의 거리는 좁혀지지 않은 채, 한 가닥의 감정선은 가늠하지 못한 채, 우린 큰어머니가 아닌 어머니의 그 간절한 정성을 먹고 그 정성을 믿으며 자랐다.

　미경은 앞이 캄캄했다.

　병원 복도에서 두 손을 세게 맞잡았다. 어머니가 큰어머니에게 빌었던 그 간절함으로 어머니의 회복을 빌었다.

　며느리들이 참석하지 않은 제삿날. 어머니는 다른 날과 달리 많이 피곤해 하셨다.

　화력은 터무니없이 달아올라 탕은 풀풀 끓어 넘치고, 아차 하는 순간 산적이 검게 탔다. 나물은 전에 없이 간이 셌고 전들은 모양 없이 흐트러졌다. 정성이 모자라 어떡하겠냐고 자탄하는 대신 괜찮다, 괜찮다, 혼잣말을 연거푸 내뱉으며 어머니는 계속 물을 마셨다. 속이 타는지 입이 타는지……. 어머니가 피곤해 하니 미경도 자꾸만 짜증이 났다. 어머니의 기력이 떨어지는 것이 제사 때문인 것도 같고, 제사를 지내기 위해 근근이 버티는 것 같아 보이기도 하고.

　언제까지 이렇게 할 수 있겠어요.

　미경은 설득도 협박도 아닌 불평을 늘어놓았다. 화가 났다기보다 슬펐다. 듣는 둥 마는 둥 고개를 돌리고 어머니는 또 아무 말이 없었다. 미경은 이제 내려놓으라는 말이었고, 어머니는 달리 방법이 없다는 말이었을까. 적당한 문장을 찾을 수 없어서 말하지 못하는 사람처럼, 어머니는 완성되지 않은 문장을 입속에 가두고 잠시 머뭇거렸을 뿐이었다. 그때 어머니는 말했어야 했다. 시간이 지나면 결국 하지 못할 말을. 미경은 들어야 했지만 결국 듣지 못한 말이 있을 것만 같았다. 잠시 후 어머니의 붉은 얼굴을 보며 그 생각은 더 확실해졌다.

그랬다. 어머니는 자신이 무너져 내리는 순간까지 자식들을 위해 간절히 빌었을 뿐이다. 그날따라 철상을 서둘렀고, 음복주 한 잔을 마신 어머니의 얼굴에 사위어가는 노을 한 자락이 붉게 어렸다. 피곤이나 긴장 때문만은 아닌 것 같았다. 자신을 통제하던 압박에서 풀려난 듯 어머니의 자세가 약간씩 흐트러지고, 큰아들이 음복주 한 잔을 더 권하자 어머니는 손사래를 쳤다. 어머니의 자세가 흐트러지면서 꼭 무슨 일이 일어날 것만 같은, 뭔지 모르게 조마조마하고 흐릿흐릿한 알 수 없는 전조 기운이 감돌았다. 어머니가 애써 고수해 온 바람과는 전혀 다르게 흘러가는 제사, 큰어머니 제삿날 밤이었다.

손수 마련한 제수 음식을 자식들과 함께 먹은 후, 어머니는 잠이 드는 듯 쓰러졌다. 그리고, 다시 일어나지 못했다.

어머니의 부모님과 그 부모님의 부모님과 또 그 윗대의 부모님과 거슬러 올라가면 한 인간의 탄생 순간까지 존재했을 수많은 존재들. 어머니는 그 많은 존재의 생명이 물려준 육신을 벗어버렸다. 영혼을 담았던 그릇, 누대로 업장을 소멸시킬 수 있는 육신을 자식들에게 주신 육신이 사라져 버렸다. 육신이 사라진 영혼을, 어머니의 영혼을 이제 누가 빌어줄 것인가?

알 수 없는 일이었다. 큰어머께 올린 어머니의 마지막 기원이 무엇이었는지는. 어머니는 평소의 원대로 소박한 차림 그대로 화장되었다. 자식들이란 부모의 그런 원쯤은 잊지 않는다. 결코, 명주 수의나 오동나무 관으로 대체할 수 없는 본연의 모습 그대로, 한 겹의 가식으로도 화장하지 않은 민얼굴 그대로 큰어머니의 세계로 넘어가셨다.

평생을 성실함으로 이룬 집을 저당 잡히고 나서 단정한 기품은 조금씩 허물어지고, 여차하면 오갈 데 없는 노인네 신세가 될 것처럼 자주 미안해 했던 어머니. 어머니의 마지막 얼굴은 평온했다. 그 얼굴을 보면서 미경은 생각했다. 어머니가 정성을 다해 큰어머니를 모셨지만, 정작 어머니를 지탱해 준 것은 큰어머니가 아니었을까?

자식들을 위해 간절히 빌었던 어머니의 원은, 지난밤 이슬인지 서리인지 모를 흰 서슬로 내려앉았으나 날이 밝으면 금방 녹아내릴 것이 뻔했다. 결국, 아버지는 제사만 남긴 생이 되었고, 어머니는 남편의 전처 제사를 지내다 마감한 생이 되었다.

그들 남매가 함부로 하지 않더라도 어머니의 세계는 고수되지 않을 것이 분명하다. 이미 룰이나 틀이 바뀌었다고 믿는 며느리들에 의해 새로운 룰이 만들어질 테니까. 그들에게 어머니의 세계는 다르게 해석될 것이니까.

미경은 어느 편에 서야 할지 몰랐다. 급브레이크를 밟아대며 과속으로 추월하는 올케들에게 그만 멈추라고 말하고 싶어도 그녀 또한 며느리가 아닌가. 마치 이 갈등을 조장한 사람은 그녀들이 아니라 어머니인 듯 원망스러웠다. 이제 어머니는 어떻게 될 것인가.

어머니 제사는?

…….

미경이 물었고 아들들은 또 대답이 없었다.

말 좀 해?

뭘? 제사가 그렇게 중요해?

큰오빠는 여전히 화가 난 듯 짜증 섞인 말투였다.

그러니까 어떻게 할 거냐고?

당연히 형님네가 알아서 지내야죠.

작은며느리였다.

왜?

큰며느리가 발끈했다.

아버님 재산이 형님네로 다 흘러갔으니 당연한 거 아닌가요?

그게 동서가 할 말이야?

못할 말 한 것도 아니잖아요.

큰아들의 얼굴이 붉으락푸르락, 그때 작은아들이 한마디 했다.

그럼, 추도식으로 대신하던가.

…… .

어머니의 유골함이 식기도 전 평생 어머니가 빌었던 평안은 어디론가 뿔뿔이 흩어졌다. 어머니와 큰어머니가 함께 지켜줄 세상은 평온하지 않았고 끈이 떨어진 연처럼 제각각 나부꼈다. 그들 남매의 관계가 어머니에 의해서 겨우 연결되었던 것처럼.

어머니의 기원이 사라진 그 짧은 시간이 미경은 아찔했다. 구질구질하게, 무겁게, 답답하게, 어머니 같은 삶을 살지 않으리라 다짐했지만, 정작 어머니만큼의 삶을 살 수 없으리라는 회한이 그녀를 압도했다. 어머니가 평생 삶의 근본이라 지켜온 것들을 뭉텅 잘라낸 시간이 두려움으로 다가왔다. 이렇게 함으로써 우리는 완전히 각자가 되는가? 남보다 못한 형제지간이. 미경은 오빠들을 물끄러미 쳐다보았다.

　절에서라도 제사를 모시자고 제안한 사람은 미경이었다.

　추도식으로 추모하는 것이 과연 누굴 위한 것인가. 그건 평생 어머니가 한 번도 접하지 못한 방식일뿐더러, 납골당으로 찾아가는 것도 그랬다. 그럼 유골조차 없는 큰어머니는 또 어떻게 해야 한단 말인가. 절로 모시는 일 역시 비용이 만만찮았다. 작은며느리는 자신들은 비용을 분담할 이유가 없다고 했고, 큰며느리는 또다시 그녀가 딸이 아니라 며느리라는 사실을 상기시켰다.

　삼 남매가 함께 분담하기로 한 제사 비용을 미경의 통장으로 이체하겠다는 말을 하고 오빠들은 절을 떠났다. 미경은 그들의 등을 하염없이 바라보았다. 어머니의 혼과 백이 완전히 흩어질 때까지 제사를 지낼 수 있을까?

　절 마당에는 대여섯 살쯤 된 사내아이가 생떼를 쓰며 엄마 손을 잡아끌었다. 투정 부리는 아이 손에 이끌려 아이 엄마는 결국 법당으로 들어가지 못하고 돌아섰다. 그 모습을 바라보는데 미경의 머릿속이 복잡해졌다.

　어머니에겐 왜 엄마 냄새가 나지 않았을까? 왜 우리는 함부로 어리광 부리고 떼쓰지 못했을까? 어머니는 왜 그렇게 정성을 다해 큰어머니의 제사를 모셨을까? 그리고 그것이 왜 어머니의 세계가 되었을까…?

　인제 와서 어머니의 세계를 마음대로 해석하는 일은 위험한 일이다. 어머니의 진실과 다를 수도 있으니까. 여하간, 시간이 흐르고 지금보다 훨씬 더 격식이나 규칙이 바뀌면 그 세계를 규명할 일은 점점 더 어려워질 것이다. 결코, 그 세계의 의미를 이해할 수 없을지도 모르니까.

정오의 햇볕이 내리쬐는 적요한 절 마당에 불경 소리 울려 퍼지고, 그 소리가 미경의 귀에는 아득하게 칭명염불 소리로 들렸다. ' … 반존자나반존자나반존자나 … .'

오래전, 깊은 암자의 삼성각에 모신 하얀 머리카락을 드리운 눈썹이 길고 미소를 띤 '나반존자'를 끝없이 부르던 그 기이한 밤. 미경의 귀에는 끊임없이 '반존자나'로 들리던 그 밤의 기억을 떠올렸다. 오랜 시간이 지났지만, 여전히 그녀의 귀에는 '반존자나반존자나반존자나 … '로 들리고, 어머니는 홀로 인연의 이치를 깨달아 도를 이룬 '나반존자'가 되지 않았던가. … 그 순간 어머니가 큰어머니께 간절히 빌었던 것처럼 미경도 그렇게 어머니를 불러야 할 것만 같았다.

죽음 앞에서 살아 있는 자가 할 수 있는 것은 고작 망자를 성자로 만드는 일. 그러니까 불자를 아라한으로 만들기도 하는 일이다. 그래서 마땅히 어머니는 자식들로부터 제사로 공양받고 존경받아야 할 존재라고, 그건 예의가 아니라 사랑일 것이라고, 미경은 고개를 떨어뜨렸다.

모든 것은 실체가 없다 하지 않았던가. … 바람이 스치고 여전히 귓전에는 깊은 밤 운문사 사리암의 나반존자 독성기도 소리 웅웅거렸다. … 반존자나반존자 … 나반존자나 … 반존자나 …

시작이 끝이고 끝이 시작점이다. 만물은 처음으로 돌아가고 모든 이야기도 처음으로 돌아가고 … 그러나 시작점이 바뀌면 끝도 바뀌고 말 것 아닌가.

큰어머니 제사는 꼭 지내야 한다.

어머니가 남긴 말이었다. 까닭도 모른 채 집안의 불문율이 되어 버린 큰어머니의 제사. 어쩌면 자식들이 모르는 비밀의 세계가 어머니를 지배하고 있었던 건 아닐까…? 오랫동안 잠겨 있던 문이 삐거덕, 열리는 소리를 내고, 그동안 차마 묻지 못한 의문이나 이유가 아닌, 의문을 가져본 적도 의심해 본 적도 없는 생각 한 자락이 퍼뜩 스쳐 지나갔다.

어머니는 전처의 자식을 키우기 위해 자신의 소생은 낳지 않았던 건 아닐까… 큰어머니야말로 진짜 생모가 아니었을까….

법당 처마 밑에서는 풍경 소리 낭랑하게 울려 퍼지고, 이 불안정한 상상이 착각일 뿐일지라도, 설령 진실이라고 하더라도, 이 제사가 길게 가지 않을 거라는 걸 미경은 알았다.

예순여덟

최 선생을 여기서 만나게 되다니!

딱 맞는 옷을 입었다기보다 왠지 똑같은 옷을 입고 동창회에서 만난 것처럼 다소 멋쩍고 의아했던 기억이 먼저 떠올랐다. 그게 벌써 몇 년 전이었으니 최 선생의 머리도 좀더 은발로 변해 있었다.

최 선생의 손을 잡고 어린아이처럼 203호에 들어선 할머니는 곱고 예뻤다. 첫눈에 봐도 최 선생과 꼭 빼닮았다. '저렇게 고운 분도 정신을 놓는구나.' 내가 할머니와 최 선생을 일별하는 동안 침대에 눕거나 앉아 있던 할머니들은, 늙은 장닭이 새로 들인 수탉을 경계하듯 예쁜 할머니에게서 눈을 놓지 못했다. 누가 봐도 모자지간인데 어머니는 내 팔을 슬쩍 잡아당기며 빈정대는 투가 역력했다. "영감이 아직도 팽팽하네."

나는 최 선생을 향해 눈을 크게 뜨고 어색한 웃음을 띠었다. 반가워해야 할지 난감해해야 할지 몰라 우물쭈물하는 사이 최 선생이 먼저 나지막이 말을 건넸다.

"우린 참 희한한 인연이네요."

최 선생은 가만히 주위를 살펴볼 뿐 웃지 않았다. 무안해진 나는 얼른 입가에 흘리고 있던 웃음기를 거둬들였다. 이곳 요양원에 어머니를 처넣는 일이 웃음기를 흘려야 하는 일은 아니었다. 그가 내 웃음을 비웃을 리 없는데도 나는 이상하게 그 분위기에 눌리는 기분이 들었다. 예쁜 할머니의 자리가 비어 있던 어머니 옆 침대로 정해졌다. 가까이서 보니 곱고 예쁜 할머니의 모습에 싸한 느낌이 더해졌다.

최 선생과의 첫 대면도 오늘만큼이나 대략적이지 않고 난감했다.

모두 자신을 소개하는 서먹한 첫 시간이었다. 첫눈에 봐도 최 선생과 나는 잘못 배달된 수화물처럼 놓여 있었다. 누구나 참여할 수 있었지만, 또 아무나 참여하기는 쉽지 않은 그런 장소였다. 언덕배기를 20분가량 걸어 올라가야 하는 장소도 그렇고, 초행자라고 해서 따로 안내하지도 친절하게 맞는 것도 아니었으니 나이와 상관없이 주눅이 들 수밖에 없었다.

눈빛이 형형한 사람들 틈에서 최 선생과 내가 서로를 일별하는 순간 어쩌면 안심과 우려가 동시에 일어났는지도 모르겠다. 자기소개가 이어지고 여차하면 빠져나갈 궁리를 하는 동안 최 선생이 일어났다.

"저는 6학년 5반이고 섣달그믐 생입니다. 이미 해는 넘어갔고 달이 넘어가는 중에 생산된 거죠."

순간 내 몸이 용수철처럼 튕겨 올라 와르르 떨며 제자리로 돌아왔다. 6학년 5반, 섣달그믐 생. 그게 예사 숫자이던가. 약간의 기시감까지 돌았다. 나는 표정을 바꾸지 않고 뚝, 시치미를 뗐다. 굳이 나이와 생일까지 밝히며 통성명을 하다니. 사람들은 아무도 그의 연식에는 관심이 없는 듯했다. 굳이 그것까지 궁금해하지 않는 눈빛이었다. 어차피 어른으로 모실 일이 아니었으므로. 그저 도반일 뿐일 테니까. 같은 논제를 두고 함께 골몰하고 숙고할 사이일 뿐. 그 나이가 품고 있는 사연을 궁금해 할 리도 인간관계를 따질 일도 없지 않은가. 갑자기 설렁해진 분위기 탓인지 그는 엉성한 정수리를 한번 쓸어 올렸다. 기왕에 밝힌 나이가 주는 느낌은 퇴직 이후의 삶 정도랄까.

"생이 너무 가벼워서 이렇게 가벼워도 되나 싶어 앞뒤 없이 강좌를 신청하게 되었습니다. '신은 죽었다', '인간적인 너무나 인간적인', 뭐 이런 말에 끌려 여기까지 오게 되었는지도 모르겠구요. 근데 와서 보니 잘못 온 것 같기도 하고… 뭐 인생이 잘못 든 길이었으니 … 허허, 그리고 보면 이 선택도 영 잘못된 것만은 아니지 않나 싶기도 하고, 그렇습니다."

그때야 도반들이 와르르 웃었다.

"나를 발견한다, 반성한다, 그런 시간이 되었으면 합니다. 아무튼, 여러분들에게 많이 배우겠습니다."

최 선생의 소개는 끝났다. 나는 말문이 막혀 버렸다. 그가 이미 내 생년월일을 밝혀 버린 바에야 더 이상 나를 밝힐 일이 없지 않은가. 다른 사람들의 자기소개가 이어지고 내 순서가 되고도 나는 멍한 상태로 앉아 있었다. 옆 사람이 살짝 어깨를 칠 때까지 나는 그대로 앉아 있었다. 엉겁결에 엉거주춤 일어섰다. "김 선입니다. 자알 부탁합니다." 약간 얼이 빠진 채 상투적인 말로 내 소개를 닫았다. 사람들이 한차례 또 와르르 웃었다. 그제야 나는 정신을 차리고 자리에서 다시 일어났다. 머뭇머뭇, 미안한 웃음을 흘렸지만 목소리는 흔들렸다.

"전에도 그렇고 지금도 그렇고, 시작은 여전히 어색하고 어렵습니다. 아, 아니 … 시작이 아니라 사는 일이라고 해야겠죠. 사랑하는 일도 미워하는 일도 … 그래서 더 어려운 일에 도전하는 심정입니다."

도대체 무슨 말을 하는 거야. 여기서 사랑이니 미움이니, 그딴 걸 왜 들먹이는가. 횡설수설, 허둥거리며 자리에 앉으려다 다시 허리를 세워, "도와주실 거죠?"라고 말했다. 추레한 넋두리 같은 건 관심 없는 멀뚱한 눈빛들과 딱한 표정으로 바라보는 최 선생의 시선이 잠시 맞닿았다가 비껴갔다.

최 선생과 나는 이렇게 '인문학 강좌'에서 만났다. 마치 같은 날 같은 시간에 태어난 쌍둥이처럼. 그 같은 운명으로. 맞지 않는 옷을 걸친 채.

아무도 찾아오지 않는 비밀의 방, 어머니를 숨겨 놓은 방에서 최 선생을 다시 만나다니. 우리는 몇 해 전 인문학 강좌를 함께 들었던 인연으로 잠시 도반이었던 셈. 네 번의 강좌와 네 번의 토론, 그러니까 최 선생을 꼭 여덟 번 만났다. 여덟 번 만나는 동안 함께 강의를 듣고 함께 토론했다.

나는 꿔다 놓은 보릿자루처럼 앉아 있었다. 젊은 도반들의 사고력과 논리와 해석에는 도저히 따라갈 수 없는 늙은이가 되어. 세계도 인간도 해석 불가한 상태로. 최 선생도 그랬을 것이다. 나는 최 선생 쪽을 바라보며 혼자 생각했다. 많이 외로운 사람이구나, 저 사람도. 근거 없지만, 근거 없을수록 상황은 더 정확한 근거를 제공했다. 살짝 굽은 어깨와 진이 빠져나간 듯한 느린 걸음걸이. 웃음이 많았으나 그의 웃음은 호탕하지 않았고 어딘지 모르게 뒷맛이 스산했다. 바람이 빠지는 소리처럼.

우리는 모두 이름자 뒤에 '샘'자를 붙여 서로를 호명했다. 김 선. 그러니까 나는 '선 샘'으로 불렸다. 연장자 우대는 눈곱만치도 있을 수 없는 장소에서 유일하게 최 선생만이 '최 샘'이 된 것은 같은 이름자를 쓰는 도반이 있었기 때문이다.

간혹 젊은 '샘'들의 해석과는 앞뒤가 맞지 않는, 얼토당토않은 뒷북을 치고는 난감해 하던 최 선생의 모습. 그들의 치열한 논쟁은 듣는 것만으로 어질어질 어지럼증이 일었다. 관념의 세계, 묵묵히 몸으로 살아내는 동안 생각을 말로 표현하는 훈련이 되지 않았다. 정확하고 논리정연하게 말하고 싶어도 말은 엇나가기 일쑤였다. 정확할 수도 정연할 수도 없는 삶을 길들이며 살아온 것처럼. 최 선생과 내가 제격에 맞지 않는 말을 해도 누구도 이설을 달거나 반박하지 않았다. 조롱을 사지도, 그렇다고 얼굴을 붉히지도 않았다. 뒷북이 다소 용인되었던 것은 아무짝에도 쓸모없는 나이 때문이지 않았을까? 그게 최 선생과 나를 바라보는 시선일 것이었다.

'자신이 미로 속에서 서성이고 있다는 것을 알고 있는 현대인이 있을까요. 그러면 현대인이 아니겠죠. 자신은 올바른 선악을 구분하고 길을 제대로 가고 있다고 생각하고 있다면, 그것이 완벽한 미로가 아닐까요. … 니체의 선악은 지금까지 우리가 믿고 있던 것과는 완전히 다르죠. 약한 자는 몰락해야 하고 동정심은 경멸해야 한다, 살인이 모두 악한 것은 아니다, 우리가 악이라 믿어왔던 것이 실은 인간의 근본

적 충동이었다, 따위의 말들이 믿어져야 비로소 니체를 읽었다고 할 수 있지 않을까요. …'*

　도반들의 토론이 치열할수록 최 선생도 나처럼 헉헉거리며 헤매고 있는 것이 눈에 훤히 보였다. 나는 그의 결여를 이해할 수 있었다. 사변적이고 관념적인 세계와는 달리 현실적이고 사실적인, 그러니까 일상에 치일 대로 치인 사람이 저들보다 인생의 선배로서 생각이 깊다고 하더라도, 경험의 세계를 하나의 인식 대상으로 정립해 가는 집요함은 턱없이 부족하다는 것을.

　나는 가뜩이나 주눅이 든 시선을 어디에 두어야 할지 몰랐다. 논쟁에서 밀려나 가만히 고개를 숙였다. 알 듯 말 듯, 잡힐 듯 말 듯, 생각을 벗어난 말들은 회오리를 일으키고, 연필을 들어 펴 놓은 페이지에 밑줄을 그었다.

　'만약 죄로부터 구원받았다고 믿는데 행복이 있다면 이를 위해 필요한 전제는 자신이 죄지은 자라는 것이 아니라 자기에게 죄가 있다고 느끼는 것이다.'**

　우리는 왜 죄가 있다고 믿는 걸까. 왜 그렇게 느끼는 걸까. 왜 죄를 안고 태어났다고 생각하는 걸까. 무엇이, 무슨 연유로 자신도 모르는 죄가, 죄가 되었단 말인가. 생의 무게가 죄의 무게일 것 같은 그 많은 죄도, 저들의 날카로운 논쟁도 귓등에서 윙윙거렸다.

　이미 인문학 강좌에 참석한 것부터가 용기가 필요했던 일이었다.

---

*　남산강학원 홈페이지 〈니체의 《안티크리스트》 세미나〉에서 발췌.
**　프리드리히 니체, 《안티크리스트》, 아카넷. p. 56.

현실에 치일 대로 치인 나이에, 암만해도 늙는 일밖에 남지 않은 사람의 선택치고는 생뚱맞았다. 그 흔한 힐링이라든지 건강 프로그램에 참석해야 마땅했다. 가벼워질 대로 가벼워진 자신을 견디지 못했을까, 무거워질 대로 무거워진 현실을 견디지 못했던 걸까, 살아가는 일이 밑도 끝도 없이 어렵기만 했던 걸까⋯? 생경한 상황에 놓인 너무나 닮은 모습에 놀라 나는 자주 고개를 돌렸다. 그러다가 다시 쓸쓸하게 바라보았다. 아무튼, 그때 최 선생과 나는 그 낯선 곳에 무르춤하게 앉아 있었다.

그 강좌에서 얻은 것은, 나는 들락날락하던 신앙생활에 아무런 죄의식 없이 냉담하게 되었고, 최 선생은 농담 삼아 출가할 마음을 거둬들였다고 훗날 말했다. 우리는 각자 애써 밀고 가던 가치관을 하나씩 스스로 내려놓은 셈이다. 니체 덕분인지, 인문학 강좌 때문인지, 격렬했던 토론 때문이었는지는 모르겠지만, 아마 그랬을 것도 같다.

진리 자체가 아니라 믿음을 중시한 탓이라고 좌장이 꼭 집어 정리하지 않아도 이미 있었던 죄가 사라지기는 어려울 터였다. 남을 해치지 않았더라도, 도덕적으로 윤리적으로 따지지 않더라도 죄는 도처에 득실거렸다. 우선 어머니를 여기 요양원에 보낸 것부터 죄를 만들기엔 충분했다.

한 가지 분명한 건, 다시 돌아갈 수 없는 젊음이 부럽거나 그들의 논리나 해석력이 부러운 게 아니었다. 누구나 자기 시대의 고통을 안고 살아가겠지만 누추하거나 구질구질하지 않은 당돌함, 이를테면 굳어버리지 않은 의식의 유연성 같은 것, 관심이라는 애정으로 시시콜콜 관여하고 알은체를 하지 않는 무심함 같은 것, 그런 것들이었다.

쉽게 해석되지 않는 세계를 붙들고 그들과 섞여 있는 동안은 어깨를 짓누르던 책무나 노릇에서 벗어나 오롯이 나로 존재할 수 있는 시간이었다.

최 선생을 다시 만나게 되자 나는 운명이라는 야릇한 단어를 떠올렸다. 같은 날 배태하고 같은 날 저녁 배를 틀어 아이를 낳은 여자들. 육십 년이 훨씬 지나 같은 요양원 같은 방에서 만나게 된 두 할머니를 나는 번갈아 쳐다보았다. 우연이라기보단 어떤 운명 같은 느낌이 더 강했다. 만약 운명이 더 얄궂은 장난을 친다면, 최 선생과 나는 서로의 배우자가 입원해 있는 병원 복도에서 다시 만날지도 모르고, 그와 내가 같은 요양원에서 서로를 기억하지 못한 채로 죽어갈지도 모른다. 운명이라는 것이 어디선가 우리를 자석처럼 끌어당기지만, 서로는 손잡을 수 없는 그런 사이. 소름이 끼쳤다.

203호는 팽팽한 탐색전이 벌어지고, 최 선생과 나는 요양원 휴게실에 앉았다. 사무실 여직원이 창문을 통해 우리 쪽을 힐끗 쳐다보았다. 최 선생이 또 허허, 웃었다. 실은 웃는 것도 우는 것도 아닌 허허, 바람이 새어 나오는 소리였다. 그 바람에 훤히 들여다보이는 정수리의 머리카락 몇 올이 가늘게 흔들렸다. 시간의 생생한 흔적을 실감하듯 가발 아래 내 정수리도 엉성하게 비었다. 그는 웃고 있었지만, 눈빛은 흔들림 없이 고즈넉했다. 아래로 살짝 처진 눈이 내부를 닫아 버린 듯, 자신을 자신 속에 숨겨 버린 듯 슬퍼 보였다. 그의 허허로운 웃음이 가슴 한쪽을 서늘하게 베고 지나갔다. 내 입가에 미세한 경련이 일었다.

시간이란 완벽하지 않아 때론 변하지 않는 것을 남겨 두기도 한다.

여자는 곱고 예뻤다. 누가 보아도 사랑할 수밖에 없는 여자였다. 차를 주문하고 차가 나오기까지 여자의 시선은 딴 곳에 있었고, 나는 내 손을 잡았다 놓았다, 잡았다 놓았다… 입이 탔다. 어떤 말을 먼저 꺼내야 할지, 세상의 말들은 어디론가 달아나 버리고, 찻잔을 잡았다 놓았다, 마른입을 목으로 넘기고 또 넘겼다. 여자가 나타나기 전까지 견딜 수 없었던 분노는 슬그머니 꼬리를 내리고, 여자의 사랑을 지켜 주고 싶은 마음마저 들었다면 그거야말로 지독한 위선이었을까? 완벽한 보복일까? 차가 나오고 여자에게 차를 권하고… 그리고, 그리고 마른침을 몇 번 더 삼킨 뒤 나는 여자에게 고맙다는 인사를 먼저 건넸다. 여자를 보는 순간, 그토록 나를 떨게 했던 배반보다 그들의 사랑이 더 아름답고 열렬할 것이란 생각이 압도했다. 그만큼 여자는 고왔다. 목소리도 자태도 눈빛도. 최 선생의 어머니를 보는 순간, 문득 기억의 저편에 고스란히 묻혀 있던 여자가 떠올랐다.

그날 고작 내가 한 말은 자식을 들먹이는 일이었다. 아직 어린 자식들이 아버지를 존중하도록 해달라는 부탁이었다. 찻집을 나오면서 휘청, 발목을 접질렸다. 나는 이 정도밖에 되지 않는 신뢰를 움켜잡고 살았더란 말인가. 집으로 돌아오는 길은 전에 걷던 길이 아니었다. 발은 자꾸 허공에 빠지고 눈앞은 캄캄했다. 그땐 왜 그것이 전부였을까? 하염없이 눈물이 쏟아져 내리는데 목에선 계속 웃음소리가 새어 나왔다. 남편의 주머니에 들어 있는 정체불명의 핸드폰을 던져 박살 내는 것으로 그날의 일을 덮어 버렸지만, 부서진 것은 핸드폰이 아니라 한 인간에 대한 신뢰였고, 내가 걸었던 인생의 한쪽이 박살 나버린 것이다. 그 후로 오랫동안 내 입에선 헛웃음 소리가 새어 나왔다. 운명의 안쪽이 구멍을 내고 그 구멍을 통해 헛웃음 소리가 새어나갔다. 흐흐.

슬픔과 기쁨은 분간하기 어려울 때가 있다. 아주 기쁘면 눈물을 흘리고, 슬픔을 견디지 못해 미친 듯 웃기도 한다. 기쁨과 두려움의 첫 얼굴이 놀람인 것처럼 분노와 희열의 얼굴도 마찬가지다. 폭력의 비열함이 미소를 머금기도 하고, 감동의 물결이 눈물을 동반하기도 하는 것처럼. 극은 극으로 치닫는다. 누군가를 지나치게 미워한다면 그만큼 사랑한다는 말일지도. 이후로 나는 우두망찰 앉아 있는 날이 많았다. 참담함을 덮어쓰고 선택했던 인생이, 뜨거운 물에 담가 쥐어짠 털 스웨터같이 복원될 수 없이 망가지고 말았다.

최 선생이 다시 허허, 웃었다. 그가 그저 허탈하게 웃었을 뿐인데 수많은 말들이 내게 전달되었다. 웃고 있었지만 애써 눈물을 참고 있는 듯한 눈빛. 나는 그의 웃음에서 울음을 찾았다. 우는 것조차 허용되지 않는 삶의 저 안쪽. 무엇이 그를 이렇게 웃게 했을까. 상상은 위험하고 위태로운 쪽으로 치달았다. 그 허허로운 웃음과 함께 간절해지고 싶은 사람과 간절해지기를 원하는 사람이 되어 우리는 그렇게 마주 앉았다.

바람 소리에 섞여 멀리서 기적 소리가 들렸다.

어머니의 도벽이 도를 넘자 203호가 발칵 뒤집혔다. 어머니는 술단지나 메줏덩어리처럼 전리품들을 아랫목에 꼭꼭 싸매 놓고 시치미를 뚝 뗐다. 아무 힘도 없는 어머니는 엄청난 힘으로 그것들을 움켜쥐고 놓지 않았다. 나를 당황하게 한 것은 도벽보다 사력을 다해 놓지 않으려는 어머니의 집착이었다. 자신도 모르게 변해 가는 자신을 끈질기게 움켜잡고 있듯 어머니는 필사적이었다. 예쁜 할머니의 손수건과 목도리와 양말과 고쟁이가 나오고, 먹지도 않을 음료들이 가득했다. 그러나 어머니는 능청스럽게 아무 일도 없었던 것처럼 딴청을 부리며 막내 이름을 불러댔다.

치매 초기증상을 보이면서 어머니는 우리 집으로 오고 싶어했다. 그 든든한 장남도, 눈에 넣어도 아프지 않던 막내도 아닌 맏딸네로 기어이 짐을 옮겼다. 잠깐이라고 생각했던 일이 아예 눌러앉게 된 데는 남편의 묵인도 한몫했다. 자신이 수발을 들 것도 아니면서 흔쾌히 묵인한 데는 지난 시절을 만회하기 딱 좋은 기회라 생각했는지도 모를 일이다. 치매 노인과의 전쟁이 시작되었다.

두 번째 제왕절개를 하면서 의사는 쓸데없는 맹장을 들어내자고 했다. 자궁은 얌전히 그대로 보존되었다. 환갑이 지나고 커다란 혹을 달고 밖으로 나온 자궁은 생각보다 훨씬 컸다. 용도가 끝난 이 큰 물건을 여태 몸속에 품고 살았더란 말인가. 커다란 덩어리 하나가 빠져나가자 내 육십의 생이 통째로 빠져나간 듯 허허했다. 몸은 중심을 잃고 휘청거리기 시작했다. 수술이 끝나고 나는 영 힘을 차리지 못하고, 어머니는 이곳 요양원으로 오게 되었다.

요양원으로 오기 전날 어머니와 나는 오래오래 때를 밀었다. 목욕탕은 이른 아침부터 사람들로 붐볐다. 어머니는 자신의 시간을 예상이라도 하듯 기어이 내 등을 밀어주겠다고 했다. 쓰다듬듯 간질이듯 어머니의 힘없는 손길이 내 등을 어루만졌다. 나는 기왕이면 더 세게 밀어달라고 말할 뻔했다. 이제 됐다고, 그만하라고 손길을 사양하려다 아뿔싸, 그게 아니었다. 어머니는 마지막이 될지도 모를 딸의 등을 밀어주고 싶은 거라고. 편안하게 당신의 몸을 내게 맡기고 싶은 거라고. 나는 착하게 등을 맡겼다. 어머니는 갓난아기 몸을 다루듯 때수건으로 천천히 원을 그리며 내 등을 오래오래 어루만졌다. 그때 어머니는 오래전 자신의 몸을 만지고 있었던 건 아니었을까? 한참 그렇게 어루만지더니 때가 없네, 때가 없어, 하고 손길을 거두었다. 조금 남은 바가지의 물로 내 등의 거품을 다 씻어낼 때까지 나는 사양도 만류도 하지 않고 얌전하게 등을 돌려 앉아 있었다. 어머니는 내 등을 어루만지며 오래전 기억들을 씻어냈을까?

이제 다시 아기 몸으로 돌아간 어머니의 등은 여리고 보드라웠다. 손목의 힘을 빼고 최대한 부드럽게 목덜미며 어깨며 등을 밀고 팔을 뻗어 배와 가슴을, 허벅지며 팔다리를 밀어 내려갔다. 어머니의 죄는 순하고 착한 때가 되어 순하고 착하게 밀렸다. 얼추 몸을 다 씻어 내려갈 때쯤 내 몸에서 눈물 같은 땀이 줄줄 흘러내렸다. 나 역시 속절없이 늙어버린 훗날의 내 몸을 어루만지고 있었을까? 눈 깜짝할 사이가 되고 말 그 시간을. 어머니는 오래전 자신의 몸을 어루만지고, 나는 곧 닥칠 노년의 내 몸을 더듬고 있었는지도 모를 일이다.

그날 어머니는 허리춤 깊숙이 묻어두었던 쌈짓돈으로 딸과 함께 자장면을 먹었고, 집으로 오는 길에 속옷에 줄줄 설사를 흘렸다. 어머니의 주머니에선 출처가 불분명한 립스틱과 머리핀과 분홍색 팬티가 나왔다.

최 선생의 어머니와 내 어머니가 보관된 곳. 여기는 이승과 저승의 중간지대쯤. 분실물이 폐기 처분되기 전 임시보관 장소인 셈. 잃어버린 기억과 함께 어머니는 분실된 물건처럼 보관되었다. 이곳에서 어머니는 마지막 기억까지 모두 상실하고 자신마저 분실하게 될 것이다. 그러니까 모든 것들은 상실될 것이며 분실될 것이고, 자신도 모르는 사이 거대한 혼돈 속으로 빨려들게 될 것이다. 이곳 역시 현대판 '고려장'이거나 '오바스테'*와 다르지 않다. 생의 끝자락, 결국은 이렇게 버려지기 위해 기를 쓰고 살았더란 말인가.

한 방에 대여섯 명의 할머니들이 끔뻑끔뻑 눈을 뜨고 기저귀를 차고 서로의 물건을 탐하고 여차하면 서로를 뜯고 할퀴고 …, 어머니는 여전히 집으로 데려가 달라고 떼를 쓰고 있다. 옆 침대의 예쁜 할머니는 오늘도 자기 요구르트를 어머니가 훔쳐갔다고 막무가내다. 어머니는 어린아이가 되기 위해 어른을 버리고, 나는 어머니의 엄마가 되어 그렇게도 던져 버리고 싶던 엄마 노릇을 연장했다.

어머니라는 눈물겹도록 눈부신 이름. 어머니는 존재만으로도 세상의 모든 위안이었다. 따뜻한 밥상을 차리고 등을 쓰다듬으며 이마를 짚어주던 손, 새벽녘 가만히 들어와 이불을 덮어주던 손길을 다시금 떠올리게 되는 날, 자신들의 편의 때문에 어머니를 버렸지만 정작 버림을 당한 쪽은 자신들이라는 것을 우리는 곧 알게 될 것이다. 혼자가 될 절대 고독의 순간에.

문을 열고 나오다 나는 다시 203호를 뒤돌아봤다. 더 이상 알을 낳지 않는 폐계. 닭장차에 실려 밖을 내다보고 있는 짐승의 눈빛을 떠올

---

* 일본 고쇼쿠시에 내려오는 늙은 부모를 버리는 풍속

렸다. 걷잡을 수 없이 우수가 밀려왔다.

최 선생은 복도에 앉아 있었다. 사무실의 여직원이 고개를 빼고 야릇한 눈빛을 흘렸다. 요양원을 나서는데 바람 소리가 풀피리 소리처럼 스쳤다. 날카로운 잎사귀에 손가락이 베이는 것 같았다.

최 선생을 다시 만나고 온 날이었다. 어떤 재난에 의해 수천 미터 지하에 묻혀 있는 불씨 하나가 수 세기 후에 자연 발화하듯 속에서 열기가 올라오기 시작했다. 열 기운은 좀체 가라앉지 않았다. 첫 생리를 할 때처럼 당황스러웠다. 이게 가능한 일인가? 아니, 그럼 누가 가능한 일이 아니라고 했는가? 확실한 건 내가 뜨겁게 최 선생을 생각하고 있다는 것이다.

이 예기치 않은 감정은 어디서 비롯되었을까? 지금까지 나는 줄곧 누군가를 필요로 했던 걸까? 내 속의 불씨를 일으킬 대상을? 최 선생을 단지 그 대상으로 삼았을 뿐인가…?

부끄러움도 체면도 모두 내던진 채 '사랑하기 딱 좋은 나이'라고 노년들이 목청을 돋우는 것은 이미 사랑하기 좋은 시절이 아니라는 말. 사랑하기 글렀다는 반증이 아니던가. 그러나 나는 그날 밤 세상의 모든 사랑의 노래를 소환하기 시작했다. 어떤 재난에 의해 묻혀 버린, 그래서 더 애틋할 수밖에 없는 시절로 되돌아가 있었다. 세월의 저 안쪽에 잠겨 있던 노래들이 하나둘 수면 위로 떠오르고, 그 시절의 감성이 구체적으로 되살아나면서 센티해졌다 그리워졌다 벅차오르다 안타깝다가… 서글퍼졌다. 세상에 이 많은 사랑의 노래가 있었단 말인가. 이 많은 이별의 노래가. 세상의 모든 노래는 사랑에 대한 헌사가 아닌가. 가사와 멜로디가 마치 휴머니즘 영화의 마지막 감동처럼 밀려오고, 나는 오지 않는 소식을 기다리는 연인이 되어 사랑의 노래를 듣고 또 들었다. 사랑의 언어들이 살아 꿈틀거리며 내 속에서 충만했다. 예순여덟, 상상이나 했겠는가. 이 아름다운 노래를 소환하리라고. 나도 모르게 눈물이 흘러내렸다.

기차 소리가 차츰 더 가까이 들려왔다.

찻집에는 엘가의 〈사랑의 인사〉가 흐르고 있었다.

나는 쇼팽의 〈녹턴〉 9번은 너무 아름다워 차라리 아찔하다고 말했고, 최 선생은 베토벤의 〈월광〉이 그렇게 처연한 곡인 줄 전에는 미처 몰랐다고 말했다. 따뜻한 차가 나오고 우리는 풋풋한 시절로 돌아가 뺨이 붉어졌다. 찻잔에서 김이 피어오르고 따뜻한 온기가 손끝으로 전해졌다.

예순여덟. 돌아가야 할 자리, 지켜야 할 자리, 체면이나 위신 같은 건 겨울나무처럼 떨치고 우리는 나목으로 마주 서 있었다. 나는 자꾸만 눈시울이 붉어졌다. 가슴 속에선 〈월광〉이 흐르고 쇼팽은 더 아름답게 울려 퍼졌다. 막연했던 느낌은 점점 더 뜨거워지고, 뜨겁게 드러나면서 감추어지는 사이 침묵의 말은 더 깊어지고 최 선생의 눈빛도 애잔해졌다. 시선은 창밖에 두었지만 마른 손목이 무언가를 잡고 싶어 한다는 걸 나는 알았다. 내가 최 선생의 마른 손을 잡았다. 최 선생이 다른 손으로 내 손등을 감쌌다. 최 선생의 눈도 조금 더 붉어졌다. 나는 그제야 마음 놓고 눈물을 훔칠 수 있었다. 쿵, 쿵, 기차 소리는 점점 크게 들렸다.

최 선생은 커피 한 잔을 더 시켰다.

내 잔에 따뜻한 커피를 조금 따르며 조금만 더 마셔요, 라고 말하듯 고개를 주억거렸다. 나는 커피 잔 위에 얼른 손바닥을 덮었다. "선 샘도 불면증이 있으시군요." 최 선생이 말했다. 갓 뽑은 커피 향이 그윽하게 퍼졌다. "잠을 못 자는 건 형벌이지요." 고즈넉한 그의 표정과 달리 눈동자가 피곤하게 흔들렸다. 멀리 달아난 잠을 붙잡으려 애쓰던 수많은 불면의 밤. 그 밤의 끝 거울에 비친 익숙한 눈동자를 그에게서 보았다. 시계를 보았다. 오후 4시였다. "커피 더 마셔도 괜찮겠어요?" 내가 말했다. "어차피 잠 못 드는 건 마찬가집니다." 그가 잠시 생각을 고르는가 싶더니, "기왕 깨어 있을 바에야 오늘은 맑은 정신으로 있고 싶습니다." 시선을 아래로 둔 채 최 선생이 말했다.

오늘은 맑은 정신으로 … 오늘은 … 나는 다시 한 번 오늘은? 하고 마음속으로 되뇌었다. 오늘은, 이라고 되뇌는 순간 저만치 기차가 몸통을 드러냈다. 몸이 더워지면서 잠시 어지럼증이 돌았다. 차표를 끊을 사이도 없이, 그때 나를 향해 기차가 달려오고 있었는지도 모른다. 나는 카운터로 가서 따뜻한 물 한 잔을 더 채워 자리로 돌아왔다.

버스를 기다리면서 잠이 오지 않을 때는 노래를 들으라고 말한 사람은 나였다. 최 선생이 내 쪽으로 고개를 돌렸다. "요즘은 어떤 노래 듣습니까?" 나는 차들이 검은 매연을 뿜으며 달아나는 쪽으로 시선을 던진 채 대답했다. "가슴이 뛴다." "가슴이 뛴다고요?" "아니, 노래 제목이요." 최 선생과 내가 타야 할 버스가 나란히 우리 앞에 정차하고 그가 차에 오르는가 싶더니 문득 뒤돌아보았다. "〈오월의 편지〉 한번 들어보세요."

차창 밖에는 가로수들이 가을바람에 떨어댔다. 이 가을에 봄 노래를? 가버린 봄을 기억하자는 건가? 돌아올 봄을 기다린다는 건가? 다시 봄을 살고 싶다는 말인가…? 묘연하긴 했지만 이미 그 묘연함은 막막함도 아득함도 아니었다.

그날 밤 나는 〈오월의 편지〉를 첫사랑의 편지이듯 간직한 채 밤늦도록 〈밤편지〉를 들었다. 불면의 밤을 견딜 그의 창가에 예쁜 처녀가 되어 반딧불을 띄우고 싶었다면, 그것 역시 '사랑하기 딱 좋은 나이'라고 목청을 돋우는 것만큼이나 허무한 억지일까?

노래는 시간을 멈추게 하고 멈추어서는 돌아가게 하고 돌아가서는 그 시간을 살게 한다. 잠 못 드는 밤은 더 이상 불면의 밤이 아닌 깨어 있는 밤. 밤이 깊을수록 최 선생과 나의 이야기는 구체적으로 증식하여 생동했다. 훗날 이 순간을 기억하는 것만으로도 충분할 것 같았다.

예순여덟, 곧 예순을 내어줄, 일흔을 목전에 둔 나이. 육십 마일의 속도로 달리던 시간이라는 기차가 칠십 마일로 달리게 될 날이 머지않았다. 귀는 순해져도 이치에 통달하거나 듣는 대로 이해할 수는 없는 노릇. 감성만은 그대로 남아 소녀가 되었다가, 처녀가 되었다가, 새색시가 되었다가, 가뭇없이 출렁였다.

밥을 하고 빨래를 하고 청소를 하고 여전히 김치를 담그면서 나는 문득 혼자가 되고 싶어졌다. 말이 없고 공상이 많아지면서 가족들에게서 몸을 돌렸던 게 사실이다. 누군가를 마음속 깊이 품고 있다는 것은 훨씬 더 외로워졌다는 말. 외로워지면서 나는 걷잡을 수 없이 간절해졌다. 내 속에 그런 열렬함이 있었다니! 놀랍고 낯설었다. 머리를 염색하고 청바지를 사고 레이스가 달린 블라우스를 사고 끈이 달린 컴포트화를 골랐다. 좀더 가볍게, 좀더 산뜻하게.

꼭 그렇게까지 나이에 맞지 않는 옷을 입고 젊음을 흉내 내어야만
하는 거냐고, 내 시선은 줄곧 그랬다. 수더분하게, 눈에 띄지 않게,
바람 부는 대로 나부낄 일이라고. 그럼, 나이에 걸맞은 건 또 뭐란 말
인가? 이런저런 상념들이 딴죽을 걸며 불면의 밤을 더 선명하게 깨웠
다. 중요한 건 내 속에 살아 꿈틀거리는 감각일 터. 잠은 더 멀리 달아
나고, 밤이 깊을수록 최 선생의 얼굴이 그려지지 않는다. 도통 떠오르
지 않는다. 병이 깊었다.

어째 요즘 당신 좀 이상해. 뭔지 모르게 딴사람 같아. 색달라. 청바
지에 꽃무늬 블라우스? 글쎄 젊게 사는 건 좋은데, 체모 없이 말이야.
점잖지 않게. 어울린다고 생각해? 근데 요양원에 가는 거 아니었어?
물색없기는. 평소 당신답지 않아.
비행 조짐을 보이는 딸년을 단속하듯 남편은 일말의 적의를 보이며
괴팍하게 굴었다. 피식, 웃음기까지 흘렸다. 그러니까 내가 달라졌다
는 거다. 안 어울리는 옷을 입었다는 거다. 그가 결국 입 밖에 내놓지
않았지만, 추문을 만들지 말라는 말처럼 들렸다.
당신답지 않다고? 그러니까 나조차도 모르는 나를 당신이 안다는
말 아닌가. 천만의 말씀. '당신다움'을 기대하는 당신의 이기심일 뿐.
남편이 말하는 '당신다운' 아내는 늘 거기 그 자리에 있는 혹은 있어야
한다고 믿는, 변하지 않는 존재에 절대 의미를 부여하는 것이고, 아내
는 이제 '당신다운' 자리를 박차고 일어나는 중이다. '당신다움'에 저당
잡힌 채 통제되고 침해되었던 인생의 각본을 뜯어고치는 중이다. 그
렇다고 내가 완전히 딴사람이 된 건 아니었으므로 나를 구속하고 짓누

르는 것들을 모두 떨쳐낼 수는 없을 것이다.

답을 정해 놓고 자신의 의사를 밀어붙이는 사람. 자신이 보고 싶은 것만 보고 자신이 본 것만 옳다고 믿는 사람. 정작 자신이 믿고 있는 것이 옳지 않더라도 그대로 밀고 가는 사람. 그들은 세상을 자신과 같은 시선으로 보기를 원하고 관점이 다르더라도 침묵해 주기를 바란다. 오직 자신의 견해를 고수하며 독선과 아집에 사로잡혀 있는 사람에게 질책이나 비판이 무슨 소용이겠는가. 대화 대신 투쟁? 그러나 투쟁 역시 더 큰 불화를 만들 뿐이다.

개선되기를 원하는 쪽과 개선의 의지가 전혀 없는 쪽. 그런 부조화 속에서 서로에게 무관심함이 평화로 조장되었다. 다만 대소사를 챙기고 서로 건강을 염려하며 약을 챙기고 매일 같은 밥상에서 꾸역꾸역 밥을 씹어 삼키는 사이. 늘 그 자리에 놓여 있는 오래된 가구처럼, 혹은 벽에 걸린 정물화 같은 존재가 되어 버렸는지도 모른다. 자식을 낳고 몇십 년을 함께 살았지만, 여전히 식성도 체온도 성향도 제각각인 채 서로를 외롭게 만드는 사이. 분명 '틀린 것'을 '다른 것'으로 끝까지 우기며 살아가는 괴로운 사이가 아니던가. 종래는 포기하거나 무시하거나 묵인한 채 평화를 선택한, 멀지도 가깝지도 않은 사이. 그게 나이든 평범한 부부 아닐까.

그러나 감정의 한 겹만 들춰도 지난 시간은 고스란히 거기 그대로 있다. 애써 모른 채 덮어두는 것은 사는 게 다 그렇고 그래서가 아니다. 다 큰 자식을 두고 행여 흠이 될까, 문제를 해결할 능력조차 상실한 채 그 앞에 무릎을 꿇고 있는지도 모른다. 거친 시간의 발자취는 세월과 함께 침잠되어 무감각해질 수도 있고, 더는 차이나 다름을 접어 버리고 그래도 잘 살아내었노라고 지나간 시간을 함께 추억할 수도 있다. 종래는 인생이라는 어두운 터널을 함께 통과한 동지로 서로를 측은하게 바라볼지도 모르고, 뒤늦게 철든 남편과 아내를 바라보며 서로의 늙음이 애틋해지고, 그래도 무심한 자식보다는 낫다는 위안을 주고받으며 늙고 죽어갈지도 모른다. 그런 세월이 서로를 견디게 하고 남은 시간을 지탱하는 힘이 될 것은 분명하다. 더러는 용감하게 황혼이혼을 선택할 수도 있겠지만 그건 당사자들만의 선택이 아니다. 불편하거나 복잡한 게 싫은 자식들은 그냥 아름답게 생을 마무리하기를 바랄 뿐이다. 인내의 미덕을 존중하면서. 애지중지 키운 자식은 그런 존재들이다.

전제조건이 그쪽 엄마를 모시고 살아야 하는 결혼을 누가 흔쾌히 받아들이겠니.

누가 모시고 산다고 했나요?

이혼한 엄마와 단둘이 살고 있다면 그게 그 말이지 뭐겠니.

그게 그 말이 아니죠. 비약해서 일반화시키지 마세요.

살다 보면 다음 상황을 보게 돼. 보여!

이건 평소 어머니가 하시던 말과는 달라도 너무 다르잖아요. 조건 보지 않는다, 아낌없이 줄 수 있으면 되는 거다, 뭐 그러셨잖아요. 그러면 상대가 어떤 사람인지 그걸 물어야 맞지 않는가요? 잘 웃는지, 건강한지, 무슨 생각을 하며 사는 사람인지. 역시 조건이 먼저군요.

자식의 문제니깐.

그럼 앞의 말은 자식한테 한 말이 아니었나요?

너도 자식 키워 봐. 뻔히 보이는 문제를 안고 인생을 시작하도록 내버려 두겠니.

　벌써 몇 년 전 일이다. 어쭙잖게 시작한 결혼 이야기가 모자간의 불
신만 키우고 말았다. 조건 보지 말고 사람을 봐야지, 라고 했던 말은
결과적으로 번드레한 부도수표가 돼버렸다. 오히려 제정신이냐고,
말렸던 게 요즘 들어 후회된다. 누가 누굴 모시고, 누가 누구에게 의
지해 살아갈 세상이기나 한가 말이다.
　억측을 사실로 만들기 전 먼저 아들에게 행복하냐고, 물어야 했다.
인생의 주체는 그 누구도 아닌 자신이니까. 사랑에 대한 확신이 없었
기에 선택하지 않은 것일 뿐 누굴 탓할 문제인가. 아들의 사랑 앞에서
그토록 완고한 편견을 던져 버리지 못했으니 나 또한 남편과 다른 바
없었다. 사랑을 믿지 않으면서 사랑이란 이름으로 서로를 구속하는
사이. 그게 가족이란 말인가. 목이 늘어나고 구멍이 숭숭 난 티셔츠에
무릎이 나올 대로 나온 추리닝 차림의 아들은 노총각 태가 역력하다.
　지고지순한 사랑. 글쎄, 그런 게 있기나 한가? 이미 오래전 사라진
고전일 뿐일까? 순결 따위는 엿이나 바꿔 먹을 구태가 되어 버린 건
가? 사랑을 믿지 않으면서 이제 와 사랑에 대한 편견을 던져 버리다
니. 이 떨리는 가슴이야말로 믿을 게 못 되는 것 아닌가. 그 견고한 벽
을 허물고 유연해졌다면 그거야말로 미혹 아닌가?
　코앞에 바짝 발걸음이 멈추어 섰다. "무슨 생각에 그렇게 골똘하
죠." 최 선생이었다. 손에는 죽 봉투와 두유가 들려 있었다. 나는 어
정쩡한 표정으로 주변을 살폈다. 사무실 안쪽에서 힐끔거리던 여직원
이 모호한 눈웃음을 얼른 감췄다. 제 발소리에 놀란 짐승 꼴로 나는 황

급히 자리를 털고 일어났다.

어머니는 도벽이 제지당하자 몰라보게 난폭해졌다. 거칠게 욕을 해대고 물건들을 집어 던지고 급기야 예쁜 할머니를 모함하기 시작했다. 왔다 갔다 출렁이던 정신을 다 놓아 버리고 오직 왜곡된 기억 한 자락을 잡고 놓지 않았다.

저 봐, 저 여편네! 저 낯짝으로 영감을 홀쳤어. 영감을 꼼짝 못 하게 홀치고 있잖아. 더러운 년! 화장하는 꼴 좀 봐. 꼬리 치는 것 보라고!

어머니는 벌떡 일어나 예쁜 할머니 쪽으로 손을 뻗쳤다. 어머니의 한쪽 팔은 침대 모서리에 묶여 있다. 어머니는 발작하듯 욕을 퍼부어 댔다. 당신의 현재를 망각한 채 과거의 어느 시점으로, 그때의 현재로 어머니는 돌아가 있었다. 티브이는 채널이 고정된 채 맥락 없이 떠들어대고, 다른 할머니들은 미동도 없이 그 광경을 물끄러미 바라봤다. 그들의 생만큼이나 같은 듯 다르고 다른 듯 같은 표정으로.

어머니는 자신에게서 무분별하게 터져 나오는 독기를 맨정신으로는 감당할 수 없어 정신을 놓아 버린 건 아닐까. 평생 옥죄였던 것들이 밖으로 터져 나오면서 그 적의의 대상이 예쁜 할머니가 되어 버린 듯했다. 어머니가 예쁜 할머니를 거칠게 모함하는 것은 무슨 근거가 있어서도 아니고, 무의식 속에 잠재해 있거나 본능적으로 느끼는 시기나 질투 역시 아닐 것이었다. 마지막까지 뜻대로 되지 않는 자신의 생에 대해 화풀이를 하는 것처럼 보였다. 어머니가 무언가를 잡고 시비를 걸고 싶었다면 그건 딱히 누군가가 아니라 자신이었을 것이다. 이렇게 패악을 쏟아냄으로써 통째 도둑맞아 버린 듯한 생에 대항하고 있

146

는 건 아닐까? 자신의 의사는 없이 평생 따르기만 했던 요령부득의 생에 거칠게 항의하고 있었던 건 아니었을까? 이미 통제력이나 자신에 대한 조작법을 다 잊어버리고서. 어머니의 행동을 비난하거나 두둔할 수 없는 것처럼 밀려오는 서글픔 또한 어찌할 수 없었다.

다시 어머니는 잠잠해졌다. 어머니의 소동에도 불구하고 예쁜 할머니는 분첩을 들고 있었다. 그 무신경이 어머니로 하여금 억측을 확신으로 바꾸게 했는지는 모를 일이었다.

몸은 다 쓰고 가겠지만, 마음이야 그대로 들고 가지 않겠습니까. 어머니는 아직 소녀처럼 꽃처럼 살고 있는지도 모르겠습니다.

언젠가 최 선생이 그 말을 했을 때, 그대로 들고 갈 마음마저 다 쓰고 가자는 말로 들렸다. 그런 건가요, 라고 묻지 않았지만 그런 거, 였으면 했던 것이다.

어머니의 난동에도 건너편 침대의 할머니는 미어터지도록 입속으로 귤을 밀어 넣었다. 채 넘기지 못한 과즙이 옷으로 이불 위로 줄줄 흘러내렸다. 왜 저렇게 아귀다툼 먹는 것에 집착하지? 곧 우리에게 닥칠 시간이 겁이 났다. 그 와중에도 최 선생이 어머니를 보러 오는 게 아니라 나를 보기 위해서 여기에 오는 것 같은 착각이 들고, 어머니를 보기 위해 내가 이곳에 오는 게 아니라 최 선생을 만나러 오는 건 아닌가, 하는 생각이 들었다.

그가 오지 않는 날은 태연한 척하려 해도 두근두근 불안해졌다. 기다리지 않으려 할수록 기다림은 더해지고, 그 기다림의 정체가 확실하지 않아도 절실하고 뜨거운 것만은 확실했다. 절실하고 뜨겁게 기다리는 한 더 오래 기다려도 될 것 같았다. 어쩌면 추문이 될지도 모를 이 두근거림을 나는 그대로 내버려 두기로 했다. 두근거림이 사라지지 않도록 붙잡고 있다는 사실이 더 놀라웠다. 시간이 흐른 후 이 두근거림이야말로 그때의 현재로 되돌릴 순간이지 않을까.

우리는 그때도 지금도 서로의 연락처를 교환하지 않았다. 그런 것들로 하여 완전한 감정이 순결하지 않게 되는 것을 두려워했던 걸까? 며칠 동안 최 선생이 나타나지 않자 내 안에서 잘못된 정보가 어지럽게 뒤엉키면서 통제 불능 상태로 몰아갔다. 그동안 내가 절제하고 통제할 수 있는 사람이어서가 아니라 살아내느라 죽을힘을 다해 통제하고 절제해 왔다는 사실이 서글펐다. 최 선생이 다시 나타나지 않는다면 지금 나를 채우고 있는 것들이 뭉텅 빠져나가게 될 것 같았다. 나는 자궁뿐만 아니라 장기가 모두 빠져나가는 상상을 했다. 예순여덟에.

이 나이에 이렇게 뜨거운 감정을 품고 있다니! 이 느닷없는 감정을 무어라 말해야 하나. 뜨거운 것은 늙음이 취할 것이 못 되는 거라는 오래된 편견을 스스로 파기하게 될 줄이야.

단순해지자. 충동이 이끄는 대로 가 보자. 거짓 없이 순수하게. 이 이상한 감정이야말로 이상한 게 아니다. 다만 조금 늦게 내게 도착했을 뿐. 이 이상하고 놀라운 감정을 꿈꾼 건 아니지만 포기한 적 역시 없었다. 세상에 존재하지 않는 아름다운 사랑을 그렸던 누군가는 세상에 없는 사랑을 좇다가 그만 머리가 허옇게 세어 버리고 말았다. 나 또한 아름다운 관계를 바랐다면 그것 역시 세상에 존재하지 않는 것이었을 수도 있다. 그럼 지금 나는 환상일 뿐인 감정에 말려든 건가. 예순여덟에.

혼자 카페에 앉았다. 음악과 커피는 서로의 향을 극대화하며 절묘하게 스며들었다. 나는 의자 깊숙이 몸을 밀어 넣었다. 아무렇게나 쑤셔 박아 넣은 허접쓰레기처럼 머릿속이 복잡했다. 향이 스며들고 흐르고 그 향에 취하는 사이 나를 관통하고 지나가는 생각 하나. 대체 이래도 되는 건가?

어머니의 생이 허물어져 내리는 동안 예순여덟의 딸은 언제 허물어질지 모르는 또 다른 생을 구축하고 있었다.

결국, 어머니는 복도 맨 끝 방 207호로 옮겨졌다. 옮겨졌다기보다 쫓겨났다. 말하자면 중증 노인들이 있는 207호로 격리 수용되었다. 어머니가 난폭하게 변했는데도, 끝 방으로 밀려났는데도, 과다하게 신경안정제를 투여해 온종일 잠 속에 빠져 있는데도, 전처럼 나는 억울해 하지도 속상해 하지도 않았다.

일을 하면서, 신호를 기다리면서, 길을 걸으면서 … 나는 나지막이 사랑의 노래를 흥얼거렸다. 노래를 듣고 또 듣고 수없이 흥얼거리는 사이 그 모든 노래가 최 선생의 목소리로 들렸다.

사랑이란 단어는, 어딘지 모르게 쑥스럽고 이미 오래전 벗어 던진 교복 같은 것이라고, 다시는 입지 못할 미니스커트 같은 것이라고, 무용지물이 되어버린 철 지난 옷 같은 거라고, 들먹이는 것조차 낯간지러운 거라고, 그저 오래전의 추억으로 회상할 뿐 입에 올리는 순간 멋쩍게 달아나 버릴 것 같은 거라고 …, 그런 단어가 아니었던가. 그러나 최 선생과 나는 오래전부터 사랑한 사람들처럼 마주 보았다.

"오랜만에 듣네요. 〈백조의 노래〉."

요즘 보기 드문 LP판 음악카페에는 슈베르트의 세레나데가 흘러나왔다. 최 선생이 주인을 향해 가볍게 목례를 했다.

"백조는 죽기 직전에 단 한 번만 운다고 하네요. 속설이겠죠. 그래서 보통 예술가들의 마지막 작품을 〈백조의 노래〉에 비유하곤 한다지요. 참 아름다운 곡입니다."

짙은 애상과 격정이 넘실대고 남모르게 내 가슴은 사랑의 감정으로 벅차올랐다. 나는 꽃무늬 원피스에 니트 카디건을 걸친 열여덟 처녀가 되어 거기 최 선생 앞에 앉아 있었다.

"저렇게 어머니들처럼 정신을 놓지 말아야 할 텐데 … 우리의 마지막은 아름답게 마무리되어야 할 텐데요."

최 선생의 말과 동시에 나는 최 선생과의 인연이 〈백조의 노래〉가 되었으면 하는 마음 절절했다. 감정은 음악에 삼투되어 심리적 격앙 상태에 이르렀다. 굳이 인식을 벗어난 감정을 입 밖으로 드러낼 필요는 없다. 나는 좀더 사랑의 격정에 휘몰리고 싶었다. 그러나 음악은 다른 곡으로 바뀌었다. 사랑의 격정이 순간 슬픔의 격정으로 바뀌었다. 끊어질 듯 이어지는 슬픈 선율이 여리면서도 세찬 전율을 일으켜 몸서리치게 했다. 그 순간 모든 걸 잃게 되어도 한순간 정념에 불타오르고 싶었다면 그건 '재클린의 눈물' 때문만은 아니었을 것이다. 이렇게 깊고 높고 여리고 세찬 슬픔이 있단 말인가. 다발성 경화증을 앓고 일찍 죽어간 '재클린 뒤프레'의 생애만큼이나, 그녀의 사랑만큼이나 그녀가 연주하는 첼로의 선율은 아팠다. 나는 두 손으로 찻잔을 감쌌다.

"아, 아름답죠. 정말 아름답죠 … ."

슬픔이 이렇게 아름다워도 되는 건가요, 하고 말하려다 나는 다른 말을 했다.

"음악처럼 아름다운 생을… 아름다운 사람으로 마무리되어야겠죠."

그 말을 할 때 내 목소리가 약간 흔들렸다. 마음속으론 이제라도 아름다운 사랑을 해야겠죠, 라고 말하고 있었다. '재클린'의 사랑은 비극적으로 끝나고 말았다. 아름다운 것일수록 왜 그렇게 일찍 끝나버리는 걸까? 또 왜 이렇게 늦게 당도하는 걸까? 나는 아무 말 없이 이미 식고 있는 차를 한 모금씩 천천히 넘겼다. 차향이 입안에 고이고 감성은 더 애틋해지고 견딜 수 없는 슬픔이 밀려왔다. 음악은 우리를 나이든 청춘으로 만들고 우린 젊은 연인이 되어 거기에 있었다. 최 선생은 역시 커피 한 잔을 더 주문했다. 그가 차를 주문하는 사이 나는 슬쩍 눈물을 훔쳤다. 눈물을 훔치면서도 그 순간 고통이니 불행이니 하는 언어를 나는 잊었다. 시간은 이미 칠십 마일로 달려가고 해는 지고 있었다. 상가들은 불이 켜지는데 나는 이 창가에 이대로 오래오래 앉아 있고 싶었다. 최 선생과 함께.

최 선생이 빈 커피 잔을 손으로 빙글빙글 돌리며 말했다.

"어른들은 저기 요양원에 갇혀 가족들을 기다리지만, 이미 이 세계에서 버려진 존재들인 거죠."

나 역시 203호 할머니들의 가족을 본 적이 없었다.

"선 샘과 내가 착한 사람일까요? 우리 같은 사람이 교활함을 숨기기 위해 더 착한 사람의 가면을 쓰고 살고 있는지도 모르죠."

최 선생이 그 말을 할 때 문득 인문학 강좌에서 함께 토론했던 말이 떠올랐다.

'착한 사람이란 자신이 속한 공동체의 가치관에 딱 달라붙어 그 공동체의 색깔과 같은 보호색으로 자신의 신체를 숨기고 살아가는 사람, 살아갈 수 있는 사람, 살아가고자 하는 사람. … 사회에 저항하지 못하며 잘못인 것을 알고도 따를 수밖에 없는 교활함을 가지고 있는 이들.'*

나는 시선을 피한 채 대답했다.

"자기 본성대로 살아갈 수 있겠어요? 그 가면을 벗고 살아가는 게 어려운 거니까요."

"니체식이라면 약자들은 자신의 안전을 추구하기 위해 거짓말을 하고 동정하며 원한을 품는다는 것 아닙니까."

그럴지도 모른다. 우리는 최소한의 인간적 도리조차 외면하면서 자신의 인격을 훼손하지 않기 위해서 장황하게 핑계를 대기도 한다. 오히려 피해자는 자신이라고. 어쩌면 가족이라는 공동체적 의식이 이미 붕괴해 버렸는지도 모를 일이다. 노인들이 이곳에서 아무도 모르게 죽어 간다고 해도 그 죽음조차도 자식들에겐 단순한 정보에 그칠지도 모르는 일.

고개를 돌려 다시 최 선생을 바라보았다. 최 선생의 입가에 희미한 웃음기가 맴돌았다. 그 역시 시선을 멀리 둔 채 말했다.

"우린 누굴 동정하며 원한을 품고 있을까요?"

"… 자신의 안전을 위해서는 약자를, 아니 피해자를 가해자로 만들어야 하지 않을까요?"

나 역시 약간의 쓴웃음을 띠며 대답했다. 그렇게 되물으며 나는 어머니의 장남과 막내를 떠올렸다. 가족이라는 이 불가해한 관계. 이럴

---

* 나카지마 요시미치, 《니체의 인간학》, 다산3.0.

땐 저들처럼 오히려 냉담한 편이 나을까? 구질구질하지 않고 산뜻하게? 연민을 갖는 쪽도 받는 쪽도 담담하게. 그러나 어머니는 정신을 놓고 도로 아기가 되어 버리지 않았는가. 누군가의 도움 없이는 살아갈 수 없는 약자가. 정작, 약자는 어머니가 아닌 위선과 가식의 신념으로 살아가는 자식들이 아닐까? 그런 생각을 하며 나는 또 최 선생을 바라봤다.

아무렇게나 풀어헤친 최 선생의 목덜미가 휑했다. 나는 내 목에 두르고 있던 하얀 캐시미어 목도리를 풀어 최 선생의 목에 둘러주었다. 나를 가두었던 완고한 벽이 무너져 내리고 나는 상상할 수 없는 행동을 실행한 것이다. 그가 내 안에 온전히 들어와 있는 순간만은 우리는 서로에게 불가결한 존재가 되었다.

앞서가던 최 선생이 목도리를 풀어서 내 목에 다시 둘러주었다. 내 것이었던 목도리가 마치 최 선생의 것이었던 것처럼 그의 온기가 고스란히 내게로 전해졌다. 목도리가 아닌 뭔가가 되돌아오는 느낌도 없지 않았다.

기차가 점점 속도를 줄이며 플랫폼으로 들어오고 두근두근, 이 기차를 놓치면 나는 영영 기차를 탈 수 없을지도…….

207호로 옮긴 후, 어머니는 밤만 되면 요양원 복도를 쉼 없이 서성이고 낮에는 몸을 웅크리고 잠에 빠져들었다. 잠결에 헛소리가 많아졌다. 레테의 강은 쉽게 건널 수 있는 강이 아니다. 생의 모든 것을 잊어버리고, 또 잃어버리고도 어머니는 막내의 이름을 끝까지 붙들고 있었다. 그것마저 비울 수 없음에서 오는 고통이 얼마나 큰 것인지,

집착을 보일수록 얼마나 더 자신을 망가뜨리는지, 지금의 어머니로선 알 수 없는 일이다. 손수건을 훔치고 스카프를 탐하고 예쁜 할머니를 모함하던 어머니의 세계는 이제 아주 천천히 움직이고 있다. 밥 대신 두유를 빨고 자신도 모르게 흘러내리는 용변을 기저귀에 흘리며 어머니가 생의 끝자락과 지루하게 대결하고 있는 시간에 예순여덟의 딸은 떨리는 가슴을 놓지 않으려 다잡았다. 나는 어머니 곁을 조금 떨어져 문 옆에서 서성거렸다. 오늘은 최 선생과 어긋날 모양이다.

그날 밤도 나는 사랑의 노래를 들으며 깜빡 잠이 들었다.

요양원이 물에 잠기는 꿈이었다. 예쁜 할머니는 빠져나왔는데 어머니는 어디에도 보이지 않는다. 온몸이 얼어붙는 견딜 수 없는 한기가 느껴지고 소스라치며 깨어났다. 깨어나서도 한기는 가시지 않았다. 밖을 내다보았다. 비는 내리지 않았다.

요양원 문을 열고 들어서는 순간 뭔지 익숙하지 않은 고요함이 감돌았다. 그 고요함은 바로 전의 어수선한 기운을 물고 있었다. 207호로 걸어가다 반쯤 열려 있는 203호를 슬쩍 들여다보았다. 예쁜 할머니가 분첩을 들고 앉아 있던 자리, 창가의 두 번째 자리가 깨끗하게 치워졌다. 순간 나는 정지상태가 되어 버렸다. 내 속에서 무언가가 무너져 내리고, 뜻밖의 죽음을 알리는 자막 없는 영화의 텅 빈 마지막 화면처럼 눈앞이 캄캄했다. 올라온 계단을 급하게 다시 내려갔다. 사무실 여직원은 보이지 않았다. 사무장이 고개를 주억거렸을 뿐 전화통화를 계속했다. 긴요한 통화인 듯했다. 그 광경을 바라볼 뿐인데 한 생이 시공간을 넘어서 아득해지는 느낌이었다.

원치 않은 예감은 원치 않았기에 정확하게 들어맞는다.

예쁜 할머니가 이른 새벽 돌아가셨다. 나는 천천히 계단을 올라가 다시 203호를 들여다보았다. 아직 돌아가지 못한 운명들이 껌뻑껌뻑 눈을 뜨고 거기 그대로 놓여 있었다. 어머니와 예쁜 할머니가 쓰던 침대는 이제 또 다른 분실물을 기다리며 덩그러니 놓였다. 근거 없는 적의를 분출하고, 시도 때도 없이 분첩을 들고 앉아 있던 자리. 소리도 빛도 의미도 사라진 자리에 침묵만이 둥둥 떠다녔다. 인연이랄 것도 운명이랄 것도 없는, 단지 우연일 뿐인 두 사람이 잠시 만났다 돌아갔다.

한 존재가 세계로부터 버림당한 것이 아니라 당당히 버리고 돌아간 것이다. 나는 207호를 코앞에 두고 복도를 서성거렸다. 203호와 207호의 거리가 전 생애이듯 그 사이를 헤매고 있었다.

결국, 집으로 돌아가지 않고 나는 늦도록 길 위에 있었다.

구름도 새도 꽃도 흐르고 날고 피기를 멈추고, 아주 천천히 노래가 흘렀다. '사랑은 꿈만 같은 것'이라고, 생은 꿈만 같은 것이라고…. 청바지를 사고 꽃무늬 블라우스를 사고 끈이 달린 컴포트화를 고르고 머리를 염색하던, 미장원과 옷가게와 신발가게와 최 선생과 함께 갔던 음악카페를 지나 걷고 또 걸었다. 어느새 어둠이 내리고 가을의 끝자락에 첫 눈발이 날리기 시작했다. 나는 가슴속에 간직한 첫사랑의 편지를 꺼내듯 가방에서 핸드폰을 꺼내 〈오월의 편지〉를 접속했다.

지금까지 내가 들었던 수많은 사랑의 노래는 전에도 지금도 앞으로도 유효할 것이다. 노래는 시간을 멈추게 하니까. 기억과 영혼 깊숙이 뛰고 있는 떨림을 끌어내기도 하고, 지나간 시간과 다가올 시간을 한데 섞어 또 다른 시간을 만들어내기도 할 테니까. 때론 성령에 의해 수태한 마리아처럼 사랑으로 가득 차게 만들기도 할 것이고, 생의 서늘한 곳에 다시 놓일지라도 나를 채웠던 그때의 따뜻함으로 되돌아가게도 할 테니까. 그런 기억들로 하여 또 다른 기억을 만들어내기도 할 테니까.

가끔은 속세와 멀어지려는 수도자처럼 먼 데를 바라볼 것이고, 또 침묵 속에서 그의 얼굴을 떠올릴 것이다. 여전히 밥상을 차리고 과일을 깎고 다림질을 하며. 그와 함께 살았더라면 … 어떻게 되었을까 … 상상해 보기도 할 것이다. 여느 부부들처럼 싸우고 화해하고 새끼들을 키우며 웃고 절망했을 시간을. 그 시공간에서 추억은 더 애틋하게 변형되기도 할 테니까. 가끔은 눈물을 훔치기도 할 것이고 가끔은 혼자 웃기도 할 것이다. 그때 웃게 될 웃음은 바람 소리를 내던 웃음과는 다를 것이다.

최 선생과 함께했던 짧은 시간은 나를 완전히 채우고도 남았다. 이제 최 선생과 나의 운명이 또 다른 장난을 치더라도 우연일 뿐이라고, 새삼 놀라지도 않을 것이다. 극적인 것은 위태로우니까. 반전이나 파국, 뭔가 다른 새로운 국면이 전개될 위험이 있으므로.

기차는 나를 스쳐 잿빛 속으로 사라져 버렸다. 길게 기적 소리를 남기고.

잿빛 하늘에 눈발은 더 세게 흩날렸다. 머리 위로 콧등으로 입술로 날아오는 눈을 맞으며 나는 이어폰을 귀에 꽂았다. 최 선생의 목소리가 따뜻하게 내 몸으로 스며들었다. 내 얼굴에는 눈물과 함께 미소가 번졌다. 당분간 나는 이 노래를 들으며 잠들 것이며, 어쩌면 오래오래 이 노래를 들으며 앉아 있을지도 모른다. 가을이 가고 겨울이 오고 다시 봄이 오고 … .

셀카의 비밀

인선이 사라진 건 뜻밖이다, 라고 말해 놓고 반기준은 다시 인선이 사라진 건 '매우' 뜻밖이다, 라고 서둘러 말을 고쳤다. 어느 날 갑자기 사람이 사라졌는데 뜻밖이 아닐 수 있는가. 뜻밖이 아닌 사라짐도 있느냐고, 은직이 발끈했다. 그녀의 어투에 반감이 역력했다. 그러니까 매우 뜻밖이라는 거지, 라고 반기준은 '매우'를 재차 강조했다. 그가 강조한 것이 '인선이 사라진' 건지 '사라진 게 뜻밖'이라는 건지, 그거야말로 매우 헷갈렸다. 뜻밖이든 매우 뜻밖이든 인선이 사라졌다. 반기준이 '매우'를 강조할수록 뭔가 석연치 않은 느낌이 더했다.

인선이 사라진 건 처음이 아니다. 하지만 이번은 달랐다.

'사라진 자는 말이 없다. 아니, 죽은 자는 말이 없는 거지…' 머릿속을 어지럽게 떠다니는 생각들. 생각은 검은 그림자를 사라진 쪽으로 드리우다 죽은 쪽으로 드리우기를 반복했다. 그러다 어느 순간 한쪽으로 치우쳐 아예 움직이지 않았다. 위태로운 것들이 응당 그렇듯, 안전보다는 위험 쪽으로 풍랑을 일으키며 출렁댔다. 고개를 세차게 흔드는 것만으로 물리칠 수 없는 불안한 예감이 그렇고, 무엇보다 반기준의 태도가 그랬다.

반기준이 은직을 뚫어지게 쳐다보았다. 무의식적이거나 본능적인 반응과는 달랐다. 응징이나 반문의 눈빛 역시 아니었다. 이상한 것은 은직 역시 반기준을 뚫어지게 쳐다보고 있다는 거다. 그렇게 쳐다봄으로써 반기준은 뭔가를 정당하게 만들었다. 그 정당함이란 인선의 가출이 결코 자신의 탓이 아니라는 것을 말하고 있었다.

그랬다. 반기준의 말이 그랬고 태도가 그랬다. 언제부턴가 그는 '무엇'에 대해 명확하게 말하지 않았다. 반 정도만 말하는 버릇이 있었다. 서두를 빼든 말미를 빼든 언제나 한 곳이 비어 있었다. 본뜻은 사라지고 곁가지만 너풀거릴 때도 있고, 정곡만 찔러 그 일의 앞뒤를 헤아릴 수 없게 하거나, 주변을 빙글빙글 돌다 정작 중심을 잃거나, 말을 하다가도 결정적인 순간에 뚝 그치고 마는, 알맹이를 뺀 껍데기만 말할 때도 있었다. 뭉뚱그린 표현이라든가, 혹은 듣는 사람이 맥락 파악이 안 되었거나 눈치껏 알아채지 못한 거라든가, 백번 양보해도 그건 아니었다. 그는 상대가 정확히 알아듣도록 말하는 법이 없었다.

생략이거나 요점, 그것 역시 아니었다. 자신은 모르는 일이라든가, 자신이 상관할 바가 아니라든가, 관심 밖이라든가, 그렇게 말해 놓고 때론 그럴 수도 있지 않을까? 그런가? 라고 되묻는 식. 자기 뜻을 끝까지 밀고 나가는 것도, 남의 뜻을 완전히 받아들이는 것도 아닌 모호한 상태. 말하자면 호응도 불응도 아닌 최대한 시비에 휘말리지 않을 정도에서 말을 끝냈다. 의중을 알 수 없긴 매한가지. 참견하려 들지도 참견을 받아들이지도 않는 화법. 그건 분명 자신을 사건 속으로 밀어

넣지 않으려는 어투였고, 결정적인 순간에 이래저래 반증을 피해 가기 딱 좋은 화법이었다.

때론 입안에 음식을 가득 넣어 말을 못 뱉어내는 것 같기도 하고, 생각이 복잡해 어떤 말도 할 수 없는 것처럼 보일 때도 있었지만, 뭔지 모르게 뒤가 켕기고 께름칙하기는 마찬가지였다. 근데 이상한 건 그의 말을 듣고 있으면, 정확한 말은 정확하게 표현할 수 없는 것에 대한 횡포일 뿐이라고, 그런 식으로 끌려가는 느낌도 없지 않았다. 그러나 이번은 다르지 않은가.

그는 탁자 위에 놓인 귤껍질을 반으로 자르고 다시 접어 자르고 또 다시 손끝이 노랗게 물들도록 잘게 자르며 앉아 있었다.

인선은 자신의 존재는 남겨둔 채 몸만 사라졌다. 인선이 감쪽같이 사라졌는데도 그녀의 핸드폰은 참기름에 버무린 낙지탕탕이처럼 생생하게 실존했다. 수시로 전화벨이 울리고 깨톡깨톡, 카톡이 울렸다. 할부 명세서가 도착하고, 각종 세금과 관리비, 보험과 연금 등이 꼬박꼬박 자동이체 되고, 이체 명세를 알리는 알림 벨이 수리로 울렸다. 인선의 행방과 상관없이 여전히 사람들은 그녀에게 안부를 묻고, 전자 우편 메시지를 전송하고 공연안내장과 청첩장을 보내고 부고를 알렸다. 그녀가 다니던 문화교실에서는 다음 학기 모집 안내문을 보내고, 세탁물을 찾아가라는 독촉 문자와 스팸 광고가 도착하고, 동창회에선 참가 여부를 물어왔다. 가스 검침원의 전화가 오고, 렌털 정수기 정기점검 날짜를 알려왔다.

그녀의 전화기에선 여전히 '시크릿 가든'의 〈Poeme〉이 컬러링으로 흘러나왔다. 인선은 핸드폰에 어떤 근거도 남기지 않았다. 메시지와 메모장과 대화방은 모두 비워지고 삭제되었다. 다만 갤러리에 셀카 사진이 남아 있을 뿐, 그뿐이었다.

"슬픔의 미학인지 기쁨의 미학인지, 한번 들어봐. 들어보면 음악의 절대미 속에서 헤어나지 못할걸." 나지막이 속삭이던 인선의 목소리가 귓전에 맴돌았다. 은직은 인터넷에 떠도는 '시크릿 가든'의 연주곡 링크를 걸었다. 인선은 정말 비밀의 화원으로 숨어버린 건가? 은직은 검지로 화면을 밀며 인선의 셀카 사진을 찬찬히 살폈다.

그러니까 귀족이나 명망가들을 수려하게 그린 초상화처럼 표정과 빛과 각도에 맞추어 찍은 완벽한 한 컷. 순간의 미학이랄까. 사람들은 자신의 얼굴에서 절묘한 한순간을 포착한다. 그리고 그것을 실제의 자신이라고 말한다. 그러나 인선의 셀카에는 어느 구석에도 자기애나 자기도취의 흔적이 없다. '왜 이렇게 고통에 찬 얼굴을 찍었을까? 왜 이 사진들만 지우지 않았을까 … ?' 은직은 읽고 또 읽어도 이해 불가한 시를 읊조리듯 같은 말을 읊조리고 또 읊조렸다.

"그럴 수도 있겠다, 싶다가도 … " 반기준은 다음 말을 망설였다. 인선이 왜 사라져야 했는지 자신은 전혀 모르겠다는 듯 은직을 다시 뚫어지게 쳐다봤다. 도대체 아는 게 뭐지? "어떤 조짐이 있어도 있었을 것 아냐?" 은직이 화를 내며 다그쳤다. "혹, 그럼 뭔가 알고 있다는 거야?" 반기준은 되레 은직을 향해 되물었다. 은직은 어이없는 눈빛으로 그를 쳐다보았다. "모르겠지 … " 반기준은 또다시 애매하게 중얼거렸다. 누가 뭘 모른다는 말인가. 아내가 사라졌는데 자신은 모르는 일이라고? 반기준의 말을 들을수록 묘하게 빠져나가는 느낌을 지울 수 없었다. 그런 행동은 오히려 알고 있다는 반증으로 읽혔다. 사람이 감쪽같이 사라졌는데 덮거나 피할 문제인가.

비밀의 속성이란 다름 아닌 비밀 스스로 자신을 폭로하게 되어 있는 법. 남편이 아내의 행방을 모른다? 그리고 그럴 수도 있겠다 싶다고? 한심한 건가, 교묘한 건가. 은직은 한심과 교묘 사이를 왔다 갔다 의심의 끈을 놓을 수 없었다.

경찰의 수사가 시작되었다. 수색작업이 이루어지고 인선의 실종이 보도되었다. 천지의 정기가 인선을 도로 거대한 바위 속으로 빨아들인 건가. 어떤 실마리도 찾지 못한 채 점점 의혹만 증폭시켰다. 납치인지, 실종인지, 가출인지조차 알 수 없는 사건이 슬슬 미궁 속으로 빠져들고 있었다. 몇 차례의 탐문수사와 수색작업으로 무수한 소문과 억측을 남겼을 뿐, 인선은 수증기처럼 증발해 버렸다. 마치 마지막 화장化粧을 끝낸 시신이 화장火葬되어 흩어지듯. 인선은 사라짐으로써 가장 확실한 현존의 존재가 되었다. 억측이 난무할수록 그녀는 생생히 살아났다.

은직은 인선의 셀카를 한 장 한 장 천천히 넘겼다. 어두운 배경 속에 서서 어딘가를 응시하고 있는 어두운 눈빛. 짙은 그늘이 드리워진 얼굴은 창백하고 눈빛은 공허하다. 피사체가 누구인지 구별하기 어려울 정도로 어두운 화면. 바깥세상과 완전히 단절된 채 자신으로부터 소외되고 분리된 모습. 이것이 인선의 진짜 모습이란 말인가? 스스로 그린 자화상이란 말인가? 삶에 대한 기대나 갈망이 모두 죽어 버린 얼굴. 한줄기 서늘한 기운이 스치고 지나갔다.

젊은 남자가 시신의 얼굴을 확인했다.

"이제 시작합니다." 은직은 유족에게 정중하게 목례를 한 후 염殮의 시작을 알렸다. 반듯하게 누운 시신의 몸을 알코올 솜으로 닦기 시작했다. 망자는 손을 움켜쥐고 있다. 움켜쥔 손을 주물러 편안하게 손바닥을 폈다. 곱상하게 생긴 얼굴은 평온하지 않다. 죽은 자의 얼굴엔 삶의 질곡이 그대로 드러나기 마련. 신체는 생의 스펙이 아니던가. 여자는 인생의 종점에 이르지 못하고 중간에서 내리고 말았다. 한때는 정념에 사로잡혔을 젊은 육체가 이제 그 언어를 놓아버렸다. 삶의 의욕이 빈집의 흙벽처럼 허물어져 내리고, 신음하던 주춧돌이 기울고, 기둥이 넘어지고 마침내 지붕이 내려앉고 말았다. 금이 가고 비가 새고 틈은 점점 더 벌어지고 … 무너질 때의 고통과 슬픔을 고스란히 새겨 놓은 여자의 주검이 마치 태풍을 견디지 못하고 쓰러진 집 같다. 무슨 사연으로 이렇게 빨리 목숨을 놓아버렸단 말인가. 염을 하는 은직의 손길이 가늘게 떨렸다. 여자의 얼굴에서 얼핏 인선의 얼굴이 겹쳤다. 이럴 땐 죽은 까닭을 함부로 짐작하는 건 위험한 일이다. 어떤 죽음이든 숭고하게 다루어져야 한다.

젊은 여자의 몸을 단장하는 게 처음은 아니지만, 이번 경우는 다르다. 은직은 자신도 모르게 자꾸만 감정에 휘몰렸다. 일의 진척은 더디기만 하고 시선은 자주 향나무와 오동나무로 만든 관을 쌓아놓은 옆방으로 향했다. 고통에 찬 망자의 얼굴. 귓불에 검은 점이 선명하고 눈썹을 물고 그만 한 크기의 점이 돋아 있다. 귓불에 찍힌 선명한 점 하나. 얼굴화장을 하면서 은직은 인선의 귓불에 돋아 있던 점을 떠올린다. 모든 것을 잃어버리고 희망마저 지워버린 셀카 속, 무서울 정도로 서늘한 침묵이 감도는 인선의 얼굴을 떠올리자 갑자기 화가 치밀어 올랐다. 동시에 덜컥 겁이 났다. 그럼, 혹?

젊은 여자가 시신을 만지다니! 장례지도사가 남자이거나 나이 지긋한 사람일 거로 생각했는지 참관실의 유족들이 의아한 눈빛으로 바라보았다. 혼이 소멸해 버린 주검에 바치는 마지막 손길이 관록이 베인 엄숙한 손길이기를 기대했을 수도 있다.

염습의 과정이 시종일관 음습할 것 같지만 그렇지 않다. 마치 살아 있는 사람을 쓰다듬듯 은직의 정성스러운 손길을 따라 유족들은 다시 슬픔을 토해 냈다. 죽은 이를 단장하는 손길과 유족의 슬픔이 하나로 공명하는 순간이다. 이편과 저편, 이승과 저승을 가르듯 염습실과 참관실 사이를 가로지르는 유리 칸막이. 은직은 유리 칸막이 너머 유족을 일별했다. 젊은 사람 서너 명이 서 있고 그들의 부축을 받으며 초로의 여인이 목을 놓아 울었다. 이럴 때 평정심을 잃어서는 안 된다. 젊은 여자의 주검이 마치 인선의 주검이듯 머릿속이 혼란해졌다. 만약 인선이 극단적 선택을 했다면 … 은직은 깊게 숨을 몰아 천천히 내뱉었다.

시신에 눈썹을 그리고 입술을 바르고 마지막으로 입꼬리를 올렸다. 슬픔과 고통의 흔적이 순간 지워졌다. 그때 참관실에서 탄식하던 여인이 염습실로 뛰어들었다. 시신을 끌어안고 여인이 다시 오열하기 시작했다. 여인과 망자를 번갈아 바라보는데 줄이 끊어진 연 같다가, 연이 날아가 버린 얼레 같다가 …. 그토록 원했던 삶이 아니던가. 이렇게 허무하게 끝나버리다니. 아무런 연관 없는 죽음일지라도 젊은 주검 앞에서 허확해지지 않을 수 없다.

태어난 것은 언젠가 반드시 죽는다. 죽음을 피해갈 수 있는 인간은 아무도 없으리라. 그게 인간의 숙명일 테니까. 죽음을 향해 달려가는 것이 삶의 여정이라는 것을 사람들은 모른 척 살아간다. 죽음을 대면하고 싶지 않은 것은 그만큼 두렵기 때문 아닐까. 타인의 죽음이라고 하여 예사로울 리 없다.

은직은 흘러내린 앞 머리카락을 손등으로 넘기며 한 발짝 뒤로 물러섰다. 갑자기 복도 쪽에서 어린 사내아이가 뛰어들었다. 젊은 사내가 급히 어린아이 손을 끌고 나갔다. 그때 꽁꽁 묶인 시신이 한 번 꿈틀했던가. 멈추어버린 심장이 한 번 뛰는 소리를 냈던가. 사랑이란 너무도 지독해서 영혼이 빠져나간 육신마저 떨게 하는 건지도 몰랐다.

사실 이 일을 하다 보면 뜻밖에 놀랄 때가 있다. 주검을 볼 때도 그렇지만 산 자들을 볼 때도 마찬가지다. 비정함에 놀라고 애석함에 놀라고, 애처로움에 놀라고…. 김이 나는 것이 펄펄 끓어서인지 꽁꽁 얼어서인지 손대 보지 않고도 알듯이, 사정이 훤히 보일 때가 있다. 아이를 보는 순간 그랬다. 그렇지, 움켜쥔 손. 끝내 저 아이와 인연의 끈을 놓지 못한 거지. 그래서 고통스러운 얼굴로 떠났는지도 모르고. 아이와 애틋한 정을 끊을 때는 죽음만큼 아팠을 테지…. 모든 건 단지 추측일 뿐, 저 미완의 텍스트에서 무엇을 제대로 읽을 수 있겠는가. 망자의 얼굴에 드리워진 깊은 그늘을 바라보며 은직은 안타까운 죽음을 애도했다. 한 사람의 죽음일 뿐, 과도한 관심이나 감정이입은 삼갈 것.

대학병원의 간호사를 그만두고 장례지도사 일을 시작했을 때 반기준은 반감을 역력히 드러냈다. "하필이면 왜?" 그러니까 탄생이 아닌 죽음에 관한 일을 왜 하느냐는 거였다. 은직의 생각은 달랐다. 탄생만큼 죽음도 중요하다는 것. 한 생의 마지막, 그 가장 중요한 시간에 관여하는 일만큼 숭고한 일이 있을까. "훌륭한 선택이야. 내 마지막도 부탁해." 인선의 말이었다.

실종신고를 할 때까지만 해도 은직은 인선이 곧 나타날 것이라 믿었다. 반기준이 '매우' 뜻밖이라고 한 말을 상기할수록 돌이킬 수 없는 일이 될지도 모른다는 의구심이 든 것도 사실이었다.

"변할 수 있는 게 아무것도 없어. 도저히 변할 수 없다니까. 모든 게 다 그대로일 텐데, 어떻게 견딜 수 있겠어. 이건 말이야, 말로 할 수 있는 문제가 아냐. 그게 더 괴로워." 인선은 은직의 눈을 피하며 그렇게 말했다. 이상한 일은 인선의 말 또한 반기준의 말처럼 모호해졌다는 것이다.

"뭐야? 마음이 완전히 떠나 버렸다는 거야? 너무 예민하게 받아들이는 건 아냐. 그게 아니면 자신을 좀 죽여 봐."

"이미 나 자신은 없어. 난 죽어가고 있다고. 살아갈 힘이 없어."

인선은 계속 같은 말을 반복했다. 은직은 그녀의 고통을 이해할 수 없었다. 인선이 처음 집을 나왔을 때도 반기준은 인선을 찾지 않았다. "제 발로 나갔으니 제 발로 들어오겠지." 아내가 죽어가고 있는데, 살아갈 힘이 없다고 하는데 그렇게 말했다. 직접 공격을 가하지 않아도 서서히 숨통을 조여 죽음으로 몰고 가는 것. 그제야 은직은 인선의 무력감을 이해할 것 같았다. 이번은 더 심각했다.

"현수막이라도 걸고 전단을 돌려야 하지 않겠어?" 은직이 다시 발끈했다.

"그게 뭔 효과가 있겠어. 어린애도 아니고." 반기준의 대답이었다. 걱정도 이죽거림도 아닌 양가적 감정. 그러니까 분노와 냉소를 동시에 보였다는 편이 옳았다. 은직은 화가 치밀어 오르다가 갑자기 무서워졌다. 이런 거였구나.

"그래도, 가족들이 애타게 찾고 있다는 걸 …" 인선이 알아야 할 것 아니냐고, 이렇게라도 찾지 않으면 영영 사라져 버릴까 두렵지 않느냐고, 말하려다 은직은 말을 삼켰다.

'실종된 송 양 좀 찾아주세요.'

언제부터인가 어딜 가든 보게 되는 현수막. 허수아비처럼 팔을 벌리고 흔들리는 현수막을 은직은 물끄러미 바라보았다. 저토록 오랜 시간 동안 도대체 누가 '송 양'을 찾고 있는 걸까? 누군가 그녀를 찾고 있는 한 '송 양'은 결코 이 세계에서 사라지지 않을 것이다.

인선은 주민등록증도 신용카드도 건강보험증도 남겨 놓은 채 사라져 버렸다. 아내가 수증기처럼 증발했는데, 아무런 흔적을 찾지 못하는데, 반기준은 지독한 배반이라고 단정지었다. 은직은 문득 인선의 수첩 속에서 발견된 위임장 때문인지도 모른다는 생각이 들었다.

"그건 누구나 한 번쯤 써보는 유언장 같은 거, 뭐 그런 거 아닐까?"

법적 효력까지 운운하지 않았지만 다만 당사자가 자신이라는 사실이 은직은 꺼림칙했다. 반기준은 대답이 없었다. 이제 그들 부부 사이에 아무것도 남아 있지 않은 것처럼 보였다. 긴 장마에 폭풍우까지 몰아쳐 겨우 지탱하고 있던 뿌리조차 무르고 썩어가는 듯했다. 어쨌든 사람이 사라진 마당에 그깟 쪽지 한 장이 뭐 대수일까. 그러나 반기준은 아니었다. 오히려 은직을 의심하는 눈치였다.

 사고 소식을 받은 건 늦은 오후였다. 상처 입은 영혼이 부서진 육신
과 분리되는 중이었다. 사고 당시의 상황은 의문투성이였다. 길을 잃
어버린 것도 잘못 든 길도 아닐 텐데, 발을 헛디뎠다? 실족사로 보기
엔 의심스러운 점이 한둘이 아니었다. 목격자는 없고 발견자만 있는
사건. 머리 손상이 심하고 목등뼈가 부러지면서 폐를 다쳤다는 의사
의 소견. 이런 추락 사고일 경우 자살과 사고사의 차이를 찾아낼 수 없
다는 게 문제였다. 심장은 아직 멈추지 않았다.
 인선의 어머니는 자주 걷는 동네 뒷산 자락에서 발견되었다. 정황
적으로 도저히 이해가 되지 않는 상황이었다. 익숙한 산이었고, 사람
들의 왕래가 잦은 길이었으며, 위험한 곳엔 위험표시나 안전 울타리
가 쳐져 있었다. 구태여 위태로운 길을 선택했을 리 없었다. 어머니는
누군가를 찾기 위해서 산속을 배회하고 있었던 걸까? 누군가 거기로
데려가 밀지 않았다면 추락은 말 그대로 미스터리였다. 경찰에선 실
족 사고로 처리되었다.
 인선의 어머니는 눈을 뜬 채 임종했다. 시신은 그야말로 상처투성
이였다. 은직은 망자에게 묵념을 올리고 한참 동안 그대로 서 있었다.
눈을 감기고 천천히 발부터 닦아 올라갔다. 수시포 아래 부려진 작고
앙상한 몸. 마치 총을 맞고 떨어진 한 마리 새 같았다. 코와 귀 그리고
입안까지 닦아내고 얼굴을 정리하면서 은직은 평소 환하게 웃으시던
어머니의 얼굴을 떠올렸다. 흔히 사람들은 생활이 나아지고 근심 걱
정이 사라지면 고매한 인간이 될 것이라 착각하며 살아간다. 그 열망

이 얼마나 거친 욕망을 불러일으키는지 알지 못한 채. 어머니의 시신은 사고사였음에도 불구하고 생전처럼 단정하고 편안한 모습으로 되돌아왔다. 생사를 윤회하는 동안 어떤 노여움에도 휘둘리지 않은 얼굴로. 어머니는 수많은 환난을 겪으며 깨달음에 이른 걸까? 부디 다음 생은 평안하길 빌며 은직은 수의를 입히기 시작했다.

어머니의 생이 굳은살로 박혀 있는 손과 발, 거기 거친 세월을 적나라하게 새겨놓았다. 한지로 손싸개를 하고 그 위에 삼베 손싸개를 씌웠다. 발싸개를 하고 버선을 신겨 드리면서 은직은 망자의 발을 가만히 감쌌다. 이 작은 발로 한 생을 걸어왔다니. 저토록 거칠어질 때까지 난폭한 세월을 견뎌 왔다니. 순간 으스스한 기운이 감돌았다. 싸한 느낌과 함께 염을 하는 손길이 허둥댔다. 정을 떼려는 건가? 속바지와 겉바지를 끼워 입히고 허리띠를 매는데 울컥했다. 밖에서 안쪽으로 대님을 접어 매면서 은직은 자신의 어머니라면 절대 하지 못할 일이라고, 고개를 저었다. 인선이 농담 삼아 자신의 마지막을 부탁한다고 했을 때만 해도 이렇게 인선의 어머니를 염할 줄은 몰랐다. 속저고리와 겉저고리, 두루마기와 도포를 한 번에 끼워 입히고 도포 끈을 맸다. 생전과는 반대로 옷을 여미고, 대자 끈으로 손과 어깨, 다리와 발을 차례대로 묶었다. 마지막으로 멱목으로 눈을 가리고 끈을 돌려 매는데 다시 울컥 솟구쳤다. 머리를 두건과 복건, 망건으로 싸서 덮는 것으로 염은 끝났다.

생과 의연하게 맞섰던 육신이 말라 비틀어져 손을 대면 바스러질 것 같은 주검. 한 사람의 일생을 담았던 그릇이 이리도 작고 초라했더란 말인가. 이제 어머니는 영혼의 옷을 벗어버렸다. 언제까지나 지속될 것 같은 삶이 이렇게 한순간에 끝나버렸다. 시간은 정지상태가 되고 공기는 적막해서 숨이 막혔다. 은직은 도저히 이 죽음에 대해 객관적 거리를 유지할 수 없었다. 이제 마지막 작별을 해야 할 시간. 입관하기 전 인선은 어머니를 놓아주지 않았다. 소리조차 낼 수 없었던 어머니의 통한이 인선의 목에서 터져 나왔다. 누가 타자의 고통을 충분히 애도할 수 있겠는가. 은직은 이 작별이 완결되지 않을 거라는 것을 누구보다 잘 알았다. 인선은 실신 상태와 다름없었지만, 눈빛만은 거칠어서 어떤 말도 할 수 없게 만들었다. 섣부른 위로는 사라져 버린 것을 상기시킬 뿐이었다.

평소 인선의 어머니는 말이 없었다. 자신이 어디에 머물러야 하는지 어떻게 행동해야 하는지 아는 사람이었다. 세상사에 치일수록 자신을 잃어버리지 않으려 더 단단해졌고, 위기일수록 어머니는 더 침착했다. 은직은 때때로 의아했다. 저 의연한 언행이 왜 외면당했을까? 남편이 집을 나가 돌아오지 않는 세월이 길어지면서 어머니는 점점 더 차분하고 간결해졌다. 엄중한 책임과 혹독한 대가를 치러야 할 사람은 오히려 딴살림을 차린 남편일 터인데, 어머니는 스스로 뒤로 물러앉았다. 귀를 자르고 자른 귀를 붕대로 칭칭 감은 고흐의 자화상처럼, 거친 운명 앞에 어머니의 눈빛은 흔들리지 않았다.

영정사진도 준비해 두지 못한 죽음. 어머니는 왜 자신의 얼굴을 남겨놓지 않았을까? 오래된 스냅사진 속 어머니는 희미하게 웃고 있었다.

삶과 죽음의 사정만큼 시신의 표정도 각양각색. 컴퓨터에 무가치한 데이터를 넣으면 무가치한 결과가 나오듯, 죽은 자의 얼굴은 살아 있을 때의 얼굴이다. 평화롭게 숨을 거둔 망자의 얼굴은 평화롭다. 그런 시신을 단장할 때는 안식을 먼저 경험하게 된다. 고독하게 고통 속에서 이승을 하직한 얼굴은 아프게 일그러져 있기 마련이다. 슬프고, 괴롭고, 쓸쓸하게 … . 주름과 근육은 표정이 그린 그림일 터. 깊게 팬 주름과 수많은 잔주름, 볼과 입과 눈의 근육들은 화를 내는 꼴로, 미소 짓는 쪽으로 패이고 잡혔다. 따뜻함과 차가움, 신뢰와 배신의 흔적을 그대로 담고 있다. 고통이 만든 주름과 욕심이 만든 근육, 체념과 성찰이 만든 주름과 근육은 확연하게 다르다. 꿈을 꾸듯 웃고 있는 시신을 만날 때는 경이롭기까지 하다. 평상심 그대로 온화한 모습으로 눈을 감은 망자는 아름다운 곳으로 소풍 가듯 죽음의 강을 넘었으리라. 비로소 삶이 완성되었으므로. 그러나 스스로 죽음을 선택한 젊은 주검을 볼 때나 생명 연장으로 기력이 다한 노인의 주검을 마주할 때, 사고로 인한 참혹한 죽음과 끔찍한 얼굴을 한 흉측한 시신을 만날 때도 있다. 그런 시신을 마주할 때면, 결국 인간이 가장 무섭다는 것을 실감하게 된다. 웃는 돌과 우는 돌. 아마 이 일을 오래 하다 보면 망자의 얼굴만 보고도 그의 생애를 읽을 수 있지 않을까. 그들의 진짜 얼굴을.

은직은 다시 인선의 셀카 사진을 본다. 상대를 용납하지 않는 표정. 가혹하게 공격을 퍼붓고 있는 것도 같고, 재갈이 물린 상태인 것도 같고, 비판하기를 체념한, 비난에 질린 모습인 것도 같다. 어두운 배경과 어두운 빛 탓에 얼굴 전체가 멍이 든 듯 검게 얼룩졌다. 어둠에 싸여 있는 창백한 얼굴이 알 듯 모를 듯, 닮은 듯 전혀 다른 얼굴이다. 사람들이 자신을 솔직하게 그린다면 아마 이런 모습일지도 모른다고 은직은 생각한다. 페데르 세베린 크뢰위에르가 그린 〈화가의 아내 마리의 초상〉은 더없이 빛나는 아름다운 뮤즈였다. 하지만 아내 마리 크뢰위에르가 그린 〈자화상〉은 얼굴이 온통 검게 뭉개져 있지 않았던가.

어둠 속 여자는 격정을 억누르듯 눈을 감고 있다. 그 모습이 오히려 거친 내면을 명징하게 드러낸다. 비스듬히 고개를 돌린 얼굴에서 삶의 의욕이나 정신적 여유는 찾아볼 수 없고, 무자비하게 방치되어 희망마저 포기한 무심한 표정. 얼굴선과 표정 어느 것 하나 익숙하지 않지만, 인선이다. 분명 인선이었다. 인선은 자신을 인식하지 못한 채 자신이 아닌 자신으로 살아오면서 자신도 모르는 자신의 얼굴을 찾고 있었던 걸까? 정직하게 드러난 자신의 얼굴을. 진짜 얼굴을.

"마치 가스라이팅을 당하는 것 같아. 심리와 상황을 교묘하게 조작하거든. 그는 나를 지우고 완벽하게 나를 지배해. 반박할 여지를 남겨두지 않아."

"어떻게?"

"… 폭력을 당하는 것 같아." 그 말을 할 때 인선은 의외로 차분했다. 역할에 과몰입했다 빠져나오는 사람처럼. 잠시 그녀에게서 어머니의 얼굴이 스쳤다. 포트에서 물은 끓어오르고, 물 끓는 소리가 마음을 더 무지근하게 짓눌렀다. 은직은 인선에게 홍차를 건넸다. 인선은 찻잔의 온기를 손으로 감쌌을 뿐 차를 마시지 않았다.

"무슨 일을 저지르고 있는지 자신만 모르는 것 같아. 그의 말을 듣고 있으면 결국은 상대가 모두 잘못한 일이 되고 말아." 인선은 말끝을 흐렸다. 반기준에 대해 은직은 다시 헷갈리기 시작했다. 이게 사랑이라는 건가?

인선은 시선을 한곳에 던져두고 있었지만 실은 아무것도 바라보고 있지 않았다. 도대체 무슨 일이 일어났단 말인가? 이럴 때 입을 닫고 있는 건 가해자와 다르지 않다. 사람들은 사실을 부정하고 듣고 싶은 말만 사실로 받아들이거나, 가부나 진위를 떠나 하고 싶은 말만 객관적 사실로 만들어 버리기 일쑤. 스스로 그런 폭력을 행사하고 있다는 사실을 모른 채.

은직이 말했다.

"사랑에 빠진다는 건 말이야, 사랑하는 사람에게 빠지는 게 아니라, 어쩌면 사랑 그 자체에 빠지는 게 아닐까? 조작된 자기 최면일 수도 있고. 그러니 가까이 갈수록 다치게 돼."

"난 늘 혼자였어." 인선의 어깨가 다시 움츠러들었다.

"여태 환상에서 벗어나지 못한 거야? 결혼이 뭘 지켜준다고? 어림없는 소리야. 결코 하나가 될 수 없다는 걸 깨달을 수밖에 없어. 가까이 갈수록 외로움이 더 커질 수밖에. 그러니까 승자는 없고 패자만 있는 싸움. 상대도 마찬가지가 아닐까?"

인선은 시선을 돌린 채 대답이 없었다.

"아무런 문제가 없는 이상적인 부부가 있을까? 그저 제각각의 방식으로 살아갈 뿐이야. 상대에 대한 기대와 믿음을 버려봐."

은직은 말을 하면서도 자신이 왜 그런 말을 해야 하는지 알지 못했다. 그런 말을 하면서도 한쪽의 믿음과 다른 쪽의 일탈, 말하자면 억압과 자율이 균형을 잃고 혼란에 빠진 건 아닌가, 하는 생각이 꼬리를 물고 이어졌다. 그때였다.

"전부 깨져버렸어." 인선의 얼굴이 다시 일그러졌다.

정확하게 말할 수 있는 건 진실이 아니란 말인가. 인선이 말하는 '전부'와 '깨진' 건 뭘까? 삶에 대한 의지나 투쟁까지? 사람들은 너만은 믿는다, 사랑한다, 하면서도 가장 밑바닥까지는 말하지 않는다. 이럴 땐 어떻게 해야 하나. 그저 아무런 확신도 없는 말을 계속 늘어놓아야 하나.

"상대가 나를 꿰뚫어 볼 수 있다고? 뭘 알아서 해 줄 거라고? 천만의 말씀. 완벽한 인간관계란 그 자체가 허구야. 애초부터 불가능한 일이지. 좌충우돌 살아갈 수밖에 없어. 길이 없는 길을 걸어가 본 자, 밑바닥을 경험해 본 자만이 알게 되는 거지. 처절하게 겪어본 자만이 받아들이게 되는….."

순간 인선이 벌떡 일어났다. 아뿔싸, 은직은 그때야 자신이 쏟아낸 말들이 폭력이라는 사실을 깨달았다. 인선이 조용히 문을 열고 나갔다. 그때 이미 인선은 사라지고 있었던 걸까?

반기준을 음악동아리에서 처음 만났을 때, 그는 재즈 음악처럼 가벼움과 무거움이 뒤섞여 있었다. 즉흥적이고 제멋대로 자유로웠다. 그 자유분방함으로 은직과 인선에게 돌진했다. 강렬했고 신선했다. 조단조단한 음에 맞추어 가볍게 혹은 무겁게 그들의 화음이 어우러졌다. 대책 없이 타자와 접속하던 시절이었다. 그들이 맞추는 화성이 발랄하고 웅장해지는 사이 마치 처음부터 잘 어울리는 하나의 소리처럼 그들은 자연스럽게 가까워졌다. 불규칙적이면서 규칙적이고, 복잡한가 하면 단순하고, 강렬한가 하면 섬세한 화음. 불규칙한 악센트와 복잡한 교차 리듬이 한데 어우러진 조합이랄까. 각기 다른 색을 내는 보컬들의 앙상블. 그때 반기준은 자신을 떠나 새로운 존재가 되려 했던 걸까? 어느 순간부터 음정이 어긋나고 잡음이 섞이면서 동심원을 그리며 퍼져나가던 소리의 물결이 출렁대며 소용돌이치기 시작했다. 알 수 없는 일이었다. 그는 고저장단의 리듬을 무시했고, 망설임도 없이 압도적인 소음으로 변해 갔다. 불규칙한 악센트만 있을 뿐 리듬은 더 이상 교차되지 않았다. 화음이 완전히 깨지고 말았다.

반기준에 대해 반은 알고 반은 몰랐을까? 그는 딱 절반만, 그러니까 한쪽만 보여주었더란 말인가. 충동과 열망은 사라지고 사사건건 불협화음을 내며 그는 딴사람이 되어갔다. 소유하려고만 했을 뿐 회의나 반성이 없는 사람. 한때 친구들은 은직과 반기준이 결혼할 거라고 보았다. 인선의 사라짐이 그들 두 사람과 무관하지 않을 거라고 수런거렸고, 은직 역시 그런 의혹의 시선을 피할 수 없었다.

인선의 행방만큼이나 반기준의 태도가 의아했다. 아내의 행방이 묘연한데, 아내가 사라졌는데 그는 그다지 놀라지 않았다. 이미 사라질 것을 예견한 듯. 호들갑을 떠는 것이야말로 오히려 진실을 외면하는 것인 양. 백방으로 아내를 찾아 나서는 대신 그는 말을 줄였고 우울했고, 오지 않는 소식에 조금 실망하는 눈빛이었을 뿐, 다만 사건이 속히 완결되기를 바라는 듯했다. 반기준의 검은 눈동자가 터무니없이 작다는 것을 은직은 그때 처음 알았다. 흰자위 안에 위협적으로 박혀 있는 검은 눈동자를 바라볼 때마다 그가 점점 더 위협적으로 느껴졌다. 이해 불가한 그의 태도를 떨쳐내지 않고 이 사태를 어떻게 받아들일 수 있겠는가.

은직은 오래전 인선과 나누었던 말들을 되짚었다. "내 안에 또 하나의 심장이 뛰고 있는 것 같아. 그 심장은 너무 빨리 뛰어 도저히 누구의 심장인지 구분이 되지 않아." 인선의 말이었다. 자기 안에 품고 있는 반기준에 대한 사랑이 그만큼 크다는 말이 아니던가. 웃기는 일이다. '진짜'라고 우길수록 그것은 믿을 수 없을 정도로 '가짜'라는 사실이. 격정은 변색되기 마련. "우리는 다른 사람이 아닌 또 다른 나, 로 살고 싶었지만, 완전히 다른 존재가 되어 버렸어. 한때 내가 사랑이라고 믿었던 것들이 모두 무의미해졌어." 인선은 자조 섞인 말을 했을 뿐 구체적인 이야기를 하지 않았다. 그런 말을 하는 것조차 무의미하다고 느꼈는지는 모를 일이었다. "무의미와 싸우는 게 인간 아니겠어. 원래 우리는 모두 다른 존재였어." 은직이 응수했을 때 인선의 어조는 비감했다. "그나마 나를 지탱하고 있던 것들이 모두 무너져 버렸어." 인선은 이미 링 위로 손수건을 던져버린 선수 같았다.

그녀들을 둘러싸고 흐르던 음악은 조성이 수시로 바뀌고 사방에서 깨지는 소리를 냈다. 그렇지, 어떤 조건도 일반적인 건 중요하지 않지. 개인적인 거지. 본인이 받아들일 수 없다면 ….

사랑이라는 믿음은 훼손되고 왜곡되어 곧 잊힐 운명이라는 것을 몰랐더란 말인가. 그래서 내 것이라는 것을 끊임없이 확인해야만 했을까? 인선은 집을 나간 게 아니라, 사랑이라는 완고한 집을 부수어 버린 건 아닐까? 누가 알겠는가.

은직이 반기준을 찾아갔다. 인선이 사라져도 모든 건 그대로 제자리에 놓여 있었다. 인선을 찾기 위해 구체적인 다른 방법을 동원해 봐야 한다고, 적극적인 행동이 필요하다고 말했을 때, 반기준의 표정이 갑자기 굳어졌다. 인선이 스스로 파멸을 선택했다면 그건 그 누구도 아닌 자신이 배반당한 것이라고, 반기준은 정확하게 말했다. 정확하게 반의 태도는 뒤틀렸고, 뒤틀린 채로 완강했다. 맹렬하게 돌진했던 그때의 호기심과 경이로움을 다 잊어버리고 전에 볼 수 없었던 그의 눈빛이 위험하게 번뜩였다. 이것이 반기준의 진짜 얼굴인가? 너무 강렬하거나 너무 냉정하거나, 인간의 욕망은 그런 거였다. 사건에는 반드시 희생양이 필요했다. 겨우 이 정도가, 이게 사랑이란 말인가.

아내의 고통 앞에서, 친구의 고통 앞에서 결국은 타인일 수밖에 없다는 것. 인선은 스스로 방치되어 폭력을 견디다 그런 선택을 하고 말았던 건지도 모른다고, 아무도 없는 깊은 밤 홀로 서 있었지만 달려오는 택시는 '예약' 사인을 켜고 달아나버렸다고, 어쩌면 너무 먼 곳까지 달아나 다시 돌아오지 못하는 건지도 모른다고…, 아무짝에도 쓸모없는 생각들만 은직의 머릿속에 뒤엉켰다. 인선은 왜 더 강력하게 싸우지 못했을까? 인선의 부재에 따른 뜬소문에 대해 은직은 알지 못했고, 시간이 더 멀리 달아난 후 수습할 길 없는 슬픔에 대해서 반기준은 아직 알지 못했다.

시신의 상태는 참혹했다. 무자비한 폭력 앞에 필사적으로 죽음을 거부했던 흔적이 고스란히 남아 있었다. 이빨은 악다문 채 으스러지고 얼굴과 머리는 형체를 알아볼 수 없을 정도로 으깨어졌다. 폭력을 견디며 공포에 떨었던 마지막 표정이 그대로 정지해 있었다. 마지막 순간까지 필사적으로 그녀는 죽지 않았고 죽음은 기어이 그녀에게 생을 허용하지 않았다. 범인은 남편이었다. 차마 눈 뜨고 볼 수 없는 주검을 앞에 두고 은직은 눈을 감아버렸다.

인선의 카드는 인출되지 않았다. 통장 잔액 역시 그대로였다. 의료보험 사용 내용은 물론 본인 명의의 모든 것들은 어느 곳에서도 사용 흔적을 발견할 수 없었다. 사라지기 전 인선은 반복적으로 어떤 징조를 보냈지만, 그들은 모른 척했고 사라져 돌아오지 않을 거라는 걸 믿지 않았다. 인선의 목에는 별자리 목걸이가 걸려 있었지만 그녀가 방향을 잃어버렸을 때 북극성은 나타나지 않았다.

"단지 선택일 뿐일 테지." 오래 망설이다 막 결단을 내린 사람처럼 말했던 인선의 말을 은직은 다시 떠올렸다. 그렇지. 그동안 서서히 사라지고 있었던 거야. 사라질 수밖에 없었던 것은 인선의 선택이었겠지만 인선이 선택한 것이 삶이었을까? 죽음이었을까? 삶이었다가 죽음이었다가, 죽음이었다가 삶이었다가, 그런 망상이 반복적으로 은직을 괴롭혔다.

한밤중에 초인종이 울렸다고 했다.

반기준은 일어나 시계를 보았다. 자정이 넘은 시간, 섬뜩했다. 거실 인터폰 화면에 무언가 얼른 스쳐 지나갔다. "누구세요? 누구세요?" 밖은 잠잠했다. 도어록 움직이는 소리가 잠깐 들렸던 것 같다. 문밖은 기괴하리만치 고요했다. "누구세요! 누구세요!" 반기준의 음성이 흔들렸다. 그는 인터폰 화면을 응시했다. 텅 빈 화면 한쪽에 계단과 난간대 일부가 보일 뿐 수많은 점이 빛의 잔물결을 이루며 흔들렸다. 인선이 이 밤에 돌아왔다면 초인종을 누를 리 없었다. 비밀번호는 그대로니까. 반기준은 인터폰으로 다시 바깥 동정을 살폈다. 어떤 움직임도 보이지 않았다. 그럼 누군가 안의 동정을 살핀다는 말? 조금 전보다 더 기괴한 느낌이 들었다. 그는 도저히 문을 열어볼 용기가 나지 않았다. 숨을 죽이고 다시 벨이 울리기를 기다렸다. 밖은 여전히 잠잠했다. 헛것을 보거나 환청을 들은 건 분명 아니었다. 그러나 밤새 헛것을 보고 환청을 들은 사람처럼 그는 혼미하게 아침을 맞았다.

은직에게 반기준이 연락하는 일은 거의 없었다. 전화기 속 반기준의 목소리가 전 같지 않았다. 반기준은 전화를 건 이유를 얼른 말하지 않고 머뭇거렸다. "뭐야?" 은직은 그가 말할 때까지 기다리지 않았다. 이윽고 반기준이 입을 뗐다. "혹 지난 밤 인선이 오지 않았어?" 은직은 되레 인선의 연락을 받았느냐고, 반기준을 향해 되물었다. 그는 아니라고 대답했다. 다만 한밤중에 초인종이 울렸다고 말했다. 한 가닥 희망이 생겼다 사라질 때처럼 은직도 맥없이 주저앉았다. "잘못 누른 초인종일 수도 있지 않겠어?" 그렇게 말하면서도 은직은 머리카락이 쭈뼛 서는 걸 느꼈다. 눈앞에 현수막이 펄럭이고, 실종된 '송 양'의 얼굴이 어른거렸다. '송 양'은 어떻게 되었지?

은직은 온몸을 완전무장했다.

전염병으로 사망한 시신이다. 이런 경우 미리 병원으로부터 통보를 받는다. 시신은 염을 하기 버거울 정도로 기골이 장대하다. 죽음에 굴복하기에 그의 뼈는 너무도 강건했다. 절대 죽지 않을 것처럼 완벽한 뼈대를 갖춘 남자. 에이즈 바이러스는 어떻게 이 미남자의 뼈를 무너뜨렸을까? 어떻게, 는 공허한 물음일 뿐이다. 희망을 잃고 죽음 앞에 얼마나 끔찍하게 버티었는지 남자의 시신에 채 가시지 않은 체념의 기운이 감돌았다. 남자가 느꼈을 외로움과 공포를 생각하자 은직의 몸이 한차례 와르르 떨었다. 그가 어떤 사람이든 어떻게 살았든 염습실에서 망자는 히어로가 된다. 슬픈 히어로. 살은 흘러내렸지만, 우뚝 솟은 콧날, 반듯한 이마와 두툼한 귓불, 어디로 보나 나무랄 데 없는 관상이다. 어느 순간 평범했던 삶은 깨져 버리고 존재의 존엄까지 무너지고 말았을 것이다. 이 훤칠한 얼굴 어디에 불운이 깃들어 있었단 말인가. 알코올 솜으로 몸을 닦고 얼굴을 닦는데 금니가 반짝였다. 영원히 빛날 것 같았던 젊음은 사라지고, 충동의 빛에 홀려 남자는 추문을 만들었을지도 모르고, 가족들은 치욕스러운 고통을 당했을지도 모른다. 염습실의 붉은 불빛이 남자의 마지막 몸을 비추었다. 은직은 겹으로 낀 얇은 수술용 고무장갑을 당겨 올리며 남자의 얼굴을 내려다보았다.

아주 드물긴 해도 냉동실에 보관된 풍선처럼 부풀어 오른 부패한 시신을 염할 때가 있다. 그런 시신은 살갗이 곧잘 벗겨지고 고약한 냄새가 진동해 숨을 쉴 수 없다. 하지만 남자의 시신은 깨끗했다. 급속도로 무르고 썩어가는 숨이 빠져나간 몸. 만약 인선이 아무도 모르게 죽었다고 해도 냉동 보관된 채 방치되는 일은 없어야 할 텐데 …. 남자를 염하면서 은직은 줄곧 인선 생각을 하고 있었다. 장갑을 다시 끌어 올렸다. 구레나룻을 깎고 면도를 하자 이목구비가 처연하게 드러났다. 수많은 얼굴로 살아왔을 남자의 진짜 얼굴이. 남자의 생은 어쩌면 그가 찍은 수려한 셀카 사진 같았을지도 모르고, 수많은 셀카 사진만이 남았을지도 모른다. 시신을 닦은 물품들을 따로 준비된 통에 넣으면서 은직은 속으로 중얼거렸다. '생의 마지막을, 그 마지막 시간에 관여하는 일만큼 중요한 일은 없을 테지.' 자신을 스스로 단속하는 일이리라.

감염성 폐기물은 전문업체에서 처리하기 위해 수거해갈 것이다.

유리 칸막이 너머에서 누군가 기분 나쁘게 가래침을 뱉어냈을 뿐 참 관실은 조용했다. 조용이랄 것도 없는 불편한 침묵이 흐르고, 가족들 은 누구도 오열하지 않았다. 한 남자가 팔짱을 끼고 고개를 치든 채 곁 눈질로 이쪽을 쳐다봤다. 쳐다볼 뿐인데 무언가를 절대 용서하지 않 을 눈빛이었다. 죽은 자는 그에게 어떤 슬픔도 남기지 못하고 경멸감 을 주었다. 죽음 앞에 모두가 괴로워하고 슬퍼할 필요는 없지만, 이 죽음이야말로 부당했다. 부당한 죽음보다 더 부당한 산 자들 사이에 낯익은 얼굴이 어른거리고, 어질어질 잠시 스트레스성 쇼크 증상이 일어났다 사라졌다. '아니겠지, 아닐 거야, 아니어야 하고 …?' 다시 눈앞이 흔들렸다. 그러나 은직은 참관실 쪽을 보지 않았다. 대신 허리 를 세우고 자세를 고쳤다.

남은 자들의 통곡과 슬픔이 망자의 존재를 대체하지 않겠지만 이렇 게 점잖은 이별이라니. 이토록 냉정한 이별이라니. 죽은 자가 아무리 부도덕하고 방탕하게 살았을지라도 가족이라면 으레 사무치기 마련인 것을. 마지막엔 모든 것이 다 비애가 되는 것을. 그랬다. 잘 살아야 하는 이유. 죽음은 삶과 무관하지 않기 때문이다. 누구도 슬퍼하지 않 는 주검의 염이 끝났다. 침묵 속에서 미남자의 시신은 입관되었다. 그 가 살아보지 못한 시간이 공기 속으로 흩어졌다. 이 슬픈 히어로는 안 치실로 옮겨질 것이고, 이 세계에서 거짓말처럼 사라질 것이다.

가족이라고 쉽게 하나로 묶을 수 있겠는가. 친밀했고 풍성했고, 한 때 절묘한 화음을 맞추었더라도, 끝없이 함께 갈 것 같아도 서로를 불 신하고 의심하게 되고 마침내 가족이었던 관계를 떠날 수도 있다. 대체 무슨 수로 그들을 하나로 묶을 수 있단 말인가. 결국은 모두가 타인에 불과한 것을.

불현듯 일어났다가 불현듯 사그라지는 것, 느닷없이 찾아왔다가 홀연히 떠나버리는 것, 끝없이 달려가지만 달려간 것만큼 멀어져 끝내 닿을 수 없는 곳, 다만 광기 어린 모습을 보이다가 필연적으로 끝을 맞을 수밖에 없는, 그것이 사랑이란 말인가? 열렬히 원했지만, 에로스는 사라져 버리고 혼돈만 남았다.

인선의 행방이 밝혀지지 않는 날이 길어지고 있다.

무언가를 알고 있다고 할지라도 그들은 입을 닫을 수도 있고, 자백할 수도 있고, 서로 연락을 끊고 모르는 사람으로 살아갈 수도 있다. '죄수의 딜레마' 같은 거라고 해야 하나. 협력하는 것이 서로에게 이익이겠지만 각자 자신들을 위해 배신하게 될지도 모른다. 은직은 자신의 사랑에 대해 아무리 자조적일지라도 그건 사랑이 아니라고 단언하지도 비난하거나 조롱하지도 않을 것이다.

여자의 몸은 푸른색이 조금 돌 뿐 잠을 자는 듯 고요하다. 매력적인 까만 피부, 팔과 목과 어깨에 걸쳐 하나의 그림이 문신으로 연결되어 있다. 귀와 코와 눈썹에는 피어싱의 흔적이 또렷하다. 귀에는 귓불뿐만 아니라 이륜과 대이륜, 대이륜각과 이륜미부, 이주에 이르기까지 대여섯 개의 피어싱 구멍이 있다. 은직은 인선의 길고 가는 손가락마다 끼고 있던 은색 반지와 길게 늘어뜨린 별자리 목걸이를 떠올린다. 염을 하기 전엔 분명 다른 사람이었는데 화장을 하고 보니 영락없이 인선이다. 검고 긴 눈썹과 얌전하게 앉아 있는 낮은 코, 짧은 인중 아래 선이 뚜렷한 입술과 그 아래 둥근 턱. 숱이 많고 유난히 검은 머릿결에서 익숙한 향내가 난다. 내 것이었다가 내 것이 아니었다가, 결핍이다가 과잉이다가, 순결이었다가 관능이었다가, 감추다가 도발하다가, 식물이었다가 동물이었다가… 여전히 부끄러운 젖가슴이 수의 위로 봉긋하다. 누구에게도 말 못 할 비밀을 저 무덤에 묻었을지도 모르지. 여자의 가슴에 손을 얹자 여자의 몸이 파르르 떨었다. 천장의 불빛이 흔들리고 바닥이 흔들리고 동시에 집이 흔들린다. 창문을 때리는 바람 소리에 섞여 어디선가 우수에 찬 선율이 흐르고, 선율은 가슴이 터질 듯 물결친다. 이렇게도 깊은 슬픔이라니, 이렇게도 완전한 화성이라니. 슬픔은 점점 격앙되어 억누를 길이 없다. 은직은 천천히 여자의 머릿결을 쓰다듬어 묶는다. 한지로 시신의 몸을 감싼 후 수의를 입힌다. 끈으로 팔과 다리를 묶으며 매듭은 짓지 않는다. 다시 깨어날 수도 있으니까. 끈을 풀어헤치고 일어날지도 모르니까. 은직은 여자의 얼굴을 물끄러미 바라본다. 모든 얼굴은 우리가 모르는, 우리가 짐작하는 그것과는 다른 내용을 담고 있다. 그것이 인간의 비애가 아닐까. 시신의 얼굴은 인선이었다가 인선이 아니었다가, 인선이 사라진 건 매우 뜻밖이라던 반기준의 얼굴과 뒤섞여 누구의 얼굴인지 헷갈린다. 혼륜을 감싸고 선율은 점점 비통해지고, 은직은 머리카락을 종이에 싸고 손톱과 발톱을 깎아 따로 주머니에 넣는다.

그 밤도 은직은 누군지 모를 주검을 염하는 꿈을 꾸었다. 꿈자리를 털어내야 하는데 몸은 꿈쩍하지 않고, 꿈은 또 다른 꿈과 맥락 없이 연결되었다. 꿈인지 생시인지 점점 미궁으로 빠져들고, 선율은 불협화음으로 변해 귀청을 찢으며 윙윙거린다.

반기준이 알 수 없는 사람으로 변했지만, 한때 그와 맞추었던 리듬과 선율은 화음이면서 불협화음인 채로 이중주가 되었다. 때론 경쾌하게 때론 슬프게 돌림노래가 되었고, 때론 사색적으로 때론 비극적으로 변주되기도 했다. 비구름 같았다가 새의 발걸음 같았다가 ⋯. 그 시절은 이제 강물처럼 흘러가 버렸다. 인선은 돌아오지 않고 있다. 어제가 까마득한 옛날 같은 날이 흘러가고 있다. 시간이 더 흐른 뒤 반기준은 인선의 흔적을 말끔히 치워 버릴 수도 있고, 인선의 존재를 잊어버린 채 평범하고 지루한 나날을 흘려보낼 수도 있다. 그는 여전히 밥을 먹고, 뜨거운 차를 마시고, 영화를 보고, 친구를 만나며, 아플 수도 괴로울 수도 있고 새삼 외로워질 수도 있을 것이다. 다시 누군가와 화음을 맞출 수도 있고. 그때도 누군가의 말을 흘려듣기도 하고 귀찮아하기도 하면서.

은직은 생각한다. 인선과 함께했던 그날로 되돌아갈 수 없지만, 만약 인선이 마지막으로 찾아왔던 그 날로 되돌아간다면 대단한 해법을 전해줄 수 있을까? 그럴 수 없다는 것을 잘 알면서도, 뭔가 치명적인 잘못을 저지른 것 같다고. 인선에 대한 기억만은 땅속에 묻혀 있는 불발 지뢰 같은 것이라고.

인선이 영영 돌아오지 않아도 멀쩡한 얼굴로 하릴없이 흘려보낼 나날들. 삶이 아무것도 아니라는 것을 깨닫게 되는 어느 날, 홀로 방치된 노인의 시신에 덕지덕지 묻은 때를 닦아낼 것이다. 너무 오래 산 것이 죄스러워 미안한 얼굴로 숨을 거둔 주검을 두고, 지팡이는 고사하고 곡소리도 내지 않는 멀쩡한 자식들은 가장 싼 수의나 관을 주문할 것이다. 허례허식을 경계한다는 헛소리를 해대며. 마지막 가는 길조차 이렇게 인색하고 각박해야 하나. 그들은 삶이 영원할 것처럼 살아가지만 실은 언제 끝날지 모를 일. 노인은 무엇이 그렇게 미안했을까? 왜 그렇게 슬픈 얼굴로 죽었을까? 자식들을 안심시키기 위해 마지막까지 괜찮다, 다 괜찮다, 웃었을 것이다. 죽음은 돌아가는 것이 아니라 데려가는 것이라고, 노인의 시신을 물끄러미 바라보다가 참혹하리만치 폭력적이고 무자비한 얼굴을 떠올릴 것이다.

장례식장은 흥청거리고 소란스럽다. 조문객은 누구의 죽음을 애도하고 누구의 슬픔을 위로하는 걸까? 어느 상가에나 있을 법한 뻔뻔한 자식들의 얼굴을 쳐다보다가 새삼 쓸쓸해질 것이고, 그때 문득 인선을 생각할 것이다. 기억은 비 온 뒤 몸을 말리기 위해 기어 나오는 뱀처럼 불쑥불쑥 고개를 쳐들지도 모르고, 지뢰처럼 묻혀 있다가 어느 순간 터져 버릴지도 모른다. 그때 인선의 셀카 사진을 한 장 한 장 다시 넘겨볼 것이다. 결정적이라 할 수 없는 지리멸렬한 순간들의 모습을. 사진은 진실을 말하게 될 테니까.

현수막에 인쇄된 '송 양'의 얼굴은 찢어진 채 펄럭이고 있다. 찢어진 채 해맑게 웃고 있는 얼굴. 저 웃는 얼굴은 아마도 세상에 없었던 얼굴이지 않을까? 그녀가 어딘가 살아 있을지라도 그녀의 진짜 얼굴을 알아보는 사람은 아무도 없을지도 모른다. 그래서 이 실종 사건은 영영 미궁에 빠질 수밖에.

인선의 사건 역시 미궁으로 빠져들고 있다.

한 사람이 사라졌는데, 사라져서 흔적도 없는데, 세상은 아무렇지도 않게 돌아가고 우주는 고요하다. 인선이 영영 나타나지 않아도, 공짜 영화 티켓을 써먹기 위해 영화관에 앉아서, 영화가 끝나기만을 견디며 연신 하품을 해댈지도 모르고, 지리멸렬한 영화는 갑자기 귀를 찢는 불협화음으로 전조되면서 유혈 장면이 펼쳐질지도 모른다. 그때도 반기준은 모호한 표정으로 모호한 말을 할지도 모르고, 검증 가능한 예언을 회피하는 점성가처럼 반격을 피하고자 막연한 말들을 늘어놓을지도 모른다. 다만 상상에 빠지는 날을 견디며 은직 역시 그저 그런 날을 살아갈지도.

은직은 핸드폰을 꺼내 카메라 촬영 모드를 켰다. 그리고 카메라 렌즈를 응시했다. 무심한 눈빛과 무감각한 표정, 사자死者처럼 경직된 영장류의 얼굴. 피사체가 낯설다. 각도와 빛에 따라 달라질 가장 완벽한 한 컷을 위해, 은은한 조명 아래 화사하고 부드럽게 웃어야겠지. 은직은 눈을 더 크게 뜨고 최대한 입꼬리를 끌어올린다. 욕실 조명을 받으며 각도에 맞추어 왼쪽 얼굴을 살짝 옆으로 튼다. 노란빛이 광대뼈를 비추고 분위기가 사뭇 달라지는 절묘한 순간, 찰칵! 셔터를 눌렀다. 썩 괜찮은 한 컷을 건진다면 자기도취나 자기만족에 빠질 수도 있고, 그것이 진짜 모습인 양 떼를 쓰며 살아갈 것이다. 앞으로도 수많은 허상을 찍어대며 그 허상을 붙들고 살아갈지도 ….

정희는 그 섬에 아직도 살고 있을까?

"뭐라고? 자흔도? 자한도?"

"아니, 자비롭다 할 때, 자! 은혜롭다 할 때, 은! 자은도!" 정희가 다시 한 번 더 "자·은·도"라고 또박또박 발음했다. 그러니까 여자애 이름처럼 예쁜 이름의 섬에 그녀가 있다는 말이다. 그 섬의 이름만 들었을 뿐인데 나는 설레기 시작했다.

어떤 일은 아주 서서히 마음이 움직이고, 어떤 일은 두서없이 마음이 들뜰 때가 있다. 그랬다. 절묘한 타이밍이었다. 정희와 나의 외로움이 지도 끝에서 손을 잡는 순간이었다. 거두절미하고 나는 정희에게 그 섬에 가겠다고 말했다.

달은 물결 위에 현묘한 빛을 흘렸다. 그 빛에 홀려 세상의 모든 잘못이 용서될 것 같은 밤. 정희가 내놓은 술은 마시고 또 마셔도 취하지 않았다. 좀더 호기를 부린다면 까맣게 잊고 있던 이름을 불러내어, 그립다, 사랑한다, 고백이라도 할 것 같았다. 붉은가 하면 노란빛으로 번지고, 노란빛인가 하면 어느새 푸른 달빛이 물결 위에 원기둥의 길을 놓아 그 속으로 걸어 들어오라고 유혹했다. 파도는 달려와 끊임없이 부서지고, 정희와 나의 수다는 장대한 산맥을 넘으며 자지러졌다. 그 소리는 점점 팽창하여 내 안의 흐느끼고 삐걱거리는 소리를 모두 집어삼켰다. 나는 비로소 무장해제 되었다. 달빛이 가슴까지 번지고 애써 움켜잡고 있던 원형들이 일그러지기 시작했다. 이 아름다운 달빛 아래서 무너지지 않을 가슴이 있으랴. 우리는 서로 아닌 척 또 그런 척, 종잡을 수 없이 출렁댔다. 달빛 때문이었다. 아니, 파도 소리 때문이었을까? 무엇 때문이었든 그 밤은 모든 걸 용서하고 사랑할 수밖에 없었다. 순간 내 고개가 스르르 정희의 어깨에 가닿았다.

"좋다, 그치?"

"뭐야, 이 수작질은. 그러니까 남자 앞에서 요렇게 혀 짧은 소리로 교태를 부렸으면 시집갔을 거 아냐."

"여기까지 떠밀려왔으면서 … 그런 말 하고 싶어?"

"그러게 말이야." 정희가 나를 쳐다보며 빙긋이 웃었다. "그렇게 질색을 하면서 우린 왜 남자를 향해 꿈을 꿀까?"

"난 꿈꾸지 않아."

"거짓말. 내 어깨에 기대어 외롭다고 떨고 있는 건 뭐야?"

나는 정희를 향해 눈을 한 번 질끈 감았다가 우스꽝스럽게 뜨며 말했다.

"달빛 때문이야."

"뭐? 달빛에 떨고 있다고?"

우리는 마주 보며 다시 자지러지게 웃었다.

밤이 깊었다. 달빛은 완벽하게 차올라 오히려 더 쓸쓸한 빛을 흘렸다. 그 달빛 아래서 정희가 슬슬 벗기 시작했다. 그녀가 벗기 시작한 것은, 의외의 것이었다. 나는 조금씩 당황하기 시작했다. 그 바람에 올라오던 취기가 싹 달아났다. 꽁꽁 싸매고 있던 것들, 이를테면 목도리를 풀고, 양말을 벗고, 카디건을 벗고, 바지를 벗고, 팬티를 벗고, 급기야 브래지어까지 벗어젖혔다면, 그랬으면 차라리 나았을까. 정희가 벗어젖힌 것은 그보다 훨씬 더 내밀한 것, 깊숙이 감춰놓았던 것이었다. 달빛은 순결해 그녀가 드러낸 비밀의 알몸을 속속들이 비추었다. 정희는 묻어놓은 비밀이 너무 크고 무거워 덜어내려 하고, 한편으로 그 고통을 다시 확인하고 싶은 눈치였다. 그녀가 여기 남도 끝 작은 섬까지 오게 된 사연은 섬처럼 아름답지 않았다. 나는 그녀의 지난 이야기를 듣는 것이 몹시 두려웠다. 정희가 띄엄띄엄 토해 낸 말은 언젠가 목격한 놀라움이었고, 그 이야기를 듣는 동안 그때의 기억이 고스란히 되살아났기 때문이다. 나는 흔들리지 않으려 몇 번이나 마음을 다잡았다. 될 수 있는 한 동조도 비판도 하지 않고, 그렇다고 깊이 빠져들거나 그저 그런 얘깃거리로 듣지 않으려 얌전히 앉아 있었다. 단지 처녀성처럼 한 번 잃어버리면 영원히 복원될 수 없는 이야기를 하지 않길 바랄 뿐이었다. 정희가 바다 쪽으로 고개를 돌린 채 말했다.

"폭우는 돌풍을 동반하거든. 남편에 대한 신뢰나 희망의 뿌리가 통째 뽑혀버렸지. … 근데 왜 함께 사냐고? 글쎄 나도 모르겠어."

"… 그래서 이 아름다운 섬에 살게 되었잖아, 안 그래?" 내가 가볍게 눙쳤다. "아름다운 것을 잃어버리면 더 아름다운 것이 기다리고 있는데 말이야, 그치?"

어이가 없다는 듯 정희는 되레 웃음을 터뜨렸다. 나는 정희의 눈을 마주 보지 않았다. 그때 정희는 눈물을 흘리고 있었을지도 모른다.

"남의 인생이라고 함부로, 함부로 말해도 된다는 거야?"

"달빛 때문이야."

대수롭지 않게 받아치는 내 반응에 그녀 역시 장난기 섞인 어투로 바뀌었고, 달빛 때문이라고 나는 서둘러 말문을 닫았다. 정희가 '함부로'라고 말했을 때 이상하게 몸이 확 달아올랐다. 그렇지, 함부로. 함부로는 아니지. 내가 뭘 안다고. 우리는 서로의 고통에 대해 축배라도 들 듯 다시 술잔을 부딪쳤다. 술잔을 빙글빙글 돌리던 정희가 갑자기 변심한 여자처럼 말을 고쳤다.

"그래도 남편을 믿어."

간신히 붙들고 있는 것들이, 믿지 않으면 통째로 박살 나버리기라도 하듯, 삶의 의미를 모두 잃어버리기라도 하듯 들렸다. 불신과 믿음은 종이 한 장 차이. 그러니까 무엇이 거짓인지 진실인지가 중요한 게 아니라 어느 것을 믿을지 믿지 않을지, 선택에 달린 문제였다. 정희는 자신이 믿고 싶은 걸 선택하고 그 선택을 믿으려 하는 것처럼 보였다. 그러나 이미 내 귀에는 정희의 말이 들어오지 않았다. 그녀가 함부로, 라고 내뱉는 순간, 단숨에 나는 그때로 되돌아갔다. 까마득히 잊고 있던 그때로.

"K가 돌아갈 수 있을까?" 희선이 내게 물었다.

"어디로?" 내가 되물었다.

"집으로."

집이라면 아내일 것이었다.

"왜?" 그때까지 나는 희선이 왜 그런 질문을 하는지 몰랐다. 솔직히 말하자면 냄새랄까, 느낌이랄까, 어렴풋이 뭔가 잡히는 게 있긴 했지만 설마? 사실이나 근거는 아무 데서도 찾을 수 없었으니까.

"내 생각엔 그 어디에도 돌아가면 안 될 것 같애. 아니 돌아갈 수 없을 것 같아."

"왜?" 희선이 재빨리 되물었다. 근데 그 분위기는 왠지 몹시 기다렸던 말을 들었을 때처럼 반가운 목소리였다. 약간 들뜬 목소리였다.

"이미 신뢰를 저버렸잖아."

"그렇지." 희선의 음성이 조금 전보다 확신에 찬 듯했다. "진 선배에게는 왜 갈 수 없다는 거지?" 희선의 표정이 의미심장했다. 그녀가 다른 사람의 인생에 대해 이렇게 진지했던가.

"그쪽도 약속을 저버렸잖아. K가 이혼을 하지 않았는지, 하지 못했는지는 모르겠지만."

"그렇지." 희선이 다시, "그렇지?"라고 되물음으로써 자신의 의사를 확인시켜 주었다. 그러면서 뭔가 확실한 빌미를 낚아챈 사람처럼 순간 반짝했다. 다시 내 눈을 뚫어지게 쳐다보며 물었다.

"K는 어떻게 해야 할까?"

그걸 왜 나에게 묻는단 말인가, K가 알아서 할 일을. 나는 아무 생각 없이 시큰둥하게 내뱉었다.

"적어도 인간이라면 책임 있는 행동을 해야 하지 않겠어?"

"어떻게?"

"뭐, 본인이 알아서 하겠지. 가정을 제대로 지키지 못하고, 사랑을 지켜내지 못한 괴로움에 몸부림치겠지. 자신이 저지른 일탈이 엄청난 잘못이라는 것을 죽는 날까지 곱씹으며 살게 될지도 모르고."

"다시 결혼할까?" 희선의 음성이 야릇하게 떨렸다. K에게 왜 그렇게 관심이 많으냐고 말하려다 그만두었다. 그 무렵 K와 진 선배의 사건은 모두가 쉬쉬하면서 은근히 편이 갈리는 초미의 관심사였다.

"글쎄, 다시 사랑하게 될까? 한다면 다른 사람과 하겠지. 과거를 털어버리고." 나는 관심 없는 듯 툭, 던졌다. 속으로는 지켜야 할 규칙이나 약속을 위반했으니 응징이 필요하다고 말하고 싶었지만, 그건 한물간 신파 같았기에. 그런데 희선은 이상하게 관심을 다르게 끌고 갔다.

"그렇지? 다른 사람과 하는 게 맞지? 그렇지?"

희선은 다짐하듯 묻고 또 물었다. 물었다기보다 동의를 구했다는 말이 옳았다. 그렇게 묻고 동의를 구함으로써 자신의 의사를 모두의 의사로 만들어버렸다. 내가 뭘 안다고, 딱히 자기 생각이랄 것도 없는 주제에 함부로 나불거리다니. 남의 일이라고 함부로 할 말인가. 지독한 정염에 휘말려 보지 않고서, 그 당사자가 되어 보지 않고서 무슨 말을 할 수 있단 말인가. 그녀가 두 눈을 똑바로 뜨고 내게 묻고 또 물었던 것은, 나의 의사가 필요했던 게 아니라 자신의 선택을 합리화하기 위한 계략이거나 동조를 끌어내기 위한 수작이었다는 것을, 나는 훗날 알게 되었다. 내가 말려들고 말았다는 것을. 말도 안 되는 사건을 정당화하기 위해서 나를 끌어들인 게 아닌가. 나는 그 어마어마한 사건을 은닉한 죄, 방관한 죄, 부추긴 죄, 응당 동조한 일말의 죄, 그러니까 한통속이 되고 만 셈이다. 그 얼토당토않은 죄를 묻지 않을 수 없게 될 줄이야.

그때 나는 너무 얼뜬 인간이었다. 미구에 닥칠 비추秘樞의 혼돈을 눈치채지 못했으니까. 생각이 턱없이 모자라고 세상사 앞뒤를 몰랐다. 사랑이라는 것이 그 정도로 불합리한 것인지 알지 못했다. 혹 알았더라도 인정하고 싶지 않았을 것이다. 사람들 사이에는 엄청난 일탈을 덮기도 하고, 때론 덮어두어야 한다는 걸 몰랐던 때였다. 사랑을 믿었던 때였으니까.

희선이 내게 물었을 때 나는 왜 입을 다물지 않았던가. 뭔가를 이루기 위해서 인내가 필요하듯, 지키기 위해서, 놓아버리기 위해서도 시간과 절차가 필요하다는 것을, 너무 뜨거운 건 사람 사이에 존재하지 않는다는 것을, 존재할 수 없다는 것을, 정말 나는 그 모든 것을 왜 알지 못했을까? 그들의 일탈을 왜 방관만 했을까? 만약 내게 그 바람이 불어닥쳤다면 나 역시 거센 불길에 휩싸이고 말았을까? 그런데, 희선은 왜 나를 끌어들인 건가? 왜 나를 훗날 오래오래 후회하게 될 사람으로 만들어버렸는가 말이다. 분명 희선은 나를 경계했을지도 모른다. 아니면 믿었던 걸까 … ?

그날 밤 정희 남편이 수작만 걸지 않았더라면, 그 일을 덮어놓고 살았을지도 모른다. 영 잊어버리기야 했겠는가. 간혹 그녀들이 떠오를 때는 안부 정도 궁금했을지도 모르고, 혹시라도 그들의 사랑이 얼마나 뜨거웠는지, 그들은 진짜 사랑을 했는지, 혼자 의심해 보기도 했을 것이다. 진 선배와 희선은 어쩌면 환상에 사로잡혀 버리고 말았는지도 모른다고, 그 무서운 용기로 K를 사랑한 게 아니라 자신들의 청춘을 살아버린 거라고, 청춘을 너무 믿어버린 나머지 겁 없이 뛰어들고 말았다고, 그 대가를 평생 치를지도 모른다고⋯. 그녀들의 청춘을 매번 다르게 기억했을지도. 아니면, 영원한 것이 없으므로 한순간 불같이 타올랐다고, 순간의 영원에 청춘을 던져 버렸다고. 어차피 청춘이란 되돌아오지 않는 것이므로. 하지만 그것 역시 아름답게 기억될 때 가능한 일. 이후 K가 아내에게로 돌아가 버린 다음에야 무어라 설명할 수 있단 말인가. 어느 날, 그녀들은 그들의 사랑을 어떻게 기억할까, 생각하다가 모든 것을 차치하고 그녀들이 모르는 또 하나의 비밀이 있다는 것을 알게 된다면 과연 어떤 반응을 보일까, 생각하다가 여전히 거기서 조금도 빠져나오지 못한 나를 발견하게 될지도.

정희 남편의 수작이 한 번의 실수로 끝났으면, 나는 또 다른 갈등에 시달렸을지도 모른다. 연락을 받자마자 득달같이 뛰어내려간 내 행동을 힐책했을 것이고, 내가 그렇게까지 가벼운 존재였던가, 그렇게 취급할 만큼 허술하고 만만한 인간인가, 자책하며 괴로워했을 것이다. 그보다는 나를 형편없이 취급한 무례하고 몰염치한 정희 남편을 향해 분통을 터뜨리다가, 다시는 보지 말아야 한다고 치를 떨다가, 그러면 정희는 또 무슨 죄지? 다시 괴로워했을 것이다.

그러니까 지난 이야기라는 것은 대부분 지난날의 이야기일 뿐일 테지만, 때론 누군가에게는 새삼 생채기가 될 수도 있고, 또 누군가에게는 긁어 부스럼일 수도 있다. 하물며 들먹이는 것조차 금기인 이야기라면 말은 달라지겠지.

K는 보기 드문 호남형이었다. 골격이 강직했고 골상이 듬직했다.

그가 직원들 앞에서 전입 인사를 했다. 처음 보는 사람인데 어딘지 모르게 친근한 느낌. 묵직하고 점잖은 언행이 선량한 인상을 돋보이게 했을 뿐만 아니라 믿음직스럽기까지 했다. "뉘 집 아들인지 사람 한번 잘생겼구먼." 유별나게 까칠한 이 과장이 말했다. 이 과장 말이 떨어지기 무섭게 진 선배가 대꾸했다. "그러게요." 진 선배가 시큰둥하게 반응하는 모습을 보니 오히려 더 관심이 갔다. 동료들은 이 과장이 홀로 타지에 근무하며 주말부부로 지내는 것이 진 선배와의 관계 때문이라고 수군거렸지만, 그가 선택한 것이 주말부부인지 진 선배와의 관계인지, 뭐가 먼저인지는 알 수 없는 일이었다. 그들의 말이 K에게까지 들렸는지 모르겠지만, 앞머리를 천천히 거둬 올리는 모습에서 뭔지 모를 쓸쓸함이 배어났다면, 그건 흔히 미남자들이 가지고 있는 치명적 매력 같은 것이었을까? 그 쓸쓸함조차 묘한 호감을 불러일으켰다. K는 직원들에게 비싼 건강음료를 돌렸다. 그는 사람들에게 좋은 인상을 주는 법을 알고 있었다. 다른 지점으로 한 사람이 가고 한 사람이 왔을 뿐인데, 분위기가 사뭇 달라졌다. 물론 K에 대해 아는 것은 없었다. 겉으로는 평범한데 안으로는 열정으로 뜨거운 사람도 있고, 매사 유별나게 까칠해도 속은 나약한 사람도 있듯, 그가 어떤 사람인지 알기까지는 시간이 필요하겠지만, 굳이 그가 어떤 사람인지 알 필요까지야 있을까.

작은 지점이었지만 사람들 사이에 사건은 끊임없이 일어나고 잡음은 끊이지 않았다. 그중에서도 단연 회자 되는 관심사는 진 선배를 둘러싼 소문이었다. 자신의 운명을 스스로 선택하여 그 속으로 뛰어들 수 있다면 그건 용기가 틀림없다. 기실 그 용기라는 것도 파멸을 불러

오게 된다면 치명적 실수가 될 테지만. 물불 가리지 않는 진 선배의 연애사. 끝을 염두에 두지 않고 질주하는 진 선배가 경탄스러웠다. 약삭빠른 사내들은 파멸로 몰고 가기 전 자신의 몸을 슬쩍 뺐다. 그래서 진 선배는 아직 완벽한 연애를 해 보지 못했을 수도 있다. 염치도 없고 체면도 없는, 오직 자신밖에 모르는 불같은 진 선배와 K와의 첫 대면은 '그러게요' 처럼 시큰둥했다. 그즈음 진 선배는 이 과장과 공공연히 뻔뻔스러운 관계를 유지하고 있었다. 이 과장 역시 진 선배에게만은 까칠하게 굴지 않았다. 오히려 샤프한 젠틀맨으로 손색이 없었다. 허영과 과시욕이 강하고 인형같이 예쁜 진 선배는 남의 눈치 같은 건 아랑곳하지 않았다. 그녀의 말은 희한하게 달콤했다. 비단결 같은 목소리를 듣고 있으면 속지 않고는 배겨날 재간이 없었다. 오히려 거짓말 속으로 자발적으로 빠져들었다면 말이 되려나. 인형처럼 예쁘고 희한하게 달콤한 말을 하는 진 선배가 사랑 앞에서는 고삐 풀린 망아지처럼 날뛰었다. 짜릿하고 겁 없는 사랑을 감행했고, 세상의 균형을 이탈해도 부끄러움을 몰랐다. 그러나 향기 나는 목소리로 위계질서를 따질 때만큼은 영락없는 선배였다.

진 선배는 날로 반짝이고 내 청춘은 시들어갔다.

반짝이고 향기로운 것들은 내게 오지 않았다. 내가 관심 있는 사람은 내게 관심이 없었고, 나를 좋아했던 사람들은 하나같이 내게 감동을 주지 못했다. 한결같이 어긋났다. 나는 무언가를 몹시 갈구했고 동시에 배척했다.

"사랑해야겠다고 작정하면 그가 누구든 어떤 상황이든 개의치 않아."

진 선배의 발음은 무서울 정도로 정확했다. 그러니까 기존의 질서 따윈 인정하지 않겠다는 말이다. 오직, 사랑하기 위해서 살아가는 사람처럼 진 선배는 자기 확신에 차 있었다. 어떤 질책도 상관하지 않을 만큼 그녀의 주장은 굳건했다. 그것은 내가 믿어온 세계의 질서를 깨트리는 두려움이었는데, 어찌 된 일인지 그때까지 내가 믿어온 것들이, 믿으려 애써온 것들이 흔들리기 시작했다. 진 선배를 선망해서라기보다 곧 소멸해 버릴 시간에 대한 두려움 때문이었을까? 나와 다른 것들에 부딪히면 피하거나 도망치기 바빴던 나는, 규칙에 어긋나거나 규범을 이탈하는 것을 스스로 경계했을 뿐만 아니라 그런 일탈을 참지 못했다. 파격을 감당하기에 내 멘탈은 형편없이 약했다. 맥락 없이 흐트러질 게 뻔했으니까. 부조리에 대한 반사작용이었다고 해야 하나.

그런데 진 선배가 아닌 내가 오히려 일탈을 꿈꾸고 있었던 것처럼 자아가 서서히 무너져 내리기 시작했다. 이후로 나는 내가 믿었던 사랑을 꿈꾸지도 않았고, 진 선배의 사랑에 대해 비판하려 들지도 않았다. 급기야 양심과 비판의 모순을 무시하기에 이르렀다. 진 선배의 방식이 워낙 강력했으니까. 그 정도로 열정적일 때만이 사랑은 존재하는 거라고, 사랑을 쟁취할 수 있는 거라고, 나조차도 믿을 수 없을 정도로 설득돼 버렸다. 그건 전염병처럼 강력했고, 강력한 건 사람의 마음을 사로잡거나 현혹하는 이상야릇한 힘이 있었다. 한 번뿐인 청춘 아니던가. 파괴를 무서워 말라. 그것만이 승리하는 것이니. 사랑할 용기가 없으면 청춘은 쓸쓸히 시들어갈 뿐⋯. 진 선배의 조언은 찬란했고, 그녀의 사랑도 찬란했다. 가뜩이나 지루한 내 청춘을 더 보잘것없이 만들었다.

진 선배는 왜 위반과 파격을 선택했을까? 정상적인 멀쩡한 것들을 놓아두고서. 누가 감히 진 선배에게 충고나 조언 따위 쓸데없는 말을 할 수 있겠는가. 어느 누가 부추기든 말리든 상관없이 그녀는 자기식 대로 살아갈 사람이었다. 그런 사람이라고 인정할 수밖에 없었다. 그런데 왜 나는 자꾸 진 선배에게 휘둘리지?

그 무렵 내가 혼돈에 빠져 있는데도 입사 동기인 희선은 무심했다. 여기저기 진 선배에 대해 쑥덕공론이 벌어져도 입을 꾹 닫았다. 정말 사고를 치려는 사람은 진 선배가 아니라 희선이 아닐까, 할 정도로 속을 알 수 없었다. 희선은 연인과 사별의 아픔을 겪었다. 연인이라고 할 것도 없는 동료가 갑자기 불치병에 걸리자 그의 마지막 연인이 되어 마지막 순간까지 함께했다. 그녀의 숭고한 사랑은 이해가 곤란한, 어쨌든 좀 특이한 데가 있었다. 대담함에 혀를 내두를 정도였으니. 남다른 관심이랄까, 취향이랄까. 자신의 삶을 주도적으로 이끌어가기는 그녀 역시 진 선배 못지않았다. 진 선배가 불같이 뜨거웠거나 말거나, 희선이 숭고한 사랑을 했건 말건, 청춘은 그다지 아름답지 않았고 수많은 죄를 만들었다.

이상하게도 내 열등감은 날이 갈수록 눈덩이만큼 커져만 갔다. 그것은 그녀들의 열정과 용기에서 비롯되었다고 해도 무방하리라. 흔들리지 않고 자신이 원하는 삶을 살아가는 저 자신감. 타인의 염려 같은 것은 개의치 않았고, 타인을 염려하는 것 따위 역시 괜한 짓. 군더더기를 다 잘라버린 그녀들의 세련미에 나는 주눅이 들 수밖에 없었다. 자신을 전부 내던질 수 있는 용기. 그것은 상대에 달린 게 아니라 전적으로 자신에 의해 일어나는 문제였다. 양심과 도덕 운운하는 것, 그거야말로 인생을 열정적으로 살아내지 못하는 자의 변명 아니던가.

급기야 나는 그들을 황홀하게 바라보았다. 나는 그 누구도 아닌 나 자신을 배신하려 들었다. 그러자 갑자기 더 외로워졌고 누군가가 더 그리워졌다. 그녀들과의 거리는 좁혀지지 않은 채 고독감이 나를 눌렀다. 자신의 인생조차 자기 의지대로 살지 못하고, 오히려 관전자가 되어 감시하며 전전긍긍하는 모습. 남들 눈에 벗어나지 않으려 겨우 지탱하고 있는 내 허약한 젊음이 견딜 수 없이 괴로웠다. 내 청춘의 시간은 그야말로 보잘것없었다.

날이 갈수록 진 선배와 희선에 관해 관심이랄 것이 못 되는 기묘한 집착이 생겼다. 수군대는 동료들과는 달리 그녀들의 용기에 은근히 동요되었다. 어디에도 빠져드는 법 없이, 그렇다고 중심을 세우려 굳건하지도 않고, 결속도 고독도 거부하며 시들어가는 내 청춘이 싫었다. 무미건조하게 혹은 약아빠지게 세상의 균형을 맞추는 것에 싫증이 났다. 불나방처럼 한순간 불빛에 달려들어 타들고 말지라도, 뜨겁게 태워서 나쁠 것 없다고, 수시로 나를 부추겼다. 그러다가 번쩍 정신이 들면 다시 제자리로 돌려놓았다. 지탄하면서 한편으론 지지하는 기이한 현상이 내 속에서 번갈아 일어났다.

K는 우리의 기대를 저버리지 않았다. 상급자들에겐 전폭적인 신임을 얻었고, 동료들에겐 친근한 동료로 호감을 샀으니까. 준수한 비주얼에 더해 인간성까지 두루 갖춘 편안한 사람. 천천히 걷고 천천히 말해도 느리거나 답답하지 않았으며 오히려 신중함과 신뢰감으로 비쳤다. 자신을 드러내지 않음으로써 스스로 자신을 드러내는 법을 알고 있는 그가, 앞으로 어떤 일을 벌이게 될지 그때까지 아무도 몰랐다.

부드럽게 웃고 부드럽게 말할 줄 아는 사람을, 그런 남자를 진 선배가 가만 놔둘 리 없었다.

"사람이 천성적으로 선해. 선한 영향력이지. 덩달아 착해지는 느낌이 좋아."

진 선배의 말이었다. 선한 용기? 착한 열정? 이미 나는 진 선배 앞에서 주체성을 잃어버렸다.

퇴근 후 다방에서 만나기로 한 것은 희선이 먼저 제의한 약속이었다. 무기력증으로 매사에 시들할 때였다. 의자에 몸을 묻고 듣는 클래식 음악은 최상의 호사였고 최고의 위로였다. 방금 뽑아낸 차향이 그윽하게 퍼지고 공기는 기분 좋게 따뜻했다. 사람들의 움직임은 조심스럽고 붉은 조명 아래 분위기는 더없이 차분했다. 창밖은 비가 내리고 있었다. 온몸을 휘감아 도는 음악과 날달걀 노른자가 익어가는 쌍화차 향이 기운을 데웠다. 차를 다 마시도록 희선은 나타나지 않았다. 삐거덕, 문이 열리고 바깥 공기보다 먼저 우산이 들어왔다. 뒤이어 들어선 사람은 K와 진 선배였다. 진 선배라면 생급스러운 일이 아니었는데도 나는 적잖게 놀랐다. 리드미컬한 걸음으로 우리의 '에디트 피아프'가 춤을 추며 노래하듯 걸어 들어왔다. 나와 눈이 마주치자 얼굴을 활짝 열고 유난히 반가워하는 진 선배와는 달리 K는 엉거주춤, 놀라는 것도 반가운 것도 아닌 기이한 표정을 지었다. 당황하여 벌겋게 얼굴이 달아오른 사람은 나였다. 그날, 그 시간, 그 다방에서, 나는 희선을 기다렸고, 희선은 나타나지 않았고, 그들이 막 '썸'을 타는 연인처럼 다정하고 들뜬 기운을 몰고 그곳에 나타났다. 내가 앉아 있는 쪽으로 그들이 다가올수록 가슴이 뛰기 시작했다. 어떤 표정을 지어야 할지, 눈길 둘 곳을 몰라 우왕좌왕하는 사이 그들은 나를 거쳐, 아니 나를 무시하고 안쪽으로 걸어 들어갔다. 가뜩이나 황망한 내 꼴이 한없이 추비해 보였다. 아, 또 이렇게 되는구나.

흘러나오는 감미로운 음악이 비장하게 바뀌고 눅눅한 습도와 함께 척척 들러붙는 끈적거림. "너무 가난하면 뭘 아끼고 말고 할 게 없어. 내일을 준비할 게 없다는 말이지. 생기는 족족 써버려." 모든 것이 부족했고 목말랐던 지독한 가난이 싫어서, 조금도 변하지 않는 그 결핍이 싫어서 도망치고 싶었다고, 언젠가 진 선배가 말했다. 그렇다면 열정이랄 것도 없는, 실은 자신을 향해 덮쳐오는 결핍과 불안을 안고 진 선배는 더 큰 결핍과 불안 속으로 뛰어든 것이다. K는 단지 어긋난 성취욕을 자극하는 대상이 될지도 모른다. 지나친 열정이야말로 초라한 현실의 다른 모습이 아닌가. … 내가 그녀를 달리 해석한다고 해서 달라질 건 없었다.

나는 식은 찻잔을 만지작거리며 엉거주춤 앉아 있었다. 일어날 수도 걸어 나갈 수도 없는 상황. 등 뒤에서 웃음소리와 잔기침 소리가 들리고, 분내 나는 진 선배의 목소리가 들렸다. 통통 튀다 잦아들다 반짝이다…, 요사스럽기 짝이 없는 수작질. 여북하면 내 팔에 소름이 돋아났을 정도였을까. 경박하지도 순결하지도 않은 달콤한 말들이, 과장된 거짓말일 게 뻔하다고 마음대로 단정해 놓고 나는 퍼뜩 겁이 났다. 더는 앉아 있을 수 없었다. 주춤거리다 슬그머니 그 다방을 빠져나왔다. 내가 도망치듯 그곳을 빠져나온 것은, 못 볼 꼴을 봐서도 아니고, 예기치 않게 그들과 맞닥뜨려서도 아니었다. 공포 때문이었다. 모르는 척 침묵해도 결국은 용인한 꼴이 되고 말 내 행동에 대해,

공포가 밀려왔기 때문이었다. 그들을 보지 않았다고 시치미를 뚝 뗄수도 부인할 수도 없는 사실이었으므로. 비는 세차게 내리는데, 신호등은 바뀌었는데, 나는 건너편으로 건너가지 않았다. 붉은 전등 아래붉디붉은 색깔의 옷이 걸려 있는 쇼윈도 앞에 한참을 서 있었다.

언젠가 진 선배에게 물은 적이 있었다. 그녀는 시큰둥하게 대답했다.

"용기랄 게 뭐 있겠어. 내가 원하는 것을 취했을 뿐. 자신을 속이지말자. 그러니까 자기감정을 알고도 모른 척하지 말자, 뭐 그런 거지. 감정에 충실할 뿐이야."

역시 진 선배다웠다. 그녀인지 그녀가 하는 말인지, 어느 것인지 모를 카리스마에 눌려 조심스럽게 물었다.

"그게 열정이겠죠?"

"뒤에 다른 이득을 숨겨두고 있으면 열정이 아니겠지."

"그 자체로 가치가 있다, 그 말인가요?"

"난 가치니 겸손이니 보상이니, 그따위엔 관심이 없어. 내가 원하는대로 살뿐이야. 뭔가 좀 벗어나도 별문제로 삼지 않아. 뭐 설령 문제가 있다고 하더라도 외부요인 때문이 아니니까." 그건 내 문제니까, 라고 분명 그녀는 말했다. 그 위태로운 말이 왠지 훨씬 더 본질적으로들렸다. 진 선배가 다시 말했다.

"뭘 바라면 끝없이 바라게 돼. 원하는 걸 가진다고 해도, 늘 목마르지. 그냥 사랑을 하는 거지." 진 선배는 스스로 오류에 빠진 것 같았다. 그녀의 용기야말로 끝없이 뭔가 원하지 않았던가. 그녀가 진짜 원하는 것, 그건 오직 사랑뿐이라는 말? 오직 사랑 그 자체만을 위해서존재한다는 말? 말은 행동보다 늘 모호하다. 역시 진 선배는 위험한 말을 빼놓지 않았다.

"열정만 식지 않는다면, 안 될 건 없어."

"그럼 결과는요?"

"어떤 결과를 초래하든, 결과를 미리 예단할 필요가 있을까? 내일 어떤 일이 일어날지 누가 알겠어. 아무도 몰라. 조마조마, 들킬까 잘 못될까 지탄받을까, 뭐 그따위로 떨면서 아무것도 하지 않는 것만큼 미련한 짓은 없어. 마음이 가는 대로, 오늘을 살면 그만이지."

"후회 같은 건 없을까요?"

"후회 같은 거 할 필요 있을까? 그러면 자신의 행동을 부정하는 거 잖아." 그렇게 말해 놓고 조금 후, "후회하면 하는 거지"라고 단호하게 말했다. 역시 진 선배는 달랐다. 아무리 생각해도 참 우둔한 질문이었다. 설령 삶에 대해서, 내일에 대해서 미리 뭘 알았다고 해도 그게 꼭 답일 리 없고, 알고 있었다면 후회하지 않을까?

희선은 그날 왜 그곳에 나타나지 않았는지 말하지 않았다. 나는 왜 나오지 않았냐고 묻지 않았다. 만약 내가 그 다방을 나온 뒤 희선이 도착했다면 그들을 보았을 것이고, 그녀 역시 나와의 약속 같은 건 까맣게 잊은 채 급하게 돌아 나왔을 것이다. 그날의 일을 입에 올리고 싶지 않은 이유다. 희선도 마찬가지였으리라. 하지만 그건 어디까지나 내 짐작일 뿐. 어쩌면 희선은 그 광경을 무심하게 바라봤을지도 모른다. 나와는 다르니까.

K의 아내가 여직원들을 집으로 초대한 것은 그로부터 얼마 후였다. 초대에 응해야 할지 말지, 여직원 사이에 왈가왈부가 길었다. 진 선배

는 사라지고 없었다. 나야말로 사라지고 싶었다.

　K의 아내는 남편의 직장동료를 반갑게 맞았다. K와 꼭 빼닮은 어린 아들을 보고 아들이 있다는 사실보다 K의 이른 결혼에 놀랐다. 아무튼, 예사롭지 않은 초대였지만, 정성스러운 대접에 감탄하지 않을 수 없었다. 그냥 집들이라고 하기엔 뭔지 모르게 의아한 점도 없지 않았다. 초대를 하려면 오히려 남자직원이어야 할 텐데 말이다. 식사에 이어 나온 데코레이션한 후식에 감탄하느라 모두 그런 것쯤은 염두에 두지 않은 듯 보였다.

　나는 내내 가시방석이었다. 혼란스러웠다. 뭘 견뎌야 하는지도 모르면서 줄곧 견디고 있었다. 연상의 아내는 다감했고 아이는 의젓했다. 그녀가 성의를 다할수록 진 선배의 웃음소리가 또렷하게 들렸고, 나만이 알고 있는 것이 곧 탄로가 날 것 같은 초조함을 떨칠 수 없었다. 남다른 결혼 이야기가 훈훈한 미담으로 들리지 않았던 것은, 그들의 사랑이 과거형이 되어 버렸다는 것, 그 쓸쓸한 뒷맛 때문이었다. K의 아내 목소리가 조금 떨렸다. 분명 그 목소리 뒤엔 무너져 버린 것을 감추고 있었다. 믿을 것 없는 것을 두고 그녀가 왜 노심초사하는지, 그것을 알아채는 일이야말로 괴로운 일이었다.

　나는 그 자리에서 뛰쳐나오고 싶은 충동을 몇 번이나 억눌렀다. 그러나 희선은 태연했다. 팔짱을 끼고 약간은 방관자적인 태도로 앉아 있었다. 어디에도 섞이지 않으려는 시선, 지금껏 그녀에게서 보지 못한 불편함이 엿보였다. 상생을 도모하는 척하고 비수를 꽂을 때처럼, 겉으로는 무심한 척 시치미를 떼고 있는 듯한 시선. 모르겠다. 나는 왜 그녀들을 이토록 세밀하게 관찰하는가. K는 우리가 그 집을 나올 때까지 퇴근하지 않았다. K도 없는 K 집들이. 우리가 그 집을 나오기 전 K의 아내는 남편을 잘 부탁한다는 말을 여러 번 했다. 그녀는 왜 여직원들만 집으로 초대했는지 말하지 않았다.

청춘의 시간은 청춘이라는 언어만큼 푸르지도 선명하지도 않았다. 발랄하지도 상큼하지도 않았다. 어느 것 하나 혼란스럽지 않은 게 없었다. 안개 자욱한 바닷가에 서서 멀리 수평선을 바라보는 날이 많았다. 시야는 반 정도 늘 흐릿했다. 청춘이어서 더 우울했다.

진 선배는 아니었다. 웃음소리는 경쾌했고, 피부는 반짝반짝 윤이 났으며, 눈동자는 더없이 빛났다. 시시하고 지루한 인간 앞에서 그녀의 발걸음은 한층 더 리드미컬했다. 그녀의 시간은 새롭게 빛났다. 반짝이는 선로 위를 내달리듯 멈출 의향이 없어 보였다. 나는 넋을 놓고 바라봤다. 그 봄날의 햇살은 강물 위에서 무수한 파편으로 부서져 눈을 찔렀다.

진 선배의 그 찬란한 빛도 다른 사람의 어둠을 담보하는 것이라면 되돌려야 마땅한 것이었다. 오직 자신밖에 몰랐던, 그래서 한쪽으로만 내달렸던 진 선배는, 당장 내일이라도 자신이 어둠에 빠질 수 있다는 것을 몰랐을까? 그 불같은 열정이 결핍과 공허를 다 메워 줄 것이라 믿었을까? 나는 그 사실이 두려웠다. 그녀가 K를 자기 소유로 만들어 버리는 동안 누구도 아무 말 하지 않았다. 사람들은 때론 지나치게 냉정했다. 뭐든 참지 못하고 지껄이다가도 정작 말을 해야 할 때는 입을 다물고 말았다. 그저 의아하게 바라보다가, 끝내 모른척했다. 그들의 삶은 어차피 그들의 삶일 테니까.

누구의 잘못이든 따지는 일은 무의미하다. 빛나는 것일수록 어둠이 짙다. 그 찬란한 빛도 곧 사라진다는 것. 그 사실로 하여 떨 수밖에 없다는 사실을 우리는 자주 잊어버린다. 당장 내일 무슨 일이 일어날지 모르는 것처럼, 우리가 모르는 것들은 도처에 수두룩했다. 그 위태로운 시절의 선택은 피하거나 맞서거나.

강렬한 빛 때문에 진 선배는 자신 외에는 아무것도 보이지 않았을까. 아니면 정욕이 눈을 가려 눈에 뵈는 게 없었던 걸까. 그렇지 않고서야 어떻게 그런 용기를 낼 수 있었겠는가. 기존의 방식을 거부하는 것이 진 선배가 세상과 맞서는 유일한 방식인 것처럼 보였다. 양심 따위 중요하지 않더라도, 무엇이 옳고 그른가, 딱히 그런 분별력 따위 중요하지 않더라도, 요컨대 다른 사람의 인생마저 무시하고 짓밟지는 않아야 했다. 진 선배가 공공연히 어렵하지도 당연하지도 않은 처사를 정당화시키고 있을 때 그녀의 배가 슬슬 불러왔다. 기다리는 법이 없는 그녀는, 불같이 일어나 자신의 또 다른 생에 뛰어들었다. 지루한 룰을 어기고 거추장스러운 절차 같은 건 무시해 버리고.

한때 나는 내가 감당할 수 없을 거라는 걸 뻔히 알면서도 그녀의 파격을 부러워하지 않았던가. 쉬쉬하는 웅성거림, 알 만한 사람은 알아챘으나 역시 아무도 아무 말 하지 않았다. 차가운 눈초리로 경멸하지 않았고, 벽을 쌓지도 않았다. 자신들과는 무관한 일이기에 무심하게 바라봤을 뿐. 설마 그럴까? 그렇게까지 갔을까? 유니폼 속에 부풀어 오르는 배를 보면서 나 또한 고개를 흔들었으니까. 다만 고개를 돌린 채 조동진의 쓰디쓴 노래를 듣고 또 들었다. 그러나 그것은 분명 기이한 혼돈이었다. 쟁취와 파멸이 뒤섞인 혼돈.

더 이상 거짓말을 할 수 없을 때, 더 이상 불러오는 배를 감출 수 없을 때, 진 선배는 붉은색 케이프 재킷을 걸치고 활짝 웃으며 문을 열고 걸어 나갔다. 역시 리드미컬한 걸음으로. 마치 사랑의 화신처럼. 용기의 화신처럼. 사랑 외엔 모두 거추장스럽고 쓸데없는 거라고 말하듯.

아이러니하게도 그 활짝 핀 웃음에서, 그녀의 날씬한 걸음에서 진짜 결핍을 엿보았다면, 그건 누구의 탓이랄 것도 없었다. 그녀의 웃음과 걸음걸이에 진정한 사랑이 담겨 있지 않다는 것을, 보란 듯이 걸친 명품 옷과 같은 것이라는 것을 나는 직감적으로 알아챘다. 붉은 케이프 재킷이 투우사의 '카포테'처럼 보였으니까. 그 역설이야말로 불안정하고 불확실한 내일의 불안을 말했고, 그 불안 속에 그녀가 있다는 것을 느꼈다. 그때 진 선배는 자신의 패배를 충분히 알고 있었음에도, 빛이 사라지고 있다는 것을 알고 있었으면서, 보란 듯이 활짝 웃으며 붉은 천을 휘두르고 걸어 나가지 않았을까. 그녀의 사랑은 통속과는 달라야 했으므로. 뭐라 말해야 하나, 그건 터무니없는 비애였다. 비로소 내 시기심은 무용지물이 되어 버렸고, 나는 처음으로 그녀를 불쌍히 바라봤다. 줄곧 비루하기만 했던 내 청춘이 완전히 파괴되지 않고 유지되었다는 안도감에 내 어지럼증은 다소 가라앉았다.

그리고 얼마 지나지 않아 진 선배가 아이를 낳았다는 소식이 전해졌다.

우리들의 시절은 찬란하기엔 너무 암담했고, 겁 없이 날뛰기엔 무서웠다. 무섭고 암담했기에 진 선배는 모험을 선택했는지도 모른다고, 위로해 보지만, 아무래도 그건 아닌 것 같다. 그러니까 뭔가를 바꾸지 않으면 안 되었던 시절이었다고, 뭔가 저지르지 않으면 안 될 만큼 혼란스러웠다고, 말해 보지만, 달라지는 건 아무것도 없다. 다만 청춘의 시간은 그 모든 유혹에 시달리면서 지나가는 것인지도 모른다고, 말하려다, 그것 역시 그만두었다. 그들을 이해하거나 그 시절을 이해하는 것은 여전히 무리다. 좀더 시간이 더 흐른 후, 그때도, 지금처럼 모르려나.

그 혼돈의 시간이 흘러가고 있었다.

시간의 물줄기는 되돌아 흐르지 않는 법. 빠르거나 느리거나 다만 흘러갈 뿐. 그 무렵 업무는 더 늘어났고 새로운 전산화 작업으로 눈코 뜰 새 없이 바빴다. 더욱 편리하고 더욱 빠르게 업무효율 능력을 높여줄 새로운 방식은 번거롭고 까다로운 전환 작업이 필요했다. 일손도 부족했거니와 분위기도 그전 같지 않았다. 진 선배가 사라졌을 뿐인데 마치 삶의 활력이 모두 사라진 것처럼 의욕도 관심도 사라졌다. 더 편리하고 더 빠르고 더 정확하게, 나는 그 모든 것을 온몸으로 거부했다. 조금 불편하더라도, 시간이 좀더 걸리더라도, 옛 방식을 고수하고 싶은 마음이 더 컸다면, 번거로움을 싫어하는 게으른 성정 탓만은 아니었을 것이다. 변화를 꿈꾸면서 정작 변화 앞에선 무언가 지켜야만 할 것 같은, 지키려는 각오 같은 것이 떡하니 버티고 있었다.

새로운 방식에 전전긍긍하면서 한편으론 지루하고 무가치한 일상에 전전긍긍하는 날이 이어졌다. 모처럼 이른 퇴근을 하고 패션상가 쪽으로 걸어갔다. 옷가게를 기웃거리다가 신발가게를 기웃거리다가, 무엇 하나 고르지 못한 채 주춤주춤 망설이는 걸음을 돌려 시장 안으로 걸어 들어갔다. 아, 그런데 이건 또 무슨 인연의 장난인가. 북적거리는 시장 골목에서 K의 아내와 마주치게 될 줄이야. 나는 어찌할 바를 몰라 허둥대다가 가벼운 목례를 했을 뿐 도망치듯 달아났다. 몸 구석구석까지 수치심이 달아오르고, 벌겋게 달아오른 얼굴에 식은땀이 흘러내렸다. 걸음을 재촉할수록 자조하듯 헛소리가 새어 나왔다. 엄마 손을 잡고 까맣게 쳐다보고 서 있던 아이의 눈망울이 떠오르고 안녕, 하고 알은체도 못 하고 지나쳤다는 것을 한참 후에야 알았다. 내가 뭘 잘못했단 말인가. 도망쳐야 할 사람이 왜 나인가. 세상에는 일을 그르치는 사람과 부끄러워해야 할 사람이 따로 있었다. 아무것도 믿을 것 없는 세상에 오직 두 손을 맞잡고 서 있던 K의 아내와 어린 아들. 오랫동안 그들 모자의 모습이 뇌리에서 지워지지 않았다.

그것으로 끝이었으면 그들을 잊을 수 있었을까?

그리고 한참 시간이 흐른 후, 나는 순간 쇳덩어리로 머리를 맞은 듯 멍해졌다. 희선이 K의 아이를 낳았다는 소식은 차라리 듣지 말아야 했다. 더는 아무것도 알고 싶지 않았다. 아무것도 궁금하지 않았다. 어떤 말도 듣고 싶지 않았다. 다만 아이가 태어났다는 것. 그러니까 그 아이가 태어나기까지는 나조차 무관하지 않다는 것이었다. 세상에는 도저히 납득할 수 없는 일이 있었고, 그런 일들이 일어났다. 죽어가는 남자를 연인으로 만들고 만 희선은, K도 죽어가는 사람이라고 생각했던 걸까? 혼란을 앞질러 허탈감이 밀려왔다. 나는 정신이 나간 사람처럼 실실 웃다가, K의 아내와 그녀의 손을 잡고 서 있던 아이를 떠올리며 중얼거렸다. 어떡하지, 어떡하지, 어떡하지 …. 전에 내가 그 모자의 눈을 한 번이라도 똑바로 바라봤다면, 그 모자의 심정을 조금만 헤아렸다면, 희선이 내게 물었을 때 함부로, 아무 생각 없는 말들을, 그런 말을 함부로 지껄이지 않았을 텐데. 어떡하지 ….

한쪽 어깨를 기울인 채 뚜벅뚜벅 걸어가는 K를 보고 있으면, 그가 아무도 몰래 늑대의 탈을 감추고 있다 할지라도 사람들은 선한 심성 탓이라고, 어쩔 수 없었을 거라고, 어쩔 수 없는 상황에서 다만 우유부단하게 대처했을 뿐일 거라고, 여난에 시달리는 안쓰러운 사람으로 바라보았을 것이다. 그게 더 웃기는 일이었다.

그런 사건들이 휘몰아치고 난 후 K는 다른 지점으로 발령이 났다. 진 선배와 희선도 퇴사를 한 후였으니 구구한 억측들은 잠잠해지리라. 그랬으면 좋았을 것이다. 얼마 후 나에게 낯선 발신인의 편지가 도착하지만 않았어도. 편지봉투를 열어보고 나서야 나는 K가 보낸 편지라는 것을 알았다. 물의를 빚은 데 대한 사과일 거라고 짐작했다. 근데 사과라면 나한테 할 필요가 없지 않나? 가볍게 편지를 읽어 내려가다 화들짝, 그야말로 나는 지난 모든 사건보다 더 화들짝 놀라고 말았다. 아, 사랑이라는 것이 얼마나 우스운 건가. K가 나에게 절절한 연서를 계속 보내지만 않았더라도, 나 또한 그를 일부 연민의 눈으로 바라봤을지도 모른다. 그녀들의 뜨거움에 데였을 수도 있다고. 그들은 무얼 믿고 그 불길에 뛰어들었단 말인가. 거센 바람에 산불은 풀쩍풀쩍 건너뛰어 옮겨붙다 꺼져 버렸다. 그랬다. 시시때때로 나를 흔들었던 그들의 용기와 열정은, 그 편지가 도착하기 전까지 유효했을 뿐이다. 그나마 믿고 있었던 일말의 무엇이, 모종의 무엇이 모조리 날아가 버렸다. 공허감이 밀려왔다. 그때까지 굳이 내가 믿으려고 한 것은 무엇이었던가? 나는 뭘 기대했던가? 그때나 지금이나 사랑 앞에서 마음은 오직 하나라고, 하나의 마음이 동시에 움직일 수는 없는 거라고, 그들의 사랑은 있었다가 없어진 것이 아니라 어쩌면 처음부터 없었던 건지도 모른다고…. 설명할 수 없지만 설명할수록 더 난처해지는, 이게 진실이다. 적어도 이것이 진실이었다.

　그 섬의 바닷가 돌담 집. 정희와 나는 달빛 아래 몸을 펼쳐놓고 죽은 듯 누워 있었다. 육신은 꼼짝하기 싫었지만, 정신은 어느 때보다 맑았다. 달빛은 은근하게 달고, 바람은 싸늘한 신맛이 돌았다. 파도 소리는 맵고도 따뜻한 잔소리처럼 들렸다. 나는 끝내 잠들지 못했다. 바닷물은 왜 짤까? 그 밤의 화두는 수시로 딴 데로 흘러가고 정신은 더 맑아서 K와 K의 아내와 진 선배와 희선과 그들의 아이들을 차례로 떠올렸다. 그 아이들은 이미 많이 자랐을 텐데 … 그들의 아버지가 같은 사람이란 걸 알았을까? 알았다면 어떤 반응을 보였을까? 서로 왕래는 하고 지낼까? 혹 각자 다른 성으로 살고 있지 않은지 … . 의혹은 의혹을 물고 가지를 뻗어 나갔다. 아이들을 떠올리자, "혼자 늙더라도 아이는 하나 있어야 하지 않겠니?" 돌아가시기 전 어머니의 말이 떠올랐다. 그래 그럴지도 모르지. 그녀들은 실수한 게 아니라 진짜 사랑을 한 것일지도 모르지. 그때처럼 다시 혼란에 빠져들었다. 결핍과 혼란은 채워지거나 사라지는 것이 아니라 매번 다른 모습으로 찾아왔다. 솔직히 말하면, 그 시절 나는 줄곧 그녀들 쪽을 기웃거렸다. 그러나 그들로부터 반사된 빛은 내 안의 불씨를 지필 만큼 순결하지 않았다. 한때 내가 그들에게 느꼈던 증오도, 그 소용돌이에 휘말리지 않았다는 안도도 없지 않았지만 한편 그들을 향한 부러움과 질투도 없지 않았다. 그 혼란한 시절은 어디론가 사라져 버렸다. 잠은 영영 도망가 버리고, 옆에 누운 정희는 깊고 곤한 숨을 내쉬었다.

정희 남편의 손이 내 어깨를 더듬은 것은, 컹컹 울어대던 달도 이지러지고 서늘한 새벽빛이 뿌옇게 묻어오고 있을 때쯤이었다. 몸도 마음도 노곤하게 젖어 들고, 달빛인지 새벽빛인지 안개인지 모를 빛으로 천지가 온통 흐릿하고 … 순간, 내 몸이 짝 얼어붙었다. 힘줄이 굵은 바짝 마른 손이 흐물흐물 뱀처럼 내 몸을 감아왔다. 소리를 죽이고 있는 힘을 다해 그 손을 밀쳐내면서, 나는 왜 정희 생각부터 했을까? 그 수모를, 그 능욕을, 그 농락을 왜 아무 일 없는 것으로 만들어 버렸을까? 느물느물 눈초리가 은밀한 그 남자를 나는 왜 똑똑히 쳐다보지 못했을까? 날이 완전히 샐 때까지 내 머릿속에서는 마른천둥이 치고 파도는 광기에 사로잡힌 듯 바다를 뒤집어 놓았다.

서둘러 그 섬을 떠날 때 정희는 눈물을 흘렸다. 정희의 눈물이 내가 품고 있는 모멸감을 압도해 버렸다. "저기 동백나무가 있었네." 나는 고개를 돌리고 딴청을 부렸다. 무엇이 허구인지 무엇이 진실인지, 그것이 눈물 때문인지 모멸감 때문인지 동백꽃 때문인지, 자꾸만 헷갈렸다. 뒤돌아보지 않았지만, 정희의 눈물은 동백꽃을 닮아 붉게 물들어 있었으리라. 믿을 게 아무것도 없는데, 무얼 믿고 거기 서서 울고 있느냐고, 나는 말을 하려다 말고 또 말을 하려다 말고, 그 섬을 도망치듯 뒤돌아 나왔다. 파도가 물너울을 덮치고 그 위에서 햇빛은 수천 수만의 균열을 일으키며 날카로운 쇳빛으로 빛났다.

그 섬에 다녀온 후 정희 남편으로부터 몇 번의 연락이 왔다. 나는 그 전화를 받지 않았을 뿐만 아니라 정희의 전화도 받지 않았다. 나는 정희로부터 완전히 돌아섰다. 만약 정희의 전화를 받았더라도 그전으로 돌아갈 수는 없을 것이다. 순간적인 연민과 분노로 정희와 나 사이를 그르치고 싶지 않았다. 그것밖에 길이 없었다.

진 선배와 희선과 정희의 선택이 그녀들의 삶을 증명하듯, 지금의 나는 내가 선택하지 않은 것들로 하여 증명될 것이다. 시간이 흘러도 그때의 모습 그대로 나는 혼자 서 있다. 한 걸음도 나아가지 못하고, 거기서 조금도 빠져나오지 못한 채. 여전히 흔들흔들.

그 혼돈의 시절을 걸어 나오는 동안 우리를 둘러싼 세계는 변했고 우리도 변했다. 푹푹 찌던 그 여름날의 뒤안길로 떠밀려 가더라도 굳이 쟁취해야 할 것이 없음을 우리는 알고 있다. 다만 앞으로 한 발 내디뎌야 한다는 것을.

사람들은 오직 사랑하기 위해 사는 것도 아니고, 살기 위해 사랑을 하는 것도 아니다. 되는 것도 안 되는 것도 없이 늘 같은 자리를 맴도는 사람도 있고, 뜻대로 되지 않지만 자신이 원하는 대로 살아가는 사람도 있다. 뭔가 지껄이지 않고는 견딜 수 없을지라도 말해야 하는 것도 있고, 말할 수 없는 것도 있다. 내가 끝내 말하지 못한 것이 다행이었는지 아니었는지 여전히 모르겠다. 그런 이유로 하여 보고 싶어도 보지 못하는 사람이 있고, 보지 말아야 할 사람도 있다. 나는 K와 진 선배와 희선을 보지 않을 것이고, 정희 역시 만나지 않을 것이다. 그래야만 할 것 같다. 그들에겐 이미 지나간 이야기일지도 모르니까.

근데 정희는 그 섬에 아직도 살고 있을까?

사소한, 그러나 아주 사소하지 않은

　엄마는 기가 막힌 듯 거칠게 숨을 내몰았다. 가슴을 움켜쥐고 분을 이기지 못한 사람처럼 흑흑, 울음소리를 토해 내는가 싶더니 벌떡 일어났다. 큰 손을 들어 희주의 입을 틀어막으며 밖을 내다보았다. 소리가 새어나갔는지 누군가 듣고 있지 않은지 확인하고는 곧바로 문을 닫아버렸다. 기가 막힌 쪽은 엄마가 아닌 희주였다.

　엄마가 거칠게 숨을 내쉬지만 않았더라도, 분을 이기지 못하고 뚫어지게 처다보지만 않았더라도, 흑흑, 울음소리를 내지만 않았더라도, 벌떡 일어나 밖을 내다보지만 않았더라도, 염알이 하듯 문밖을 확인하지만 않았더라도, 잽싸게 문을 도로 닫지만 않았더라도, 그중에 하나라도 이성적인 행동이었더라면, 아니 몇 가지 행동만이라도 자제해 주었더라도 결코 희주는 폭발하지는 않았을 것이다. 누르고 눌렀던 화근이 마침내 화산처럼 폭발하고 말았다.

　엄마가 일어섰다 앉았다, 무슨 말인가를 하려다 말았다, 머리카락을 쥐었다 풀었다, 숨을 내쉬었다 들이쉬었다, 급기야 한순간 얼굴을

215

바꾼 선우처럼 돌변하지만 않았더라도 희주는 경멸에 찬 눈으로 노려보며 폭발하지 않았을 것이다.

엄마는 평정을 잃고 우왕좌왕 횡설수설하더니, "그것뿐이야, 그래서, 그리고, 또, 또?" 정리되지 않는 말들을 쏟아내다가 용케 한마디를 낚아챈 듯 쏘아붙였다. "저항! 저항은 왜 못했어! 왜, 왜 뒤늦게 문제 삼는 거야!"

순간 희주는 자신의 눈과 귀를 의심했다. 격분했던 엄마의 목소리는 순식간에 낮고 차갑게 변해 갔다. 질책하는 어투는 무섭도록 냉정해졌고, 들키지 않으려 간신히 누르고 있다는 걸 희주는 알아챘다. 도저히 납득이 가지 않는 상황, 믿을 수 없는 의외의 반응이었다. 그러니까 네 잘못이라고, 너를 지키지 못한 네 잘못이라고, 엄마의 분노는 딸의 안위에 있지 않고 뒤늦게 새어나가는 소문에 있는 듯했다. 남의 시선이 두려울 뿐, 오직 욕먹는 것에 대해 공포에 질려 있는 듯했다. 최로부터 받았던 폭력과 모멸 못지않은 충격이었다. 차갑게 돌변한 엄마를 향해 희주는 미친 듯 고함을 질렀다.

"엄마가! 엄마까지! 왜! 왜 이러는 거야! 도대체 왜!"

엄마의 이상행동은 이상하게도 희주로부터 촉발된 문제라기보다 다른 문제로 탈바꿈했다. 아무도 모르게 숨죽여온 것이, 간당간당 버티어 온 것이 불을 댕기자 펄펄 끓어 넘쳤다.

"왜! 엄마까지 왜!"

희주는 엄마를 향해 불같은 적의를 분출했다. 발작하듯 부들부들 떨며 발악을 내질렀다. 놀란 엄마가 몇 걸음 뒤에서 무너져 내렸다. 그리곤 갑자기 공포의 심연에 빠져버린 듯 정지 상태가 되었다.

엄마에게 말을 꺼내기까지 희주의 고통은 임계점에 다다랐다. 임계점이란 한계의 지점이자 변형의 시작점. 엄마의 반응은 도를 넘었고 압력은 임계점을 넘어섰다. 부글부글, 뚜껑을 밀어내며 내용물이 풀풀 끓어 넘쳤다. 이제 또 다른 국면에 돌입했다.

시시때때로, 버스나 지하철을 타거나 혼자 길을 걸으면서 희주는 눈물을 주체할 수 없었다. 버스나 지하철을 타고 가는 사람들, 길을 걸어가는 사람들이 최가 되었다가, 목이 굵고 손아귀가 억센 영락없는 최로 보였다가, 속에서 분노가 격렬하게 일어났다가 지워졌다가 다시 발작적으로 일어나기를 거듭했다. 그리고 침묵으로 이어졌다. 갑자기 가슴이 두근거리고 조여 오는 증상이 수시로 일어났다. 희주는 자신이 그 사건에서 한 발짝도 빠져나오지 못했다는 것을 알았다. 자신도 모르는 사이 기피증이 생기고 온갖 망상에 시달렸다. 아무것도 할 수 없을 것 같은 무력감과 낭패감이었다. 설령 최에게 맞설지라도 누구에게도 이해받지 못하는 외로운 싸움이 될 것이 두려웠고, 급기야 자신을 기만할 수도 있다는 사실로 인해 더 괴로웠다. 내가 뭘 잘못했는가, 왜 이런 일이 나에게 일어났는가, 그런 생각에 사로잡혀 끝없이 추락했다.

사무실로 향하며 스튜디오에 전화를 걸었다. 차가 밀려 조금 늦을 것 같다고 양해를 구했다. 어린 모델들은 약속 시각을 어기기 일쑤. 실장은 또 모델들과 한바탕 실랑이를 벌이고 있을지도 모를 시간이다. 희주는 전화선 너머로 전해질 만큼 최대한 굽실거렸다. 그런 비굴함 정도야 견딜 만했다. 분노와 두려움으로 온몸을 떨어야 하는 것은 불쑥불쑥 떠오르는 플래시백 때문이었다. 선우를 보고 온 이후 증상은 더 심각해졌다. 왜 이렇게까지 헛헛하지. 그에게 무얼 기대했던가.

선우를 보고 나서 세상에 오직 혼자인 듯한 공허감에 엄마에게 구조 요청을 한 거였다. 진화를 기대했던 것인데 결국, 엄마가 더 거세게 불을 놓고 말았다. 마침내 불은 들불처럼 번져 그녀를 삼킬 듯이 활활 타올랐다. 그렇더라도 펄펄 끓어 넘치는 순간이 엄마 앞은 아니어야 했다. 그건 엄마 때문이 아니었으니까. 엄마나 선우로부터 촉발된 문제가 아니었으니까. 그런데 사건은 희주만의 문제가 아닌 선우의 문제가 되어 버렸고, 엄마의 문제가 되어 버렸다. 엄마가 어떤 이상행동을 보였더라도 끓어 넘치지는 말았어야 했다. 끓어 넘쳐야 한다면 최의 앞이거나 그걸 용인하는 사람들 앞이어야 했다.

엄마 말처럼 인제 와서 '뒤늦게 문제 삼을 일'이 아니었으면 좋았을 텐데, 그게 아니었기 때문이었다. 엄마까지 무지막지하게 불을 놓을 줄이야. 이젠 다시 조용했던 그전으로 돌아갈 수는 없는 일. 돌아가지 못한다면 싸워야 한다. 싸워야 한다면 그건 한쪽을 부정하는 일이다. 자신과 상대를 분리해 어느 쪽이 정상인지 어느 쪽이 비정상인지, 피해자와 가해자를 분명히 가려야 할 싸움이다.

그동안 선우는 희주로부터 떠돌고, 희주는 선우로부터 떠돌았다. 서로를 용서하지 않은 채 서로를 염려하며. 용서든 문제로 삼든 그건 두 사람의 몫이 아니었다. 최는 여전히 건재했다.

"가슴이 이렇게 두근거리고 요동쳐 본 적은 없어!"

희주는 자신의 귀를 의심했다. 선우는 미동도 없이 서 있었다. 선우에게 그런 격렬함이 있었단 말인가. 꽃이며 배경이며 온통 노란색으로 채색된 그림 앞에 선우가 요지부동 서 있었다. 희주는 인파에 밀리는 걸음을 붙잡아 세웠다. 선우의 가슴을 요동치게 만든 게 무엇이었을까? 선우는 꼼짝하지 않고 고흐의 '해바라기'를 주시하고 있었다. 마치 사물의 궁극에 도달한 듯, 희열 가득한 적막에 감싸여.

오랜 동거 끝에 신혼여행이나 다름없는 첫 여행이었다. 턱없이 비싼 값을 치르고 묵었던 도쿄의 밤, 열렬함은 온데간데없었다. 그 열렬함이란 오직 하룻밤의 격렬함에 불과했다. 선우의 영혼은 지금 다른 것으로 요동치고 있지 않은가.

"저 노란 색감! 그림 속에 숨 쉬고 있는 수많은 노랑들 … 저 중에 진짜 노랑은 뭘까? 꽃일까, 화병일까, 탁자일까, 벽일까?"

그제야 희주는 선우의 등 뒤에서 노란색을 일별했다. 붉고 푸른 노랑, 회백의 노랑과 황금빛 노랑, 갈색과 레몬빛, 청록의 노랑과 검은 노랑까지. 연하고 진한 제각각의 노랑이 제각각 혹은 한데 어우러져 빛나고 있었다. 초록의 잎이며 화병의 윤곽선마저 노란색으로 채색되어 있었다. 딱히 어두운 색의 배경이 없는데도 불구하고 밝음은 더 밝음과 함께 환하게 빛나고 있었다. 그동안 선우가 어떤 걸 좋아하고 싫어하는지 조금도 몰랐더란 말인가. 우리 사이가 뿌리가 없는, 뿌리를 내리지 못한 사이였던가. 자기 것이 아닌 것을 쥐고 여태 관계를 유지해 왔더란 말인가. 선우의 등 뒤에 서서 희주는 외로움에 떨었다.

미술관은 입장 인원을 제한하고 있는데도 불구하고 인파에 밀려 작품을 가까이에서 온전히 감상할 수 없었다. 그러나 선우는 오직 그 그림을 보기 위해 온 것처럼 그림 앞에 꼼짝없이 서 있었다. 전에 본 적 없는 진지함이었다. 희주는 바짝 다가서서 선우를 다시 쳐다보았다. 그의 말처럼 요동치는 영혼과는 달리 표정은 벅차거나 불타오르지 않았다. 뭔가에 압도당했다기보다 왠지 압도적인 힘으로 뭔가를 밀어내고 있는 느낌이었다.

"밝음 속에서도 더 밝음은 드러나기 마련이지."

눈을 그림 쪽으로 고정한 채 선우가 혼자 중얼거렸다. 선우의 말은, 어둠 속에서 더 어두운 어둠은 감춰지기 마련이지, 라고 해석해도 무리가 없을 여지를 남겼다. 그 말을 잡고 있는데 섬세한 균형이 깨지면서 숨 쉴 수 없을 정도로 공황장애 증상이 일어났다.

지난밤 선우의 몸이 낯설었던 것은, 정신을 육체에 던져버렸기 때문이다. 사나울 정도로 격렬했을 뿐 어떤 따뜻함도 없었다. 그것은 애정도 경멸도 아닌 거친 몸부림이었다. 필사적으로 몸부림치면서 그는 자신의 속마음을 드러내지 않았다. 몰입으로 위장한 분노를 발작하듯 드러냈을 뿐이었다.

선우는 무언가 강력하게 외면하고 있었다. 그림에 압도당했다기보다 나머지 모든 것들을 밀어내고 있었다. 그가 몰입한 것은 결코 그림이 아니었다. 몰입이라는 상태를 빙자해 외면하고 있는 것이 노골적으로 드러났다. 그러니까 그가 외면하는 것이 그 무엇도 아닌 자신이라는 것을 희주는 알았다. 희주는 인파로부터 물러나 멀찌감치 서 있었다. 최로부터 당한 폭력이 시시때때로 플래시백 되었듯, 선우의 뇌리를 흔드는 것이 그것과 무관하지 않을 거라는 생각을 하면서.

밝음 속에 제각각 빛나는 또 다른 밝음, 그 밝음 속에 적나라하게 드러나는 것. 지금 선우는 선명하게 드러나는 걸 보는 게 아니라 어둠 속에 감춘 또 다른 어둠을 보고 있는지도 모른다는 생각이 들었다. 상대의 감정을 먼저 읽었던 그들 사이는 점점 멀어지고 감정과 이성이 줄다리기했다. 희주는 멀찌감치 서서 고흐의 자화상을 떠올렸다.

선우는 희주로부터 최의 사건을 들었을 때 인터넷 게시판을 달구는 가십거리 같다고 느꼈다. 분노에 떠는 희주와 달리 말 그대로 대략 난 감. 왜 여태까지 비밀로 안고 있었지? 왜 즉시 대처하지 못했는가? 불쑥 튀어 올라온 의문이었다. 위로나 흥분을 할 타이밍이 아니었다. 그러나 희주에게는 지나간 일이 아닌 생생한 현재형이라는 것. 희주는 조금 전 당한 모욕처럼 끓어올랐다. 선우에겐 오히려 그것이 불쾌했다. 희주의 잘못은 아니었지만, 희주의 잘못처럼 느껴진 것도 그 점이었다.

희주는 펑펑 울다가 별안간 울음을 뚝 그쳤다. 이건 아닌데, 이건 아니야. 무언가 끝을 볼 때처럼 이해되지 않는 그의 무감각함이 희주를 멈추게 했다.

아무 일도 아니라고, 아무 일도 아닌 걸 사건으로 만들지 말라고, 사내란 충동에 의해 저지른 짓을 실수쯤으로 간주하는 사악한 동물에 불과하다고, 그러니 그걸 기억하는 게 우습지 않으냐고, 고통으로 만들지 말라고, 내키지 않았지만 그런 말들을 뇌까리려야 했다. 그 순간 가만 입을 닫고 있는 건 도리가 아니라고, 무슨 말인가는 해야만 한다고, 희주는 그걸 기대하는지도 모른다고… 선우의 머릿속에 갖가지 생각들이 어지럽게 떠다녔다. 머리가 모자라는 인간처럼 쓸데없는 말이라도, 그런 말이라도 내뱉어야 한다고. 그러나 생각과는 달리 그는 아무 말도 하지 않았다. 하지 못했다.

별안간 울음을 그치고 이해 불가한 얼굴을 하고 선우를 바라보는 희주의 표정이, 이해 불가한 것이 자신이 겪은 사건인지, 그 사건을 바라보는 선우의 태도인지 알 수 없다는 표정이었다.

그날따라 희주의 몸은 좀처럼 달아오르지 않았다. 육체와 정신이 분리된 것처럼 각각 따로 흐느적거렸다. 튼실한 회사를 그만두고 옮긴 에이전시 사무실은 왕복 네 시간이 걸리는 곳에 있었다. 통역이라고 했지만 실은 어린 외국 모델들의 매니저 역할과 다름없었다. 모델들을 데리고 스튜디오를 찾아다니는 거리도 만만찮았다. 모델과 감독, 에이전시와의 의사 조율은 통역되는 것이 아니라고 희주는 여러 번 고충을 털어놓았다. 희주의 감정적 스트레스가 만나는 사람들만큼이나 많다는 걸 선우도 알고 있었다. 선우는 힘껏 희주를 안았다. 근데 희주가 거칠게 선우를 뿌리쳤다. 그리곤 벌떡 일어나 앉아 울기 시작했다. 최의 이야기를 꺼낼 때 희주의 눈빛은 전에 본 적 없는 분노로 타올랐다.

얼떨결이었다. 선우는 겉으로 태연한 척했다. 사건도 될 수 없는 것이라고, 새삼 사건으로 삼을 것이 못 되는 것처럼 넘겼지만, 그건 자신을 속이고 희주를 속이는 것이었다. 이후로 선우의 뇌리에서 폭력을 당하는 희주의 모습이 떠나지 않았다. 고통에 대한 공감은 분명 아니었다. 배반이랄 것도 없었지만 참을 수 없었다. 희주의 분노와는 또 다른 분노였다. 이성적으로는 희주의 분노를 이해해야 한다고 생각하면서 감정적으로는 도저히 그럴 수 없었다. 알 수 없는 분노가 똬리를 틀고 있다가 불쑥불쑥 고개를 쳐들었다. 관광객의 구경거리가 된 코 브라가 아닌, 독니를 숨긴 채 혀를 날름거리며 대가리를 꼿꼿하게 세 운 흥분한 코브라. 목 뒤쪽 눈알 무늬를 드러내고 격렬한 숨을 내쉬며 희주를 꿀꺽꿀꺽 삼키는 장면이었다. 천지에 우글거리는 뱀 꿈을 꾼 이후 증상은 더 심각했다.

선우는 더 이상 희주를 안을 수 없었다. 말이 없어지면서 희주를 보 는 것이 불편해졌다. 그런 자신이 답답했다. 꼭 맞는 옷을 찾았으나 자신의 것이 아닌 옷에 억지로 자신을 구겨 넣고 있다는 비참한 생각 마저 들었다. 다시는 맞는 옷을 찾을 수 없을 것 같은 위기감은 자신의 것이었던 것을 도둑맞아 버린 모멸감으로 변했다.

여행을 계획한 것은 선우였다. 여행이 필요한 시점이라고, 새삼 문 제에 대응하거나 희주 편에서 힘이 되어 주는 건 오히려 더 고통을 초 래할 뿐이라고, 희주와의 관계를 회복하는 게 우선이라고 선우는 생 각했다. 그러나 여행은 생각과는 다른 방향으로 흘러갔다. 너는 내 옷 이 아니었어, 너의 고통을 이해해, 따위의 말은 발설하지 않았다. 오 히려 희주 앞에 자신의 감정이 드러날까 전전긍긍하고 있었다.

그들에게는 프로그램 매크로처럼 강제로 입력된 사랑에 대한 환상 같은 것이 있었다. 그게 좀 섬뜩하기는 했지만 그만큼 낭만적 사랑을 갈구했던 순수함이 오랫동안 남아 있었다. 혜성처럼 나타나 운명 같 은 사랑이 시작되지 않았듯 그들이 꿈꾸던 로맨스가 길지 않았지만, 함께한 시간 동안 소울메이트 운운하지 않아도 서로의 반쪽으로 충분 했다. 하지만 선우는 이제 어떤 상황에서도 자신의 사랑을 지켜낼 확 신이 사라지고 있는 걸 느꼈다.

문제로 삼을 수 없는 거라고 넘겼지만, 문제로 삼지 않을 수 없는 이상한 분노가 수시로 치밀어 올랐다. 가슴이 걷잡을 수 없이 요동쳤던 것은 감동이 아니라 순간 고개를 쳐들고 올라온 분노 때문이었다. 그게 고흐의 해바라기 앞이라니. 노란색을 보는 순간 일어난, 누구 것인지도 모를 미친 듯이 날뛰는 광분의 실체가 두려웠다. 환하고 환한 밝음 속에서 올올이 드러나는 것. 갑자기 잘린 머리로 자신을 공격하는 뱀의 영상이 떠올랐던 것이다. 선우는 그 자리에 얼음처럼 굳어버렸다. 희주를 바라볼 수 없었다. 바라볼 자신이 없었다. 일시적으로 일어난 감정조절장애가 아닌 건 분명했다. 자신도 감당할 수 없는 분노를 희주에게 들키고 싶지 않았다. 여행을 감행한 것은 이미 지나간 사건에 새삼 휘둘리고 싶지 않았기 때문이다. 무엇보다 희주를 전처럼 바라보고 싶었다. 하지만 그날 밤 두 사람은 각자 숙소로 돌아와 짐을 쌌다.

최가 바짝 몸을 붙이고 희주를 구석으로 드세게 몰아넣었다. 최로부터 연거푸 받아 마신 술의 취기가 오를 대로 올라 사지는 흐느적거렸다. 안간힘으로 그를 밀어내다 그만 그에게 포획되고 말았다. 실내는 턱없이 어두웠고 정신은 또렷했다. 진행하던 업무가 최대의 성과를 내고 새로운 프로젝트를 따낸 마당에 자축의 분위기는 어지럽게 돌고 있는 미러볼만큼 번쩍거렸다. 번쩍이는 불빛 아래서 누군가 최를 보았을 것이다. 빳빳하게 고개를 쳐든 뱀이 사정없이 희주를 공격하는 동안, 누구도 부서장이 여직원을 추행하는 일 따윈 아는 체하지 않았다. 팀장이 넥타이를 풀고 탁자 위에 올라가 질러대는 괴성이 흔들리는 불빛과 뒤엉켰다. 거대한 쓰나미처럼 덮친 큰 손이 희주의 몸을 훑었다. 사지에 힘이 모두 빠져버린 무방비상태, 방어할 도리 없이 무너져 내렸다. 동료들은 무섭도록 냉정한 타인일 뿐. 최가 흥분한 뱀처럼 희주의 몸을 칭칭 휘감아 꼼짝하지 못하게 하는 동안, 그들은 번쩍이는 불빛과 뒤섞이면 될 일이었다. 술에 취했을 뿐이라고, 격한 춤사위일 뿐이라고, 성취의 기쁨을 주체하지 못할 뿐이라고…… 벌건 대낮에 소매치기를 당하는 건 잃은 사람의 주의 부족이라고 말하듯 다들 제 갈 길을 갈 뿐이었다. 볼륨을 최대로 높여 터질 듯 질러대는 괴성이 그녀를 산산조각 내었다. 저항을 멈추고 희주는 자신의 몸을 내동댕이쳤다. 그때 스르르 똬리를 풀듯 최가 희주를 놓아주었다. 발정이 끝난 짐승처럼 최가 희주를 쏘아보았다. 이성을 본능에 제압당했을 뿐, 술의 힘일 뿐이라고, 희롱하듯 쏘아보았다.

무분별한 한 인간의 행태가 한 사람의 일상을 뒤틀어버리는 치명적 사건이 되리라는 것쯤은 모른 체 할 일이었다. 설사 알았다고 한들 감히 먹고 사는 일의 존엄 앞에 무어라 할 수 있겠는가. 이 냉정한 현실에서 누가 누구의 삶에 관여할 일인가. 같은 공간에 있어도 서로 모른 체 해야 하는 사람들.

희주에게 그것은 기억이라기보다 선명하게 찍힌 동영상 같은 것이었다. 손가락으로 터치만 하면 자동으로 재생되는 영상, 언제든 다시 꺼내 볼 수 있는 동영상이었다. 괴성을 질러대는 어둠뿐인 장소. 사지가 흐느적거리고 사정없이 짓밟히는 광경을 모른 척 눈길을 돌려버린 얼굴들. 필름이 돌아갈 때마다 온몸에 불을 붙인 듯 화끈거렸다.

"뭘 그렇게 예민하게 구는 거야, 사소한 일이라고, 사소한 농담이라고 생각해."

뭐? 사소한 농담이라고? 차라리 미친개한테 물린 것으로 생각하라고 했으면 나았으려나. 문제 삼지 말라는 말이다. 그저 농담처럼 흘려버리라는 말. 그의 언행은 오히려 약점을 파고들어 교묘하게 괴롭히는 느낌마저 들었다.

"피해의식이 너무 심한 것 아냐, 그러면 앞으로 일하기 힘들어." 짜증이 탑재된 다소 거칠고 귀찮은 어투. 업무 외적인 개인의 영역까지는 알 바 아니라는 황당한 갑질이었다. 그러니까 문제 삼을 일이 아니라는 거다. 그간의 친절이나 배려, 약간의 너그러움 같은 것은 무책임과 무관심의 탈을 쓴 기만이었더란 말인가. 그는 뒤이어 작정한 듯 말했다. "조직에서 오래 살아남으려면 말이야, 조직의 요구를 얼마나 충실히 수행하고 있는지 알리는 것 외에 중요한 건 없어." 요컨대 오래 남고 싶으면 그 정도 혐의 따윈 제기하지 말라는 말이다. 솔직하지 말라는 말. 다만 자신의 능력을 최대치로 끌어올려야만 생존할 수 있다는 말이다. 말하자면 스스로 파멸할 수도 있다는 경고장이었다. 아주 예리하고 둔탁한 분노가 그녀를 압도해 버렸다.

과녁을 향해 쏜 화살이 되돌아와 가슴에 박혀 버렸다. 원인을 피해자에게서 찾으려는 뻔뻔함. 그가 또 다른 가해자가 되어 희주의 입을 틀어막았다. 죄를 두둔하지 않았더라도 사실을 방치했으며, 오히려 피해자를 비난하는 투였으니까. 비판의 대상이 그녀 자신이 되어 버렸다. 적대적으로 변한 동료들의 시선 역시 견딜 수 없었다. 조직이라는 본체를 완성하기 위한 오직 부품으로 존재하는 기계들, 이의를 제기하는 일 따윈 있어서는 안 된다. 그 이상도 그 이하도 아니었다. 희주는

226

벼랑 끝으로 내몰려 손만 대도 천 길 낭떠러지로 떨어질 것 같았다.

　사람들은 지리멸렬한 일상을 견디면서 때론 뭔가 놀랄 만한, 파격적인 새로운 일이 일어나기를 바란다. 지루한 균형이 깨지기를 바라지만 정작 어떤 균형이 깨졌을 때 침묵하거나 외면한다. 외면하는 그들의 얼굴에 보이는 얄팍한 우월감이 비난의 수위를 높였다. 사실을 덮고 모른 척하는 것이야말로 음해와 다를 게 뭔가. 폭력으로 짓밟는 자보다 오히려 모른 척 등을 돌려 버리는 저들이 더 무자비한 자가 아닌가. 철저히 혼자가 되어 버린 세계에서, 그들의 부당함에 맞설 수 있겠는가. 당혹감과 모욕감은 수치심으로 변하고 수치심은 곧 공포로 변했다. 팀장이 '사소한 농담', 이라고 말할 때 희주는 부르르 떨었다. 조롱에 가까운 거절은 비난이 되어 돌아왔고, 그 잔인함에 희주는 다시 몸을 떨었다. 그들의 반응은 사건을 어떻게 받아들이느냐에 따른 편견이나 감정의 문제를 넘어섰다. 비웃음거리가 되도록 조장하는 게 아닌가. 때론 광포한 인간보다 냉담하거나 외면하는 인간이 더 무서운 법.

　도저히 사소한 농담으로 돌릴 수 없는 일에 대해 문제 삼은 것이 더 큰 화를 불렀다. 최는 오히려 훨씬 과중한 업무로 희주의 숨통을 조였다. 폭력으로도 모자라 웃음거리로 만들어버릴 작정인가. 최는 '사소한 농담'에 반기를 든 희주에게 잔혹한 응징을 가했다. 오히려 문제의 무게중심이 점점 자신에게로 옮겨지는 걸 희주는 느꼈다. 문제가 시끄러워지기 전에 다른 문제로 덮는다. 덮을 수 없다면 제거한다. 이를테면 그런 거였을까? 눈동자를 위로 쳐든 교활한 눈빛. 비꼬는 게 분명한 노골적인 표정으로 최가 노려보았다. 그가 희주를 쫓아낼 수는 없겠지만 그 외의 어떤 일이든 할 수 있다는 듯.

희주는 진저리를 쳤다. 이 싸움이 실패로 끝나고 말리라는 것을 알았다. 폭력의 기억에서 빠져나오려 몸부림칠수록 그악스럽게 나무를 휘감고 올라오는 기억의 덩굴에 잠식당해 결국은 서서히 말라 죽게 될지도 모른다는 두려움에 떨었다.

누가 봐도 번듯한 직장이었다. 그러나 불편하고 어색한 분위기, 비정상적인 시선에서 벗어날 수 없었다. 희주는 자신이 씻을 수 없는 잘못을 저지른 것처럼 위축되고 숨이 막혔다. 비난의 눈초리는 입을 열수 없게 만들었다. 보호해 줄 사람이 없다는 것은 침묵해야 한다는 말. 깨어지고 망가져서 다시 일어설 수 없는 지경까지 가게 될까 두려웠다. 그녀는 그곳에서 이미 약이 떨어진 건전지 같았다. 있어도 쓸모없는 사이즈가 다른 건전지. 마음은 수시로 불같이 일어났다가 또 이상하리만치 고요해졌다.

삶의 가치를 조직에 순응하는 것으로 맞추어 놓고 그것에 부합하지 않으면 언제든지 배척하는 조직. 조직의 이익을 위해서 주인의식을 강조할 뿐, 한 개인의 가치를 위해서는 무시되어야 마땅한 것이었다. 정신이 무너지자 서서히 몸이 망가지기 시작했다. 희주는 다시는 돌아보지 않을 것처럼 몸을 돌려 그곳을 나왔다. 문을 열고 나오기 전 바라본 최는 태연했다. 속내를 들키지 않으려는 듯 엉뚱한 곳으로 고개를 돌렸지만, 뻔뻔한 얼굴에 한 가닥 양심이 달아올라 있었다. 그곳을 벗어났으나 그 사건으로부터 평생 벗어나지 못할 거라는 걸 알았다. 아무 일 없었던 예전으로 돌아가지 못할 거라는 것을.

희주가 고통을 털어놓기 전까지 선우와 희주는 서로 잘 맞는 옷 같았다. 그러나 이젠 가슴을 조이고 허리를 조이는 불편한 옷, 숨을 쉴 수 없을 정도로 꽉 조이는 옷이 되어 버렸다.

　선우는 떠나기 전, 계획했던 귀농을 조금 일찍 실행할 뿐이라고 말했다. 그는 막연히 꿈꾸게 된 귀농이라고 말하지 않았다. 그게 왜 지금이어야 하는가? 자리가 잡히면 내려오라는 선우의 말은 설득력이 없었고, 미안함이나 안타까움 역시 느껴지지 않았다.

　비닐하우스 공사를 시작한 지 이태가 흘렀다. 특용작물 재배라는 그의 면피용 계획은 늦춰지고 있었다. 부모님이 농사를 짓다 묵혀 놓은 땅 일부에 숯가마가 들어오게 되고, 숯가마가 들어오면서 농로로 이어지던 길을 막아버린 것이다. 길이 없는 땅. 우선 길이 막히고 나니 농막을 지을 계획이 수포가 되었다. 컨테이너에 임시 거처를 마련하긴 했지만, 길도 물도 없는 처소. 숯가마를 지척에 두고 그야말로 오지가 되고 말았다. 숯가마 주인과 타협해 보겠다던 일은 자꾸만 미뤄졌다.

　지하철 맞은편에 앉은 남자가 희주를 뚫어지게 쳐다보았다. 희주는 조금 전 주머니에 넣은 휴대전화를 다시 꺼냈다. 사진 속에는 선우가 활짝 웃고 있다. "왜 그렇게 늑장을 부려. 빨리 좀 하면 안 돼!" 문 앞에서, 식탁에서, 여행지에서, 선우는 매번 희주를 재촉했다. "또 시비야? 빨리하고 있다고!" 희주의 응수. 무슨 일이든 뜸이 들 때를 기다리지 못하는 선우가 말했다. "시비라니? 사람이 왜 그렇게 꼬인 거야. 느려도 너무 느리잖아." "숨넘어가는 사람처럼, 그렇게 서두른다고 뭐가 달라져? 일부러 천천히 하는 것도 아닌데. 느린 걸 채근할 일이 아니라 멈추는 것, 그게 더 문제야." 희주는 성마르게 닦달하는 선우를 향해 성깔을 부렸던 때를 떠올렸다. 그때가 언제였는가. 까마득하다. 선우는 이제 아무것도 서두르지 않는다. 천천히 그에게로 돌아갈 수 있을까? 희주는 고개를 저었다. 사랑이 시작될 때와 마찬가지로 끝날 때도 이유 같은 건 없어야 한다고, 벌써 선우의 눈은 그렇게 말하고 있었지만, 다시 한 번 확인하고 싶었다.

지하철에서 내리자 갑자기 마음이 급해졌다.

건널목에서 신호를 기다리는 동안 버스가 엉덩이를 돌려 막 터미널을 빠져나가고 있었다. 12시 11분. 간발의 차로 앞차를 놓쳤다. 다음 차는 오후 1시 10분 출발. 희주는 도착시각을 가늠해 보았다. 해가 질 무렵이면 도착할 것이다. 차가 터미널을 벗어나자 차창을 통해 햇살이 쏟아져 들어왔다. 외투를 벗고 목도리를 풀고 안전띠를 채웠다. 버스가 로터리를 돌아 강변북로로 접어들었을 때 반대편 차창에 햇살이 부서졌다. 등받이를 젖히고 의자에 몸을 밀어 넣었다.

희주는 무언가에 끊임없이 쫓기고 있었다. 자신이 삶을 사는 게 아니라 삶에 끌려가고 있었다. 차에 몸을 실으니 긴장이 풀리면서 편안해졌다. 모처럼 따듯하고 선량해지는 느낌. 얼굴에 엷은 미소가 번졌다. 선우를 만나면 먼저 웃어 보이리라.

버스가 달려갈 뿐인데 끊어졌던 것이 연결되는 것 같은 느낌이 들었다. 펼치면 침대가 되고 접으면 의자가 되는 접이식 가구처럼 사람의 마음도 쓸모에 따라 용도가 바뀌었으면 좋을 텐데 ….

햇살은 더없이 다정했다. 희주는 차창으로 스쳐 지나가는 겨울 산을 물끄러미 바라보았다. 바람에 나뭇가지 위에 얹혀 있는 새집이 흔들리고 감나무에 달린 까치밥이 곧 떨어질 듯 흔들렸다. 버스는 겨울 들녘을 가로질러 달렸다. 유리창을 통과한 햇살 냄새가 코끝을 스쳤다. 비스듬히 금을 그으며 나무들의 그림자가 수묵화를 그리고 있는 겨울 산을 바라보며 희주는 자신이 견디고 있는 것에 지지 않으려 창밖 풍경을 극대화시켰다. 옆자리는 비었고 건너편의 사람은 잠들었다. 이 순간을 붙들 수만 있다면 ⋯. 희미한 낮달을 바라볼 수 있는 창가의 자리에 앉아 있는 지금 이 순간을. 떡갈나무 옆 소나무는 더 푸르고 묘지의 조화는 잔설 위에서 더 붉다. 눈 덮인 산밭에 꼿꼿이 서 있는 고춧대와 서로의 팔을 엮은 채 하늘을 향해 서 있는 과실수들. 흰 눈 뭉치처럼 나뒹굴고 있는 볏짚 가리 위로 햇볕이 따스하다. 더없이 고즈넉한 묘지 위로 그림자를 만들며 새떼들이 날아가고, 새들은 하늘에서 빠져나와 하늘 속으로 빨려 들어가듯 점점이 흘러갔다. 줄기 식물이 산 절개면을 그악스럽게 움켜잡고 있는 지점에서 갑자기 차가 방향을 틀었다.

길이 밀리자 운전기사는 승객의 양해도 구하지 않고 고속도로를 벗어났다. 버스가 낯선 길로 접어들었다. 낯설지만 어딘지 모르게 낯익은 듯한 마을과 들판. 언젠가 선우와 함께 달리던 길, 바라보던 들판이 아닌가? 길옆 풍경이 유정하게 느껴졌다. 그것도 잠시, 생각은 딴 방향으로 달아났다. 버스는 달리고 있는데 쫓기듯 달아나고 있는 것 같았다. 차는 어딘지 모를 낯선 길로 접어들고, 어디쯤 가고 있는지 어디로 가고 있는지 점점 오리무중. 선우의 등과 최의 눈빛과 팀장의 얼굴이 차례로 차창에 어른거리다 한꺼번에 클로즈업되었다. 창밖 풍경이 모두 사라졌다. 여기가 어딘가? 헤매고 있는 이 길은 예기치 않았지만 가게 될 다른 길이 아닌가.

희주는 고개를 들어 하늘을 쳐다보았다. 종잇장같이 희미하게 걸려 있던 낮달이 서서히 밝아지면서 서쪽 하늘이 붉게 물들고 있었다. 외투를 당겨 어깨에 걸치고 내릴 채비를 했다.

숯가마에 넣을 나무들이 산처럼 쌓여 길을 막았다. 주위는 조용했다. 어디선가 나타난 덩치 큰 개가 누런 이빨을 드러내고 으르렁댔다. 희주는 잿더미를 에둘러 경사지로 내려갔다. 사납게 짖어대며 달려드는 개를 피하려다 그만 비탈 아래로 미끄러졌다. 간신히 나뭇가지를 잡고 멈추어 섰다. 옷과 신발은 흙투성이, 스웨터에는 도깨비바늘이 엉겨 붙었다. 비닐하우스는 찢어지고 군데군데 말려 올라간 채 을씨년스러웠다. 컨테이너 문이 삐꺽, 조율하지 않은 악기 소리를 냈다. 난로 옆에 땔감은 놓여 있었지만, 안은 컴컴하고 썰렁했다.

뒤따라 삐거덕 소리를 내며 문이 열리고 목소리가 먼저 고개를 들이밀고 들어왔다. "각시가 왔다고?" 숯가마에서 허드렛일을 하는 노인이었다. 노인은 인사를 받는 둥 만 둥 희주의 차림새부터 힐끗거렸다. "아이구, 색시는 이런 촌에서 못 살 것 같네." 노인은 절레절레 고개를 흔들며 "혼자 사는 남자 꼴이야 말해 뭐해." 쯧쯧, 혀를 찼다. 어른으로서 오지랖 넓은 참견일 뿐이라고 무시하거나 웃어넘기기엔 노인의 태도가 서릿발처럼 신랄했다. 빙긋이 웃음을 머금은 위악적인 표정이 그랬다. 앞으로 쑤욱 내민 입과 입꼬리 아래로 깊게 팬 주름에 습관적으로 밴 불만이나 앙심 같은 것들이 고집스럽게 새겨져 있었다. 노인이 정확하고 차가운 억양으로 "요즘 것들은 참 …" 하고 다시 고개를 흔들었을 때 희주는 시선을 피해 도망이라도 치고 싶은 심정이었다. 자신이 아무짝에도 쓸모없는 볼품없는 인간이 된 것 같았다. 노인이 생각 없이 뱉어낸 말이라고 하기엔 아주 틀린 말도 아니었기 때문이었다.

희주는 무안함에 어색한 미소를 지었다. 노인이 염탐하듯 뚫어지게 바라본 바에야 억지 미소라도 짓지 않을 수 없었다. 어른이라고 생판 모르는 이를 꾸짖어야 하나, 그 꾸짖음을 달게 받으며 미안해 해야 하나, 잠깐 갈피를 잡지 못했다. 어찌 보면 그 꾸짖음 또한 무슨 잘못에 대한 반감이나 질책이라기보다 관심이나 애정일 수도 있겠다고 생각하면서도 묘한 수치심과 죄책감이 들었다. 난처하기 짝이 없는 상황. 희주는 당혹스러운 눈빛으로 노인과 선우를 번갈아 힐끔거렸다. 선우는 생각이 다른 곳에 가 있는 듯, 노인의 말을 듣지 못한 사람처럼 서 있었다. 흘깃흘깃 시선을 던졌을 뿐 아무 말이 없었다. 무슨 말을 해야 할지 모르는 사람 같았다. 그의 침묵이 이 황당한 상황을 달리 설명하는 것보다 오히려 강조하는 것처럼 보였다. 불편하고 어색하기 짝이 없었다. 그곳에 불쑥 들이닥친 사람이 노인인지 자신인지 분간이 되지 않았다. 오히려 사과라도 해야 할 것 같은 분위기였다. 왜 이렇게까지 되었을까?

대문도 울도 없는 곳. 불쑥불쑥 타인의 시선이 들락거리는 그곳에 선우가 있다는 것. 그게 누구 탓이란 말인가. 선우의 헝클어진 머리와 무심한 얼굴에 그늘이 내려앉았다. 낡은 티셔츠를 걸친 처진 어깨가 한쪽으로 기울어 전보다 더 수척해 보였다. 꼬장꼬장 참견하는 노인을 견딜 수 없듯 희주는 이곳의 상황을 견딜 수 없었다. 그녀를 반기는 것은 선우가 아닌 서늘한 좌절감이었다.

"불은? 물은? 숯가마 주인과는 … ?" 이제 진력이 난 것처럼 그녀의 말이 딱딱 끊어졌다.

"그렇지 뭐. 언젠가는 … " 선우는 말을 신중하게 고르는 듯 머뭇거리더니, "기다려 보는 거지 뭐"라고 조금도 신중하지 않게, 귀찮은 듯 툭, 말을 던졌다.

"아직도? 여태, 이러고 있는 거야?" 부부라면 당연히 그래야 할 것처럼 희주는 따져 물었다. 선우는 희주를 바라보지 않았다.

"불편하다고 못 사는 건 아니야. 불편할 뿐이지." 감정을 억누르는 듯한 무뚝뚝한 목소리였다. 그는 그곳에 적응한 것처럼 말했지만, 희주가 보기엔 단지 자신을 내버려 두고 있을 뿐이었다. 아무런 변화도 없이, 구체적인 계획도 없이. 그 막연한 기다림이 그랬다. 무조건 잘될 거라고 신기루 같은 비전을 제시하지 않았지만 막연한 기다림 역시 신기루 같은 것이었다.

선우가 이곳으로 내려갈 때 말리지 못한 것은 달리 어쩔 도리가 없었기 때문이었다. 내몬 것도 내몰린 것도 아니지만, 어쩐지 그런 것만 같았다. 다시 꿸 수 없는 구슬이 사방으로 주르르 흩어지는 소리를 냈다. 선우가 그곳을 불편해하지도 그런 문제를 곱씹거나 좌절하지도 않는데, 희주는 모든 것이 잘못되고 있음을 알았다.

"그러니까 여태 아무런 진척이 없다는 거야?" 본의 아니게 다시 버럭 화를 냈다.

"진척이 있어야만 해? 뭘 원하는 거야?" 자신의 영역이 침해당한 듯 선우의 목소리가 날카로웠다. "성과나 변화에 집착하고 싶지 않아. 그런 삶을 살고 싶지 않다고!" 선우는 거침없었다. 자신 이외에는 아무 것도 되지 않기로 작정한 듯 보였다. 서슴지 않고 내뱉는 선우의 말에 놀라 희주는 그를 다시 쳐다보았다. 그 역시 본의가 아니었는지는 모를 일이었다. 희주를 옆에 두고도 그의 눈은 아무것도 보고 있지 않았다. 서로를 잡아당겼던 그 강렬한 욕구는 어디로 달아나 버리고 지금까지 본 선우와는 다른, 그는 마치 평행우주에 존재하는 도플갱어처럼 보였다. 성과나 변화에 뜻이 없다는 말. 지금 그에게 중요한 건 뭘까. 어둠이 밀려들면서 사방이 자욱했다. 연기 냄새가 섞인 공기는 차갑고 칙칙하고, 희주는 천천히 서글픈 냄새를 들이켰다.

귀농의 구체적인 계획은 애초부터 선우에게 없었다. 다만 자신을 여기 옮겨 놓았을 뿐. 자신의 말이 거칠고 매정했다는 걸 직감한 듯 그가 목소리를 가다듬었다.

"숯가마는 그냥 드러난 작업장일 뿐, 그 뒤에 뭔가 있어. 활활 타는 숯가마 뒤편 은밀한 그들의 장소가 있는 것 같아. 숯가마에 불이 들어가지 않는 날에도 은밀한 술렁임이 있으니까. 함부로 길을 열어줄 수 없는 무언가가 있는 건 분명해. 신중하게 접근해야지."

선우가 '신중하게'라고 말했지만 신중하기보단 답답했다. 거침없거나 동시에 신중해진 선우를 바라보는데 잡히지 않는 슬픔이 여러 겹으로 접혔다. 희주는 생각했다. 거침없어진 그가 신중하게 접근하고 있는 것이 농지로 통하는 길이 아니라 그들 서로에게 가닿는 길이라는 것을. 그 길을 열지 않으려는 것을.

선우는 더는 말을 하지 않았다. 말을 하지 않을 뿐 아니라 어떤 표정도 짓지 않았다. 그는 자기 뜻대로 결정할 것이고 나아갈 것이고 그렇게 살아갈 것이라는 말을 하고 있었다. 희주의 눈에는 아무것도 보이지 않지만, 선우에게는 보이는, 선우에게만 보이는 그곳에서 그는 그렇게 살아갈 것처럼 보였다. 어디로 보더라도 그의 행보를 '도피'가 아닌 '시작'으로 보기엔 무리였다. 두 사람은 서로를 견디며 해야 할 말을 입속에 물고 있었다. 서로 가해자가 아니었음에도 서로가 피해자가 된 것처럼.

별 하나 없는 캄캄한 밤이었다.

함께 있으면서도 각자 혼자 남은 듯 적막감에 휩싸였다. 적막감은 어떤 미련과 뒤섞여 찻잔 바닥에 남은 각설탕 덩어리로 굳었다. 선우는 찬물을 들이켰다. 그는 이제 급하지도 단정하지도 않다. 희주는 난로 위에 있는 주전자의 물을 붓기 전 종이컵에 커피믹스 봉지를 털어넣었다. 커피는 프림이 둥둥 뜬 채 식어갔다. 식은 커피가 혈관을 타고 내려가자 전에 선우가 한 말들이 까마득하게 느껴졌다. 선우는 그사이 잠자리에 누웠다. 돌아누운 그의 다리가 낯설고 그의 팔이 낯설고 둥근 등이 낯설고, 그 등을 바라보는데 이상하게도 숨이 막힐 것 같은 공포와 향수가 동시에 느껴졌다. 부드럽게 감겨오던 그의 팔과 위로와 안식이 되었던 가슴, 그의 믿음직한 온기와 감촉이 실제의 감각이었는지 생각이 만들어낸 것인지 헷갈렸다. 그러니까 그와 사랑에 빠졌던 사실조차, 수줍고 열정적이었던 순간조차도 의심스러웠다. 신뢰와 친밀감은 사라지고 서로를 위해 빛났던 눈빛은 따스함을 잃어버렸다. 사랑이라 믿었던 모든 것들이 서서히 자취를 감추고, 희주는 서늘하고 친숙한 등을 향해 팔을 들어 올렸다가 도로 내렸다. 무슨 말인가 해야 할 것만 같았으나 할 수 있는 말이란 이미 죽은 말들뿐이었다. 다만 팀장의 말이 머릿속에 맴돌고 환청처럼 최의 목소리가 들렸다. 소리를 밀어내려 할수록 온통 그 목소리뿐. 감정을 통제하려 할수록 더 단단히 옭아매 거기서 조금도 벗어날 수 없게 만들었다. 그러나 최를 마주 볼 힘을 모두 잃어버리지 않았는가. 원치 않은 사건은 예측할 수 없는 상황으로 그들을 몰아갔다. 얼마나 잔인한 일인가. 희주는 선우마저 안전지대가 아니라는 것을 알았다.

갑자기 한기가 들고 구역질이 올라왔다. 팽창할 대로 팽창한 아랫배가 찢어지는 듯 아팠다. 뭉텅 아랫도리로 생리혈이 쏟아졌다. 몇 달간 건너뛴 생리가 여기서 터질 게 뭐람. 두통과 몸살 기운까지 겹쳐 컨디션은 최악이었다. 어차피 겪을 일이라면 몸이 먼저 알아듣는 것도 나쁠 게 없지. 선우는 여전히 돌아누워 있었다. 돌아누워 있는 그의 등이 그림에 몰두해 있던 등을 떠올리게 했다. 미안함과 거부감이 함께 내려앉아 있는 등. 희주는 잠을 이루지 못했다. 둑이 터지고 물은 점점 차오르고… 선우의 숨소리가 점점 희주의 가슴을 옥죄어 오고… 그리고 실비아의 얼굴이 떠올랐다. 조일 대로 조여 핏빛으로 물든 발을 들고 괴물로 변해 가던 실비아의 얼굴이.

모델들은 어린 나이만큼이나 체류기간이 짧았다. 에이전시를 통해 일하는 모델들은 주로 여행자로 들어와 짧게 머물다 돌아갔다. 처음 만남에도 허물없이 말을 걸어오며 자신의 얘기를 하는 친구도 있고, 여러 번 함께 일을 해도 낯가림이 심해 끝까지 낯설기만 한 친구도 있었다. 짧은 만남에도 불구하고 가끔은 감정의 과잉 상태를 경험하게 되는 때도 있다. 프리랜서 통역이라고 하지만 회사에 소속되어 있는 이상 통역뿐만 아니라 그들의 컨디션과 기분을 살피고, 돌발 상황이 일어나지 않도록 감정 상태를 파악해야 한다. 어떤 음식을 좋아하는지, 무엇에 관심이 있는지, 한류 스타는 누굴 좋아하는지 … 등. 최소한 촬영 포기 상태를 초래하지 않게 보살펴야 하는, 말하자면 베이비시터 같은 역할도 없지 않았다.

어린 나이답지 않게 실비아는 당찼다. 겨우 열네 살임에도 완벽한 프로였다. 촬영제품을 가끔 광고주가 건네줄 때가 있는데 오늘은 내 선물이 없네, 라고 찡찡거릴 때는 아기 같다가도 일단 촬영장에 들어가면 신들린 듯 포즈를 취했다. 감독이 어떤 포즈를 원하는지, 어떤 표정을 원하는지, 무얼 싫어하는지 단박에 알아챘다. 영어권이 아니어서 따로 통역되지 않는 아이였지만 눈치나 감각으로 세상의 말들을 알아들었다. 아직은 부모 슬하에서 보호받으며 더러는 중 2병에 몸서리칠 앳된 나이임에도 일을 할 때는 괴물 같아 혀를 내두르게 했다. 저렇게 작은 얼굴에 눈 코 입이 다 들어가 있다니. 주먹만큼 작은 얼굴에 길고 긴 팔다리, 팔등신이 연출해 내는 그림은 카메라 감독은 물론 광고주마저 탄복하게 했다.

무표정한 얼굴, 비켜 내리간 시선은 어딘가로 향하고 감정의 한 점 과잉 없이 몸은 최대한 담담한 상태로 만들었다. 흘러내린 어깨 위에 걸친 재킷만이 그녀의 몸에서 환하게 살아났다. 디자이너가 손뼉을 치며 일어섰다. 봄 신상품은 실물보다 몇 배 더한 감동으로 구매자를 유혹할 것이 분명하다. 대박의 예감. 광고주는 흥분해서 주머니를 열었다. 점심으로 비싼 스시를 주문했다. 이런 횡재는 드문 예다. 모델들은 일하는 사이사이 커피나 과자로 때우는 게 다반사여서 끼를 건너

떨 때가 많았다.

　이렇게 일이 술술 풀리는 날도 또 다른 불안은 있기 마련. 희주는 어디로 튈지 모르는 어린 모델을 바라봤다. 실비아는 스시를 먹지 않았다. 오후 촬영이 시작되고 실비아의 인상이 차츰 더 일그러졌다. 감독이 오케이를 연발하며 연달아 포즈를 요구했다. 촬영 분위기가 전보다 후끈 달아오르는 순간, 실비아가 튕겨 오르듯 벌떡 일어나 괴성을 질렀다. 실비아가 격렬하게 분노를 드러냈다. 아무도 그 격렬한 분노의 맥락을 짚어내지 못했다. 그때 실비아가 커다란 발을 번쩍 들어 올렸다. 그리고 또다시 괴성을 질렀다. 소녀의 발이 저렇게 컸던가. 아무도 신경 쓰지 않았던 그녀의 발이, 문제는 신발이었다. 턱없이 작은 신발에 구겨 넣은 발이 더는 견디지 못하고 반란을 일으켰다. 조일 대로 조인 발가락이 벌겋게 접힌 채 피멍으로 짓이겨져 있었다. 실비아가 신발을 번쩍 들어 카메라를 향해 내던졌다. 그리고 고통에 부르르 떨었다.

　광고주 쪽에서 신상품에 맞춰 제공한 신발은 처음부터 턱없이 작았다. 신상품에만 신경 쓰느라 모델의 신에 대해서는 조금의 아량도 없었다. 작은 신발에 대한 불만과 애로를 토해 냈지만, 광고주는 시간에 쫓기어 촬영을 강행했다. 그녀의 발에 신경 쓴 사람은 아무도 없었다. 진정한 프로가 되어 자신의 주관적 시선을 배제하고 오직 구매자의 시선을 유혹했던 어린 괴물이, 한순간 진짜 괴물이 되고 말았다.

　'신발도 옷이야! 내 몸도 상품이라고!' 그녀가 카메라를 향해 괴성을 지르며 옷을 벗어 던졌다. 그리고 광고주와 디자이너와 카메라 감독과 희주를 차례대로 쏘아보며 맨발로 촬영장을 걸어 나갔다. 무분별하게 분출하는 광기 어린 시선과는 달리, 절제된 모호한 표정으로 시크하게, 혹은 시니컬하게 냉소를 사랑스러움으로 바꾸었던 마법의 소녀는, 그들 상품의 도구이기 전에 자신 스스로 무엇과도 대체할 수 없는 상품이라고 외치고 있는 게 아닌가.

어린 프로는 참을 권리도 있지만 거부할 권리가 있다는 것을 머저리들은 그때까지 염두에 두지 않았다. 아니 모른 척했다. 문을 열고 나가던 실비아가 몸을 틀어 다시 한 번 날카롭게 노려보았다. 에이전시의 책임자가 달려오고 광고주와 감독이 설득했지만 실비아는 꼼짝하지 않았다. 다만 똑바로 허리를 세우고 허공을 노려보았다. 실비아의 고통이 그 지경이 될 때까지 통역은 무얼 했던가. 무얼 살폈던가. 고통은 통역되지 않는 거란 말인가. 실비아가 만들어내는 환상적인 모습에만 빠졌을 뿐, 아무도 그녀의 고통을 알아채지 못했다. 실비아는 당차게 사과를 요구했을 뿐 아니라 촬영을 거부했다. 끝내 실비아는 카메라 앞에 서지 않았다. 나머지 촬영분은 다른 모델로 교체되었다. 그리고 며칠 후 실비아가 떠났다.

실비아가 거부한 것은 촬영뿐만 아니라 부당함이었다. 괴물처럼 일하고 괴물처럼 자신을 드러냈던 실비아가 떠난 후 희주는 한동안 혼란스러웠다. 왜 그토록 자신을 질책하며 몰아세웠던가. 자신의 행동을 부정하며 비하했던 눈빛들, 자신의 잘못이 되어 숨기고 참았던 시간 동안 끊임없이 괴롭혔던 그 눈빛들을 향해 수치심이 아닌 분노가 다시 들끓기 시작했다.

매일 똑같이 살아가더라도 시간이 흐르면서 어떤 것은 희미해져서 사라지기도 하고, 어떤 것은 더 선명해지기도 더 격렬해지기도 한다.

누군가의 사소한 일탈이 누군가에게 치명적 상처를 남겼다면, 그로 인해 또 다른 피해가 야기된다면, 그건 분명 숨기고 참아야만 할 일이 아니다. 침묵과 두려움이야말로 얼마나 불필요한 것이며 얼마나 기만 적인 행동인가. 희주는 에이전시에 휴가를 신청했다.

　　등을 돌리지 않더라도 선우의 눈은 늘 딴 곳에 가 있었다. 벌써 오 래전부터 서로 마주 보지 않았다는 것을 희주는 알았다. 선우는 아무 표정 없이 물끄러미 희주를 쳐다보다가 또 아무 표정 없이 눈길을 거 두었다. 할 말이 있는 것도 같고 이미 말을 다 거두어들인 것도 같은 알 수 없는 표정. 그 무심한 눈길이 숨기고 있는 말, 그 침묵이 던지는 말들을 결국 듣질 못했다. 선우는 헤어지자는 말은 굳이 하지 않았다. 최가 폭력이라고 말하지 않았던 것처럼. 그건 같은 것이 아니었지만 다른 것 또한 아니었다.

　　선우에게로 가는 길은 숨이 차고 가팔랐는데 되돌아오는 길은 누군 가 등을 밀듯 금방이라도 추락할 것 같았다. 희주는 숯가마를 지나 내 리막길을 걸어 내려가며 뒤돌아보았다. 선우는 역시 딴 곳을 바라보 고 있었다. 세상의 속됨을 경멸하면서 스스로 속된 사람이 되어가는 자신을 들키고 싶지 않은 사람처럼. 그는 헤어질 때 최대한 자제력을 유지하며 말을 아꼈다. 무슨 말이 필요하겠는가. 무엇을 말해도 기만 적일 수밖에 없는 것을. 희주는 멀찌감치에서 다시 뒤돌아보았다. 선 우는 뒤돌아 서 있었다. 서로에게 닿지 못하는 불안이 더 간절해지는 순간 탁, 불이 꺼졌다.

　　캔버스를 분할하여 색으로만 가득 채워진 화면 한편에 뒤돌아 서 있는 남자. 사람들은 하나같이 뒤돌아 서 있거나 표정이 없거나 바닥을 향해 뭔가를 응시하고 있었다. 얼굴을 보여주지 않는 그림 속의 사람들처럼, 선우는 얼굴을 돌리고 뒤돌아 서 있었다. 선우의 등을 바라보는데 또 다른 그림이 눈앞에 어른거렸다.

어둠이 사방을 먹어치운 캄캄한 배경 속에 희미하게 보이는 사람의 형체. 손잡이가 없는 카트를 옆으로 밀며 등이 굽은 왜소한 남자가 어둠 가운데를 걸어가고 있다. 발아래 드리운 어두운 그림자만이 빛의 존재를 드러낼 뿐, 남자의 뒷모습에 어둠보다 더 어두운 우울과 고독이 얹혀 있다. 어둠은 배경을 모두 삭제해 버리고, 앞이 보이지 않는 곳으로 끌고 가야 할 것은 수레 위의 무거운 짐뿐. 캔버스 전체를 잠식한 어둠 속에 등을 돌린 남자. 정작 그는 세계로부터 소외당한 것이 아니라 세계를 소외시키고 있지 않은가.*

아무런 접점을 찾을 수 없는 공간에 선우가 서 있었다. 어둠 속에 서 있는 선우의 등에서 우리라는 이름으로 유효했던 것들이 파열하는 적막이 느껴지고, 그 서늘한 등이 밀어내는 것. 우리가 아니었던 것들을 우리로 만들었던 시간의 끝이 보이고 더는 우리가 아닌, 우리라는 이름으로 서로를 바라보았던 것들이 서먹해지면서 점점 거리가 멀어지고 있었다. 한꺼번에 후려치지 않았지만, 서서히 통증이 몰려오고, 그나마 지탱하는 힘이 되었던 분노마저도 맥없이 침잠했다. 선우가 서 있는 등 뒤로 음산한 울음소리를 내며 까마귀 떼가 날개를 털며 내려앉았다.

---

* 팀 아이텔의 그림 〈Besitz〉

242

희주는 자꾸만 뒤를 돌아보았다. 조금씩 궤도를 이탈하다 결국은 완전히 튕겨 흔적도 없이 사라지는 행성처럼, 그런 거였다. 바람의 방향을 바꿀 수 없듯 거센 물길을 돌릴 수는 없는 노릇. 공허와 허기가 한꺼번에 몰려왔다. 박탈감이거나 절망감이거나 외로움이거나 그런 것과는 다른, 자신의 힘으로는 어쩔 수 없는, 그런 거였다.

사랑에 대한 검증되지 않은 가치가 여러 겹으로 나타났다가 사라지고, 끈적끈적 달라붙는 것들을 최대한 멀리한 채 희주는 걸어갔다. 결별하지 않고도 서서히 멀어져서 더는 아무런 사이가 아닌 데까지, 다시 돌아갈 수 없는 지점까지, 그들은 서로 다른 방향으로 걸어가고 있었다.

돌아오는 버스 속에서 희주는 생각했다.

앞으로 선우를 보지 않더라도 가끔은 그를 그리워하며 가끔은 미워하며, 그와 함께했던 시간으로 인해 가끔은 행복하고 가끔은 아프고 가끔은 절망하기도 하며, 또 가끔은 희망을 품으며 그렇게 또 살아가게 될 거라고. 그것이 그냥 삶일 거라고. 기억이란 저장고도 믿을 게 못 되는 거라서 냉장고에 보관한 음식처럼 상해 버릴지도 모른다고. 계속 기억과 싸우게 될지라도 한때 삶의 전부였던 것이 얼마나 무의미한 것으로 변해 가는지, 극명하게 증명하게 될 날들이 오게 될지도 모르는 거라고……. 하지만 최로부터 당한 폭력은 집요하고 끈질기게 따라붙어 그 기억에서 빠져나오지 못할 거라는 걸 알고 있었다. 대항하거나 침묵하거나 어느 쪽이든 자신을 지킬 수 없다는 것을. 언제까지나 그 기억에 포박당해 꼼짝달싹 못 할 거라고, 거기서 풀려나지도 견디지도 못할 거라는 것을. 틀어 잡혔던 손아귀의 압박에서 놓여나지 못할 거라는 것을 알고 있었다. 끝내 그 기억의 강박은 자신을 완전히 무너뜨리고 말지도 모른다고 ….

터미널에 버스가 도착하고 희주는 한참을 그 자리에 서 있었다. 오래전부터 살았던 이 도시가 오래전 떠나온 도시처럼 낯설었다. 박해와 무관심으로 짓밟힌 장소. 그녀는 사방을 두리번거렸다. 도무지 끝이 보이지 않는 순례길. 끝날 것만 같던 길은 끝없이 뻗어 지평선은 더 멀리 달아나버리고, 도시의 불빛은 잠시 머무르는 알베르게처럼 반짝였다. 머릿속에 오래전 입력된 노선번호가 그녀 앞에 멈추어 섰다. 희주는 얼른 버스에 올라탔다.

엄마는 그사이 좀더 늙었고 좀더 무력했다. 좀더 건조하고 좀더 창백했다. 행동은 다소 굼뜨고 목소리도 그전 같지 않았다. 무언가 작정한 듯 몇 번이나 목소리를 가다듬던 엄마가 아주 위험한 금기를, 꾹꾹 눌러 놓았던 것을 드러내었다. 어릴 적 당한 성폭행이 평생 헤어날 수 없는 굴레였다는 사실을 희주에게 토해 냈다. 그 사실을 안 남편의 폭언과 멸시가 평생의 멍에가 되었다고, 그 모든 폭언과 멸시가 그 사건으로부터 기인했더라도 실은 변해 가는 남편을 더 참지 못했다고. 통한을 도로 삼키다 벌떡 일어나 문단속을 했다. 그러니 평생 입을 다물어야 한다고 딸을 단단히 싸맸다. 분노와 안타까움으로 치를 떨면서. 침묵만이 생존해 내기 위한 최대의 용기라는 엄마의 간곡한 당부를, 그 기만적 단속을 뒤로 한 채 희주는 핸드폰을 꺼냈다. 그리고 최의 번호를 누르기 시작했다. 천천히, 정확하게, 마침내 대담하게.

침묵의 저쪽

탁, 탁, 소리를 내며 불티를 튕겨냈을 뿐 불씨는 곧 사그라들었다.
장마철 습기를 빨아들인 숯은 좀처럼 불이 붙지 않았다. 너는 다시
불을 붙인다. 불쏘시개 위에 숯을 올리고 길게 숨을 불어넣어 불씨를
달랜다. 불쏘시개를 태우기 시작한 불은 검은 연기를 흩날리며 다시 꺼
져버렸다. 불이 꺼지면서 매캐한 연기가 사방으로 어지럽게 흩어졌다.

그렇게 몇 번 제 몸을 쳐내던 심장이 멎고 말았다. 아직 미연은 따
뜻하다. 한순간 심장이 멈췄다고 그렇게 오래 지켜온 것들까지 한꺼
번에 멈추어 버리겠는가. 미연의 몸에서 주삿바늘이 뽑히고 산소호흡
기가 제거되었다. 그녀의 육신이 죽은 자가 잠시 머무는 방으로 옮겨
졌다. 흰 시트가 미연의 얼굴을 덮었다. 하지만 귀는 아직 열려 있다.
미연의 남편이 큰물 지듯 울었다. 그의 울음에는 슬픔이 없었다. 아이
들의 물기 없는 눈망울이 잠시 흔들렸다. 미연의 침묵이 비로소 침묵
속으로 사라졌다.

기어이 그날 저녁을 먹자고 한 것이 마지막 저녁이 될 줄 몰랐다. 차일피일 모임 날짜를 미루다 겨우 잡은 날이었다. 친구들은 하나둘 불참을 알리고, 날짜를 다시 잡아야 하지 않겠냐는 의견들이 설왕설래했다. 시쳇말로 '백수가 과로사한다'라는 우스갯소리를 해대며. 왜들 그렇게 바쁜 걸까? 그들만의 세계에서 아웃될지 모른다는 공포 때문인가? 여기저기 관여하고 이리저리 연결되어 혼자서는 아무것도 못하는 사람들.

너는 늦은 오후에 다시 전화를 걸어 시간 나는 사람끼리라도 저녁을 먹자고 말했다. 정작 불참을 알린 친구들이 약속 장소에 먼저 도착해 있었다. 미연이 화사하게 화장을 하고 나타난 것은 실로 오랜만이었다. 투병 중에도 모임만은 빠지지 않았는데 이렇게 화사한 모습으로 나타난 적은 없었다.

연말이라 음식점은 몹시 붐볐다. 때마침 홀 구석 자리의 일행이 일어나고 주인이 그쪽으로 안내했다. "이 자리가 상석입니다. 운이 좋아요." 주인의 말대로 구석 자리는 분리된 공간처럼 오붓했다. 창밖으로 강이 내려다보이고 강 건넛마을의 불빛이 따스하게 눈에 들어왔다. 조금 늦게 도착한 미연이 창밖에서 너와 눈을 맞추려 손을 흔들었지만 너의 먼 시선은 미연을 알아보지 못한다.

먼저 자리를 잡은 옆자리 다른 일행 중 한 사람이 문 쪽을 향해 번쩍 손을 들고 알은체를 했다. 미연이었다. "둘째와 같은 반 학부형이야." 미연의 코트 자락에서 차가운 바람 냄새가 스쳤다. 너는 얼른 미연의 손을 감쌌다. 육고기를 먹지 않는 미연을 위해 버섯과 해물 요리를 추가로 주문했다.

나이 들수록 단백질은 꼭 섭취해야 해 … 잘 먹어야 병도 내친다니깐 … 너 그러다 기력 떨어져 오래 못 산다 … .

농담 반 진담 반, 친구들은 이구동성 한 마디씩 쏘아붙였다. 친구들의 성화에 미연은 그저 빙그레 웃어 보였다. 표고탕수육이 나오고 해물 잡탕이 나왔다. 미연이 얼른 앞접시에 표고탕수육을 옮겨 담았다. 미연의 젓가락이 분주히 움직였다. 그렇게 맛있게 음식을 먹는 모습을 본 건 실로 오랜만이었다. 미연이 젓가락을 네 쪽으로 흔들며 신호를 보냈다. 너 역시 미연에게 그렇게 젓가락을 흔들어 보였다. 맛있다는 뜻. 많이 먹으라는 뜻.

"맛있다. 오늘 메뉴 선택 잘한 것 같아." 미연이 살짝 눈을 치켜들며 말했다. 미연의 표현은 짧고 담박했다. 옆에 앉아 있던 K가 말을 받았다. "메뉴 문제가 아니고 주방장 솜씨야. 아니면 재료?" 어쨌든 미연은 흡족한 저녁을 먹었고 얼굴빛은 더 화사했다. 이렇게라도 자리를 마련한 것이 옳았다고 너는 생각한다.

"자, 시원하게 한 잔씩!" S가 다시 건배를 제의했고 일제히 잔을 올렸다. 와, 탄성이 터지고 제각각 묵은해를 보내는 덕담으로 왁자해졌다. 분위기 탓인지 목소리들이 턱없이 들떴다.

영락없이 단골 메뉴는 남편과 자식 이야기다. 다음으로 건강과 여행, 명품 얘기가 뒤섞이고 부동산이나 증시 이야기로 이어진다. 연예인들의 가십거리는 모임의 파장 무렵에나 등장하기 마련. 능력 있고 우월하고 값비싸고 더 멀리 떠나는 자유가 흘러넘친다. '나'를 빛낼 후광이 어지럽게 빛나고 으레 그렇듯 다음 단계로 넘어간다. 몰염치하고 몰상식한 인간들 이야기가 바통을 이어받는다. 모든 잘못의 원인은 '내'가 아니다. 갈등의 근원은 딴 데 있다. 그러니 '내'가 아닌 '너'로 인해 '너' 때문에 목소리는 높아질 수밖에 없다. 나를 빛낼 사람도 '너'이고 나를 분노케 하는 사람도 '너'란 말. 머릿속에 떠오른 생각을 전부 쏟아내지 않으면 안 되는 사람들처럼 동시다발로 쏟아낸 말들이 우왕좌왕.

'아니야, 그게 아니고…, 뭘 상관이야…, 어쩌라고…, 웃기지 마….'

농담인 듯 진담인 듯, 타인의 가치쯤이야 단칼에 쳐낸다. 한발 양보하는 척 내뱉는 말 속에는 뼈가 있다. 자기밖에 모르는 사람은 그가 믿고 있는 힘으로 상대의 뒤통수를 치기 마련이다. 내가 하찮게 여기는 것이 누군가에겐 소중한 삶의 척도일 수 있다는 걸 잊어버렸다. '잘 해봐. 잘 된다는 보장은 없지만.' 누군가 이야기의 흐름을 툭 끊어놓았다. 잠시 소강상태. 수다는 다음 단계로 넘어간다. 오랜 지기라고 우기면서, 지기라고 할 것도 없는 오랜 친구들은 서로의 가치나 속마음을 알아주는 벗은 될 수 없는 건가. 서로에 대한 이해를 바탕으로 할 만큼, 처지나 다름을 인정할 만큼 서로에게 예의 바르지 않았다. 관대하지 않았다. 너는 슬쩍 자세를 틀어 미연을 쳐다보았다. 초점을 잃은 미연의 눈동자가 잠깐 흔들렸다.

"사기를 잘 치면 부자가 되는 거고, 잘못 치면 얼치기가 되는 거지. 어쨌든, 인생에서 뭐니 뭐니 해도 머니야!" 다시 A의 큰 목소리가 일방적으로 질주했다.

"넌 돈에 대한 공포가 있는 거야? 뭐니 뭐니 해도 건강이지!" K가 즉각 반응했다.

"돈? 건강? 그게 있으면 뭐해. 외로움은 어쩌라고?" S의 말에 H가 발끈했다.

"넌 아직도 그 타령이야. 사랑이 밥 먹여 줘? 어디 한 번 세게 얻어 봐? 한 번 데어봐? 세상모르는 소리. 돈이면 다 해결돼!"

"돈, 건강, 좋지. 사랑도 좋고, 친구도 좋고. 근데 그게 뭐? 어쨌든 다 빛 좋은 개살구야. 번지르르한 이름 좋은 하눌타리일 뿐이야." L이 시큰둥하게 쏘아붙였다.

"뭐야, 우리를 모두 속물로 몰고 가는 거잖아." H가 되받았다.

"결국은 남의 성공에 배 아픈 자들 아닌가. 남의 불행이 내 행복, 남의 실패가 곧 내 성공, 이런 식. 솔직히 말하면 서로 친한 척 충실한 척하면서 남의 실패를 바라는 자들 아닌가?" L이 H의 말을 냉소적으로 잘랐다.

"뭐 그렇게까지 타락했겠어."

"정확한 말이지 뭐."

"서로의 성공을 경멸하며 실패를 축하해 주는 사이?"

"그러니까 적과의 동침이라는 말?"

저마다 왈가왈부. 와중에 L이 웃는 얼굴로 너를 조준한다.

"넌 아니라고 말하고 싶겠지. 엉큼한 내숭. 저런 애들이 꼭 사고를 쳐요. 더 무섭다니까."

엉뚱한 곳으로 불똥이 튀었다. 탐욕의 패거리들처럼 다채로운 요설로 찧고 까불었다. 마치 뜻대로 되지 않는 삶에 대놓고 떼를 쓰는 것 같았다. 너는 맞받아치려다 그만둔다. 너의 심드렁함이야말로 저들에겐 꼴같잖은 요설일 테니까. 욕망이 근사하게 삶의 전위로 둔갑했다. 무절제한 욕망만 있고 생각은 사라졌다. 욕망의 나, 욕망하는 나만 있을 뿐 진정한 나는 어디에도 없다. 내가 욕망을 좇아가는 게 아니라 욕망이 나를 끌고 달아나는 듯한 느낌. 사랑은 믿을 게 못 되고 진실 같은 것들은 해묵은 신파일 뿐이라고. 욕망의 과잉 상태, 타락 상태.

밖은 바람이 몹시 불었다. 가로수가 휘청거리고 길바닥에 낙엽들이 휩쓸렸다. 너는 미연을 다시 쳐다보았다. 고요한 낯빛에 어리는 뭔지 모를 웅웅거림. 미연의 환한 얼굴이 창백함으로 변하는가 싶더니 곧 혈기왕성한 친구들의 얼굴 속에 묻혔다. 안은 여전히 왁자했다.

누가 말리랴. 한쪽으로 폭주할 때 다른 쪽은 들리지 않기 마련이다. 혼자 있는 것을 견디지 못하고 혼자서는 아무것도 할 수 없는 사람들은 버릇처럼 만나고 버릇처럼 돌아선다. 말을 만들고 말을 짓고 말로 무너지는 만남. 만나고 돌아서면 더 외로워지는 껍데기뿐인 교유. 서로의 결핍을 나눌 수 없는 관계를 계속 유지해야 하나? 쉽게 떠날 수도 온전히 끌려 들어갈 수도 없는 관계. 과도한 질주를 이탈해 얼마간의 단절이 필요하다고 너는 생각한다. 너는 몸을 조금 뒤로 뺐다. 구체적으로 공감하거나 이해하는 건 애초부터 어려운 일이었는지도 모른다고. 끊임없이 쏟아지는 말들은 저마다 윙윙거리고 따돌림도 무시도 당하지 않았는데 고독감이 밀려왔다.

서로의 진실을 볼 수 있는 진득한 우정은 존재하지 않는 걸까? '우정이란 선의와 호감의 완전한 감정이다. 타인에게 가질 수 있는 최선의 감정이다'라고 말한 키케로의 말은 수사학에 불과할지도 모른다. 주거니 받거니 선심 쓰듯 술을 권했지만, 너는 술맛이 싹 달아났다. 고작 이 정도밖에 안 되는, 온전함은 고사하고 흉흉하기까지 한 감정을 어찌 완전한 감정, 최선의 감정이라 말할 수 있단 말인가. 방심한 순간 거침없이 날아와 박히는 화살에 대비해 조금은 마음의 준비를 해야 한다. 이 얼마나 멍청한 짓인가. 종잇장처럼 가벼워진 말 뒤에 득달같이 달려드는 권태감. 너는 마음이 산란했다. 옆자리에 앉아 있는 미연을 다시 쳐다보았다. 뭔가 비웃듯 미연의 입이 조금 옆으로 돌아가는 것 같았다. 그러거나 말거나 미연은 담담했다. 겉도는 것도 심드렁함도 아닌 그 담담함이야말로 가장 적당한 말의 축약 같아 순간 소름이 돋았다.

"돈, 능력 … 글쎄 그게 뭐 그리 대단한 의미가 있겠어. 의미를 찾는 게 무의미한 일이지. 어떻게 살아야 하는가보다 어떻게 죽을 것인가, 그게 문제야."

조곤조곤, 미연이 느린 어조로 말했다. 조금 전보다 미연의 얼굴빛이 더 환해 보였다. 가뜩이나 질려 있는 속마음을 들킨 것 같아 너는 얼굴이 벌게졌다.

"난 한 번 쓰러져봤으니까 …" 미연이 다시 말끝을 흐렸다.

미연은 줄곧 죽음을 생각하며 살았단 말인가? 그럴지도 모르지. 욕망이라는 것이 얼마나 헛된 것인지, 별빛처럼 명멸하다가 쇠락해 간다는 것을 이미 알고 있었는지도 모르지. 제아무리 설쳐대도 인간의 최종 목표는 언젠가는 죽는다는 것. 왜 그 사실을 잊고 사는가. 한심하기 짝이 없는 일이다. 거친 대화에 섞이지 않고 가만히 자신의 내부로 향하고 있는 미연의 담담한 얼굴. 미연의 얼굴빛이 조금 후 어떻게 변할지는 그때까지 아무도 몰랐다.

수다는 그칠 줄 모르고 이미 식당 안은 썰렁했다. 목소리를 높여 드러낼수록 실상은 감추고 있는 게 아닌가. 옆자리의 일행들도 2차를 외치며 자리를 뜬 지 한참 후였다. 식당 종업원이 우리가 먹어치운 빈 그릇들을 거두는 사이 너는 일어나 화장실로 향했다. 화장실 거울에 비친 네 모습이 오늘따라 더 초라해 보였다. 볼일을 보고 너는 한참을 그대로 앉아 있었다. 그때 다급한 목소리가 들리고 식당 안이 술렁대기 시작했다. 어떤 직감에 사로잡혀 너는 화장실 문을 밀치고 밖으로 뛰어나왔다.

외투를 걸치고 일어서려던 미연이 그대로 주저앉고 말았다. 이미 미연의 입과 눈동자가 흐릿해지고 말은 어눌하게 새어 흘렀다. K가 구급차를 부르는 동안, 미연은 느리고 희미한 목소리로 계속 집으로 가겠다고 말했다. 미연의 몸이 점점 더 아래로 가라앉았다.

앰뷸런스가 도착하고 뒤이어 미연의 남편이 도착했다. 미연의 남편이 큰 목소리로 미연을 불렀다. 미연은 두려움에 떠는 목소리로 집으로 가겠다는 말만 되풀이했다. 구급차가 요란한 소리를 내며 미연을 싣고 달아난 후에도 너는 꼼짝없이 그대로 서 있었다. 방금 일어난 일이 아주 오래전 일이듯 까마득했다.

기어이 오늘 저녁을 먹자고 한 것이 이 사달을 내고 만 것인가….

미연이 떨치고 간 가방을 들고 너는 떨고 있었다. 위태롭고 가팔랐던 생이 무너지는 데는 한순간이었다. 머릿속에서 미연이 한 말이 빙글빙글 돌았다. '난 다시 쓰러지면 안 돼, 난 한 번 더 쓰러지면 끝이야. …'

아버지가 처음 발령을 받아 근무했던 학교는 댐을 바라보는 야트막

한 산 아래 있었다. 기어이 거기에 가봐야겠다고 아버지가 우겼을 때 아버지의 가족들은 괜한 짓이라고 모두 손사래를 쳤다. 아버지가 가족들 몰래 너에게 전화한 이유는 무엇일까. 그들은 단지 번거로움을 감당하고 싶지 않아서 아버지의 말을 허사로 만들어버린 걸까? 무언가 발각될까 두려웠기 때문인 건 아닐까? 멀어져 가는 아버지의 기억보다 가족들의 이기심이 노년의 쓸쓸함을 더 재촉하고 있음은 두말할 나위 없었다.

너는 아버지가 던진 마지막 승부수였다. 전화를 받고 한참 동안 멍하게 앉아 있었다. 아버지의 뇌세포가 서서히 죽어가고 있는데, 오래전 기억을 잃기 전 가봐야 할 것 아닌가. 아버지의 바람을 치매 노인의 허행으로 만들지 말아야 하는 이유는 분명했다.

네가 태어나기 전의 시간. 청년의 아버지가 살았던 시간은 그다지 멀리 있지 않았다. 가는 길을 검색하던 중 미연의 산소에서 얼마 멀지 않은 곳에 학교가 있다는 사실을 알게 되었다.

아버지는 단단히 단속하고 나온 듯 좀처럼 입을 열지 않았다. 너는 뒷자리의 아버지를 흘깃거렸다. 아버지의 눈은 어딘가를 응시하고 있었지만, 아무것도 눈 속에 들어와 있지 않았다. 힘이 약해지면서 밀고 들어온 허무나 권태, 그것만은 아니었다. 아버지는 지난 시간을 순례하는 중이고 너는 잃어버린 시간을 찾고 있었다. 너는 무언가 석연찮은 기류가 흐르고 있음을 직감했다. 궤도를 이탈한 느낌. 그런 느낌을 지울 수 없었다. 괜찮으시죠, 라고 진작에 묻고 싶었으나 괜찮지 않은 기류가 너를 더 압박해 왔다. 아버지의 기름기 없는 얼굴 뒤에 자리한 알 수 없는 혼돈. 너는 아무 말 없이 아버지를 다시 쳐다보았다. 네가 진실을 기대할수록 아버지의 입은 더 단단히 닫혔다. 능변으로 낭만이 넘쳤던 아버지의 행동이 저토록 고요해지다니. 정상을 벗어났다는 생각과 함께, 어쩌면 비정상을 위장하고 있는 것은 아닐까, 하는 생각이 동시에 들었다. 차 안의 적요는 음습한 예감을 불러들였고, 그 예감은 아주 불온한 데에 가닿았다.

아버지는 감추려 하고 너는 파헤치려 하고, '왜요, 절대 말하면 안 된다고 했나요?' 그 말이 목구멍까지 올라왔지만 너는 딴말을 한다.

"미연이 알죠?"

"… 알지."

"미연이가 죽었어요."

"그래." 아버지는 아무렇지도 않게 대답했다. 미연의 죽음을 이미 알고 있는 것처럼. 한참 후, "참 무던도 하더니, 그 아이, 명줄이 …" 아버지는 미연을 기억해냈고 너는 뒷말을 잊지 않았다. 서로 다른 침묵이 흘렀다. 너는 한쪽 손으로 뒷자리를 더듬으며 말했다.

"조금만 더 가면 미연이 묘가 있어요. 잠깐 들렀다 갈까 해요."

"… 그래, 가 보자." 아버지의 반응은 의외였다. 목적지가 마치 미연의 묘지인 것처럼 순순히 응했다.

기골이 장대한 사내가 나고 자란 마을이라고 믿기지 않을 정도로 산기슭에 엎드린 작은 마을이었다. 산은 높지 않았으나 사방이 산으로 둘러싸여 대처의 소식이 캄캄했을 오지였다. 비는 그쳤는데 길은 온통 질척거렸다. 묘를 쓸 산자락까지는 그리 멀지 않았다. 땅에서 찌는 듯한 습기가 올라왔다. 가만히 서 있어도 등골에서 물이 줄줄 흘러내렸다. 지척에 몇 채의 집이 한낮의 정적 속에 엎드려 있었다.

상여도 없는 관이 발가벗은 채 질척거리는 길을 건너갔다. 발목이 푹푹 빠지는 밭고랑으로 장정 몇 명이 이삿짐 나르듯 운구를 옮겼다. 미연의 남편이 그악스럽게 울음을 터트렸다. 누가 봐도 억지울음이었다. 진정으로 슬퍼하는 이 없는 젊은 아낙의 주검이 늦여름의 더위 속을 부유했다.

미연이 남편을 따라 처음 이곳으로 왔을 때 저 산자락을 보며 무슨 생각을 했을까? 자신이 묻힐 자리라는 것을 생각이나 했겠는가. 논고랑으로 흘러넘친 물이 둑의 경계를 허물며 흘러내렸다. 웃자란 풀들 사이로 뱀이 혀를 날름거리며 미끄러졌다. 뱀을 피해 도망치려는데 발은 더 푹푹 빠져들었다.

햇볕은 내리쬐는데 묏자리는 질척거렸다. 저 축축한 땅에 미연이 눕다니. 종이꽃 몇 개가 장식품처럼 관 위에서 흔들렸다. 벌거벗은 관이 젖은 땅에 놓였다. 포클레인이 흙을 퍼 올릴 때마다 지관인 듯 보이는 초로의 남자는 연신 탄복을 했다. '아이고, 멧자리 좋다! 붉은 흙 좀 보래이. 뱁 바르제, 앞은 탁 티였제, 요런 멧자리 찾기 쉽지 안체.' 남자의 말은 마치 좋은 묏자리에 묻히기 위해 미연이 죽은 것처럼 들렸다.

그 남자의 말과는 달리 소나무 한그루 없는 활엽수들 사이로 물풀과 갈대가 얼키설키 얽혀 있는 땅은 질척이고 습했다. 산자락에 심어 놓은 유실수에서 벌레 먹은 열매가 떨어져 나뒹굴었다. 간간이 차들이 사라지는 길이 비켜 보이긴 했지만, 코앞에 바짝 다가앉은 산. 달도 잠깐 얼굴을 내밀고는 곧 사라지고 말 산속의 산이었다. 강도 저수지도 보이지 않는 산비탈은 젖어있어도 목이 말랐다.

'위쪽에서 용맥이 내려올 때 반듯하게 곧바로 내려오지 않고, 개구리가 뛰는 것처럼 솟았다가 내려앉고 다시 솟는 것을 반복하는 땅이 명당이지. 뱀이 기어가듯이 이쪽저쪽으로 꾸불꾸불 산맥이 재주를 부려야 좋은 땅이야.' 근동에서는 알아주는 지관이셨던 할아버지의 말대로라면 미연의 자리는 길지가 아니었다.

생석회 포대 옆에서 미연의 남편이 다시 한 번 길게 곡을 뽑았다. 아이들은 미연의 담담함을 닮아서일까, 멀뚱멀뚱 무덤덤했다. 그 무덤덤함이 긴 투병 탓이라고 너는 짐작했다. 처음 쓰러지고 한쪽 수족을 되살리는 시간은 길었다. 아무리 그렇더라도 엄마의 죽음 앞에 저렇게 냉정하다니. 무력감일 수도 있다는 생각이 들다가도 한편으로는 철이 없어도 너무 없다고, 괘씸한 마음마저 들었다.

관이 땅속으로 들어갔다. 집사가 명정을 풀어 관 위에 덮었다. 미연의 남편은 상제들을 아랑곳하지 않고 절차를 서둘렀다. 하관 시간은 맞추어졌다. 집사가 미연의 남편에게 무어라 귀띔했지만, 그는 단호하게 고개를 저었다. 노잣돈과 꽃을 건네주며 가는 길을 빌어줄 마지막 인사가 허용되지 않았다. 위쪽과 중간, 그리고 아래쪽 이렇게 세 삽을 놓으라는 집사의 말이 끝나기도 전에, 미연의 남편이 첫 삽질을 했다. 산역꾼들이 아닌 포클레인에 의해 흙이 덮어지고 그 위로 생석회 몇 포대가 뿌려졌다. 포클레인의 큰 삽이 다시 흙을 덮었다. 노제도 없고 평토제도 없었다. 지석도 묻지 않은 묘. 감쪽같이 미연을 묻어버린 땅이 다시 평평해졌다. 이미 가족들은 식당차가 있는 마을 입구로 내려간 후였다. 그 위로 십자 모양의 나뭇가지가 꽂혔다. 장례는 끝이 났다.

신발 속은 축축하고 흙탕물에 젖은 바지가 끈적끈적하게 다리를 휘감았다. 내리쬐는 햇볕을 피해 너는 매실나무 그늘로 몸을 밀어 넣었다. 평토가 끝나고 포클레인의 삽이 봉분을 쌓기 위해 주변의 흙을 팔 때 목구멍에서 무언가 울컥, 솟구쳤다. 따지고 보면 그 격정 또한 미연의 죽음에 있기보다 너 자신을 향한 것이 아니었던가.

한 사람의 생이 이렇게 감쪽같이 묻히고 말았다. 너는 고개를 돌려 주변의 지형과 길들을 똑똑히 살폈다. 지석도 묻지 않은 이 묘가 먼 훗날 누구의 묘인지 알기나 할까. 그제야 눈물이 쏟아져 내렸다.

초로의 남자가 남아 있는 이들을 묘지에서 몰아냈다. 미연의 가족들은 먼저 산을 내려가 왁자지껄 점심을 먹고 있었다. 저만치 차가 달아나는 외길은 적막했고 한낮의 침묵을 깨며 멀리서 사이렌 소리가 들렸다. 미연의 침묵도 사이렌 소리에 묻혀 버렸다.

미연의 무덤이 있는 길로 접어들고도 너는 자꾸 길을 의심했다. 돌아 나와야 하나 더 들어가야 하나. 길은 들어갈수록 낯설었다. 생각했던 것보다 한참을 더 들어가서야 미연의 무덤이 보였다. 아버지는 먼저 문을 열고 내렸다. 산자락을 오르며 아버지도 나도 아무 말이 없었다. 아버지는 지금 무슨 생각을 하고 있을까?

미연의 무덤 위에 따사로운 가을 햇살이 내리쬐었다. 미연이 땅에 묻히던 그날과는 사뭇 달랐다. 묫자리까지 질척하게 물이 고였던 것이 의심스러우리만치 봉분을 덮은 떼가 싱싱했다. 무덤은 보기 좋게 다듬어져 있었다. 살아생전에 인정받지 못했던 예술가가 죽은 후에야 인정받는 것 같은, 미연의 무덤이 그랬다. 이건 뭔가? 살아생전에 차마 말할 수 없었던 미연의 진실을 이렇게 건사하게 덮어버리다니 … . 누가 보아도 미연의 자리는 양지발랐다.

너는 미연에게 이런저런 인사를 건넸다.

"막내가 몰라보게 자라 있었어. 사춘기의 딸들은 여전히 데면데면하고. 네 남편도 여전하더라 … ." 그때 아버지가 미연의 무덤을 어루만졌다. 아버지가 무슨 생각을 하고 있는지, 어떤 기분인지는 알 수 없었지만, 자학에 가까운 고요가 아버지의 등에 내려앉아 있는 것만은 확실했다. 돌아서 있는 아버지의 노쇠한 뒷모습. 예전의 활기가 모두 사라진 무기력한 아버지를 바라보자 알 수 없는 분노가 치밀어 올랐다. 속수무책 잠겨 드는 고요에 돌을 던지고 싶은 충동이 일었다. 그 묘한 충동이 아주 불손한 행동을 저지를 듯이 위태위태 격랑을 일으키는데 … 화들짝, 제풀에 놀라 너는 얼른 아버지의 팔을 잡았다. 좀더 머물고 싶었지만 그만 아버지를 부축해 내려왔다. 차에 오른 아버지는 미연의 무덤 쪽을 바라보고 있었다. 생의 긴 여독이 짙게 어린 아버지의 눈길을 쫓다가 얼떨결에 말을 뱉었다.

"아버지, 묘를 쓸까요?"

기어이 그때 그 말을 꺼냈어야 했을까. 한편으론 후회가 들었지만, 또 다른 편에선 냉정하게 너를 다그쳤다. 언젠가 해야 할 말이라면 그건 지금이라고. 백미러를 통해 다시 아버지를 보았다. 아버지의 눈길은 더 아득해졌다.

" … 화장하거라. 네 엄마도 화장했는데 … 묘를 지킬 사람이 누가 있다고 … ."

느리고 희미하게 아버지의 뜻이 전달되었다. 그런데 어딘지 모르게 불확실한 발음이 아버지의 입속에서 웅얼거렸다. 너는 덜컥 겁이 났다. 막연하게 염려했던 일이 일어나고 있다는 직감이었다. 괜찮으시냐고, 입속에서 그 말이 맴돌았지만 너는 아무 말도 할 수 없었다. 분명 아무렇지도 괜찮지도 않았기 때문이었다. 머릿속은 온갖 생각들로 어지러웠다. 그런데 너는 또다시 딴말을 했다.

"나이 들면 몸은 삐걱거리고 말은 어눌해져도 정신은 꼭 붙들고 있어야 해요, 알겠죠?" 아버지는 대답이 없었다. 너는 아버지의 건강을 걱정한 것이 아니라 아버지의 정신이 희미해진 이후의 분란을 걱정하고 있었다. 그렇다. 정확히 말하면 네가 받을 어떤 불이익이나 불공평함에 대해서.

마을 길을 벗어나 대로로 접어들었는데도 길은 한적했다. 향토음식점 앞에 차를 세웠다. 아버지도 육고기를 먹지 않았다. 버섯요리가 나오고 표고버섯 향이 진하게 퍼졌다. 미연과 함께 먹었던 마지막 저녁의 향이었다. 아버지는 더운 국물을 뜨면서 국물이 흔들릴 정도로 손을 떨었다. 얼마 전까지만 해도 그만그만하셨는데, 왜 이렇게 갑자기 기력을 다 내려놓아 버렸단 말인가. 마치 혼이 빠져나간 사람처럼 아버지는 눈길을 딴 곳에 둔 채 아주 오래오래 음식을 씹었다. 아버지의 얼굴에 저무는 빛이 역력했다. 미연이 쓰러졌듯 아버지의 기력이 한꺼번에 무너지고 말았다는 사실이 믿기지 않았다. 무슨 몹쓸 짓을 한 건가···. 너는 아버지를 의심했고 아버지의 가족을 의심했다. 감당할 수 없을 정도로 불안감이 한꺼번에 밀려왔다. 괜찮으시냐고, 또다시 묻고 싶었지만, 믿음이 깨지는 것이 두려워 끝내 그 말을 하지 않았다. 도저히 아버지의 상태가 믿기지 않는데도 다만 기력을 잃었을 뿐이라고 너는 계속 그렇게 우기고 싶었다.

식사가 끝나고 전통차를 마실 때까지 너는 아버지의 말을 기다렸고 아버지는 끝내 아무 말도 하지 않았다. 기력이 쇠잔해져서인가, 혹 우울증 때문인가? 생각하다가 문득, 누군가 아버지의 말을 봉합해 버린 게 아닌가? 하는 의심이 구체화되면서 다시 분노가 치밀어 올랐다.

아버지는 문을 열고 교직원실로 뚜벅뚜벅 들어가셨다. 한때 여기에 앉아 있었노라고, 기어이 자신의 존재를 밝혔다. 그러나 교직원은 멀뚱멀뚱 쳐다봤을 뿐 깍듯하게 대하지 않았다. 초대받지 않은 손님은 환영받지 못하는 자신의 발걸음을 금방 옮기지 않았다. 몇십 년의 세월이 바꾸어버린 낯선 공간에서 아버지는 그 옛날의 시공간을 더듬고 계셨다.

아버지는 무엇을 더듬기 위해 여기에 왔을까? 이곳에서의 첫봄? 첫 수업? 첫 제자? 이곳에서 만났을 첫사랑? 첫 운동회? 첫 가정방문? 첫 월급…? 같은 학교 여교사였던 첫 아내와의 아름다운 시절을 생각했을까? 첫 아이인 너를 생각했을까…?

운동장 너머로 댐이 훤히 내려다보였다. 아버지는 느티나무를 기억했고, 수양버들을 기억했고, 댐이 생기기 전의 마을을 기억했다. 아이들의 이름과 육성회장과 소사 아저씨를 기억해 냈다. 교문 앞 문방구에 들러 그들의 안부를 물었다.

그 시절의 풍경은 흔적 없이 물속에 잠기고, 사람들은 뿔뿔이 흩어져 버렸다. 바람이 회오리 먼지를 일으키며 아버지 쪽으로 불었다. 운동장이 있던 자리에 들어선 체육관 계단에 아버지는 오래 앉아 있었다.

아이들과 눈 덮인 산으로 산토끼를 잡으러 가던 겨울, 숙직실에서 동료들과 고스톱을 치던 비 오던 날, 불시에 닥친 교육청 감사에 아슬아슬 사태를 모면했던 사건들, 마을 앞 개울에서 잡았던 쏘가리며 껄껄지, 쉬리와 모래무지, 버들치와 피라미 … 매운탕을 끓여 먹던 어느 저녁을, 아버지는 그것들을 떠올리고 있을지도 몰랐다.

기억은 일정 부분 왜곡되기 마련이다. 때론 완전히 왜곡되기도 한다. 이곳의 기억은 순전히 아버지의 처지에서 새롭게 기록되었을 수도 있다. 왜곡되었기에 모든 것이 바뀌어도 그때의 기억만은 오히려 퇴행할 수밖에 없었을지도. 사소한 말 한마디가 돌이킬 수 없는 일을 만들기도 하고, 대수롭지 않은 일을 커다랗게 부풀려 비극적 사건으로 몰고 가기도 하는 것처럼. 그런 기억의 왜곡이 아버지를 여기에 다시 오게 한 건 아닐까? 그래서 아버지는 더 이상 존재하지 않는 것들을 아름다움으로 혹은 애틋함으로 왜곡하며 저기에 앉아 있을지도 모른다고, 너는 운동장 끝에 서서 댐을 바라보는 척 슬쩍슬쩍 아버지를 바라보았다. 이상한 슬픔이 3D 화면처럼 밀려오고, 슬픈 영화의 엔딩장면이 올라갈 때처럼 아버지는 꼼짝없이 그 자리에 앉아 있었다. 아버지가 기어이 여기에 온 것은, 그뿐이었다. 시간의 흔적은 다만 그 자리에 다시 서게 했을 뿐, 아무것도 없었다. 아니, 아무것도 아니었다. 그저 그뿐이었다.

미연과 만났던 강변의 중국집. 그날 밤 표고탕수육과 해물 잡탕은 왜 그렇게 맛있었을까? 중환자실로 들어간 미연은 다시는 집으로 돌아오지 못했다. 그것이 마지막 식사가 될 줄이야. 생의 마지막 밥을 함께 먹었다는 사실만으로도 미연의 죽음에 대해 너는 자유롭지 않았다.

미연이 산소호흡기에 의지해 사경을 헤매는 동안 많은 말들이 미연을 싸고 떠돌았다. 어쨌든 그녀의 남편은 애틋하게 간호하는 성실한 보호자의 모습을 보였다. 그러나 어딘지 모르게 연출된 듯한 느낌, 그 느낌은 지울 수 없었다.

그는 미연을 끝까지 큰 병원으로 옮기지 않았다. 시간이 지날수록 미연을 방치하고 있는 느낌이 확실했다. 위중한 환자일수록 옮기다 큰 변을 당할지도 모른다고, 아이들도 어린데 간호하기 가까운 병원이어야 한다고, 그는 우리들의 조바심을 무색하게 내쳤다. 죽어가는 환자를 두고 산 자를 먼저 생각하다니. 위중한 환자를 그대로 방치하는 것이 최선인가? 어차피 온전해지지 않을 환자이니 그게 최선이라는 것인가? 그는 주변의 권유를 지나친 간섭이라고 호통치듯 화를 냈다. 지나치게 큰 목소리로 다른 말들을 일시에 제압해 버렸다. 그는 말하지 않고 외쳤다. 그런 사람 앞에선 주눅이 들 수밖에. 너는 해야 할 말조차도 발설하지 못한 채 그 뻔뻔한 목소리에 지고 말았다. 그를 설득할 수 없으니 자극할 필요는 더욱 없는 일.

미연의 증세가 일시적으로 완화되어 일반병실로 옮겼을 때, 잠시 너의 판단이 성급했음을 알았다. 미연은 눈을 뜨고 아무 말이 없었다. 아이들 쪽으로 얼굴 근육을 천천히 움직여 보였다. 그 표정이 너무도 슬펐다. 아이들은 덥석 엄마를 끌어안지 않았다. 그저 손끝을 잡을 뿐이었다. 그래서 아이인가? 그때 미연은 다 놓아도 끝내 놓지 못할 새끼들을 향해 마지막 인사를 하고 있었을까? 그 모습을 바라보는데 일찍 돌아가신 어머니 얼굴이 떠오르고, 천천히 천장이 돌기 시작했다. 가슴이 두근거리고 구토증과 함께 식은땀이 쏟아지면서 몸이 허공에서 빙글빙글 돌았다.

낯선 방의 천장과 벽이 백지처럼 하얗게 바래었다. 흰 단색 벽지의 동색 자잘한 꽃문양이 일렬횡대로 아니 횡렬종대로 엠보싱 처리되어 부풀어 올랐다. 신경을 모아 밖의 희미한 소리를 감지하는 동안 천장에 박힌 시선이 점점 착시현상을 일으켰다. 벽지의 기하학적인 무늬의 배열이 일제히 벽에서 일어나 멀어졌다 가까워졌다, 두꺼워졌다 얇아졌다 … 투명한 입체감이 마치 흑백 사진기의 렌즈를 조절할 때처럼 피사체로 움직였다. 피사체가 사진기의 렌즈를 피해 달아나듯 걷잡을 수 없이 출렁거렸다. 오른팔에 꽂힌 주사기의 감각이 신경세포를 통해 전해지자 너는 고개를 반대편으로 돌렸다. 링거에 연결된 호스를 타고 뚝뚝 주사액이 떨어지고 있었다. 주체할 길 없는 눈물처럼. 너는 주사실에서 벌떡 일어나 미연의 병실로 달려갔다. 미연의 심장이 제 몸을 쳐내고 있었다.

결국, 그날 아버지는 너에게 아무 말도 하지 않았다. 무언가를 애타게 찾아 나섰지만, 그때의 것들은 좀처럼 찾을 수 없었던 듯 차에서 내리자마자 아버지는 쫓기듯 집으로 들어가셨다. 손 인사도 없이 허둥지둥 걸어가는 아버지의 뒷모습을 바라보며 너는 되뇌었다. 아버지는 오늘 무슨 말이든 해야 했다고. 아버지가 아무 말 하지 않았기에 많은 것들이 바뀌어 버렸다고. 아버지의 집 앞에 서서 너는 아버지가 하지 않은 말을 붙잡고 너 자신에게 다그쳤다. 그렇게 위선의 탈을 쓰고 기다리는 건 아니라고, 제발 말하라고, 외쳐야 한다고, 그것이 네 몫이라고…. 생각이 딱 거기에 머물러서 한 치도 움직이지 않았다. 듣지 못한 말을 쫓는 동안 너는 함부로 확신까지 하게 되었다. '네 몫이라니!' 시치미를 떼는 아버지의 가족들 얼굴이 떠오르고, 곧이어 그들의 얼굴에 경멸의 미소가 번졌다.

차를 돌려 골목을 빠져나오며 너는 아버지가 한 말을 되뇌었다.

수풀만 우거진 무연고 무덤을 만들지 말라는 말? 어느 날 아버지의 무덤에 엎드려 기어이 네가 해야 할 말마저 허용하지 않는다는 말? 그러다 너는 깜짝 놀란다. 배다른 자식들을 두고도 당신의 묘를 지킬 사람이 없다는 걸 아버지는 알고 있었다는 말이 아닌가.

너는 집으로 곧장 가지 않고 공원묘지 입구 쪽으로 방향을 틀었다. 나무 그늘에 차를 세우고 묘지 쪽으로 걸어 들어갔다. 한적한 길은 고샅길처럼 익숙했다. 바람이 흙먼지를 일으키며 불어대고 이리저리 나뒹굴던 쓰레기들을 한쪽으로 몰았다. 오후의 햇살이 따사롭게 내려앉은 묘지들. 너는 누구의 자리인지 모를 무덤가에 앉았다. 마음속의 격랑을 일으키며 바람이 다시 불기 시작했다.

도시가 팽창하면서 마을의 외곽이었던 공원묘지가 도시 속으로 들어오게 되고, 말 그대로 묘지는 공원처럼 익숙한 장소가 되었다. 이렇게 무덤가에 앉아서 마음이 고요해지기를 기다렸다. 사나웠던 감정들이 햇살에 떠다니는 먼지처럼 부옇게 흩어졌다.

공원묘지 입구 쪽을 바라보았다. 차들이 꼬리를 물고 강 쪽으로 방향을 꺾어 사라졌다. 발밑에는 개미들이 분주히 이동하고, 바람이 등을 밀었다. 그 바람을 타고 어디선가 웅얼대는 소리가 들렸다. 끝내 듣지 못한 말들이, 차마 하지 못한 말들이 한데 섞여 덩어리 채 웅성거렸다.

집으로 돌아오자마자 너는 컴퓨터를 켰다. 커서를 당겨 스트리밍 동영상을 다운로드 받았다. '평온한 힐링타임을 위한 음악'을 선택했다가 곧바로 '자연의 소리'로 바꿨다. 힐링, 힐링을 외치는 만큼 세상은 상처투성이라는 말. 찰찰찰⋯ 철철철⋯ 물 흐르는 소리, 청각이 시각보다 결코 더 감성적일 수 없었다. 국내 굴지의 H해운이 법정관리에 들어갔다는 뉴스와 함께 이미 그것을 예상하고 알짜자산을 빼돌렸다는 인터넷 기사. H해운의 대주주인 K항공의 리스크가 해소되어 주가가 상승할 거라는 기사를 대충 눈으로 훑으며 너는 아버지의 증상을 검색하기 시작했다.

미연이 마지막 숨을 거두었을 때 그녀의 남편이 큰 소리로 울부짖었다. 과장되고 작위적인 슬픔, 그 비통함이 누구의 것인지 의심스러웠다. 아직은 젊은 미연의 운명인지, 아내를 잃은 젊은 사내의 운명인지, 너는 의심했다.

우리는 많은 것들을 과장하며 살아간다. 내가 어떤 사람인지, 그 누구를 얼마나 사랑했는지, 자신이 당한 슬픔이 얼마나 큰지, 불의나 불공정 앞에 얼마나 목소리를 높였는지, 자신이 받은 불이익과 모욕이 얼마나 큰지⋯. 그의 과장된 슬픔은 결국 죽은 아내를 위한 것이 아니었다. 그는 끝까지 도리를 다한 사람이라는 걸 말하고 있었다. 너는 갑자기 그의 불온한 슬픔을 폭로하고 싶었다. 그 슬픔은 무도하고 파렴치한 행각이었으며 어쩐지 너를 조롱하는 느낌마저 들었다.

그랬다. 인정하고 싶지 않지만, 그의 불온한 행동이 아주 낯설지 않았다. 한 치도 다르지 않을 너의 위선과 닮아 있었기에. 너를 억압하고 있는 위선으로부터 스스로 당하는 수모와도 같았기에. 그를 적대시하며 경멸했던 것은, 그런 거였다. 그러니까 아버지에 대한 너의 염려가 정작 아버지가 아닌 아버지의 재산에 있었던 게 아닌가 말이다.

만약 그 남편의 슬픔이 진실하다면 지금이 아니라 이후로 오래 이어질 것이었다. 순수한 것은 과하게 드러나지 않고 깊어지는 것이니. 통곡하던 미연의 남편이 말을 쏟아내기 시작했다. 그는 죽은 아내를 향해 너무 많은 말을 했다. 사랑한다거나 미안하다거나…. 마치 미연이 가사상태로부터 되살아날 거라 믿기라도 하듯. 만약 미연이 깨어난다면 그때도 그 많은 말들은 유효할까? 그 쓸데없는 말들. 미연의 심장은 이미 멈추었고 호흡은 정지되었다.

죽음이 인정된 후에도 일정 시간 동안 개개의 조직세포는 살아있다고 한다. 근육은 자극에 수축되고 장은 운동을 계속하고, 홍채나 상피세포, 백혈구 등도 운동성을 유지한다고 했으니, 미연의 죽음은 아직 완벽하지 않다. 숨을 거둔 후에도 청각기능은 가장 오래 남아 소리를 듣는다고 했다. 미연은 지금 남편의 말을 듣고 있을까? 만약 남편의 말이 진심이라면 그 말은 미연이 살아있을 때 들어야 했고, 그때 말했어야 했다. 그때 너는 물끄러미 미연의 남편을 쳐다보았다. 죽음이 설명될 수 없듯 설명될 수 없는 저 쓸데없는 말들. 그를 이해할 수 없고, 그가 쏟아내는 말들을 이해할 수 없었다.

미연의 죽음은 오래 준비된 것처럼 일사불란하게 처리되었다. 병원을 나서는 남편의 발걸음이 빠르고 가벼웠다. 건들거리는 큰 어깨, 유

266

난히 큰 우락부락한 골격이 삶의 부조리나 불의에 맞서 저항한 덩치라기보다, 무자비하게 땅을 짓밟고 지나가는 탱크와 흡사하다는 느낌마저 들었다. 그는 둘도 없는 남편의 모습을 보였다. 그러나 실제로는 어땠는가? 그렇게 행동함으로써 실제를 은폐했던 것은 아니었을까? 그는 정직하지 않았다. 그 모든 진실은 미연만이 알 것이다. 힐끗 곁눈질로 바라보는 그의 눈과 네 눈이 마주쳤다. 순간, 그 큰 몸으로 너를 밀어버릴 것 같이 위협적이었다.

그는 죽어가는 아내를 구하지 못한 것이 아니라, 구하려는 노력조차 하지 않았다. 아예 살리려는 생각조차 없었다. 남편으로서 아내를 끝까지 구해야 할 의무를 저버렸다는 사실조차 그는 인식하지 못했다.

큰 병원으로 옮겨도 어차피 소용없거나 평생을 병마와 싸워야 한다면, 그의 선택이 옳았을까? 목숨마저 이해타산적으로 계산되는 부부라면 얼마나 위태로운 관계인가. 필요가 사라지면 언제나 분리될 수 있는 관계. 필요에 따라 취할 수도 버려질 수도 있는 관계. 의식이 사라지는 순간에도 집으로 가겠다던 미연은, 그 위험한 관계를 이미 간파했던 걸까? 남편을 중심으로 지배하고 관리하는 관계에서 입을 닫아버렸던 걸까? 아니면 말할 가치조차 없었던 걸까? 영구차가 장지를 향해 달리는 내내 너는 미연의 침묵에 대해 생각했다.

아버지의 상태는 이미 많이 진행된 상태였다. 아버지의 가족은 벌써 그 사실을 알고 있었으며, 그런 사태를 대비해 깔끔하게 유산은 정리되어 있었다. 아버지의 침묵이 온전히 자의였는지, 타의에 의한 것인지 분간되지 않았지만, 침묵할 수밖에 없었던 것은 확실했다. 아버지의 가족들이 모질게 너와 절연하는 동안 감쪽같이 사라져 버린 것은, 어쩌면 아버지의 전 재산이 아니라 정작 아버지의 존재가 아니었을까? 아버지는 아버지의 가족들에게 더 이상 아무것도 아닌, 이미 세상에 없는 사람이 되어 버렸을지도. 그 사실을 감추기 위해 그토록 아버지의 입을 닫게 만들었단 말인가. 이제 곧 아버지는 정신을 다 내려놓고 빈털터리가 된 몸으로 너를 찾아올지도 모른다. 네가 그렇게 간절히 듣고 싶었던 그 말을 영원히 할 수 없게 되었다는 것을 너는 알았다.

한쪽이 턱없이 밝아지는 동안 다른 쪽은 그만큼 어두워졌다. 아무것도 모르는 것처럼 외면했고, 아무것도 몰라야 하는 것처럼 무심했던, 그것으로 인해 마지막까지 아무것도 용서받지 못한다는 사실을 아버지의 가족은 모르지 않았을 것이다.

미연은 침묵함으로써 자신의 진실을 지켰던 걸까? 갈등과 상처를 봉합한 채 자신의 이중생활을 오래 견뎠을지도 모를 일. 침묵할 수밖에 없었던 미연의 진실은 과연 무엇이었을까? 생이 통째로 무너져 내리는 와중에도 집으로 가야 한다고, 두려움에 떨던 미연의 목소리가 귓전에 웅웅거렸다. 그녀의 남편이 함부로 저질렀을 폭행을, 함부로 무시하고 경멸했을 폭언들을, 참을 수 없는 모욕을, 어이없는 불공정과 몰이해를…, 변명할 필요조차 없는 무가치함이라고 단단히 입을 닫고 말았을지도 모를, 미연의 침묵에 대해 너는 또 생각했다.

미연의 남편은 수억 원의 보험금을 받았을 수도 있다. 새로운 여자와 새롭게 생을 시작할 수도 있고. 데면데면한 그들의 아이들을 깡그리 외면할 수도 있다. 그런데 더 이상한 것은, 그는 왜 그토록 미연의 무덤을 화사하게 꾸며 놓았단 말인가. 그것 역시 살아있는 자의 위선이며 위안 아닌가. 그 모든 진실은 침묵의 저쪽에 있다.

차들이 쏜살같이 사라지는 쪽으로 강물은 유유히 흘러갔다. 수량이 많고 유속이 빠를수록 강물의 얼굴은 느릿하다. 그 아래로 빠르게 휩쓸고 내려가는 강물의 두 얼굴. 침묵의 얼굴.

결국, 미연은 아무 말도 하지 않고 가버렸다. 자신의 상태가 작은 병원에서 호전을 기대할 수 없다는 것을 알고도. 그렇게 미연은 이 도시에서 사라졌다. 그녀가 걷던 길, 그녀와 함께 차를 마시던 찻집, 표고탕수육이 일품인 중국집, 지기라고 할 것도 없는 오랜 친구들, 그녀의 남편, 그리고 아이들…, 그 모든 것은 그대로인데.

여전히 우리는 그 길을 걷고, 차를 마시고, 해물 잡탕을 먹을 것이며, 앞으로 오랫동안 그녀의 남편은 건장할 것이다. 너무 일찍 닥친 미연의 죽음은 한때 친구들 사이에 쇼킹한 뉴스였으나, 차츰 가십거리 정도였다가 사소한 얘깃거리가 되어 버렸다. 아버지의 죽음 역시 그러하리라.

예기치 않았던 일이었다. 식욕을 잃고 기력을 잃어버린 사이 폐렴이 아버지를 덮치고 말았다. 아버지는 희미해지는 정신을 다 놓기 전에 생을 통째로 놓고 말았다. 거짓말처럼. 거짓말처럼 아버지는 돌아가야 할 곳으로 돌아갔다. 아무 말도 하지 않은 채.

아버지가 너에게 해야 했던 말은, 네가 그토록 듣고 싶었던 말이었을까? 네가 원하는 말을 듣기 위해 너는 정작 아버지의 말을 아무것도 듣지 못한 것은 아닌가? 우리는 완벽하게 침묵할 수 없다. '살아 있는 모든 것들이 사라진 뒤에도 스스로 살아남아서 떠돈다.'고 하지 않았던가. 그럴지도 모른다. 아버지와 미연이 하지 않은 말, 네가 끝내 들지 못한 그 말들을 붙들고 너는 오랫동안 살아야 할지도. 너의 애도는 아주 격렬한 환멸로 바뀔지도 ⋯ .

　강변의 중국집은 이제 고깃집으로 바뀌었다. 맛집을 순례하는 극성스러운 입들이 다시 모여들었다. 숯불 위에서 지글지글 생고기가 타고, 연기와 함께 올라오는 참을 수 없는 식욕. 그러나 잠깐! 지방을 섭취하기 전 지방분해제부터 먹어야지. 타지 않게, 짜지 않게, 신선한 야채는 듬뿍. 입안 가득 퍼지는 육즙이 미각을 극도로 흥분시키고, 저항할 수 없는 강력한 맛의 유혹에 이끌려 크게 더 크게 입을 벌려 생을 밀어 넣는다. 고기 맛에 전율하는 동안 성실하고 고상한 것쯤이야 잊어도 좋다. 건강과 여행과 그리고 힐링과 웰빙. 영원히 죽지 않을 것처럼 웃음소리는 더 싱그러워지고 스타일은 더 발랄해질 것이다. 금방 덜미가 잡힐 말도, 더러는 천박하고 사악한 욕망도 때로는 점잖게 둔갑하면서.
　기름진 고기로 분위기는 한껏 양기가 오르고, 도도하게 눈을 내리깐 A가 다시 활을 당겼다. 칭찬 같기도 하고 저격 같기도 자랑 같기도 한 말의 화살이 사방으로 날아가 박혔다. 아, 이 쓸데없는 말들. 정작해야 할 말들은, 정작 들어야 할 말들은 어디로 날아가 버린 건가. 그칠 줄 모르고 왕왕거리는 오만과 편견의 말들, 타락의 말들은 또 얼마나 매혹적인가. 이미 들었던 이야기들은 재구성되어 새로운 이야기가 되고, 미연의 죽음쯤은 까마득해졌다.

잠을 잘 수 없다고?

작자가 돌진했다.

한 손에는 수건으로 둘둘 만 흉기를 들고, 다른 손에는 정체불명의 흰색 각진 통을 들고 달려왔다. 바람에 산불이 옮겨붙듯 풀쩍풀쩍 건너뛰었다. 러닝셔츠만 걸치고 하의는 탈의한 채. 온몸의 문신이 적나라하게 드러났다. 수건으로 실체를 감추긴 했지만, 그것은 칼자루의 형체를 분명히 드러내고 있었다. 그자의 돌진을 누가 말리랴.

"쥐도 새도 모르게, 알지!" 서슬 퍼런 칼날이 작자의 혀 위에서 번쩍였다. 너 같은 것 하나쯤이야, 너 따위쯤이야 일도 아니라는 말이다. 그렇게 위협적으로 내뱉으면서도 '죽이는' 혹은 '보내버리는', 따위의 말은 뺐다. 그는 충분히 알아들었다. 쥐도 새도 모르게 해치워질 수 있는 인간이 자신이라는 것을. 위협적인 단어를 함부로 쓰지 않음으로써 그는 위악을 극대화시켰고, 그럼으로써 나약한 인간을 벌벌 떨게 했다.

작자가 손을 번쩍 쳐들었다. 흉기를 든 손이 공중에서 한 번 부르르 떨었다. 바짝 독이 오른 뱀 대가리가 거침없이 급소를 공략했다. 앗! 작자의 위악이 내리꽂혔다. 순간 그의 몸이 휘청 휘어졌다. 빗나갔다. 실체를 드러내지 않은 날카로운 칼날이 번뜩이며 팔뚝과 가슴을 무자비하게 베고 지나갔지만, 베이지 않았다. 몸이 떨리기 시작했다. 손이 떨리고 다리가 떨리고 입술이 떨리고 와들와들, 가슴까지 떨렸다.

작자의 행동은 무슨 확신이 있어서가 아니라 그저 습관에 불과한 광포한 횡포일 것이다. 험상궂은 작자의 얼굴에 두 줄로 깊게 팬 칼자국이 눈에 들어왔다. 짐승도 도망갈 곳을 두고 내몰아야지, 그렇지 않나? 막다른 골목에선 죽기 아니면 살기. 갑자기 알 수 없는 기운이 솟구쳤다. 휘몰아치는 폭풍 같은 위력으로 그가 덤벼들었다.

무모하리만치 저돌적인 의외의 반란이었다.

사소한 선택 앞에서도 머뭇머뭇, 망설이기를 반복하던 그가 뜻밖의 선택을 감행한 것은, 선택이라기보다 미쳐 버렸다는 말이 맞겠다. 아무튼, 놀라운 일이었다. 그 선택이 모든 것을 망쳐 버리더라도, 재수 없게 최후를 맞게 되더라도 어쩔 수 없는 일. 그깟 '어깨' 앞에서 최후를 맞아야 한다니. 웃기는 일이지만, 그 순간 어떤 선택을 하던 되돌릴 수 없긴 마찬가지일 터.

이 판에 주저하다니! 미쳐 날뛰면서도 참아야 하나 분출해야 하나, 멈추어야 하나 일어나야 하나, 끝내야 하나 말아야 하나 … 머릿속에서는 비겁함과 무모함이 뒤섞였다. 심장이 무모한 쪽으로 부르르 떨었다. 꾹꾹 눌렀던 그간의 분노가 일순간 화산처럼 분출했다. 그야말로 죽기 아니면 살기로 덤벼들었다. 가슴을 열어젖히고 "어디 한번 해봐! 죽이든 보내 버리든 해보라고! 더 이상 이대로는 안 돼!" 패악을

지르며 그가 광분했다. 작자가 멈칫, 멈춰 섰다. "뭐야? 죽기로 작정했구먼." 애써 태연한 척 여유를 부렸지만, 적잖게 당황하는 기색이었다. "눈에 뵈는 게 없다, 이거지?"라고 그자가 다시 엄포를 놓았을 때, 그의 눈에는 정말 아무것도 보이지 않았다. 그러니까 브레이크 오작동 돌진 같았다. 이성이 마비되고 미친 듯 심장이 뛰었다. 이따위로 인생이 끝장이 나더라도 어쩔 수 없는 일. 어떤 선택을 해도 후회하게 될 것은 분명했다. 죽기로 작정하지 않고서야 어떻게 그런 용기가 났겠는가.

작자가 겁박하며 험상궂게 눈을 부릅떴다. 팔뚝의 문신을 한껏 드러내며 흉기를 든 손을 다시 한 번 번쩍 들어 올렸다. 으르렁대는 한 마리 짐승 같았다. 그것만으로도 그자가 어떤 인간인지, 그가 어떤 상황에 부딪혔는지 설명해 주었다. 흉기를 든 그자의 손이 공중에서 다시 한 번 부르르 떨었다. 수건에 둘둘 말린 그것, 그러니까 손이 아니라 그것이 부르르 떨었다. 떨고 있는 그것을 바라볼 뿐인데 그도 감당할 수 없을 정도로 떨렸다. 부르르 떨던 엔진에 시동이 걸린 듯 그자가 아닌 그가 다시 광분하기 시작했다. 윗도리를 사정없이 찢어 작자를 향해 던졌다. "어디 한번 죽여보라고!" 빳빳하게 머리를 쳐들어 그자의 턱밑에 바짝 갖다 댔다. "미쳤나, 이 자슥이. 죽고 싶어 환장했나!" 작자가 눈알을 부라리며 그의 머리를 쳐냈다. 평소의 거드름이나 허세와는 달랐다. 그 틈을 타 되레 때려잡을 기세로 그가 그자에게 달려들었다. "때려잡으려고 환장을 했겠지! 미친개한테 어디 한번 물려 죽어봐!" 무분별하게 튀어나오는 말이 질주하는 말(馬)처럼 날뛰었다. 고개를 비튼 채 조롱하듯 눈알을 돌려 그자를 뚫어지게 쳐다보았다.

순간 작자가 민첩성을 잃어버리고 높이 쳐들었던 팔을 슬그머니 내렸다. 기세등등했던 한 인간이 자신이 누구였는지 잊어버리고 꼬리를 내렸다.

불면 때문이었다.

아니다, 과다한 수면제의 부작용 때문이었을지도 모른다. 아무튼, 정상은 아니었다. 간이 배 밖에 나오지 않고서야 그럴 수는 없는 일이었다. 그 위급한 상황에서 그자의 위악을 똑똑히 되짚다니. 희한한 건 아귀를 딱딱 맞추어 귀에 속속 들어가게, 그간 작자가 저지른 횡포가 그의 입을 통해 터져 나왔다. 놀라운 일이었다. 제정신이 아닌 상태라고 하기엔 너무도 정신은 또렷했다. 그토록 완벽하게, 빈틈없이, 작자를 대적하다니!

작자의 등 뒤로 모텔 출입구의 광섬유 가림막이 발이 햇살을 뿌리치며 날카롭게 빛났다. 그자가 몸을 돌리자 다시 머리카락이 쭈뼛했다. 작자에 대해서 아는 건 아무것도 없었다. 공포나 두려움 같은 실체도 없는 조작된 증거들뿐이었으니까.

요란하게 짖는 개는 물지 않는다.

그랬다. 그자가 한 발짝 뒤로 물러섰다. "어허, 아우가 오늘 미쳐버렸나? 왜 이리 거칠게 나오나!" 돌변한 왕년의 '어깨'가 '형님'으로서 지긋이 윽박질렀다. 게걸스럽게 집어삼키려다 그만 점잔을 빼며 슬쩍 물러났다. 그자가 김빠지는 꼴로 돌아서서 주변을 한 번 살폈다. 그 꼴같잖은 위엄이 흥분에 불을 질렀다. "집어 치워! 뭐, 형님? 어디 '민증'이나 한번 까봐!" 그는 작자를 희롱하듯 째려보았다. 그 정도 광분으로 꿈쩍할 작자가 아니라는 걸 알았다. 이쯤에서 꼬리를 내린다면 일어나지 않는 것만 못 하리라. 미쳐버린 다음에야 못 할 짓이 있겠는가. 게거품을 물고 달려드는 순간 그자의 아랫도리에 눈길이 멈췄다. 추레하게 붙어 있는 흉물스러운 그것. 아뿔싸! 저런 인간에게 이제껏 농락당했더란 말인가. 머무를 데 없는 시선을 거두어 그자를 다시 한 번 훑었다. 누런 이빨을 드러낸 채 붉은 눈동자가 비열하게 웃고 있었다. 그 웃음이야말로 어이없이 받아든 세금 독촉장 같았다. 그는 숨을 한 번 내뱉은 후 목소리를 낮춰 경고했다. "치워라! 내 눈앞에서, 그 물건 치워라!"

작자가 쥐고 있던 흉기를 던졌다.

치우라고 한 물건은 그 물건이 아니었다. 그는 다시 작자를 뚫어지게 쳐다봤다. 농작물을 짓밟고 어린 닭들의 모가지를 무참히 꺾어 버린 광분한 개의 목에 걸려 있던 누런 목줄이, 그 누런 체인형 금목걸이가 그자의 목에 걸려 있었다. 햇살을 받아 번쩍이는 금목걸이가 영락없이 개목줄이었다. 한 움큼도 되지 않는 피라미 앞에 아랫도리를 벗은 채 누런 금목걸이를 걸고 서 있는 퇴물을, 오랫동안 기억할 것이다.

"아우가 뭘 많이 오해한 모양이네, 진정하게." 그자가 점잖게 비아냥거렸다. "뭐라고? 오해?" 그가 다시 고삐를 틀어쥐었다. 한주먹감도 되지 않는 인간을 향해 체모에 손상이 가지 않을 만큼 으름장을 놓으며 함부로 까불지 말라고 못을 박을 만도 한데, 작자는 순순히 뒤돌아 모텔 쪽으로 걸어갔다. 미친 말은 상대하지 않는다, 뭐 그런 건가? 돌아설 때를 아는 자처럼 돌아섰지만, 결코, 아름답지 않은 풍경. 그자는 뒤돌아보지 않았다. 지나치게 과도한 확신은 미덥지 못하다는 걸 깨달았을 때처럼. 그러니까 상대의 공격을 반박할 만한 힘을 잃어버린 퇴물이 되기 싫었으니까. 퇴물의 꼬락서니가 초라하고 누추했다. 하지만 산속으로 들어앉은 '어깨'의 짧고 휘어진 사지에 박힌 문신에는 미친 욕망이 여전히 꿈틀거리고 있었다. 자세히 보니 한 마리의 뱀이 대가리를 돌려 제 꼬리를 쳐다보며 꿈틀거리고, 꿈틀거리는 뱀을 둘러싸고 얼룩말 무늬가 넓적다리 전체를 뒤덮고 있었다. 얼룩덜룩 물이 빠진 푸른색과 붉은색이 추접스럽게 얼룩져 있었다. 작자는 자신의 뒷모습을 보지 않았을까? 자신의 다리에 박아 넣은 문신이 물이 빠졌다는 사실을. 그것이 더 나약하게 보였고 그래서 더 공허했다. 스스로 퇴물임을 드러내었기에.

반나신의 퍼포먼스가 싱겁게 끝이 났다.

그때야 그는 자신의 몸이 걷잡을 수 없이 떨고 있다는 사실을 알아챘다. 그는 주머니 속 핸드폰을 꺼내 떨리는 손으로 그자가 던진 흉기를 찍었다. 어설픈 인간을 우롱하고 겁박했던, 볼품없는 물증을.

세상의 어떤 불합리와 비정상이 자신을 공격해도 거기에 굴복하거나 꿈쩍하지 않고 살아갈 수 있을까. 오래전의 오기나 오만은 온데간데없고, 오히려 불합리와 비정상의 상태로 살아가고 있지 않은가. 그것이 슬펐다. 바로 그날 기석의 부고를 받았다.

기석의 상가喪家에서 오랜만에 정환을 만났다.

고향을 지키며 살아가던 기석의 갑작스러운 부고는 그들 모두를 '멘붕' 상태로 몰고 말았다. 전화를 받았을 때 머릿속이 하얗게 지워졌다. "뭐? 죽었다고? 죽다니? 누가? 정말? 기석이? 죽었다는 거야?" 그는 몇 번이나 되물었다. 죽었다니! 죽음은 수천만 킬로미터 멀리에 있을 줄 알았는데 이렇게 가까이 두고 살았더란 말인가. 아직은 그들의 것이 아니라고 믿었던 것이 불쑥 예고도 없이 찾아왔다.

상가에 친구들이 하나둘 모여들고, 누구 할 것 없이 기석의 죽음을 어이없어했다. 죽음이란 올 수도 있고 오지 않을 수도 있는 일이라는 듯. 사느라 죽을 시간도 없지 않나? 죽음 같은 건 호사스러운 엄살에 불과하다고, 누군가 그런 말을 했고, 죽을 만큼 여유가 있다는 거야? 누군가는 또 이렇게 쓸데없는 말들을 흘렸다. 누굴 향해서라기보다, 황당함이었다. 당혹감과 안타까움이었다. 어색함을 견디지 못해 계속 말을 하는 사람들처럼 그들은 아무 말이나 내뱉었다. 오히려 아무 말도 하지 않는 것이 어색했으니까. 기석이 마치 호사스러운 죽음을 선택한 것처럼. 기석이야말로 그들 모두가 돌아갈 자리를 지키는 든든한 고향이라고 믿었으니까. 구심점을 잃어버린 자들은 망자를 위로하기보다 자신들을 위로하기 바빴다. 어쩌면 그들 역시 기석의 죽음에서 멀리 떨어져 있지 않다는 사실을, 그들 자신이 기석일 수도 있다는 사실을 잘 알고 있었기 때문일지도 몰랐다. 아무도 본 적 없는 자신들의 죽음을 빤히 바라보고 있었으니.

"바쁘지?" 그는 딱히 할 말을 찾지 못한 채 어색하게 말해 놓고는 정환이 묻지 않았는데도 "어쩌다 보니 … " 라고 실없는 말을 흘렸고, 그리고 어이없이 웃었다. 기석이 왜 갑자기 죽었는가? 과연 서로의 근황을 묻지 못할 만큼 그렇게 바빴냐고, 두 사람의 눈은 묻고 있었다. 그들은 알고 있었다. 사정이야 제각각이겠지만 그간의 삶이 녹록지 않았다는 것을.

진창으로 취하는 것만이 기석에 대한 의리인 것처럼 그들은 밤새 술을 퍼마셨다. 취하지도 않는 술을 마시고 또 마셨다. 아쉬움으로, 안타까움으로, 무심함으로, 미안함으로. 친구를 잃은 사내들은 의리를 잃은 사내들이며 고향을 잃은 사내들이고 이제 오갈 데 없는 사내들이 되어, 주인을 잃은 노비처럼 더러는 흐느끼고 더러는 욕을 해대고, 별거 아닌 말꼬투리를 잡고 언성을 높이고 삿대질을 해댔다. 쓸데없는 묵은 감정까지 상가에서 뱉어 냈다. 그럴 일인가. 모두 다시는 일상의 제자리로 돌아가지 못할 사람들 같아 보였다. 일시적인 우울감이나 희열에서 벗어나면 원래의 상태로 돌아가기 마련인데, 도저히 그렇게 될 수 없을 것처럼 그들은 울분을 터뜨렸다. 돌아갈 곳을 잃어버린 사람들이 되어. 그만큼 기석의 죽음은 사건이었고 충격이었다.

정환이 벌건 눈가를 비비며 말없이 술을 따랐다. 조문객이 뚝 끊긴 늦은 시간까지 친구들은 죽도록 퍼마셨고 차례대로 빈소에 쓰러졌다. 넥타이를 풀고 셔츠를 풀어헤치고 기석의 죽음에 시위하듯 널브러졌다.

새벽녘 장례식장은 이승도 저승도 아닌 다른 공간, 이상한 적막이 흘렀다. 타다 남은 향 뒤편에서 죽은 기석이 친구들을 내려다보며, '짜식들, 내가 죽어야 모이냐?' 그렇게 농을 치고 있는 듯했다. 영정사진 속에서 기석이 싱긋이 웃었다. 셔츠를 바지춤으로 밀어 넣으며 그는 화장실로 향했다. 복도 구석 자리에 정환이 앉아 있었다. 정환은 한숨도 눈을 붙인 것 같지 않았다. "계속 여기 혼자 있었던 거야?" 그가 물었다. "뭐, 여기저기." 정환이 대답했다. "왜?" 눈 좀 붙이지 그랬어, 라고 말하려는 순간 정환이 먼저 말했다. "잠이 오지 않아서."

화장실을 나오면서 그는 정환을 바라보았다.

모든 가능성의 반대쪽에 서 있는 모습이었다. 야윈 어깨를 덮고 있는 피곤함과 적막함. 가만히 바라보니 군데군데 삐져나온 새치와 주름살, 햇살과 바람에 내버려 둔 듯한 거친 피부가 십 년은 더 늙어 보였다. 정환은 아무 말이 없었다. 그 모습을 보는 순간, 사랑을 나눌 수 없는 연인들처럼 거리를 두고 싶었던 건 무엇 때문일까? 정환은 왜 조금도 달라지지 않은 채 이렇게 앉아 있는 거지. 나는 왜 이 불편한 침묵을 참지 못하는 거지. 그는 고개를 다른 데로 돌렸다.

그들이 앉아있는 옆 빈소가 갑자기 분주해졌다.

누군가 또 목숨의 소임을 다한 모양이다. 한 사람의 치열했을 현존이 부재로 넘어갔다. 이승을 떠나는 자를 위해 제단이 꾸며졌다. 사람들은 왜, 이 밑도 끝도 없는 허무한 현존에 그렇게도 매달릴까? 그가 정환을 다그치듯 물었다.

"왜?"

"꿈이지. 악몽 때문이야." 한참 후 정환이 대답했다.

"이유가 뭐야?"

"모르겠어."

"혹, 약을 복용하고 있나? 항우울제라든가 … ."

"지금은 먹지 않지."

"그렇다면 복용했다는 말이네."

" …… ."

"수면제는?"

"지금은 먹지 않아."

"그럼 전에는 복용했다는 말이잖아."

" …… ."

"근데 지금은 왜?"

"가위에 눌리는 악몽 때문이야."

"악몽?"

"잠에서 깨어 의식이 돌아온 상태인데도 누군가 몸을 움직이지 못하도록 잡고 있는 것처럼 꼼짝할 수가 없어. 수면제 때문인 것도 같고…."

핏발이 선 정환의 눈은 여전히 꿈속이듯 몽롱했다. 꿈이 덜 깬 상태, 그러니까 무언가를 말하려 하지만 목소리가 터져 나오지 않는 상태랄까. 깨어났지만 꿈인지 현실인지 구분되지 않는 상태. 흐릿한 정환의 눈빛은 뭔지 정확하게 말하지 않았으나 뭔가를 말하고 있었다. 분명 그랬다. 어떤 심각한 일이 생겼다는 걸 그는 감지했다. 어지럽게 떠도는 상상력을 현실로 끌어들여서는 안 돼.

옆 빈소의 상주인 듯한 사람 몇이 그들 옆을 스쳐 지나갔다. 둘은 커피 자판기가 있는 쪽으로 자리를 옮겼다. 장례식장 마당으로 들어오는 검은 차의 불빛이 그들을 훑고 지나갔다. 정환의 눈이 불빛을 따라 움직였다. 정환의 얼굴에서 마치 한 생이 왔다가 눈앞에서 사라지듯 불빛이 사라졌다.

정환의 침묵이 심상치 않았다. 악몽이란 그저 꿈일 뿐일 테지만 어쩐지 정환의 악몽은 지금까지 그가 꿈꾸어온 것들을 송두리째 박살 내는 것처럼 들렸다. 그가 다시 물었다.

"건강상태는 어때? 혈압이라든가 부정맥 같은 거…."

"……."

정환은 대답하지 않았다. 어쩌겠는가. 하고 싶지 않은 말도 있을 테니까. 그건 사람을 믿고 못 믿고의 문제가 아니다.

그즈음 그에게도 일어나는 현상이었다. 뭔지 모를 맥락 없는 꿈을 꾸다가 그 꿈이 악몽으로 변했다가, 심장이 미친 듯이 뛰고 멎어 버릴 듯 숨이 막히다가, 다시 잠들면 이번엔 심장의 통증으로 깨어날 때가 있었다. 그게 꿈속에서인지, 실제 일어난 통증인지, 그걸 분간할 수 없었다. 자주 깨기 때문에 악몽을 꾸는지, 악몽 때문에 자꾸 깨는지 그것조차 분간되지 않았다.

그날 밤 그는 정환에 대해 생각했다. 정환에 대해서 웬만큼 알고 있는 것 같았지만 실은 그저 잡다한 기억들뿐이었다. 그나마 그런 기억들조차 그 사건에 덮여 버렸다. 조합장이었던 정환의 아버지가 조합원들의 돈을 떼먹고 야반도주한 사건. 그것 역시 아주 오래전 일들이라 더러는 가물가물 잊히고, 더러는 과장되었거나 왜곡되어 서로 다르게 기억하는 것들이었다. 다른 사람의 실수에 대해 정확하게 볼 줄 아는 나이가 아니었기 때문이다. 이후 정환은 점점 말수가 줄어들었다. 속을 내비치지 않았으니 시시콜콜 그 이상의 것은 알 리 없었다. 둘이 함께 밤을 지새웠다고 해도 진지함을 피해 변변찮은 얘기들이었을 뿐. 그것 역시 정환에 대한 그의 배려였을 것이다. 그 시절 할 수 있는 일이 무엇이었겠는가. 꿈을 꿀 수밖에.

난 꿈이 없어, 아무것도 할 수 없을 것 같아. 그 암울하던 시절 정환이 말했다. 난 반드시 성공할 거야. 그가 말했다. 기왕이면 큰 꿈을 꾸어야 한다고. 허무맹랑한 꿈이 실현된다면 반드시 정환을 찾겠다는 뭐 그런 꿈같은 이야기를 했다. 그런 허황한 이야기를 나누었거나 말거나 지금에 와서 이렇게 악몽에 관해 이야기하게 될 줄이야. 오랜 지기이긴 해도 함께한 시간보다 각자 고향을 떠나 산 시간이 훨씬 더 길었으니, 어쩌다 만나기라도 하면 그저 상투적인 얘기를 하며 피상적인 관계로 옮겨갔다. 그러면서도 맘속으로는 늘 함께했던 것처럼 가깝고, 멀리 있어도 지척에 있는 것처럼 서먹하지 않은 사이라고, 무조건 한편이고 그래서 무조건 믿어지는, 시시비비를 가릴 것 없는 친구 사이라고 그렇게 믿을 뿐이었다. 근데 그날은 달랐다. 정환의 침묵이 아주 낯설지 않았다. 그래서 그 침묵이 버거웠다.

기석의 부고를 전한 사람은 정환이었다. 전화를 받는 순간 그는 곧바로 정환의 목소리를 알아들었다. 착 가라앉은 피곤한 목소리가 몹시 거슬렸다. 왜? 아직도 힘을 못 차린 건가? 정환에게 아무 일이 없지 않다는 걸 직감했기 때문이다. 실컷 울었으면 제자리로 돌아올 줄도 알아야 하는 것 아니야. 울화통이 솟구쳤다.

발인까지는 아직 두어 시간 남았다.

그와 정환은 함께 장례식장 밖으로 나왔다. 밤사이 눈이 내린 듯 이팝나무 꽃이 하얗게 피었다. 이팝나무 꽃이 흐드러지게 핀 날 기석이 가버렸구나. 탄식하듯, 이팝 이밥 흰밥 쌀밥, 하고 읊조리는데 눈앞이 아득해졌다. 속이 쓰리고 입안이 깔깔했다. 울렁울렁, 어질어질한 상태에서 그는 정환을 보았다. 정환의 침묵이 몹시 불편했다. 그 이상한 침묵을 참을 수 없었다. 그가 먼저 말을 걸었다.

"뭔 일 있는 거지?"

정환은 대답하지 않았다. 정환의 침묵은 신중하지 않았고 무례하지도 않았다. 다만 모종의 비밀 같은 석연찮은 데가 있었다. 정확히 짚이지 않는 덩어리가 통째로 여기저기 굴러다녔다. 덩어리가 점점 커졌다. 정환은 대답 대신 담배를 물었다. 호탕하게 웃으며 덥석 손을 잡던 기석이 살아 있었다면, 문제가 뭐야? 문제가 없는 게 문제 아니야? 하며 웬만한 문제쯤이야 슬쩍 넘길 수도 있었을 텐데. 그제야 기석의 존재가 엄청나게 느껴졌다. 괄괄한 그의 목소리와 커다란 손이 사라졌다는 것이 도무지 믿기지 않았다. 기석은 왜 이렇게 느닷없이 떠났을까? 덩어리의 실체처럼 기석의 죽음이 그랬다. 이 새벽에 왜 이렇게 이팝나무 아래에 앉아 있는지, 이렇게 앉아 있어야 하는지, 실감이 나지 않을 뿐이었다.

동이 트고 해가 떠오르고, 이팝나무 흰 꽃이 햇살에 반짝였다. 주차장으로 검은 차들이 들어왔다. 바람에 이팝이 눈처럼 펄펄 날렸다. 날리는 꽃잎은 이제 꽃으로서 목숨의 소임을 다했다. 현존이 부재로 넘어가는 시간. 삶과 죽음이 공존하는, 사라지는 것들 아래 앉아 그들은 기석의 발인을 기다렸다.

발인이 끝나고 친구들은 모두 흩어졌다. 그와 정환만 남았다. 원망과 애통함과 더러는 홀가분함, 표현할 길 없는 칙칙한 공기가 뒤섞여 웅성대는 화장장 대기실에서, 기석이 한 줌의 재가 되는 동안 그들은 침묵을 견디고 있었다. 정환의 눈동자는 자주 어딘가를 헤맸다. 잃어버린 것을 찾을 때처럼 눈길이 흔들렸다.

기석의 관이 불 속으로 밀려들어가는 모습이 대기실 모니터에 비쳤다. 생이란 천천히 밀려오고 밀려가는 게 아니라 순식간에 생겼다 사라지는 것. 사람들은 오고 가고, 오고 가는 것이 삶인지 죽음인지 헷갈렸다. 넋을 놓고 그들은 기석이 불 속으로 사라지는 그 화면을 쳐다보고 있었다. 정신은 다만 흐릿할 뿐. 죽음이 기석을 찾아온 것인지, 기석이 죽음을 찾아간 것인지, 그 상황이 현실인지 꿈인지조차 분간이 되지 않았다. 마치 불면의 상태처럼 온갖 생각들이 머릿속을 흘러다녔다. 삶과 죽음이 그 '무엇'이었다가 이내 '아무것도 아닌 것'이 되어버렸다가, 지금 여기까지 내가 걸어온 것이 아니라 누군가 데려왔고 또 누군가 도로 데려가는 게 아닌가, 하는 쉽게 무엇과 접속되지 않는 생각들이 오고 가고, 그는 거기 그렇게 앉아 있다는 것을 깨닫고는 거기 그렇게 앉아 있으리라는 걸 한 번도 생각해 본 적 없었다는 것을 깨달았다. 기석이 죽었다? 근데 기석은 왜 죽었지? 아무도 그걸 말해주지 않았다.

몽롱한 상태에서, 기석이 억울하게 죽은 거라고, 근거 없는 사실을 기정사실화 시켰다. 위험하기 짝이 없는 억측을 몰아내며 그가 먼저 정환에게 말을 걸었다. "왜? 언제부터?" 잠을 자지 않고 어떻게 일상을 살 수 있느냐고 물었다. 정환은 또 아무 말 하지 않았다. 대신 귓바퀴가 발갛게 달아올랐다. 이럴 때 기석이 살아 있었으면 껄껄껄 웃으며, 뭐 잘 수도 있고 자지 않을 수도 있지, 그게 뭔 대수냐, 라고 능청을 떨었을 텐데. 능청스레 이 사태를 평정했을 텐데. 분위기는 고인 물처럼 악취가 나고 그들은 현실 감각이 흐려진 채로 멍하니 앉아 있었다.

기석이 따뜻한 유골함으로 어린 상주의 품에 안겼다. 상황종료. 비로소 한 생의 모든 순간은 막을 내렸다. 이제 기석은 산산이 흩어져 이 우주 어딘가에 원자로 불멸할 것이다. 기석의 영혼은 비로소 삶에 구속당하지 않고 자유로워질 것인가?

화장장에서 걸어 나오면서 그는 새 주소를 정환에게 내밀었다. 정
환이 갑자기 걸음을 멈췄다.

"언제?"

"조금 되었어."

"무슨 일로?"

그도 대답하지 않았다.

며칠 후 정환에게서 전화가 왔다.

정환에게 작자의 얘기를 한 것은, 쥐도 새도 모르게 해치워질 수도
있을 것 같은 불안 때문만은 아니었다. 정환은 그의 안전을 걱정했다.
별일 아니라고 했지만, 한편으로 그런 상황을 견디기엔 역부족이었
다. 전화선을 타고 긴 숨이 오갔다.

정작 며칠 후 정환이 찾아왔을 때 그는, 깍듯이 예를 다해 '형님'이
라 불러마지않던 그자가 이후 어떻게 행동했는지는 더 이상 입 밖에
내고 싶지 않았다.

"그래서? 그 다음은?" 정환이 물었다.

"그날 이후 잠이 완전히 사라져 버렸어."

"그러니까 그게 그 작자 때문이라는 건가?"

"글쎄, 아무튼 그때부터 심각해진 건 사실이야. 악몽을 꾸기 시작했
거든."

그의 손이 다리 위에서 조금 떨었다. "그자가 나를 떨게 만들었지."

"잠이 오지 않는 건 떨림 때문 아닐까? 그러니까 두려움이라기보다

잠을 잘 수 없다고? 285

기선을 제압한 흥분, 그 흥분이 채 가시지 않아서 … ?"

정환이 던진 말의 가부를 떠나 그날 이후 떨림의 증상이 가라앉지 않은 건 사실이었다.

"퇴물이긴 하지만 그자의 셈법이 수상해. 저 모텔 안에서 뭔가가 일어나고 있는 게 분명해. 시끄러워지면 안 되는 무엇. 아니면 그자가 왜 순순히 흉기를 던졌겠어. 웃기는 일이지."

"사는 게 다 웃겨." 정환이 받아쳤다.

실제로 작자는 그보다 몇 살이나 어렸다는 것. 수건에 둘둘 말린 것의 정체는 칼이 아닌 막대기였으며, 각진 통은 뱀을 쫓기 위해서 뿌리는 백반 통이라고 작자가 말한 사실까지는, 정환에게 말하지 않았다. 그건 분명 그를 위협하는 도구였으므로. 그게 무엇이었든 무기와 다르지 않았으므로.

그자가 한때 떡 벌어진 '어깨'이었거나 말거나, 흉기를 든 그자의 손이 공중에서 부르르 떤 이유에 대해선 지금도 알 수 없다고 그는 말했다.

"퇴물이 되어버리긴 해도, 피라미 새끼 하나도 함부로 해치우지 못할 이유? 그러니까 시끄러워지면 안 될 이유 말이야. 조무래기나 상대해야 하는 자신이 한심스러워서였을까? 그게 아니라면 뭘까? 그게 궁금하다니까."

정환이 계속해서 얘기를 듣고 싶어 한다는 걸 알았다. 그는 그 얘기를 하지 않으면 앞으로도 계속 잠들 수 없을 것처럼 느껴졌고, 정환 역시 잠을 잘 수 없는 이유를 그 얘기에서 찾고 있는 듯 보였다. 그러나 그는 거기서 말을 멈추었다.

정환은 분명 뭔가 얘기를 하고 싶어 그를 찾아왔을 것이다. 그런데 정작 정환의 얘기는 하나도 듣지 못했다. 담뱃불을 붙여 정환에게 내밀었다. 담배를 든 손이 조금 전보다 더 떨었다.

"기석이 그 친구… 그래도 복 많은 사람이지. 마지막 숨을 거둘 때까지 집사람이 입맞춤을 했다지 않나." 정환이 혼잣말처럼 중얼거렸다.

"그게 뭐? 이상화시키지 마. 그들 부부에게 무슨 일이 일어났는지 알 수 없잖아."

대화가 뚝 끊겼다. 비현실적인 입맞춤으로 기석의 죽음이나 사랑을 포장할 수는 없으리라. 진짜 사랑이란 끔찍이도 고통스러운 책임이 따를 터. 물론 기석이 죽음을 선택하지 않았더라도 그가 책임을 다하지 못한 건 분명했다. 아직 어린 자식들을 두고 떠났으니. 그의 손이 다시 떨었다.

모텔로 외제 지프차 한 대 미끄러져 들어갔다. 뒤이어 또 한 대가 꼬리를 물고 들어갔다. 차가 스며들듯 촘촘하게 드리워진 가림막 안으로 자취를 감추었다.

"봐, 저긴 저들의 아지트야. 저기서 무슨 일이 일어나겠어. 뻔하지."

"뻔하다니?"

"이 산속까지 들어와 누가 자겠냐고, 그 말이지. 생각해 봐. 뭘 생각해도 정상은 아니지 않겠어. 은밀한 거래나 게임, 음모 같은 수작이 벌어지고 있는 게 확실해."그의 어깨가 한차례 또 흔들렸다.

"저기 들어가 봤어? 정환이 물었다.

24시간, 연중무휴. 모텔 입구에 촘촘히 드리워진 발을 헤치고 뛰어들어간 건 눈이 뒤집히기 전이었다. 광섬유로 만든 발에 조광기를 설치해 빛이 조잡하게 뻔쩍였다. 삶의 쉼표를 허락하지 않는 곳. 하루도 빠짐없이 영업 중임을 알리는 불빛. 그 불빛은 삶의 치열함이거나 고단함을 느끼게 하기보다, 뭔지 모르게 미궁에 빠져들게 만드는 강렬한 유혹 같은 것이었다. 출입문을 통해 안쪽 천장에 무드조명이 빙글빙글 돌아가고 있는 게 보였다. 그는 주춤 발길을 멈추었다. 어쩌지? 어쩌긴 어째! 참고 참았던 그간의 횡포를 알려야 할 것 아닌가. 출입문으로 여자가 빼꼼 고개를 내밀었다. 탐지견 같았다. 탐색자의 눈빛은 어딘지 모르게 탐탁잖았다. 문이 도로 둔탁하게 닫히면서 쇠붙이 부딪치는 소리가 요란했다. 생각했던 대로 뭔가 예사롭지 않은 기운이 감돌았다. 출입문을 밀치는 순간 어디선가 작자가 급하게 뛰쳐나왔다.

"그, 거, 참 …" 작자가 막무가내로 그를 가림막이 밖으로 밀쳐냈다. 입에서 역한 냄새가 풍겼다. 계속 그, 거, 라고 할 뿐 문장으로 표현되지 않는 말. 이봐, 나가서 얘기하지. 그런 말조차 할 수 없다면 필시 전제된 어떤 상황이 있을 터였다. 거기 그곳, 그러니까 거기 그곳에서 뭔가 일어나고 있다는 것을 그는 금방 알아챘다. 뭔가 구린 게 있지 않고서야 발도 들여놓지 못하게 할 게 뭐란 말인가. 입구 어딘가 감시카메라를 설치해 놓은 게 분명했다. 작자의 등 뒤에서 커다란 눈동자를 굴리며 조금 전의 늙은 여자가 힐끗거렸다. 그를 가림막 밖으로 몰아내면서 작자가 쩍쩍 입맛을 다셨다. 횡설수설 버벅거리다가 비로소 숨을 한 번 몰아내고는 점잖게 겁박했다.

"아우가, 아우가 많이 화가 난 모양이야. 무례하게 쳐들어온 것 보면."

"무례하다고!" 그는 작자를 향해 "무례?" 다시 쏘아붙였다.

"뭐야?" 그자가 퉁명하게 내뱉었다.

"밭작물을 몽땅 작살냈다고!" 그는 다시 그자를 째려보았다.

"그게, 뭐? 근데, 왜?" 그자는 또 아무것도 모르는 척 횡설수설하더니 "미쳤나, 이 자슥이" 하고 손을 번쩍 들며 윽박질렀다. 누런 흰자위로 안구가 쉴 새 없이 움직이고 더 누른 동공을 덮으며 눈꺼풀이 쉴 새 없이 깜빡였다. 그자는 자신의 눈이 깜빡인다는 사실을 모를 것이다. 농작물을 작살 낸 누런 개의 눈동자와 흡사해 보였다.

"도대체, 진짜 모른다고?" 그는 홧김에 발밑에 나뒹굴고 있던 개밥그릇을 집어 바닥을 향해 내던졌다. 스테인리스 재질의 개밥그릇이 깨지는 소리를 내며 모텔 출입구로 굴러갔다. 작자가 안쪽을 철통같이 막아섰다.

누가 알겠는가. 저 안에서 무슨 일이 일어나고 있는지. 어떤 범법행위나 불법적인 사건이 벌어지고 있을지. 누런 개들이 우글거리며 으르렁대고 있을지, 누가 알겠는가. 번쩍일 뿐 잠들 수 없는 불빛. 저 불빛이 잠들지 않는 한 저 안쪽에서는 어두운 욕망이 꿈틀거리고 있을지 누가 알겠는가. 반복적으로 무언가 일어나고 있을 것 같았다. 그러니까 저 불빛 안쪽의 어둡고 폐쇄적인 공간을 벗어나지 못하는 사람들, 불법과 범법이라는 숙주에 기생할 수밖에 없는 인간들의 장소일지 누가 알겠는가.

작자의 개가 수시로 그의 농원으로 내려와 애써 키워 놓은 작물들과 닭들을 작살내지만 않았어도 그 안에서 무슨 일이 일어나든 무슨 상관이겠는가. 그자의 개가 난폭하든 부랑하든.

그는 줄곧 작자에게 내려와서 난장판을 만들어놓은 농원과 닭들의 사체를 보라고 말했다. 하지만 그자는 꿈쩍도 하지 않았다. 처음엔 자기 개가 물어 죽인 증거를 대라고, 물증을 들이밀어 보라고 엄포까지 놓았다. 그 개는 자기 개가 아니라고 우기기까지 했다. 그리고 자신도 유기견을 거두기가 이만저만 힘든 일이 아니라고, 너스레까지 떨었다.

겁박이 약했던지 모텔 안쪽을 향해 그자가 부랑한 개를 불렀다. 귀찮으니 대신 처리하라는 듯. 코를 박고 누워 있던 개는 고개를 한 번 돌렸을 뿐 귀찮은 듯 꿈쩍도 하지 않았다. 개의 목에 누런 체인 목걸이가 무겁게 걸려 있었다. 목걸이를 보는 순간 몸이 뻣뻣해지는 느낌이었다. 그는 인내심을 모두 끌어내어 그자에게 다시 한 번 더 말했다. 사태가 더 심각해지기 전에 개를 묶어 키우든지 아니면 다른 방법을 택해 달라고. 조금 전의 홍분을 가라앉히고 이웃사촌으로 지긋이 부탁했다. 이 산속에서 작자를 함부로 건드렸다가는 이곳에서 살아가기 쉽지 않을 거라는 것을 알았기 때문이다.

"아우가 많이 보채네." 작자가 뱉어낸 말의 여운이 길게 끌렸다. 영락없는 '어깨'의 거드름이었다. 더 강력하게 항의하고 싶었지만, 목소리가 떨리고 손이 떨리고 급기야 몸이 떨리기 시작했다. 그 사나운 개가 닭장을 초토화하기 전의 일이다.

그리고 얼마 후, 닭장 문을 열어보고는 눈이 뒤집혀 버렸다. 모텔에서 무슨 일이 일어나든 상관할 바 아니지만 누런 개의 횡포만은 참을 수 없었다. 개가 아닌 늑대가 되도록, 광포한 짓을 일삼도록 내버려

둔 그자에게 셔츠를 찢어 던졌다. 그리고 그 작자가 아랫도리를 탈의한 채 그를 향해 돌진했던 것이다.

정환은 그의 얘기를 더 이상 과민하게 받아들이지 않았다. 다만 고개를 숙인 채 두 손을 잡았다 놓았다 반복했다. 정환의 손등에 굵고 푸른 정맥이 울퉁불퉁 튀어나와 있었다. 정환이 운을 뗐다.

"너가 뭘 잘못 알고 있는 것 같은데 … 낭만 주먹의 시대는 갔어."

"연장을 든 조폭의 시대라는 건가." 그가 말했다.

"흉기가 조폭의 필수품이 되었던 것도 옛말이야. 요즘 진짜 '어깨들'은 함부로 무게 잡지 않아. 경솔하게 행동하지 않는다니까. 사업가로 변신한 점잖은 의리파들도 있고."

"'조폭은 빨아도 걸레'라는 강력계 형사들의 말도 있잖니."

"그냥 문신과 어투는 개인적 취향일 뿐일지도 모르지." 정환이 재차 말했다.

"그런가?" 그가 멀뚱멀뚱 정환을 쳐다보았다.

정환이 자신의 수면장애를 호소하기 시작한 건 막걸리 두어 통을 비우고 나서부터였다. 작자에 대한 흥분이 다소 가라앉았을 때였다. 술기운 때문인지 정환의 목소리가 이상하게 거슬렸다. 잠을 잘 수 없다는 데 살 수가 없다는 말로 들렸다. 정환이 안쓰럽다가 차츰 무감각해지면서 그의 말을 귓등으로 흘려듣다가, 갑자기 분노가 치밀어 올랐다.

솔직히 그는 얼마 전까지 불면의 고통이 얼마나 큰지, 불면이 얼마나 큰 고통을 주는지 가늠하지 못했다. 줄곧 수면 부족 상태였으니까. 퍼붓는 잠을 이길 수 없었다. 만약 인생을 실패하게 된다면 그건 잠 때문일 수도 있다고 생각했다. 잠이 많은 걸 포기하게 했고, 잠으로 인해 인간적인 책무를 등지게 되었고, 세상의 수많은 이야기와 아름다움도 잠과 바꾸었으며, 잠 때문에 지키지 못한 결심과 약속들, 한때 열렬했던 것들도 잠 때문에 잃어버리고, 잠으로 잊을 수 있었다. 끔찍한 고통마저도 잠 속으로 밀어 넣었으니까. 잠 속에서도 고통스러운 자신을 발견하기 전까지 그는 불면의 고통을 알지 못했다. 그는 화가 난 목소리로 말했다.

"왜 자꾸 악몽을 꾼다는 건가?"

"잠을 자고 있어도 뇌는 깨어 있다는 걸 느껴. 쫓기고 허우적거리고 피가 흐르고 죽고 넘어지고 달아나는, 계속 그런 악몽에 시달리게 돼. 자는 것도 깨어 있는 것도 아닌 상태지. 그 몽롱한 상태를 사는 일이 얼마나 위태로운 일인지. 위험한 생각은 악몽을 꾸고 난 후 하게 되거든."

그러니까 죽고 싶어진다는 건가, 라고 물으려다 관두었다. 그도 알고 있었다. 눈동자가 초점을 잃고 어딘가를 헤매고 있는 상태, 현실 감각이 흐려진 상태에서 보고 느끼는 것이 얼마나 위험한 일인지.

"질 나쁜 수면 때문이거나 수면이 턱없이 부족해서 그럴지도 모르지. 실제는 꿈을 많이 꾸지 않았는데 꿈을 많이 꾸었다고 느낄 수도 있다는 거야."

그는 그렇게 말해 놓고, 다 스트레스 때문일 거라고 말을 고쳤다.

"스트레스는 잠을 못 자는 게 스트레스지." 정환의 얼굴에 피로감이 역력했다.

"그거 알아? 꿈을 한꺼번에 몰아서 꿀 수도 있다는 것. 수면이 부족해서 꾸지 못한 꿈을 몰아서 꾼다는 것."

부족했던 잠을 보충해 주어야 하듯, 이라고 말하려는 순간 정환의 등 뒤로 그림자가 어른거렸다. 그림자가 잠시 흔들리다 사라졌다. 푸드덕, 날갯짓 소리가 들리고 이어 닭들이 울었다. 또 작자의 개가 나타난 건가? 두 사람은 동시에 밖을 내다보았다. 컨테이너 입구에 묶여 있는 그의 개가 앞발로 맨땅을 파고 있을 뿐 누런 개는 보이지 않았다. 해그늘이 짙었다.

　정환은 탁자의 모서리를 툭툭 치고는 탁자 위를 맨손으로 쓰다듬었다. 의미 없는 행동일 테지만 그렇지 않을 수도 있었다. 정환은 마른 코를 몇 차례 들이마시고 입을 다시 한쪽으로 실룩거렸다. 멋쩍거나 뭘 어떻게 해야 할지 모를 때의 버릇은 여전했다. 그가 먼저 입을 열었다.

　"뭔가가 있어. 그렇지?" 그렇지 않고서야 왜 잠들지 못하겠어, 라는 뒷말을 생략했다. 잠을 잘 수 없는 사람에게 왜 못 자는가, 라고 묻는 것이야말로 억지일 테니. 어디까지 과잉반응인지 아니면 과민반응인지, 그걸 따져 묻는 것이야말로 쓸데없는 짓이었다. 잠들 수 없는 사람에게는 오직 잠을 잘 수 있는 것만이 목표일 테니까. 정환은 웬만해서 '노출 요법'을 쓰지 않았다.

　"잠 속으로 들어가려는 순간, 잠에 대한 강박감이 되레 아슬아슬한 경계를 넘어가지 못하게 만들어 버려. 접신하듯 잠을 기다리지. 근데 잠이 물러가는 건 한순간이라니깐. 미쳐 버리겠어."

　정환은 무엇 때문에 잠들 수 없는지는 끝내 말하지 않았다.

　밤 떨어지는 소리가 들리고 검은 그림자가 지나갔다. 나무가 흔들리는 그림자 같기도 하고, 다시 부스럭거리는 소리가 들렸다. 누런 개들이 주변을 맴돌고 있는 것 같은 착각이 들자 그의 손이 다시 떨리기 시작했다. 정환이 눈치채지 못하도록 그는 두 손을 맞잡았다. 신경은 온통 창밖으로 향했다.

연민이나 비애 같은 거였을까. 그들은 서로의 눈빛을 외면한 채 앉아 있었다. 그때 정환이 외쳤다.

"난 자고 싶을 뿐이야. 잠들고 싶어. 근데 잠이 오지 않아. 잠들 수가 없어."

"언제부터야?"

"벚꽃이 피기 시작하면서부터였지, 아마. 아니 아주 오래전부터일지도 몰라."

정환은 담배를 들고 일어섰다. 밤공기는 찼다. 어둠 속에 숨어 있다가 튀어나온 듯한 불빛이 모텔 쪽에서 번쩍였다.

"세상은 잠들 만큼 안전하지 않아."

자신 속에 숨어 있었는지도 모를 말이 튀어나왔다. 그는 그렇게 말해 놓고, 밤새 벚꽃이 다 져 버릴 것 같아 잠들 수 없던 날도 있었지, 밤새 팔을 벌려 떨어지는 꽃잎을 받아야 할 것 같은 그런 봄날 말이야, 라고 다른 말을 했다. 그도 담뱃불을 붙였다.

정환이 아주 오래전 얘기를 꺼냈다.

"그러니까 그때가 아마 네댓 살쯤이었을 거야. 한쪽 손은 동생을 업은 엄마 손을 잡고 다른 손에는 가방을 들고 있었던 기억이 남아 있거든. 철로를 걸어가고 있었지. 외할머니 제삿날이었을 거야. 가을쯤이었고, 오후쯤이었다고 기억해. 그 기억도 믿을 건 못돼. 저만치에서 덜컹거리며 기차가 달려오고, 경보음이 울리고, 엄마 손에 이끌려 철둑 아래로 미끄러져 내려갔지. 철둑은 가팔랐고 급경사면 끝에 웅덩이가 보였어. 기차가 기적을 울리며 우리를 향해 달려들었어. 막 머리 위를 지나갈 때 달리는 기차가 일으키는 바람과 금속음에 빨려 들어갈 듯 몸이 휘청거렸어. 그만 손에 들고 있던 가방을 놓쳐 버렸던 거야. 가방이 웅덩이를 향해 굴러가는데 놓친 가방을 잡으려다 가방과 함께 웅덩이에 굴러떨어진 기억이 머릿속에 각인되어 있어. 엄마가 물에서 기저귀 가방을 먼저 건졌는지, 나를 먼저 건져냈는지, 기억 속에서 지워졌어. 애써 기억을 복원하려 들면 코스모스가 한들거리고, 잠자리가 날고, 바람이 불고, 헐거워진 바지가 연신 흘러내리던 기억과 함께 오줌이 마렵고, 오싹오싹 떨었던 한기의 기억이 희미하게 남아 있을 뿐이야. 근데 희미한 영상에 강렬한 한 줄기 빛이 있어. 기차가 지나갈 때 선로를 뚫고 발사되던 빛. 그 빛이 눈을 찔렀던 기억. 그래서 아래로 굴러떨어지면서 눈앞이 캄캄했던 기억. 딱히 그 기억도 그때의 기억인지 정확하지 않지만 말이야. 불분명한 기억의 편린일 수도 있겠지만, 달려오던 기차의 기적 소리와 승차장 끄트머리에서 역무원이 흔들던 깃발은 아직도 생생해. 양팔을 흔들며 위험신호를 보내던 역무원의 모습과 웅덩이에 빠졌던 기억만은 선명하게 남아 있거든. 그건 내 가장 오래된 기억이며 최초의 기억이며 그 기억으로부터 내 생이 존재하기 시작했다고 믿고 있어."

그 밤, 정환은 마치 최초의 기억을 끌어내기 위해 잠 못 드는 사람처럼 보였다.

"생각해 보면 그 후로 잠을 자는 게 힘들지 않았나 싶기도 해. 그때의 기억이 잠이 오지 않는 밤이면 문득문득 떠올라 떠나지 않아. 기차가 달려올 때 부딪치는 금속음과 눈을 찌르던 빛과 휘날리던 깃발, 그리고 깜깜한 웅덩이. 잠이 오지 않을 때면 그 소리가 들리고 그 빛이 흔들리고 그 깃발이 펄럭이거든. 나를 웅덩이에 처박고 달아나던 기차가 생생하게 떠올라. 웅덩이에 빠진 게 발목이던가, 정강이던가? 기억을 더듬어 올라갈수록 물은 점점 차올라 엉덩이에서 가슴으로, 목에서 머리까지 차오르고…, 그리고 영락없이 악몽을 꾸게 되지. 어찌 되었든 불면의 뿌리는 아주 오래전부터 잠복해 있었던 것 같아."

닭장에서 닭이 길게 울었다. 찰나의 기억이 이렇게 각색되었다니. 불면의 뿌리까지 내려가 최초의 기억까지 소환했지만 역시 잠들 수 없었다는 말. 그는 짐작했다. 뒤척인 것은 잠이 아니라 삶일지도 모른다고.

그 밤 그들의 불면은 점점 완강해졌다. 잠이 오지 않는 이야기를 하는 동안 잠은 영영 사라져 버렸다. 그는 정환을 다시 쳐다봤다.

길을 걷다 우연히 만나게 되는 수많은 얼굴 속에서 유독 발목을 잡는 얼굴이 있다. 그가 누구인지 모르면서 누군가를 닮은 것 같은 생김새 혹은 인상. 표정이랄까, 분위기랄까. 꼭 꼬집어 말할 수 없어도, 안타깝고 애틋하고 쓸쓸해지는, 그래서 멈춰 서게 되는 얼굴이 있다. 그날 밤 정환의 얼굴이 그랬다. 그 얼굴이야말로 낯선 얼굴이며 익숙한 얼굴이며, 발목을 잡는 눈을 뗄 수 없는 얼굴.

"몸을 혹사해 봐. 에너지를 모두 소진하는 거지. 인사불성이 될 때까지 술을 마시거나, 아니면 약물에 의존할 수밖에 없지 않겠어. 잠을 자기 위해선."

"일시적이야. 의존하는 건 또 다른 불면을 만들 뿐."

밤이 깊도록 둘은 띄엄띄엄 불면에 관한 이야기를 했다. 그들의 문제가 오직 불면뿐인 것처럼. 불면 이전과 이후의 모든 이야기는 어둠 속에 묻혀 버렸다.

"저 모텔에 한번 들어가 볼 수 없을까?"

느닷없이 정환이 그 말을 했을 때 그는 오싹함을 느꼈다.

"왜?"

"저 안에 누군가 있지 않을까? 한 번 들어가고는 나오지 못하는. 그렇지 않고서야 왜 그렇게 출입을 막겠어."

"글쎄? 다른 이유 아닐까?"

"다른 이유라면?"

"비정상적인 거지. 이를테면 이상한 인간들의 아지트이거나."

"그러니까… 누군가는 저들을 찾는 가족이 있지 않을까?"

"너 혹시 그럼, 누굴?"

혹 아내를? 그 말이 입술을 물고 있었다. 정환은 대답하지 않았다. 어떤 대목은 빼고 어떤 대목은 집어넣으며 베껴 쓰는 고소설 필사본처럼 그들의 이야기는 너덜너덜 서로 다른 이본을 만들었다. 눈을 감고 펼치는 상상력이 아닌 감각적으로 느끼는 실존의 비애 같은 것이었다. 정환은 오직 한곳만 응시하고 있었다. 응시하는 눈빛이 거의 압도적이었다. 도둑고양이가 그들 주변을 배회하고, 쓰윽, 나뭇잎 사이로 뱀이 지나가는 소리가 났다. 정환이 아랫입술을 깨물었다가 윗입술을 깨물었다가 마른 침을 삼켰다. 침이 아닌 말을 삼켰을까. 무슨 일이냐고, 정확히 묻고 싶었으나, 그 역시 말을 삼켰다. 불편한 침묵이 다시 그들을 감쌌다. 다만 철 지난 선풍기를 켰다 껐을 뿐. 모텔 쪽에서 컹컹, 개 짖는 소리가 들렸다.

한 사람의 살아온 시간을 다 알고 있어도, 그의 얘기를 다 듣는다고 해도, 그 사람을 온전히 이해할 수는 없는 일이다. 하물며 중간이 텅 비어 있는 그 시간에 대해 그들은 서로 말하지 않았다. 그걸 건드리면 모든 비밀이 탄로 날 것처럼. 이야기는 다만 주변을 맴돌 뿐이었다.

"그 작자가 무서움을 알았다는 말이지. 흉기를 든 손이 공중에서 벌벌 떨었던 이유랄까? 그자가 그다음 뭘 해야 하는지 모르는 인간처럼 서 있었다니까. 자신도 그런 자신을 이해하지 못하겠다는 듯. 벌겋게 달아오른 얼굴로 그냥 서 있었어. 길길이 날뛰고 있는 하찮은 인간을 바라보며. 한물간 퇴물이라는 걸 마침내 내보인 거지. 그 때문에 그자가 괴로운 사람처럼 보였어. 생각해 봐. 그게 아니면 뭐였겠어."

그는 한기를 느낄 때처럼 팔을 슬슬 문질렀다. 햇살에 그을려 낡은 가죽 같은, 희끗희끗 상처의 흔적이 앉아 있는 팔을.

"기석의 처가 마지막 숨이 넘어갈 때까지 놀라운 사랑을 보였다? 그 입맞춤이 죽음도 갈라놓을 수 없는 사랑의 증거란 말이지? 그럴까? 미안함이지 않을까?"

그는 딱히 누굴 향해서도 아닌 맥락 없는 말들을 내뱉었다. 자신이 왜 이곳으로 들어왔는지, 정환은 무얼 찾고 있는지 묻지 않은 채. 자신의 얘기를 하는 것에 익숙하지 않은 사람이 되어, 차마 거기까지 자신을 노출할 수 없는 사람들이 되어. 자신의 문제에 과도하게 몰두한 나머지, 거기에 강박적으로 매달려 조금도 헤어나지 못하는 사람들처럼 그들은 앉아 있었다.

이 보잘것없는 사이. 오히려 서로를 적대시하고 싸울 수 있는 것이 더 건강한 관계가 아닌가. 말하지 않는 것, 말할 수 없는 것, 그것이 진실일 테지만 그 진실을 직면할 자세가 되어 있지 않은 사람들이 되

298

어 그 밤 내내 그들은 그렇게 서로의 주변을 빙글빙글 돌고 있었다. 방황이 길어지면 거기에 길들기 마련. 그것에 익숙해지면 그것이 일상이 되어 버리듯. 서로를 믿지 못해서가 아니라 그것에 익숙해져 버린 듯. 한 번 깨져 버리면 그만인 그릇처럼, 조각조각 따로 나뒹굴고 있는 파편들처럼. 본래대로 제자리로 돌아가지 못하고.

죄를 모두 고백하고 돌아서자마자 다시 고백실로 뛰어드는 수도승처럼, 지금 그들은 자기 고해에 사로잡혀 있을 뿐, 불면의 밤에 진실을 재구성하기란 쉽지 않았다. 다만 반추동물처럼 입을 닫고 말을 씹고 또 씹고 있었다. 무언가를 이야기하려고 할수록 주춤주춤, 머뭇머뭇, 진실로부터 더 멀어지고, 공기는 후덥지근해졌다. 다만 악몽에 대해서, 흉기를 든 채 떨고 있는 작자의 손에 대해서, 기석의 죽음에 대해서, 겨우 한쪽만 볼 수 있는 이야기를 할 뿐 두 사람은 서로의 문제에 대해선 피해 갔다.

짐작만으로 서로를 이해할 수는 없는 일. 그는 정환에게서 어떤 균열을 눈치챘지만, 오히려 자신의 균열에 대해서 어디서부터 어디까지 잘라내야 할지, 어디서부터 어디까지 어떻게 말해야 할지, 생각해 내지 못했다. 자신을 드러낸 만큼, 성의를 보인 만큼만 친구의 관계가 유지되는 것처럼, 한편 적당히 숨기고 감추는 것이 자신을 지키는 것처럼, 그러나 정작 어느 것도 아닌 불편한 침묵만이 그들을 둘러쌌다. 대놓고 말할 수도 빗대어 말할 수도 없는, 무엇을 말해야 할지 어떻게 말해야 할지 모른 채, 달리 도리가 없는 사람들처럼, 그들은 한없이 약해져서 그저 들키지 않으려고 자꾸 고개를 딴 데로 돌렸다. 떨리는 손을 맞잡고 있을 뿐이었다. 사실과 느낌을 분리하지 못한 채.

간간이 개 짖는 소리 들리고, 모텔의 불빛이 탐사용 서치라이트처럼 번쩍거렸다. 어떤 초조가 깊이 모를 바닥까지 내려갔다가 처음으로 돌아왔다가, 회피할 수도 덮어 버릴 수도 없는 문제가 그저 그런 문제일 뿐이다가, 돌이킬 수 없는 것이 되었다가, 사실과 느낌이 뒤엉켜 칭얼댈 뿐, 침묵은 점점 더 미궁으로 빠져들고 있었다. 작자의 다리에 새겨져 있던, 제 꼬리를 향해 고개를 비틀고 꿈틀거리던 뱀처럼, '자기 꼬리를 집어삼키는 우로보로스'처럼 꿈틀거리는 자신의 꼬리를 물고 두 사람은 앉아 있었다.

신체도 영혼도 아닌 알 수 없는 곳에서 오는 슬픔. 잠들 수 없는 슬픔은 생리적인 문제였다가 인식의 문제로 탈바꿈하고, 어쩌면 이 슬픔조차 책략일지도 모른다고 느슨해진 근육을 팽팽하게 잡아당겼다. 잠은 더 멀리 달아났다. 잠이 오지 않는 밤, 잠이 오지 않는 이야기를 하는 동안, 잠들지 않는 밤이 그렇게 흘러가고 있었다.

서로에게 무슨 일이 일어났는지 모르기에, 그들에게서 일어난 일들은 각자의 일이었다가 그들의 일이었다가, 알 것 같으면서 모르는 일이었다가, 어쩌면 다르면서 같은 이야기일지도 모른다고, 그럴지도 모른다고, 그런 거라고, 그런 게 아니면 무엇이겠냐고… 갖가지 슬픔은 결국은 같은 슬픔일 것이라고…, 마치 자기불일치가 심한 신경증적 환자처럼 앉아 있다가 그는 끝내 그 작자에 대해서 다시 말하기 시작했다. 그자 역시 왕년의 '어깨'가 아닌 신경증적인 환자인지도 모를 일이라고.

정환이 다녀간 후 천 길 낭떠러지에 떨어지는 악몽을 꾸고, 그 꿈은 천 길 낭떠러지 아래 깊고 깊은 물속으로 가라앉는 꿈으로 바뀌고, 그 물속에서 유영하다가, 다시 곤두박질쳐 정환이 놓친 가방을 찾아 심해로 빨려 들어가는 악몽으로 이어졌다. 흐릿한 꿈속에서 그는 방금 꾸고 있는 꿈을 해몽하기 시작했다. 이건 악몽이 아니야, 이건 악몽이 아니라고. 그러니까 ….

슬픔의 인간

'소맥' 두어 잔에 그녀가 무너졌다.

좀체 빈틈을 보이지 않던 눈빛이 흐릿하게 풀리는가 싶더니 내 쪽으로 스르르 어깨가 쓰러졌다. 고개를 떨어뜨리자 긴 머리카락이 앞으로 쏟아져 내렸다. 머리카락이 쏟아져 내렸을 뿐인데 온몸을 풀어헤친 듯 난감했다. 몸속에 장착하고 있던 긴장이 한꺼번에 빠져나왔을까. 내 몸에 기댄 채 그녀의 몸이 맥없이 늘어졌다. 마치 완강히 거부하던 것이, 그 경계의 벽이 속수무책 허물어져 내리는 것 같았다. 늘어진 몸을 들쳐 업자 긴 머리카락이 내 어깨 위에서 출렁댔다. 바람에 나부끼는 수양버들처럼.

그녀가 내 등에 업혀 있는 이상 무슨 일이든 일어날 것이다.

아니 무슨 일이든 일어나야 한다. 지금 나는 그녀를 들쳐 업은 채 비틀거리며 그녀의 집 안으로 들어갈 것이고, 좀더 솔직히 말하자면 그녀 속으로 맹렬히 들어갈 것이다. 그녀가 무방비상태에서 내 쪽으로 쓰러진 것만 봐도 그 생각은 무리가 아니다. 내 어깨를 타고 축 늘어진 그녀의 두 팔이 그게 아니라고 흔들어대더라도, 비탈길을 오르면서 나는 계속 그렇게 이해해도 무방하리라는 생각에 몰두했다. 오직 그 생각뿐이었다.

그녀와 내가 서로 다른 생각을 하면서도 서로를 완전히 떠나지 못한 것은 무엇 때문인가. 타이밍? 그렇지. 시간의 선물은 상황을 바꿀 수도 있다는 것. 내가 그녀를 들쳐 업게 된 것도, 그녀가 내 등에 업히게 된 것도 따지고 보면 끊임없는 노력이나 용기가 아닌, 시간이 우리에게 당도한 것일 뿐이다. 그러니 적어도 이 순간 보호자일 수만은 없는 노릇. 시간이 나를 향해 수건을 던진 이상.

현관문을 열고 전원 스위치를 올렸다.

전등불이 켜지자 실내는 비현실적으로 밝았다. 맞은 편 벽면에 걸려 있는 백색 단색화가 먼저 눈에 들어왔다. 옆으로 반쯤 접힌 채 비딱하게 매달려 있는 커튼은 색이 바래 무겁고 칙칙했다. 온갖 잡다한 물건들이 널브러져 있는 실내. 허물 벗듯 벗어 던진 옷이며 양말, 먹다 만 과자 봉지와 테이크아웃 커피, 거미줄처럼 엉켜 나뒹구는 머리카락이며 젖은 수건과 약 봉투가 어지러이 널려 있었다. 향초 냄새에 뒤섞여 방 안 공기는 야릇했다. 침대 위에 그녀를 내려놓고 나는 멍한 상태로 앉아 있었다. 무심한 눈길이 벽에 걸린 단색화로 향했다. 단색화는 어지럽게 널브러져 있는 잡동사니와 묘한 대비를 이루었다.

그녀가 눈을 뜨고 나를 쳐다보았다. 그녀가 나를 쳐다보자 왠지 슬픈 기분이 들었다. 어디서부터 비롯된 것인지 모를 슬픔이, 오랫동안 단단히 싸매 놓았던 것이 몸을 풀어헤치고 본색을 드러내는 것 같아 당황스러웠다. 그녀는 다시 눈을 감았다.

나는 창 쪽으로 시선을 돌렸다. 다시 단색화를 응시했다. 하나의 색이 겹쳐서 번지고 스며들어 색다른 질감을 드러내었다.

'원색이란 원래 존재하지 않는 건지도 모르지 … 처음부터 존재했던 색이 사라져 버렸는지도 모르고 … 오직 하나의 색만이 … .'

나는 어디서 본 듯한 문장을 속으로 중얼거렸다.

존재에서 여러 색을 들어내고 남은 단 하나의 색. 그 하나의 색이 반복의 덧칠을 통해 깊이와 넓이를 측정할 수 없을 정도로 확장했다. 안에서부터 번져 나오고 동시에 침잠해 들어가는 중층의 질감. 그리고 이유도 모를 슬픔이 남았다.

덕지덕지 겹쳐진 단색은 예상 밖의 혼란을 일으켰다. 나는 어느새 머리와 사지가 달아난 몸통뿐이다. 생식기만 있는 몸통. 착란 상태에서 그녀를 힘껏 껴안았다. 몸통만으로도 보고 느끼기 충분했다. 심장은 거칠게 뛰고 영혼은 이미 달아나 버렸다. 나는 그녀의 몸통을 탐색하기 시작했다. 알 수 없는 슬픔을 지우기 위해 더 맹렬히 질주했다.

실뱀처럼 엉킨 그녀의 머리카락과 함께 바닥에 널브러졌다. 그 순간 몸을 나누는 것 외에 무얼 할 수 있었겠는가. 알코올 때문도 용기도 아닌, 두말할 필요 없는 실패 때문이었다. 그 단 하나의 공통점이 그 외의 모든 것들을 상쇄시켜 버렸다.

우리가 서로 열렬하거나 간절했던 사이가 아니었듯 어긋나기만 했던 사이 역시 아니었다. 그러나 그날 밤 그녀 곁에 누워 있으니 왠지 제자리로 돌아온 것 같은 느낌이 들었다. 건조하고 창백해 보이는 그녀의 모습과는 달리 그녀의 몸은 내가 미처 알지 못한 부드럽고 성숙한 관능을 감추고 있었다. 나는 터질 듯 격렬해져 하마터면 짐승의 소리를 낼 뻔했다. 그날 밤 몸과 마음 중 하나를 선택해야 한다면 더할 나위 없이 관능적인 그녀의 몸이었으리라. 차분하다 못해 무덤덤한 그녀가 내 몸의 거친 욕망과 추잡한 위선을 다 벗겨내고 아름답고 역동적인 다비드상으로 만들었으니까. 그렇더라도 아름답고 순결한 것은 아니었으며 위험하고 부정한 것도 아니었다. 우리가 뜨거움을 나누었다고 해서 필요 이상 심각해질 것까진 없다. 그녀 역시 이 순간을 붙들고 살지 않을 테니까.

요조숙녀처럼 눈을 감고 있는 그녀 옆에서 어색하게 방황하던 내 눈길이 탁자 위 잡동사니에 머물렀다. 화장 솜과 귀이개, 휴지와 향초가 어지럽게 뒤섞여 있고, 그 옆으로 드라이기와 모자, 멀티탭과 스카프가 뒤죽박죽 흩어져 있는 게 눈에 들어왔다. 허물 벗듯 몸이 빠져나간 옷이 모양을 유지한 채 바닥에 떨어져 있었다. 너저분할 뿐 불편하지 않았다. 오히려 친숙했다고 할까. 흩어져 있는 온갖 잡동사니 속에 냄새만은 온통 그녀의 것이었다.

그녀가 돌아누웠다. 어쩌면 오늘 밤 엉망으로 취하지 않았을 수도 있다. 나는 물끄러미 그녀의 등을 바라보았다. 물끄러미 바라보는데 이상하리만치 또다시 슬퍼졌다. 전에는 느껴 본 적 없는 슬픔이었다. 꾹꾹 눌러 놓았던 것이 차오를 대로 차올라 조금만 건드려도 넘쳐 버릴 것 같은 슬픔이, 그녀의 등에 고여 있었다. 그러나 그 슬픔의 정체를 알아채거나 그 슬픔으로 하여 서로를 옭아매는 일 따윈 없을 것이다. 그런 불편함이 내 양심을 갉아먹을 수도 있으니까. 결국, 또다시 등을 지고 말지도 모르니까. 슬픔의 배반이라고 해야 하나. 이 뻔뻔한 이중성은 실패자의 것만은 아닐 것이다.

주위는 고요했다. 모든 것이 멈춰버린 듯한 정적 속에 빛의 입자들이 떠돌았다. 그녀가 눈을 뜨기 전, 어색하고 난감하기 전 나는 조용히 밖으로 나왔다. 그녀를 업고 올라갔던 길을 아주 천천히 걸어 내려왔다. 오래된 허름한 가게 옆, 움푹 팬 웅덩이에 고인 물이 헤드라이트에 반사되어 반짝였다. 공터에 쓰레기 무단투기 경고문이 바람에 펄럭였다. 바람을 타고 썩은 냄새가 역하게 퍼졌다.

아무렇지 않으려 해도 그 길에서 나는 끝없이 복잡해졌다. 어둠 속에서 사물들은 실상을 드러내지 않았지만, 생각은 덕지덕지 관념의 다른 옷을 바꿔 입었다. 인간은 쓰레기를 만들고 쓰레기를 방치하고, 그 쓰레기들 속에서 냄새를 뿜어내며 살아가는 존재일 뿐이라고. 나 역시 버려져 치워지지 않은 쓰레기에 불과하다고. 그 날 밤 그런 기분은 버릴 수도 간직할 수도 없는 것이 되어 따라왔다. 한길까지 내려왔을 때쯤 그녀가 이곳에 있다는 사실만으로 안심이 되었다. 뭔지 모를 편안함. 그러니까 정리되지 않은 채 널브러져 있는 것들로 하여 나는 편안해졌다.

맞은편에 앉아 그녀를 바라보았다.

뭐랄까, 해석할 길 없는 눈빛. 그러나 나를 조롱하는 눈빛은 아니었다. 괜찮으냐고, 그녀가 먼저 물었다. 실은 내가 해야 할 말이었다. 괜찮지 않을 게 뭐 있겠냐고, 나는 아무렇지도 않게 귀찮은 듯 대답했다. 말은 엉뚱하게 빗나갔다. 나는 수정하지 않았다. 그러면 된 거네. 그녀는 의외로 태연하게 말을 받았다. 그녀 역시 마음과는 달리 엉뚱한 말을 하고 있는지는 모를 일이었다. 그녀는 상대를 파악하거나 선후를 따져 제자리에 갖다 놓으려 하지 않았다. 심각하지 않게 대응하는 법, 화를 내는 대신 화를 덜어내는 법을 알고 있는 사람 같았다.

나는 미안한 마음이 들었다. 나는 그녀에게 아주 무책임한 짓을 저질렀다. 그녀는 내 고객이었고, 그녀에게 권유한 투자금은 몽땅 공중분해 되고 말았다. 그녀의 돈이 고스란히 사라졌다. 부실한 투자자문사는 돈의 종류를 가리지 않는다. 검은돈이든 아픈 돈이든. 그녀를 끌어들인 것은 도리 없는 일이었다. 모든 것이 거덜 나게 생겼으니 그대로 주저앉을 수만은 없는 상황이었다.

나는 누가 봐도 성공한 투자자가 아니었던가. 내게 설득당할 만큼 그녀는 내 능력을 믿었을 것이다. 그녀는 내가 투자자문사의 고객 관리자를 넘어 자신의 인생을 관리해 줄 사람이라고 착각했을지도 모른다. 아무리 내 능력이 부풀려져도 그건 아니었다.

그 많은 투자금의 출처에 대해서 그녀는 말하지 않았다. 나 또한 묻지 않았다. 그것까지 알 필요는 없으니까. 그녀의 취향이나 손발 사이즈를 기억하는 건 고객을 유치하는 스킬일 뿐, 그녀가 내 개인적 취향은 아니다. 내가 알고자 했던 것은 단지 유용할 수 있는 자금이 얼마인가, 그뿐이다.

그녀는 내 고객 중 단연 VIP 고객이었다. 이쯤 되면 나는 좀 미안한 정도가 아니라 죽일 인간이 되어야 마땅하다. 물론 그녀는 나를 죽이려 들지 않았다. 힐난하거나 자신의 고통을 떠넘기며 책임을 묻는 일, 나를 불편하게 만드는 일 따윈 일절 하지 않았다. 약간 얼이 빠진 상태로 "난 이제 어떡하지" 낙담 같은 푸념을 흘렸을 뿐이다. 그때의 표정이 훗날 나를 얼마나 괴롭게 될 것인지 나는 알지 못했다.

오히려 내 쪽에서 불같이 화를 냈다. 투자금의 손실은 재난과 같아 불가항력적이었다고. 내가 백배 잘못 판단했다고 해도 이렇게까지 될 줄 몰랐다고, 당시로써는 최선의 판단이었다고 말이다. 이를테면 투자의 실패는 내 능력의 문제가 아니라 투자환경이 바뀌었기 때문이라고, 그러니까 투자시장을 조종하는 더 큰 손에 잡아먹힌 거라고, 다른 데 투자를 했더라도 잃게 될 수밖에 없는 돈이었다고 선수를 쳤다. 만약 나로 인해 큰 이익을 보았다면 그때는 어떻게 했겠느냐고. 그렇게까지 생떼를 부릴 일이던가. 적반하장도 유분수이지. 당신이 돈을 벌 운명이었다면 내게 투자하지 않았을 것이고, 그보다 나를 만나지 않았을 것이고, 내 끈질긴 설득에 넘어오지 않았을 것이라고. 그 모든 게 다 돈을 잃을 운명이었다고 몰아붙였다. 거기다 한술 더 떠서, 결과적으로 최종 결정자는 그녀 자신이라는 사실을 상기시켰다. 그런 말들을 하는 동안 나는 완전히 나 자신에 몰입해 내가 어떤 인간인지조차 잊어버렸다. 뻔뻔한 인간, 무책임의 끝판왕.

그렇게까지 하지 않으면 미안함을 견딜 수 없었으니까. 모든 책임을 그녀에게 떠넘기며 화를 냈지만 실은 나 자신에게 난 화를 다스리지 못했던 것이다. 나쁜 인간이어서가 아니라 몹시 나쁜 인간은 되기 싫었으니까. 어떻게든 억지 이유라도 찾아내야 했다. 그렇게 나는 슬쩍 한쪽 발을 뺐다. 일이야 어찌 되었든 그렇게라도 해서 책임에서 다소 가벼워지고 싶었다. 대책 없는 섣부른 반성은 위선일 뿐. 쉽게 낙관하거나 기대를 하게 하는 것 또한 그와 다른 바 없을 테니까.

"다시는 만나지 말자." 그렇게 말하고 그녀는 돌아서 걸어갔다. 더 이상의 어떤 이설도 달지 않았다. 돌아서 걸어가는 그녀의 모습을 바라보며 나는 몇 번이나 달려가 용서를 빌고 싶었다. 내가 그 자리에 그대로 서 있었던 것은, 그녀가 이혼녀이거나 한참이나 연상이어서가 아니었다. 뒷모습이었다. 조금만 건드려도 무너질 것 같이 휘청거리는 뒷모습. 그녀의 뒷모습에 어린 슬픔을 도저히 감당할 수 없었기 때문이었다.

그녀를 다시 본 건 내가 투자자문사를 그만두고 새로운 일을 도모하고 있을 때였다. 멀리서 걸어오는 이는 분명 그녀였다. 갑자기 가슴이 쿵쾅거리면서 얼굴이 화끈거렸다. 벚꽃이 흐드러지게 피어 있는 길을 따라 사람이 아니라 슬픔이 걸어오고 있는 것 같았다. 오감을 모두 몸속으로 가두고 물체 하나가 흐느적거리며 다가왔다. 그녀가 점점 가까워지고 가슴은 더 빨리 뛰었다. 그녀가 알아보기 전 발길을 돌려야하나 어찌해야 하나, 갈등하는 사이 그녀가 먼저 휙 방향을 바꾸었다. '다시는 만나지 말자.' 두 번 다시 보고 싶지 않다고 말한 쪽은 그녀였다. 나는 그 자리에 박힌 듯 서서 또다시 휘청거리며 걸어가는 그녀의 뒷모습을 바라보았다.

며칠 후 그녀에게 전화를 걸었다. 공허한 신호음만 길게 울렸다. 나는 계속해서 전화번호를 눌렀다. 전화기를 접으려는 순간 신호음이 멈췄다.

여보세요. 그녀는 대답하지 않았다. 여보세요, 여보세요⋯. 나는 연거푸 그녀를 불렀다. 하지만 아무 말이 없었다. 대답하지 않는 것만으로도 그녀임엔 틀림없었다. 나는 거두절미하고 한번 만나자고 했다. 책임을 다하기 위해서도 진정으로 사과하기 위해서도 아니었다.

무작정 그녀를 만나야 할 것 같았다.

　내가 나쁜 사람이라는 걸, 아주, 몹시 나쁜 사람이 되어 버렸다는 것을 나는 알고 있었다. 별다른 갈등 없이 죄책감도 없이, 미안해 하지도 부끄러워하지도 않고 그녀와 대면하는 순간, 그녀를 마주 본 순간 나도 모르게 웃었다. 마음속에선 침울해 하거나 진중해야 한다고 계속 신호를 보냈지만, 웃음기는 쉽게 거둬지지 않았다. 너무 미안해서 자꾸만 웃음이 나왔다. 무책임한 인간은 심각함을 견디지 못했다. 그녀에게 새삼 사과하거나 위로나 다짐을 전할 필요는 없었다. 지나간 일은 지나간 일일 뿐. 단지 나는 일을 시작하기 위해서 고객이 필요했을 뿐이다. 그리고 계속 나 자신에게 최면을 걸었다. 별 도리가 없다고.

　웃음기를 다 거두지 않은 상태에서 나는 다시 일을 시작했다고 말했다. 그리고 회원이 되어 달라고 그녀에게 부탁했다. 그녀는 석상처럼 서 있었다. 눈을 빼버려 볼 수도 없고 말할 수도 없는 '모아이석상'처럼. 조금 후 나를 한번 쳐다보고는 고개를 딴 데로 돌렸다. 석상에는 까만 눈이 박혀 있었다. 그녀가 다시 고개를 돌려 빤히 나를 쳐다보았다. 마음속으로는 미친 짓이라고, 미친놈이라고 욕을 할지라도 드러내 놓고 막말은 하지 않았다. 그녀가 나를 만난 건 외면하거나 거칠게 다그치는 쪽보다 기다리는 쪽을 택했기 때문인지도 모른다는 생각이 들었다. 나는 뻔뻔스럽게 정면으로 눈을 맞추고 먼저 눈길을 피하지 않았다. 드디어 그녀가 입을 열었다.

　"무리하지 말고, 천천히 신중하게."

　그녀는 그날 내 행동을, 무슨 일이든 해서 자신의 투자금을 돌려주려는 것으로 이해하는 듯했다. 그것이 아니고야 그렇게 우호적인 말을 할 수 있겠는가. 나는 그녀의 투자금에 대해선 일절 말을 꺼내지 않았다. 알 바인가. 엄밀히 따지자면 그녀가 한 투자가 치명적인 손실을 초래했을 뿐이다. 도덕적으로야 문제가 되겠지만 투자처가 사달이 난 바에는 더는 문제 삼지 않을 거라고, 아니 문제 삼지 않아야 한다고 우기는 중이었다. 더 괴로운 쪽이 패자라면 그건 나라고.

한쪽은 결핍을 채우려 하고 다른 쪽은 과잉을 덜어내려 했다.

그녀와 나 사이에 일어난 그 모든 것들과 그 모든 것들에 대한 부채감. 그러니까 해결할 수 없는 것에 매달리는 것은 부질없는 일이다. 매달린다고 해결될 문제이던가. 투자 건은 운이었고, 그것 역시 그녀의 운명이라고, 그 면목 없는 상황에서도 나는 자기 최면을 걸었다. 그렇게 주입하다 보니 나를 누르고 있던 무거운 부채감이 어느 정도 사라졌다. 더는 그녀에게 못 할 짓을 한 인간이 아닌 자기 일에 충실한 자가 되었다. 최대한 이기적인 인간이 된 이상 하지 못할 말이 어디 있겠는가.

그제야 나는 그동안 어떻게 지냈느냐고 인사치레를 했다. 그녀는 대충 고개를 주억거렸다. 대충 잘 지낸 것 같지 않았다. 생기가 빠져나간 얼굴은 창백하고 서늘했다. 그러나 실패 앞에서 구질구질 매달리지 않는 용단, 그걸 담박함이라고 해야 하나. 본의가 무엇이든 대놓고 탓하거나 분노에 즉각적으로 반응하지 않는 면은 모종의 인간을 더 뼈아프게 만들었다. 그래서 난 대놓고 이기적인 나쁜 인간이 될 수밖에 없었다. 실패에 대한 책임을 전적으로 그녀에게 돌리면서. 그게 나를 훨씬 덜 아프게 할 테니까.

그런데 어느 순간부터 질타하거나 강요하지 않는 그녀에게 기대고 싶어졌다면 나는 정말 나쁜 인간이 된 걸까. 내 속에서 일어나는 심리적 작동에 대해서 정확하게 설명할 순 없지만, 그랬다. 그게 내가 그녀를 다시 봐야 하는 이유가 아니었을까. 그녀를 다시 만나야 할 이유.

나는 그동안 어떻게 지냈느냐고 물었고 그녀는 한참 후, 보험을 탔다고 말했다. 나는 별 반응을 보이지 않았다. 그렇게까지 사악한 인간은 되고 싶지 않았다. 몹쓸 병에 걸렸거나 사고가 난 것으로 보이지 않았다. 그런대로 멀쩡했다. 무슨 보험이냐고 묻지 않았고 얼마나 되는지도 물어보지 않았다. 이혼에 관해 묻지 않았던 것처럼. 그녀 역시 말하지 않았다. 그러고 보니 약간 수척한 것 같기도 하고 손을 조금 떠는 것 같기도 했다.

하지만 그날 저녁 무렵부터 우리는 술을 마셨다. 술을 마시면서 나는 그녀가 나를 용서했다고, 양심의 부채를 탕감해 주었다고 믿기까지 했다. 술을 마실수록 감정은 더 오버되어 그녀가 나를 질타하지 않는 것만 봐도 나를 위로하고 있는 거라고 마음대로 그녀의 마음을 읽었다. 내 마음대로 그녀의 마음을 읽으면서도, 그녀가 내 옆에 앉아 있고 내가 그녀 옆에 앉아 있다는 사실이 실감 나지 않았다. 우리가 어떤 사이이던가. 이렇게 다정히 술을 마실 사이는 아니지 않은가. 묘한 기분이 들면서 흔들리기 시작했다. 내 양심의 밑바닥이 슬슬 패이면서 물이 고이고 급기야 출렁거리며 파도를 일으켰다. 나는 내 머리를 내 손으로 한 번 치고는 그녀와 나 사이에 일어난 일들을 지웠다. 그리고 그녀가 내 옆에 있다는 사실을 지우고, 내가 그녀 옆에 있다는 사실을 지워 버렸다. 그러니까 스탠드바에 나란히 앉아 있는 남녀 한 쌍일 뿐. 그렇게 생각하니 묘하게 출렁이던 기분이 다소 가라앉았다. 천천히 술잔을 다 비운 그녀가 고개를 숙였다. 나는 그녀의 주인이라도 된 듯 호기롭게 술잔을 들었다. 그때 그녀의 어깨가 스르르 내 쪽으로 쓰러졌다.

그날 이후 나는 자주 그녀의 집 벨을 눌렀다.

우리는 대박을 꿈꾸었고 동시에 실패를 맛본, 말하자면 우리 사이가 무언가를 도모하다 쓰디쓴 잔을 들이킨 동지라는 것. '동지'라는 단어를 떠올리자 내가 그녀를 끌어들여 막대한 손실을 입힌 사이가 아닌, 성공을 함께 도모한 우호적인 관계라는 데까지 생각이 미쳤다. 만약 우리의 꿈이 실현되었다면 그녀는 전남편에게 보란 듯이 자신의 건재를 알렸을지도 모르고, 난 수년 동안 함부로 마음을 드러내지 못했던, 대놓고 나를 무시하던 S에게 보란 듯이 프러포즈를 했을지도 모를 일이었다. 요즘 들어 S로부터 서너 번 전화가 걸려왔지만 난 받지 않았다.

아무튼, 우리는 편의점 기획상품으로 출시된 4개들이 세트로 묶인 외국산 맥주를 나누어 마셨고 술이 오르면 무의식적으로 나는 그녀를 안았다. 절망에 대해 말하지 않으려고 나는 더 힘껏 그녀를 안았다. 실패와 상실이 기형적인 열정으로 변해 그녀를 안고 있으면 생각 운운하는 것들은 감쪽같이 달아나 버리고, 머리도 손발도 없는 오직 몸통만 존재하는 인간이 되었다. 몸통이 뒤엉키는 순간은 마음속 깊이 웅크리고 있는 채무 따위는 온데간데없이 사라졌다.

관능이 빠져나간 육체가 어둠 속에 나란히 누웠다.

"괜찮아요?" 내가 물었다.

"괜찮지 않을 게 뭐 있겠어." 그녀는 담박했다.

주로 내 쪽에서 말을 걸었지만, 실패를 곱씹는 어리석은 말 따윈 하지 않는다. 다만 이런저런 쓸데없는 소리를 늘어놓았다. 그녀는 아무 말도 하지 않았다. 아무짝에도 쓸데없는 소리를 들어줄 사람이 있다는 것. 더구나 상대가 그녀라는 것. 그녀를 보고 있으면 무엇이든 용서해 주던 어머니 생각을 하게 되고, 어떤 상황에서도 일단 내 요구에는 무반응으로 일관하던 S 생각이 났다.

"할 말 있잖아요, 내게. 왜 안 하죠?" 내가 말했다.

"해서 뭐 하겠어."

"왜요? 한 번쯤은 따지든가 화를 내야 할 것 아닌가요."

"그런다고 상황이 달라지겠어?"

화를 낼 필요조차도 없다? 그렇다, 우리는 마음이 너무 아파 화부터 내는 그런 애틋한 사이가 아니다. 우리가 서로 사랑을 나누었다고 해도 달라질 건 없다. 나도 그녀도 마찬가지. 내겐 단지 고객일 뿐.

조금 후 뜬금없이 그녀가 꿈에 관한 이야기를 꺼냈다.

"꿈을 꾸었지. 이루어지지 않는 꿈을. 꿈이란 원래 요원한 거니까. 꿈이 이루어지면 그건 이미 꿈이 아닌 거지. 그러면 또 다른 꿈을 꾸게 돼. 사랑을 좇아서 사랑을 피해 달아나는 꼴이랄까. 가닿지 못할 황량한 사랑의 꿈. 위자료를 지불해야 한다면 그건 내 쪽이어야 했어. 나는 그가 꾼 꿈이 아니었거든. 그가 먼저 달아났으니까. 그는 스스로 책임을 다해 나에게 위자료를 주었고 인간적으로 잘 살기를 바랐어. 그러니 그 돈은 원래 내 돈이 아니었던 거야. 그 돈은 돌고 돌아 그에게 다시 돌아갔으면 좋았을 텐데 …. 그럴 수 없는 일이겠지. 그러니

빚진 자는 나인 셈인지도 몰라. 근데 이젠 틀렸어."

어느 것 하나 별로 실감 나지 않는 모호한 꿈 얘기였다. 그녀의 꿈 이야기가 지난밤 꿈이었다면 좋았을 텐데. 내가 아무리 뻔뻔한 인간이라고 해도 위자료 얘기를 할 때는 뜨끔했다. 기막힌 배반이나 비난이 없는 이별이어서 안심이 되긴 했어도, 사라져 버린 것이 돈이 아니라 그녀의 사랑이 아니던가. 그녀의 얘기를 들으며 본 적 없는 한 남자를 향해 연민을 느끼게 될 줄이야. 이런 이율배반이 또 있을까. 다시 슬픔이 밀려온 것은, 그녀의 말이 이제 다시는 꿈 꿀 수 없다는 말로 들렸기 때문이다. 아주 완전히 틀려 버렸다는 말로.

그때 문득 장국영이 떠오를 게 뭔가. '당신은 오늘밤 내 꿈을 꾸게 될 거요.'* 60초의 시간을 함께했다는 이유로 평생 자신을 잊지 못할 거라고 말하는 배짱 좋은 사내. 다음날 꿈을 꾸지 않았다는 여자에게 무심히 던진 한마디. '그렇겠지. 잠을 자지 못했을 테니까.' 그러나 사내는 정작 여자가 사랑에 사로잡히자 가차 없이 내쳐 버리고 만다.

어느 쪽의 사랑이든 그녀가 꿈꾸는 사랑은 위태롭고 또 고독할 거라는 생각이 들었다. 그녀는 전보다 좀더 수척해 보였고 눈 위의 근육이 두어 번 살짝 떨었다. 입술 위쪽 근육은 조금 더 떨었던 것 같다.

나는 시선을 돌려 그녀를 외면했다. 그녀를 바라보았을 때 마음속에 웅크리고 있던 부채의 부피가 한없이 커져 나를 덮칠 것 같았다. 이기적인 내가 비참해지지 않기 위해 나는 더 철저히 이기적일 인간이 되어야 했다.

---

* 영화 〈아비정전〉

316

골목길로 차들이 들락거리고, 반쯤 접힌 칙칙한 커튼 사이로 빛이 들락거렸다. 차들이 지나갈 때마다 어지러이 나뒹구는 것들 위로 빛의 무늬가 출렁거리다가 사라졌다. 흩어진 것들 속에 그녀와 나도 어지럽게 뒤섞여 있었다. 벽에는 고장 난 시계가 아홉 시쯤에 멈춰 있었다. '1960년 4월 16일 3시 1분 전' 그러니까 〈아비정전〉에서 그 운명의 시간 3시 1분 전. 정확하게 그 시각과 맞아떨어질 때쯤 나는 일어섰다.

골목을 걸어 나오는데 영화 속에서 '사랑의 결핍으로 몸서리치면서 마침내 제 것이 되려 하자 도리어 그 사랑을 받아들이지 못하는 한 사내'가 된 기분이었다. 아닐 것이다. '자신도 모르게 점점 몸과 마음이 사로잡혀 사내를 유혹하려 하자 강하게 거부당하고 마는 여자'가 된 기분이었던가? 대안 없는 물음만 잔뜩 던지는 영화, 관객에게 친절하지 않은 영화를 보고 나오는 느낌이었다.

며칠 동안 난 그녀의 집에 가지 않았다. 그녀의 꿈같은 얘기를 듣는 것만으로도 불편했다. 필요 이상 깊숙이 들어가는 건 내 방식이 아니다. 많은 걸 알수록 복잡해질 것이고 무엇보다 집착하게 될 것이 두려웠다. 이미 나는 S를 향한 허황한 집착으로 오랜 시간을 흘려보내지 않았던가.

그러나 나는 다시 그녀를 찾아갔다. 복잡해지거나 집착하게 될 것을 두려워하면서 나는 왜 자꾸 그녀를 찾아가는 걸까. 그녀를 이용할 게 뻔한 데도 마음에 도사리고 있는 이 어둡고 묵직한 건 뭐지. 자기기만으로 시치미를 떼면서도 그녀에게서 내쳐질까 봐 두려워하는 것 아닌가.

그런 기분은 일종의 전조증상 같은 거였다. 한데 뒤엉켜 엉망으로 어질러져 있던 그녀의 집이 깨끗이 치워졌다. 그러니까 쓰레기는 본질이 아닌 현상일 뿐이었단 말인가. 젖은 수건이며 옷가지들, 책자와 우편물들에 이르기까지 어지럽게 흩어져 있는 물건들 속으로 걸어 들어갈 수 있었던 것은, 그것이 현재 나의 실상이었기 때문이었다. 실제로 그녀는 나를 비루한 인간으로 경멸했을 수도 있고 나의 뻔뻔함을 연민으로 바라봤을 수도 있다. 어쨌든 아무렇게나 뒤섞일 수 있었던, 난장 속에서 난장인 것을 잊을 수 있었던 공간이, 쓰레기를 용인하는 그곳이 사라져 버렸다. 그녀가 쓰레기를 치워 버렸는데 어쩐지 냉혹한 느낌마저 들었다. 요컨대, 그랬다.

　물건이 정리정돈 되었을 뿐인데, 제자리로 치워졌을 뿐인데 나는 몹시 당황했다. 황량한 얼굴로 그녀를 바라봤다. 잠시나마 쉴 수 있었던 그 위태롭고 편안한 자리를 그녀가 치워 버렸고, 그건 나를 치워 버린 듯한 느낌마저 들었기 때문이다. 나는 나를 어디다 부려 놓아야 할지 몰라 한참 서성거렸다. 그녀 역시 황량한 얼굴로 서 있었다. 그러니까 그 방에는 제자리를 잡고 앉아 있는 건 아무것도 없어 보였다. 모든 것이 서 있는 어색한 공간에 왠지 모를 서늘한 공기가 들어앉았다.

　그 방에는 원래 어지러이 물건들이 들어앉아 있었던 것이 아니라 서늘한 공기가 들어앉아 있었던 건 아니었을까. 존재하지만 잡히지 않는 슬픔이. 그러니까 그 서늘한 슬픔으로 인해 어지럽게 뒤섞였는지도 모른다고. 하지만 그녀를 채울 수 있는 것은 아무것도 없었는지도 모른다고 생각하다가 나는 소주와 맥주를 섞어 그녀에게 내밀었다. 선명하게 몸매가 드러나는, 착 달라붙는 검은 색의 옷은 그녀를 더 말라 보이게 했고 어딘지 모르게 비밀스럽게 만들었다. 우리는 술을 마시기 시작했다. 술을 마셔도 서늘함은 좀체 가시지 않았다.

"난 참 나쁜 사람이죠?" 내가 말했다.

"그럼, 좋은 사람이 있다는 말?" 그녀가 대수롭지 않게 응수했다.

"좋은 사람… 있죠. 많이 ….." 거의 비아냥거리는 어투였다. 나는 왜 그녀를 가족처럼 함부로 대하는 거지? 적어도 나쁜 인간이 일삼는 무례나 자학은 아니었다. 예의를 지키는 것보다 친밀감을 조장하기엔 그 편이 훨씬 더 나을지도 몰랐다. 그녀가 나를 물끄러미 쳐다보았다.

"많이? 글쎄, 좋은 사람이? 이런저런 사람이 있을 뿐이지 않을까?" 그녀는 자기 생각을 말하는 대신 나에게 되물었다. 의문이라기보다 거의 확신에 가까웠지만 조심스럽거나 야단스럽지 않았다. 나는 삐딱한 태도로 이런 사람? 저런 사람? 이라고 되뇌었을 뿐 대답하지 않았다. 다른 생각에 잠긴 듯 눈길을 비스듬히 아래로 둔 채 그녀가 말했다.

"좋은 사람도 때론 나쁜 사람이 되고 나쁜 사람도 꼭 나쁘기만 한 건 아니잖아. 나쁘기만 한 사람도 좋기만 한 사람도 없다고 봐. 한쪽이 중요하면 동시에 다른 쪽도 중요하다는 거지. 꼭 중요한 얘기만 하고 중요한 일만 하고 살지 않는 것처럼. 이런 저런 얘기들, 이런저런 사건 속에서 사는 거잖아. 그런 거지."

아, 나는 분명 그녀로부터 위로를 받고 있다. 그녀에게서 치워지지 않았다.

화려한 언변은 아니었지만, 어찌 보면 넌더리가 나도록 들은 말일 테지만 그녀는 충분히 나의 마음을 헤아렸다. 놀랍게도 나를 안심시켰고 나를 달래었고, 나를 이해한다는 말, 나를 구원하는 말을 한 것이다. 그러니까 현상이 아닌 본질을. 나는 울컥했다. 이런 친밀감으로 따스해 본 적이 있었던가.

그러나 그녀가 아무리 따스한 말을 해도 결코 나를 바꿀 수는 없을 터. 나야말로 이기적이고 뻔뻔한 인간일 뿐일 테니까. 그녀는 나를 한번 흘깃 보고는 시선을 벽에 걸린 단색화로 옮겨갔다.

"저 그림은 한 가지 색이지만 한 가지 색이 아니지. 두께나 각도에 따라, 빛이 비칠 때마다 색이 다르게 보이거든. 보는 사람의 시선에 따라 색이 달라져. 난 사람도 그렇다고 생각해."

그러니까 그녀의 말인 즉, 나를 바라보는 시선이 남들과는 다르다는 말 아닌가. 그 순간 나는 부채감을 떨쳐내고 내가 제법 괜찮은 인간임을 상기시켰다. 아주 무책임한 인간도 때론 겉치레보다 최소한의 공감에 기대어 살고 싶어진다. 그랬다. 설령 그녀가 별생각 없이 내뱉은 말일지라도 나에게 진심이 전해졌다. 나는 천천히 안도의 숨을 들이켰다. 그녀는 '소맥' 한 잔을 다 마시고도 내 쪽으로 쓰러지지 않았다. 할 말을 찾고 있는 듯 빈 잔을 양 손바닥 사이에 넣고 천천히 굴렸다.

"세상일은 생각대로 되지 않아. 하지만 생각대로 되지 않는다는 건, 멋진 일이지. 생각지도 못했던 일이 일어난다는 거잖아."

그녀는 조금 머뭇거리다가, "'빨강 머리 앤'이 한 말이지"라고 말했다. '멋진 일이지'라고 말할 때 그녀의 표정은 밝지 않았다. 무감각했다. 그녀가 어떤 표정이었던 그것과는 상관없이 내 안에서 색다른 감정이 소용돌이치기 시작했다. 그런 감정이야말로 바보 같은 짓이라고, 그녀에게 들키지 않으려 오히려 태연하게 굴었다.

320

"어째서 나 같은 인간을 위로하는 거죠?"

"위로라니?"

"그럼 뭔가요?"

"이런저런 일들이 일어난다는 말."

냉정하게 말끝을 닫는 그녀의 얼굴에 모호한 미소가 감돌았다. 혹, 생각지도 못했던 일이 일어난 건가? 하지만 나는 생각대로 되지 않는 다는 걸 누구보다 잘 알고 있었다. 잠시 후 뭔가를 떠올린 듯 그녀가 말했다.

"제자리로 돌려놓고 싶어."

나는 딴생각을 하다 들킨 사람처럼. "뭘요?" 하고 되물었다.

그녀는 짧게 대답했다. "다."

"다, 라고요?"

"모든 것, 다." 그녀의 목소리가 조금 갈라졌다.

종잡을 수 없는 그녀의 말을 다 알아들을 필요는 없다. 그거야말로 재미없는 일이니까. 나는 더는 호기심을 드러내지 않았다. 대신 코젤 다크 맥주를 캔째 마셨다. 맥주를 마시면서 든 생각이란, 맥주를 다 마시고 나면 생각지도 못한 일이 일어날 것만 같은 위험한 예감이었다. 그 예감에 사로잡히지 않기 위해서 끝없이 맥주를 마셔야만 할 것 같았다. 나는 조바심 때문에 계속 맥주 캔을 땄다. 술은 취하지 않고 자꾸만 고개가 꺾이고 나는 계속 고개를 들어 올렸다. 내 조바심과는 상관없이 그녀는 문득 회원이 되어 주겠다고 했다. 그렇지, 난 고객을 확보했으면 된 거다.

며칠이 지나도 뭔지 모를 꺼림칙함은 사라지지 않았다. 생각하지 않으려 할수록 생각에 몰두하기 마련. 모르는 사실에 대해 사실을 재생산하는 일은 금기 사항이다. 그녀는 며칠째 전화를 받지 않았다. 불현듯 마음이 급해졌다. 벨을 누르는 대신 쾅쾅, 주먹으로 문을 쳤다. 잠시 후, 딸깍하고 문이 열렸다. 나는 그대로 그 자리에 멈춰 섰다. 그녀 뒤로 보이는 텅 비어 있는 공간. 어찌 된 일인가. 온갖 사물들이 모두 치워졌다. 소파도 냉장고도 텔레비전도, 너저분하게 흩어져 있던 물건들과 함께 감돌던 어두운 정적까지도. 집을 구성하고 있던 것들이 싹 자취를 감추어 버렸다. 그녀는 좀더 수척해 보였다.

"무슨 일이죠?" 내가 물었다.

"치웠어. 홀가분하고 좋잖아."

권태가 섞인 무심한 어투였다. 당혹스러웠다. 나는 상체를 내밀고 염탐하듯 실내를 두리번거렸다. 홀가분하다기보다 휑했다. 그 휑한 곳에 그녀가 덩그러니 놓여 있었다. 있던 것들이 사라졌는데 집은 평수가 늘어난 것 같이 커 보였다. 비워진 공간은 공간이라기보다 허공처럼 느껴졌다. 휑하게 드러난 것과는 달리 생각지도 못한 무언가 감춰져 있을 거라고, 나는 거의 확신했다. 그러나 겉으로는 무언가를 알아채거나 알아내려는 기색을 보이지 않았다. 그녀가 무얼 하든 그건 그녀의 일일 테니까. 하지만 내가 두서없이 허둥대고 있다는 걸 알았다. 그녀는 상체를 좌우로 조금씩 흔들더니 뭔가 생각난 듯 고개를 뒤로 한껏 젖혔다 세웠다.

"너무 많이 욱여넣어 놓았어, 구석구석. 결국은 치워야 할 것들을. 여기에 잠깐 있었을 뿐 언젠가 버려질 것들이었어."

322

"아예 몽땅, 다 없애버렸군요."

"언젠가 필요할 것 같아 쌓아놓은 것들일 뿐이지. 영영 필요하지 않을 수도 있고. 숨이 막힐 것 같았어. 채워지지 않는 허기 같은 것들이 었을까? 그걸 메우기 위해 끌어들였던 건지도 모르고. 한 번도 쓰지 않은 것과 한 번 쓰고는 다시는 쓰지 않은 것들, 들여놓고는 감쪽같이 잊어버린 것들까지, 그것들이 집을 채우고 있었으니 사람이 사는 집이 아니라 물건을 보관하는 창고가 되어 버렸던 거지."

그 말을 할 때 뭔가 곤혹스러워하는 것 같기도 했다.

"지금까지, 내가 사는 게 아니라 누군가가 원하는 대로 살지 않았나 싶어. 그게 사랑이라고 믿었지. 그 믿음을 저버리지 않기 위해 너무 억누르며 살았어. 그렇게 억눌렸던 것이 쓰레기처럼 쌓이고 말았던 거야. 채우는 것과 치우는 것은 양극성 기분 장애처럼 조절 불가능해. 메우기보다 들어내는 쪽이 더 어려운 일인지도 모르지."

그녀는 다시 고개를 뒤로 젖혔다. 그리곤 한참 동안 그대로 있었다. 나야말로 곤혹스러웠다. 나는 그녀의 말을 허투루 흘려들은 사람처럼 굴었다. 곤혹스러움을 들키지 않으려 일부러 부산을 떨었다.

치움으로써 자신을 통제할 수 있다고? 이건 자신을 통제할 수 없는 사람이 하는 극단적인 행동이 아닌가?

"냉장고 속은 이미 상한 음식과 상해 가는 음식들로 차 있었어. 몇 해가 지나도록 한 번도 입지 않은 옷들이 뒤죽박죽 뒤섞여 있는 옷장을 비우며 알았어. 정작 자주 입는 옷은 후줄근해진 몇 가지뿐이라는 걸. 주방은 언제 사용했는지 언제 또 사용할지 모르는 것들이 녹슬고 깨져 먼지와 함께 들어앉아서 그것들이 집을 채우고 있었던 거야."

그녀는 뭘 치운다기보다 마치 치우고 있는 자신을 바라보는 것 같았다. 나는 애매하게 웃으며 말했다.

"한때나마 자신이었던 것들을 모조리 한꺼번에 치우는 건 좀… 부분적인 비움이나 절제면 모를까. 소파나 침대까진 그렇다 쳐도 텔레비전이나 냉장고는 좀 심한 것 아닌가요."

"원래는 다 없었던 거잖아. 선택지가 많을수록 선택이 힘들어지는 것, 그런 거야."

비밀스럽게 혹은 소중하게 간직해야 하는 것도 있지 않나. 일기장이나 편지, 어머니가 간직하던 배냇저고리 같은 것들… . 물론 그녀와 나 사이에 간직해야 할 건 없겠지만. 당장 쓰이지 않더라도 언젠가 쓰일지도 모르는 것들이 삶을 구성하고 유지하지 않는가. 영 쓸모가 없을 것 같다가도 어떨 땐 긴요해지는 것들이.

"가진 것 중에 쓸모 있는 것들이 얼마나 있을까요? 어쩌면 대부분은 쓸모없는 것들을 붙들고 살지 않나요? 그것들을 빼고 나면 남는 게 뭐죠. 그게 본질일까요? 그것만이 자신일까요?"

나는 삐딱하게 말했다. 몸통뿐인 토르소 조각상처럼, 곧 치워질 물건처럼 놓여서. 갑자기 속이 거북해지면서 역류 현상이 올라왔다. 채우든 치우든 어느 쪽이든 그건 그녀에 달린 문제일 터. 내가 왜 이렇게 당황하는가.

"얘기가 딴 데로 흘러가 버린 것 같은데,"라고 말하며 그녀는 다시 고개를 뒤로 한껏 젖혔다가 천천히 숙이기를 반복했다. '예스'도 '노'도 아닌 그 단순한 동작이 그녀의 행동을 더 모호하게 만들었다.

"정확히 말하면, 나를 채웠던 것에 대해서지. 어쩌면 그것들은 보관

되기보다 버려지기를 원하고 있었던 건 아닐까, 싶기도 해. 한때 필요했던 것들과 나를 떠나지 못한 것들, 기억 같은 것들까지 치워지면서 지워지는 거지. 이상한 건 치우면서 제자리로 돌려보내는 느낌이 들었어."

"그럼, 치운 게 아니라 제자리로 돌려보낸 거네요."

나는 무뚝뚝한 목소리로 못마땅하게 쏘아붙였다. 남자들이란 단순 무지해서 쓸데없는 고집이나 까탈을 부릴 때가 있다. 하여튼 뭔가 잘못되고 있다는 생각을 떨칠 수 없었다.

"인연이 다한 거지. 만나게 될 인연은 굳이 애쓰지 않아도 만나게 되고, 만나지 못할 인연은 애를 써도 만나지 못하는 것처럼 말이야. 시절 인연이 닿으면 만나고 싶지 않아도 만날 수밖에 없잖아. 떠나는 것 역시 마찬가지라고 봐. 불법에서도 항상 있는 것이라고 인정하는 것이야말로 잘못된 집착이라고 하지 않았나. 영원히 머무는 건 없으니까."

담담한 어투가 감성적이지 않아도 사실을 말하는 목소리였다.

그녀의 내면에 자리한 섬세한 갈망들이 밖으로 구현되지 못하고 가혹하게 허물어져 사라지는 것 같은, 뭐 그런 느낌도 없지 않았다. 결코, 정확한 뜻은 알 수 없지만, 그녀의 말이 끝나기도 전에 우리의 이상한 인연이 더 이상 연결되지 않을 것 같은, 곧 끝이 날 것 같은 느낌이 어렴풋이 들었다. 눈앞에 풀씨가 풀풀 날리는 것처럼 시야가 흐릿하게 흔들렸다.

치워버렸다? 버린 게 아니라 제자리로 돌려보냈다? 인연이 그런 거였던가? 그럼 그녀가 치워야 할 것들은, 어지럽게 흩어져 있던 물건들이 아니라 인연들이란 말인가? 마음속에 간직한 것들? 그럼, 혹? 나는 거기서 생각을 멈추었다. 대신 둘 데 없는 난처한 시선을 벽 쪽에 고정했다.

백색 단색화는 한 장의 스틸 컷처럼 보였다. 단색은 여리면서도 단단하고 단순한가 하면 중층을 이루어 여백과 단절되는가 싶으면 연속되고 비우는가 하면 다시 채워 깊고 어두웠다. 하나의 색이면서 하나가 아닌 색. 소외와 고립의 파편들을 덕지덕지 덧칠한 색감은 감정을 정면으로 부딪치기보다는 누르고 정제한 느낌이었다. 단순해지려 해도 도무지 단순해지지 않는 단색이면서 현란한 색의 질감. 머릿속에서는 어지럽게 선을 긋고 덕지덕지 바르길 반복했다. 단색화가 실제 삶과 다르지 않다는 거였다.

그녀가 자신의 집을 치웠을 뿐인데, 생각은 형체를 갖추어 질감이 생기고 마침내 두툼한 물성으로 굳어졌다. 의문과 의심이 점점 덩어리로 뭉쳐지고 시선은 여전히 단색화에 머물러 있었다. 시야가 아득해지고 색은 시선에서 완전히 사라져 버렸다.

'색이 공과 다르지 않고, 공이 물질과 다르지 않으며, 물질이 곧 공이요, 공이 곧 색이니, 느낌과 생각과 지어감과 의식도 그러하니라 … 괴로움과 괴로움의 원인과 괴로움이 없어짐과 괴로움을 없애는 길도 없으며, 지혜도 없고 얻음도 없느니라.'*

단색화는 그대로인데, 색은 사라졌다 다시 형체를 드러냈다가 어른어른 어른거리다 사라졌다. 마침내 질감과 물성까지 밀어냈다.

---

*   〈반야심경〉

'영원한 있음도 없고 없음도 없다. 텅 빈 상태, 공空 속에는 무수한 인자들이 있어 그들이 서로 인연을 맺을 때 색色이 생기고, 그 색의 인연이 흩어지면 다시 공으로 돌아가고 만다. 만남도 헤어짐도, 모든 물상들의 형체까지도 본질적인 것으로 되돌아간다. …'

어른어른, 꼬리에 꼬리를 물고 일어났다 사라지는 것들. 나는 나조차도 어딘가에서 빠져나와 사라지는 것 같았다. 나 자신으로부터인지 그녀에게서인지 아니면 빛인지 어둠인지 침묵으로부터인지 가늠할 수 없었다.

그녀와 내가 서로 모르는 사람처럼 앉아 있다는 사실에 놀라 나는 얼른 손을 뻗었다. 그녀의 취향에 맞추어 '소맥'의 비율을 정확하게 맞추어 그녀에게 내밀었다. 딱히 술을 마셔야 할 이유도 모른 채 우리는 다시 술을 마시기 시작했다. 슬픔에 맞서 양심이 무감각해질 때까지. 하찮은 욕망이 아무짝에도 쓸모없는 무의미한 것이 될 때까지.

쉼 없이 차들이 골목길을 빠져나갔다. 커튼을 걷어 버린 창을 통해 어른거리던 빛 한 줄기가 강렬한 빛을 쏘았다. 빛이 단색화의 중앙을 가르고 지나가는 순간 백색의 단색화가 적록의 색면화로 변했다. 단색이 적색과 녹색으로 분할되면서 섬뜩한 전율이 일었다. 빛이 서늘한 광란을 일으키자 방안은 적막감이 감돌았다. 마치 내부의 에너지가 분출해 착란을 일으키듯 불빛은 활활 타오르다 금세 차갑게 변해 버렸다. 불빛은 사라지면서 비통한 적막을 남겼다. 붉고 검푸르게 침투했다가 튕겨 나온 빛의 입자들이 어디로 갈지 몰라 우르르 떨다 사그라졌다. 포자처럼 날리다 흐물흐물 지워졌다. 떨던 빛의 잔영이 내 안으로 흡수된 듯 심장이 빠르게 뛰었다.

분명 착시현상이었다. 그러나 그 순간 나는 그녀의 얼굴에서 서늘한 빛을 보았다. 캄캄한 상태에서 나는 생각했다.

그녀가 깨끗이 치워 버리려 했던 것, 그것은 마음에 들어앉아 있던 것뿐만 아니라 어쩌면 그녀의 인생까지도 … 혹은 인연들까지 ….

나는 계속 술을 들이켰다. 술에 취하면서 내 의식도 희미하게 지워지고 그녀도 지워졌다. 머리도 팔다리도 없는 몸통이 나머지 의식을 모두 지워 버리기 위해 맹렬히 그녀를 끌어안았다. 벽에는 분침이 없는 시계가 작동을 멈추고 조용히 걸려 있었다. 자꾸만 슬픔이 밀려왔다.

카페의 조명은 비현실적으로 밝았다. 무감각한 시간을 보내는 동안 마음속에서 분열하는 것들. 환한 불빛 아래 더 이상 감출 것이 없다는 걸 알면서도 나는 아무것도 모르는 척 시치미를 떼고 앉아 있었다. 사람들의 웅성거리는 소리도 음악 소리도 딱히 귀에 들어오지 않았다. 냉커피를 단숨에 마시고 와그작와그작 얼음 조각을 깨부쉈다. 얼음을 깨고 있다는 사실조차 잊어버린 채 무의식적으로 남은 얼음을 마저 입속으로 털어 넣었다.

나는 줄곧 나 자신을 속이고 있었다. 내가 그녀의 마음을 안다고 말하는 순간 무너질 게 뻔하니까. 회복할 수 없을 정도로 망가질 테니까. 죄책감으로부터 도망치고 싶었으니까.

얼음을 깨물수록 갈증은 더 심했다. 급하게 넘긴 얼음 한 조각이 명치끝에 걸려 얼얼했다. 위에서 쓴 물이 올라왔다. 다른 생각을 하려해도 조각조각 떠돌던 생각들은 한데 뭉쳐진 채로 꼼짝하지 않았다. 내 의식은 이기적인 의지력을 잃어버리고 방황하기 시작했다. 중요하거나 중요하지 않은 모든 이야기를 그녀와 나누고 싶은 갈망이 나를 압도하고, 엉망이 되어 버린 머릿속은 온통 그녀 생각뿐이었다.

그녀는 모든 것들을 치워 버리고 가벼워졌을까? 나를 용서했을까? 미련마저도 털어내고 나면 제 안의 고통이 지워질까? 텅 빈 방에서 비로소 제자리로 돌아왔다고 느꼈을까…?

나는 내 잘못을 끌어내어 비난하고 책망하기 시작했다. 울룩불룩 팽창하는 목울대를 누르며 무언가 계속 삼키고 있었다. 그것은 예상치 못한 슬픔이었다.

지금껏 나는 그녀를 온전히 바라보지 않았다. 무분별한 욕망이 자신을 기만하며 속여 오는 동안 문제가 뭔지, 무엇을 얼마나 잘못했는지 모르는 척 딴말을 하며 딴청을 부렸지만, 그건 두려움이었다. 내가 그녀를 사랑하고 있다는 걸 알았기 때문이다. 이기심 안에 감추었던 눈물이 흘러내리고 상실의 예감이 점점 몰아칠수록 참을 수 없이 절실해졌다. 그녀가 아니면 도저히 이해할 길이 없다는 것을, 그녀에게서 치워질 수 없다는 것을, 그녀가 아니면 아무것도 아닌 존재가 될 거란 것을….

그러나 그녀의 집 문은 다시 열리지 않았다. 그녀의 전화번호는 존재하지 않았다. 그러니까 최소한의 것, 그 속에 그녀 자신도 포함되지 않았더란 말인가. 그녀가 치워졌다. 그녀가 나를 깨끗이 치워 버렸다.

렌터카

훈련소 입소하는 날은 데려다주어야 하지 않겠냐고, 미숙이 말했을 때부터 아들은 복잡해졌다. 동기들은 이미 오래전 다녀온 훈련소가 아니던가. 현역도 아닌 보충역인 것을. 4주 훈련만 받으며 다시 집으로 돌아올 텐데 그렇게 유난 떨 일이냐고, 말하려다 그만두었다. 요즘 들어 늙은이처럼 여차하면 말꼬리를 잡고 고까워하며 화를 내는 마당에 생각 없이 내뱉었다가는, 뼈 빠지게 키워봤자 다 소용없다, 남의 집 딸 좋은 일밖에 더 시키겠냐고, 뼈있는 푸념을 늘어놓을 테고 결국은 이런 아들이 아니었는데, 라고 하며 실비아에게로 향할 후환이 두려웠다. 어차피 분가할 날이 머지않았으니 심기를 건드릴 일이 아니었다. 그 얘기를 듣던 실비아가 자기가 양보하겠다며 부모님과 함께 가기를 권했다.

훈련소 입소를 며칠 앞두고 아들은 호기롭게 너스레를 떨었다. "부모님께서 데려다주셔야죠." 아들의 말이 떨어지기 무섭게 기섭이 맞장구를 쳤다. "그럼, 데려다줘야지. 부모 두었다 어디다 쓰려고." 부

331

모란 마땅히 그렇게 사용해야 하는 것처럼 들렸다. 그동안 유기했던 부모로서의 직무를 마침내 완수하기라도 하듯 기섭은 의기양양했다. 훈련소는 가는 게 아니라 보내는 거였던가? 그런 의구심마저 들었다. 기섭은 화가 난 얼굴로, "고맙지, 그래도 부모 생각하는 맘이"라고 한 술 더 떴다. 남의 사정 모르는 영락없는 허세. 허세는 엉터리일수록 당당한 법이다. '현부賢父 났네.' 평소 그답지 않은 행동을 바라보며 미숙은 속으로 비아냥거렸다. 그러거나 말거나 모처럼 한 덩어리로 움직이는 것이 어색하면서도 고맙기까지 했다.

부모를 가져다 쓰다니. 남들 다 가는 곳을, 서너 시간이면 갈 수 있는 거리를 자발적 헌신에다 감사까지 할 일이던가. 의기양양한 기섭을 바라보며 아들은 곧 시무룩해졌고, 미숙은 고개를 돌려 피식 새어 나온 헛웃음을 거두었다.

평일인데도 도로 정체는 여전했다.

"우리 다음 휴게소에서 커피 한잔합시다." 가벼운 여행길이듯 아들이 분위기를 띄웠다. 도로는 점점 더 밀리고 차는 꼼짝하지 않았다. "이거 참, 이렇게 밀릴 이유가 없잖아." 기섭이 고개를 차 밖으로 내밀고 앞뒤를 살폈다. "일찍 서두르길 잘한 거야?" 미숙이 아침의 실수를 선견지명으로 돌렸다.

눈을 떴을 때 미숙은 깜짝 놀랐다. 분명 알람을 맞추어 놓았는데 시계는 울리지 않았다. 급하게 밥솥에 밥부터 안치고 미리 준비해 놓은 찌개를 데웠다. 상이 다 차려지도록 기섭은 일어나지 않았다. 바쁠 때일수록 도움이 안 된다니깐, 지청구를 놓으며 아들의 방을 두드렸다. 왜 이렇게 서두르느냐고, 밥상을 물리면서까지 두 남자는 구시렁거렸다. 미숙이 동동걸음을 치며 다시 성화를 냈을 때, "아직 시간 넉넉한데요." 아들이 벽시계를 가리켰다. 아차, 그때야 미숙은 시간을 착각했다는 걸 알았다. 분명 전날 밤 출발시각을 계산해 놓았는데 아침에 불현듯 엉뚱한 생각에 사로잡히고 말았다. 설레발을 치며 재촉한 것이 미안해서, 내친걸음이니 여유롭게 출발하는 게 좋지 않겠냐고, 고쳐 말했다.

꽃샘추위로 공기는 싸늘해도 햇살은 다정했다. 잿빛 가로수 가지 끝에 어렴풋이 봄물이 오르고, 연기가 피어나듯 아득한 빛이 감돌았다. 움이 트는 건지, 마음으로 보는 봄빛인지는 알 수 없었다. 그러니까 동틀 무렵의 희끄무레한 빛처럼, 분명 푸르스름했는데 가만히 보니 불그스름한 것 같기도 했다. 라디오에선 신종 바이러스에 관한 뉴스로 어수선했지만, 렌터카는 잘 길들인 말처럼 매끈하게 달렸다. 승차감은 한결 편안했다. 미숙은 준비해 간 과일 도시락을 열었다. 정리 정돈이 잘 된 깨끗하고 따뜻한 식탁. 행복하지 않아도 불행하지도 않은 집. 그 안락한 풍경이 깨지는 데는 얼마 걸리지 않았다.

"내 때는 말이야," 기섭이 말을 꺼냈을 뿐인데 포문을 연 것처럼 공격적으로 들렸다. 우스꽝스럽고 비극적인 코미디. 귀에 못이 박이도록 들었던 과장된 후일담일 게 뻔했다. "지금 군대는 군대도 아니지. 우리 때는 이 길이 죽으러 가는 길 같았어. 기분 참혹했지." 기섭이 탄식을 내뱉었다. "아, 최전방!" 그는 전쟁영화의 주인공으로 완벽하게 빙의되었다. "춥긴 또 왜 그렇게 춥던지. 한겨울 연병장은. 주말마다 거기 세워 놓고 선임들이 물에 적신 솔가지로 후려치는데 금세 온몸에 얼음이 박혔지. 그뿐인가. 배는 왜 그렇게 고프던지. 난 지금도 고등

어니 명태니 뭐 그런 생선 안 먹잖아. 그렇게 허기진 데도 상한 생선 냄새가 얼마나 고약했는지 말이야." 진부하기 짝이 없는 이야기. 또 얼마나 길게 반복하려는지.

웃기는 건 이야기가 매번 조금씩 각색된다는 거다. 혹독한 시절을 견뎌낸 결기라든가, 그 시절의 꿈과 좌절, 반성이 들어 있지 않은 각색은 부풀려진 무용담으로 들렸을 뿐이었다. 어찌 보면 볼품없고 창피한 자신의 젊음 시절을 거꾸로 각색한 건 아닌가, 자신은 그 같은 혹독한 상황에 놓이지 않았다는 안도나 혹은 착각이 아닐까, 싶기도 했으니까. 어쨌든 온전히 자신의 경험이라기보다 다른 사람의 이야기가 섞여 자신도 헷갈리고 있는 것 같았으니까. 사실이나 진실을 얼마간 벗어난 이야기. 정말 그랬다.

"요즘이야 뭐, 온갖 특식에다 배부르고 등 따신 군대 아닌가. 군대 가서 정신 차리고 온다는 말은 옛말이야." 서너 박자쯤 휴지를 두었다 다시 말을 이었다. "그게 군댄가? 군기가 빠져도 한참 빠졌지. 그래서 요즘 애들 정신 못 차리는 거야."

기가 막힐 노릇이다. 악랄한 권력자가 자신의 한계를 드러내지 않기 위해 사실을 조작하는 것. 엄연한 진실도 손바닥 뒤집듯 뒤집는 게 그들의 행태 아니던가. 아들의 시선이 창밖을 향하고 있었다.

"정신 차리고 오는 게 아니라 정신 잃고 온 사람도 있었잖아."

퉁명스럽게 미숙이 끼어들었다.

"당신이 뭘 안다고!" 기섭의 얼굴이 험상궂게 일그러졌다.

"그만해. 훈련소 가는 아이 기 다 빨리게. 이제 세상은 바뀌었어."

팽팽한 언쟁에 분위기는 금방 험악해졌다. 아들이 얼른 다른 말로 유도했다.

"어제의 후일담 말고 좀 미래지향적인 얘기 합시다. 그러니까 제대이후요. 많잖아요. 사랑 이야기라든가, 꿈이라든가. 그게 좀더 바람직한 이야기일 것 같은데요."

언쟁이 극단으로 치닫기 전 아들이 이야기의 방향을 틀었다. 도로는 여전히 밀리고 구급차가 사이렌을 울리며 내달렸다. 분위기가 머쓱해졌다.

"꿈? 있었지. 어디 꿈꾼 대로 살 수 있나. 그게 문제지." 기섭이 곁눈질로 두 사람을 번갈아 보았다.

"어떤 꿈이었죠?" 아들이 기섭의 말을 낚아챘다.

"생각해 보면 바보 같은 짓이었지. 천지를 분간 못 하고 날뛰었으니까. 찬란하고 장대한 뭔가가 기다리고 있을 줄 알았지."

"근데요?"

"시간을 함부로 써버렸어. 세월이 그렇게 빨리 지나가 버릴 줄이야. 웃기는 건 말이야, 돌고 돌아 결국은 제자리로 돌아왔다는 거지."

왠지 자기 고백처럼 들렸지만, 그의 어투는 지난 시절에 대한 회한이라기보다 남 얘기하듯 제멋대로 뻔뻔스러웠다.

"그럼 제대로 찾은 건가요?"

"그럴 리가. 시간을 낭비하지 말라는 얘기야. 가장 가까이 있는 술집의 술맛이 가장 좋다, 뭐 그런 거."

"이제 시대가 바뀌었잖아요."

"시대가 아무리 바뀌어도 바뀌지 않는 것도 있어!"

기섭의 강압적인 어투에 미숙이 발끈했다.

"그게 꼰대야. 성찰은 없고 자기 생각만 우기는 거." 빈정거림이 역력했다.

"무슨 소리!" 기섭이 버럭 소리를 질렀다. 미숙을 돌아보며 멸시하는 투로 윽박질렀다. "뭘 안다고!"

"아, 또 왜 그러세요." 아들이 급하게 진화에 나섰다. "자기 말만 할거면 대화가 무슨 소용이겠어요." 아들의 말이 채 끝나기도 전이었다.

"꼰대라니!" 도발하는 자를 향해 기섭이 다시 한 번 가차 없는 응징을 날렸다. 눈을 부릅뜬 험상궂은 사천왕상처럼 곧 팔을 들어 창과 칼을 휘두를 것처럼 위태로웠다. 상대를 길들이려는 강압적인 어투는 여전했다. 극렬할 뿐 앞가림을 제대로 하지 못하는 남자의 지독한 냉소주의.

타인의 시선은 외면한 채 오로지 자신만 보는 사람. 비열하거나 열등감을 가지고 있는 사람은 대체로 다른 사람의 지적을 견디지 못한다. 뭐 반듯하지 않더라도 무너질 수는 없다? 기섭은 자신이 '꼰대'라는 사실을 절대로 용납할 수 없는 모양이었다. 희끗희끗한 곱슬머리가 더 고집스럽게 보였다.

"그게 꼰대지 뭐야. 틀려도 맞다고 우기는 거." 미숙이 고개를 딴 데로 돌린 채 쏘아붙였다. 두 사람은 마주 보는 게 불편한 사람들 같았다. 마치 아들을 통해서 그들의 말이 전달되기를 바라는 듯 보였다. 미숙이 태연한 척 자세를 가다듬었지만, 분위기는 싸늘해졌다. 서로 한 치도 물러서지 않는 대결 국면. 그들은 서로를 아무렇게나 다루어도 되는 물건처럼 다루었다.

"남의 말 좀 잘 들으시라고요! 어떻게 하고 싶은 대로 말하고, 듣고 싶은 대로 들어요." 아들의 목소리에 짜증이 묻어났다.

기섭이 신경질적으로 창문을 내렸다. 그러니까 함께 오지 말아야 했는데⋯. 아들의 얼굴에 역력하게 드러났다. 미숙의 얼굴이 벌겋게 달아올랐다. 아들 앞에서 대놓고 언쟁을 하다니. 자식을 위해서라고 하면서 정작 자식에게 못 볼 꼴을 보이고 말았다. 자신의 인생이 아닌 자식을 위해서 관계를 유지해야 한다면 이제 그건 아니라고, 바로잡아야 한다고, 미숙의 머릿속은 온통 그 생각뿐이었다. 가만있을 기섭이 아니었다.

"누가 남의 말을 안 들었다는 거야! 하고 싶은 말을 다 하다니!"

기섭이 뒷좌석을 힐끔거리며 액셀러레이터를 밟아대자 쇳소리를 내며 차가 휘청거렸다. 거침없이 변속을 해대며 렌터카는 미친 듯 내달렸다. 불완전연소 된 검은 매연이 풀풀 날렸다. 기섭이 화를 내는 것은 공격이면서 방어인 셈이랄까. 그는 늘 화가 나 있었고 다른 사람을 화나게 했다.

기섭이 화를 낼 때마다, '애초에 틀어잡아야 해!' 미숙의 머릿속에는 영락없이 그 말이 떠올랐다. 아들은 두 사람을 번갈아 쳐다보며 분위기를 살폈다. 서로를 향한 불신과 적개심이 엄청난 폭력이라는 사실을 모른단 말인가. 모른 척할 뿐인가. 긴장감이 감도는 차 안으로 건초 냄새가 흘러들어왔다.

미숙은 한쪽 손을 들어 햇빛을 가렸다. 차 안에는 빛의 결을 따라 먼지들이 떠다니고 먼지보다 더 많은 불신과 빈정거림이 부유물처럼 둥둥 떠다녔다. 자신이 옳다고 생각하는 오만과 편견이 상대의 말을 들을 필요 없는 것으로 만들어버렸다. 신뢰가 사라지면서 귀마저 달혀 버렸다. 닫혀 버리고서야 무엇을 제대로 들을 수 있겠는가. 서로에게 나눌 것이 하나도 없는 사람들, 두 사람은 그렇게 행동했다. 함부로 말하고 함부로 상처를 주면서. 누구의 탓으로 돌리며 누구를 단죄할 수 있겠는가. 아들은 백미러 속 험상궂게 일그러진 기섭의 얼굴과 미숙을 번갈아 바라보며 일침을 놓았다.

"두 분 다 만만찮아요. 어떻게 감정을 다 쏟아낼 수 있나요. 연기자도 아니고."

아들의 표정은 조금 전보다 더 심각했다.

"하긴, 사는 게 연기는 아니지. 불협화음이 없으면 재미없어!"

기섭은 즉각 모드를 전환했다. 당혹스러울 정도였다. 그는 예민하게 반응했지만, 상황을 심각하게 받아들이지 않았다. 그와는 달리 미숙의 얼굴은 벌겋게 달아올랐다. 미안함이었다. 모성이란 수시로 미안해지기 마련. 하물며 자식 앞에서 이런 꼴을 보이고 말았으니. 아들은 연신 손바닥을 바지에 문질렀다. 축축하고 끈적거리긴 미숙도 마찬가지였다. 그녀의 심기가 불편하다는 걸 모르는 사람은 없었다. 감정을 그러잡으려 애쓸수록 미숙의 표정은 더 일그러졌다. 미숙은 차창을 통해 자신의 얼굴을 뚫어지게 봤다. 자신의 모습이 낯선 치매 환자처럼.

아들이 떠나고 나면⋯ 생각하다가 아들이 떠나는 게 아니라 자신이 떠나는 거라고 고쳤다. 달라질 건 아무것도 없다, 달라져야 한다면 그건 자신이어야 한다고. 하마터면 그 말을 입 밖으로 낼 뻔했다. 차는 속도를 더 냈다. 결코, 안전하지 않은 렌터카의 승차감. 이 차를 함께 타고 달리는 한 그들은 가족이었다.

차들은 양방향으로 끝없이 늘어서서 지렁이처럼 움직였다. 햇빛이 들지 않는 오래된 집과 턱이 높은 창 아래 노끈으로 칭칭 묶은 찌그러진 의자와 먼지로 뒤덮인 노점 가판대가, 오래된 불빛처럼 희미하게 눈에 들어왔다. 매캐한 매연 냄새가 퍼졌다. 기섭의 군대생활이 왜곡과 윤색을 거듭하며 사실이 되었듯 미숙에게도 그런 날이 있었다.

　'애초에 틀어잡아야 해!'

　안방에서 수군거리는 소리가 귀에 꽂혔다. 그 말은 끈질기게 달라붙어 이후의 말들을 무력화했다. 안으로 휘어진 문고리, 꽁꽁 잠겨 버린 곳간 문 앞에서 서성이던 날. 시어머니가 잠가 버린 그 완고한 문 앞에서 종일 누런 물을 게워냈다. 연체동물처럼 흐느적거리며 바닥을 기었던 날. 무자비한 냉대와 무자비한 입덧의 기억은 한겨울 연병장보다 더 가혹하고, 물에 적신 솔가지만큼이나 맵차서, 척척 후려칠 때마다 가슴에 얼음이 박혔다. 그 기억은 곳간 문보다 더 단단히 잠기어 도저히 빠져나갈 줄 몰랐다. 때때로 새가 울고 바람이 불고 꽃이 피는 날에도, 빛은 뚜렷해지고 색은 따스해지는 시간에도, 여전히 기억은 그 문 앞에서 누런 물을 게워냈다. 그 기억 또한 어느 정도 왜곡되고 윤색되었을지도 모른다. 시간과 함께 사실과는 다른 감정을 눈덩이처럼 굴렸을지도. 그리고 그대로 저장되었을지도.

　기억이란 앞서 입력된 것과 부정적인 것을 더 오래 간직하는 버릇이 있다. 뿐만 아니라 기억하는 사람에 따라 제각각일 때가 있다. 그 안방의 사람들은 입을 닫고 말았다. 과거는 흘러갔으니까. 한쪽에 가혹하면 또 다른 쪽엔 관대하기 마련. 누가 누구에게 인내를 독려하고 부당한 헌신을 요구할 자격이 있는가. 누가 누구의 무례를 허용해야 한

단 말인가. 찬란한 무용담에 견줄 얘기가 아니라고? 모르는 말씀. 기섭이 군대 얘기를 할 때마다 미숙의 입에서 자꾸 욕지기가 터져 나왔다. 그 시간은 흘러가 버렸는데 기억은 그대로 고여 있다.

아들만 아니었다면 "그럼," 자신도 모르게 미숙은 생각의 끝을 놓고 말았다. "뭐가?" 시선을 그대로 둔 채 기섭이 대꾸했다. 속으로 코웃음을 쳤을 뿐 미숙은 대답하지 않았다. "정신 차려!" 기섭이 룸미러로 힐끗거리며 다시 화를 냈다. 한 공간에서 마주 보며 대화를 나누는 것이 불편한 사람은 아들을 끼웠다. "니 엄마 정신 나간 사람처럼 저렇게 헛소리를 한다니까." 화를 조절할 수 없는 치매 환자처럼 그의 목소리가 지나치게 컸다. 큰 목소리에 치여 말을 쥐고 있는 미숙은 대응하지 않았다. 줄거리가 어떻게 전개될지 뻔한 연속극. 한바탕 언쟁이 벌어질 것 같은 위태로움이었다.

미숙은 손수건을 꺼내 땀을 닦았다. 시도 때도 없이 솟구쳐 올라오는 갱년기 증상. "바람이 그래도 제법 부드럽죠?" 아들이 미숙 쪽으로 팔을 뻗어 창문을 열면서 능청스럽게 눙쳤다. 바람이 부는구나 … 햇살이 비추는구나 … 생각하면서 미숙은 멍하니 창밖을 바라보았다. 기섭이 뭐라고 구시렁거렸지만 자동차 엔진 소리에 묻혀 버렸다.

"이제 두 분 그만 으르렁대고 사이좋게 지내요. 아들 훈련소 보내 놓고, 신혼처럼."

아들이 싱겁게 웃으며 우스갯소리를 해댔지만, 분위기는 이상하게 겉돌았다. 그 어색한 틈을 타 아들이 말을 꺼냈다.

"저, 훈련소에 다녀와서 독립할게요." 애써 자제하는 눈치였지만 작정한 듯했다. 미숙이 탐탁지 않게 여기는 실비아와의 결혼 얘기는

340

꺼내지 않았다.

"그래, 결혼해야지. 남자는 결혼해야 철들어." 기섭의 반응은 즉각적이었다. 관심이라기보다 습관적인 언행이었다. 간섭받는 걸 싫어하고 마음대로 결정하는 버릇은 여전했다. 아들이 미숙의 눈치를 살폈다. 언젠가는 직면해야 할 일. 벼르고 벼르던 얘기를 할 참이었다. 약간의 긴장감이 감돌고 아들은 바짝 졸았다.

뭐라고? 독립? 결혼? 그게 너 혼자 결정할 일인가? 해도 너무하는 거 아냐. 혹은, 너도 봤잖아, 같은 나라 사람끼리도 이렇게 통하지 않는다는 거. 문화적 차이, 그거 우습게 생각하지 마. 정서는 또 어떻고. 지금은 괜찮을 것 같지. 위아래도 없이 이름 불러대는 다른 나라 배우자, 쉽지 않아….

백 가지도 넘을 말려야 할 사정. 그 결혼 아닐세. 분명 미숙은 그렇게 말할 것이다. 급기야 제 아비 꼭 빼닮아서, 라고 화를 내다 울부짖을지도 모른다. 아들은 슬쩍 미숙의 표정을 살폈다. 미숙의 시선이 한곳에 박혀 꼼짝하지 않았다. 그런데 조금 후 반품할 택배상자 내놓듯 미숙이 말을 툭 던졌다. "결혼해야지." 뜻밖의 반응이었다. 노선을 변경한 사람처럼, 그게 다였다. 미숙의 시선은 그대로 창밖을 향하고 있었다.

길은 다시 밀리기 시작했다.

기섭은 툭툭 신경질적으로 핸들을 쳤다. 반대편 차도는 의외로 순조로웠다. 차들이 줄지어 늘어서 있는 앞쪽으로 갈림길이 보이고 차몇 대가 앞차 꽁무니를 쫓아 그쪽으로 빠져나갔다.

"이 차들이 다 훈련소로 가는 건 아니겠지. 뭣 하러 평일에 이렇게

들 기어 나왔나."

기섭이 차창 밖으로 다시 고개를 내밀고 구시렁거렸다. 보닛에 반사된 햇빛이 눈을 찔렀다. 이 길로 내처 가면 외곽도로를 돌아 고속도로로 진입할 것이고, 갈림길로 빠져나간다면 서해로 연결되는 해변도로. 그쪽으로 빠지는 길은 한가한 여행길이라면 모를까, 훈련소 입소 시간을 맞추기에 무리일 터. 막히면 또 풀리는 게 도로 사정 아니던가. 시간은 충분하니까. 그때 룸미러 속 기섭의 눈빛이 빠르게 흔들렸다. 직진이냐, 꺾어야 하나, 잠시 망설이는가 싶더니 휙, 차머리를 돌렸다. 갈림길 쪽으로 진로를 변경했다. 그래, 우리도 이제 각자 방향을 "바꿀 때가 됐어," 미숙은 꼭 쥐고 있던 말을 자신도 모르게 중간에 놓아버렸다. "뭘 바꿔?" 기섭이 예민하게 반응했다. "사고가 나지 않고서야 이렇게 밀릴 일이 아니지. 한량없이 기다릴 순 없잖아." 기섭의 말은, 길을 바꿀 수밖에 없다는 말이다. 미숙이 무표정하게 코웃음을 흘렸다.

거들먹거리고 젠체하는 미숙한 행동. 그는 배려하는 법을 몰랐다. 상대가 상처받게 되는 걸 염두에 두지 않고 아무렇게나 행동하는 그것 또한 과도한 신뢰나 잘못된 판단에서 비롯되었을지도 모를 일. 무엇이 그를 과도하게 만들었을까?

기섭은 자기주장이 강하고 오만했으며 그만큼 편견이 많았고, 편견은 극단적이어서 편을 가르다 결국은 혼자가 되었다. 거들먹거리기 위해 씀씀이는 턱없이 헤프고, 씀씀이가 부실해질 때면 다시 혼자가 되길 거듭했다. 비굴해지느니 독재자가 되겠다? 사춘기 애들처럼 변덕스럽고 사춘기 애들처럼 화를 냈다. 미숙은 더는 소모할 힘이 없다는 걸 알았다. 미숙의 얼굴에 약간의 웃음이 번졌다. 웃음은 위장된 평정일 뿐. 렌터카는 어딘지 모르게 위태위태했다.

"아, 커피!" 아들이 다시 커피 타령을 했다.

지금 그들이 진짜 원하는 건 뭘까? 미숙은 고개를 저었다. 원하는 것이 뭔지도 모르고 자신의 의사도 없이 여기까지 밀려왔다. 앞으로 가야 할지, 아니면 다른 길로 빠져야 할지, 다른 길이 또 막힌다면 그때는 어떻게 해야 하는지, 아무것도 모르는 사람이 되어.

렌터카는 해변도로를 거침없이 내달렸다.

훈련소는 남쪽인데 차는 계속 서쪽을 향해 달렸다. 휘청거리며 달려가는 차가 어디로 가고 있는지 미숙은 알 수 없었다. 방향은 오리무중. 분명 도로 위인데 배를 탄 것처럼 출렁대고 넘실넘실 뱃멀미가 났다. 차는 속도 그대로 다리를 건너고, 마을을 지나고, 들판을 가로질렀다. 오래된 집이 헛간처럼 서 있는 들판을 가로질러 검은 새들이 날아갔다. 양지바른 곳에 잘 손질한 묘지와 묘비가 보이고, 마른 수풀 속에 엎드려 있는 폐묘가 눈에 들어왔다. 햇살을 받으며 묘지 위에는 봄풀들이 올라오고 있을 것이다. 강을 지나고 다리를 건너 홍송 울창한 해안도로를 돌아 한적한 길을 벗어났다. 물류창고가 보이는 대로로 진입했지만, 미숙은 방향감각을 완전히 잃어버렸다. 달려가는 방향이 남쪽인지 북쪽인지조차 오리무중. 그녀는 고개를 돌려 지나온 길을 돌아봤다. 점점 멀어지는 풍경들을 바라보니 모든 것이 사라져가고 있는 느낌이었다. 멀미 증상이 심해지면서 방향감각은 더 엉망이 됐다.

아직 아들은 커피를 마시지 못했다. 편지지와 편지봉투를 구매할 문구점도 찾지 못했다. 편지는 누구에게 쓸 거냐고 미숙은 묻지 않는다. 출항할 배의 밧줄을 쥐고 풀어 주지 않는다면, 닻을 올리지 못하는 꼴이 될 테니까. 대신 어디쯤 가고 있느냐고 물었다. 아직 H시를 벗어나지 못했다고 아들이 대답했다. 국도를 종횡으로 돌고 있다는 말. 문득 H연쇄 살인사건이 떠오르고 분위기는 더 썰렁했다. 세 사람은 지친 순례자처럼 말이 없었다.

"곧 고속도로로 진입하게 될 걸." 기섭이 말했다.

그가 말한 술어의 시제는 믿음직스럽지 않았지만, 어투만큼은 단단했다. 그의 말이 믿음직스럽든 아니든 미숙은 산산조각이 난 채로 떠내려가는 기분을 지울 수 없었다. 강 쪽으로 고개를 돌렸다. 강물은 흘러와서 흘러가고, 겨울새 한 마리가 들판에 내리꽂혔다. 깎아지른 한쪽 산 절개지에서 갑자기 돌덩이가 굴러떨어졌다. 기섭이 급하게 핸들을 꺾었다. 노면 군데군데 돌덩이들이 떨어져 있었지만, 다행히 오가는 차는 뜸했다. 돌을 피해 지그재그로 차체가 휘청거렸다. 아들의 장난기가 발동했다. "스릴 있지요? 얼음판 달리는 것 같지 않나요." 그러거나 말거나 렌터카는 쫓기듯 달렸다.

저토록 난폭하게 내달려야 한다니. 음, 미숙의 입에서 어이없는 소리가 새어 나왔다. 기섭이 그 소리를 들었다면 불같이 화를 냈을 것이다. 찾고 바라고 기다렸지만 끝내 오지 않는 편지처럼, 모든 걸 걸고 기다리고 기다리다가 결국은 기다리기를 포기한 사람처럼, 미숙의 낯빛이 허우룩해졌다. 햇빛은 반쯤 눈을 감고 있는 아들의 얼굴 위에서 퍼덕거렸다. 비스듬히 눈을 뜬 채, 아들이 창문을 다시 내렸다.

들판을 가로질러 철새 무리가 시끄럽게 날아가고, 와글와글, 새떼

소리가 분명한데 조잘대는 아이들 소리로 들리다가, 웅성대는 소문으로 들리다가, 귀찮고 시끄러운 마음속 번뇌의 소리로 들리다가…. 무리에서 이탈하지 않는 동조, 미숙의 시선은 구름처럼 흘러가는 동조들을 쫓았다.

"하늘을 가만히 쳐다보고 있으면 바다를 보고 있는 것 같아요. 새떼들이 고기떼처럼 헤엄치고 있잖아요." 아들이 말했다.

하늘을 헤엄치고 있는 새떼를 바라보며 미숙은 자신을 끈질기게 잡고 놓아주지 않는 속박에서 벗어나야 한다는 생각을 하고 있었다.

H시를 벗어났다. N시까지는 시간이 충분하다. 주행 속도는 더 빨라졌다.

"휴게소에 들러 화장실도 가고, 커피도 한잔합시다." 또 커피 타령. 하지 못할수록 반드시 해야 할 것 같은 갈증. 아들은 커피를 마시지 않고는 훈련소에 입소하지 않을 태세다.

근데 차는 휴게소를 지나쳐 내달렸다.

아들의 입에서 앗! 하는 소리가 났고, 미숙의 입에서도 무슨 소린가 새어 나왔다. 기섭은 곁눈질을 한번 했을 뿐 고개를 돌려버렸다. 어금니를 물고 앞을 주시하는 옆얼굴이 고집스러웠다. 중행中行이 없는 사람은 과격했고 동시에 완고했다. 거기에서 조금도 벗어나려 하지 않는 것이 그의 자존심처럼 보였다.

차는 쉼 없이 내달렸다. 들판 여기저기 농사철을 대비하는 사람들이 보이고, 강가에는 묵은 갈대가 바람에 나부꼈다. 갈대밭에서 까마귀 한 마리가 날아가며 외마디로 울었다. 아들은 핸드폰에 눈을 박고 있다. "그렇지." 미숙이 또 혼잣말을 흘렸다. "이상해. 아무래도 이상하다니까." 핸들을 툭툭 치며 기섭이 다시 미숙을 힐책했다. 이상하지 않은 게 이상한 일 아닌가. 정상적인 것에서 벗어날까 두려워하면서 결국 하나하나 정상을 벗어났다. '말할 수 없는 것에 관해서는 침묵해야 한다'고 사람들은 말하지만, 침묵은 때로 파괴를 꿈꾼다. 기섭의 시선이 분주하게 움직였다.

결정적인 선택은 엄청난 사건이 계기가 되기도 하지만 의외로 사소한 것에서 비롯되기도 한다. 끝날 것 같지 않던 끝이 눈앞에 보이는 느낌. 점점 확실해지고 있는 끝을 눈치챈 걸까? 기섭은 차선을 이리저리 바꿔가며 난폭 운전을 계속했다. 가족의 안전 같은 건 안중에도 없는 듯. 추월당한 차가 바짝 따라오며 경적을 울려댔다.

저만치 앞서가던 차가 비닐하우스가 즐비한 농원 쪽으로 차머리를 밀어 넣었다. 길가 가판대에 내놓은 버섯과 딸기를 일별하는 사이 옆 차선을 달리던 트럭 한 대가 차선을 변경해 아슬아슬하게 그들을 추월해 달아났다. 순간 오싹. 기섭이 창문을 내리고 육두문자를 퍼부으며 따라붙었다. 《노인과 바다》에 나오는 노인처럼, 파멸하더라도 패배할 수는 없다? 그는 거칠게 속도를 냈다. 앞선 트럭은 비틀거리며 난폭하게 달아났다.

렌터카는 나들목을 돌아 고속도로로 진입했다. 차가 속도를 낼수록 차 안에는 빈집의 공기가 갇히고 그 어색한 분위기를 깨며 아들이 말했다.

"얘기 좀 합시다. 누가 보면 싸운 줄 알겠어요."

"누가 본다고." 기섭이 되받았다.

"아들에게 해줄 말, 같은 거요."

346

기섭은 한참 동안 말이 없었다. 이윽고 그가 가속페달에서 발을 뗐다.

"인생에서 쨍, 하고 뭔가 나타날 것 같지. 절대 나타나지 않아. 그 시간은 너무 빨리 달아나 버려. 겁 없이 써버린 시간을 되돌릴 수 없다는 게 인간의 불행이라는 걸, 그걸 몰랐던 거야."

"갑자기 분위기가 왜 이렇죠?" 아들이 기섭을 바라보며 말했다. 기섭이 평소의 기섭이 아니다. 아들의 얼굴에 당황한 기색이 엿보였다.

"한창때는 죄를 몰라. 죄가 될 거라는 걸 염두에 두지 않지. 정신을 차릴 수 없거든. 그렇게 살고 싶지 않지만, 자신도 모르게 그렇게 돼. 그러니까 어쩔 수 없는 지경까지, 거기까지 가면 안 되었는데 … 잘못되었다는 걸 알아챘을 때 즉시 정지해야 했는데 … 그러니까 요행을 바라지 말라는 얘기지. 시간도 사람도 기다려 주지 않아."

이것이 그가 아들에게 해주고 싶은 말이었다면 그는 너무 오래, 너무 멀리 왔다. 점점 다가오는 불안을 감지했을까. 수천 킬로미터에서 전해지는 미세한 진동을. 예민한 더듬이로 낌새를 알아챈 듯 그는 전에 없이 의미심장했고, 그 말을 할 때 숙연하기까지 했다. 그런 기섭이 낯설었다. 하지만 사건의 시제를 과거형으로 되돌린 것은, 믿을 바가 못 되었다. 여전히 과속으로 달리고 있지 않은가. 그렇다면 반어적 표현인가. 그러거나 말거나 아, 그가 자신을 돌아보다니!

그가 자신을 돌아보았다고 진실이 바뀌지 않는 것처럼, 그의 불손함이 달라지지 않을 것이고, 그는 속도를 늦추지 않을 것이며, 이윽고 가속페달에서 발을 뗐어도, 뭔가 쨍, 하고 나타나지 않았듯, 사라져 버린 것과 함부로 써 버린 것은 그 자리에 없을 것이고, 그가 죄를 깨달았다고 하여 미숙의 마음을 돌려놓지 못할 것이며, 다시는 되돌릴 수 없는 불행이라는 것을 알아챘더라도, 멀어져 버린 것들의 사이를 좁힐 수 없을 것이며, 그녀의 삶이 그로 인해 훼손되었더라도 그것이 그의 책임만은 아니듯, 훼손되지 않은 진정한 자신을 지키지 못한 것 역시 그녀만의 탓도 아니며, 어쩔 수 없는 지경까지 왔다는 것을 깨달은 순간에도 그는 멈추지 않을 것이고, 그 거친 질주가 그를 집어 삼켜 버렸다고 해도, 그는 그럴 것이었다. 원치 않아도 결국은 그렇게 되어가는 것처럼. 그러나 그들의 관계가 실패했다고 해서 삶 전체가 실패한 것은 아닌, 그런 것이었다.

긴 문장이었다.

막 써 내려간 문장. 앞뒤가 뒤엉켜 무얼 말하는지, 무슨 내용인지도 정확하지 않은 문장, 되돌려 읽고 싶지 않은 긴 문장이었다. 뭐가 중요한지 뭐가 중요하지 않는지도 모른 채, 미숙은 그 긴 문장을 읽으며 살았다. 읽지 못한 문장, 읽지 않은 문장은, 너무 오래된 문장일 수도 있고 아주 새로운 문장일 수도 있다. 그런 문장을 붙들고 너무 오래 살았을 수도 있고 짧게 살았을 수도 있다. 그와 아직 살아보지 못한 날이 있으므로. 미숙은 깊게 한숨을 내쉬었다. 룸미러로 기섭의 무심한 시선이 그녀를 훑고 지나갔다.

다시 기섭이 급브레이크를 잡으며 핸들을 꺾었다. 그가 속도를 낼수록, 방향을 바꿀수록 미숙의 머릿속은 통제되지 않았다. 뚝뚝 떨어지다가 바짝 졸아들다가 너덜너덜해지다가 … 속도감에 밀려 자꾸 멀미가 올라왔다. 미숙은 창문을 내려 고개를 내밀었다. 구토감이 가라앉지 않았다. 마을을 품고 있는 산들이 멀어졌다 가까워졌다 착시현상이 일어났다. 들판 끝 소실점에 서 있는 나무 한 그루. 뭉게구름은 거기서부터 달려왔다. 구름은 모였다가 흩어졌다가 어디론가 바삐 달아났다. 뭉게구름에서 떨어져 나온 조각구름이 토라졌다가 다시 끌어안았다가 등을 돌리고 달아났다가 되돌아 무릎을 꿇었다가… 흩어져 사라졌다. 바람이 길 위에 날리는 쓰레기를 한곳으로 몰아갔다. 구름이 흘러가고 강물이 흐르고, 그들이 탄 렌터카는 물살에 휩쓸리듯 달렸다. 김이 서려 뿌연 창문에 미숙이 얼굴을 바짝 갖다 댔다. 창밖 흐릿흐릿한 형체들이 언젠가 살았던 마을 같기도 하고 처음 보는 풍경인 것 같기도 하고, 흐물흐물 흔들흔들. 아들은 아직 커피를 마시지 못했다.

　N시 톨게이트를 통과했다.

　훈련소 근처는 붐빌 테니 멀찌감치서 점심을 먹기로 했다. 검색한 맛집은 수리 중. 오르락내리락하다 맨 처음 지나왔던 식당 앞에 차를 세웠다.

　식당 문을 열고 들어서자 냄새가 코를 찔렀다. 오래 밴 고약한 냄새. 냄새에 익숙해지면 냄새가 아닐 터. 자리를 잡고 앉자 주인이 대뜸 능이 갈비탕을 권했다. 벽 쪽에 줄지어 서 있는 담금주에 취한 듯 주인 여자의 웃음소리가 유난히 간드러졌다. 짙은 화장과 착 달라붙은 시스루 속 가슴이 넘실댔다. 기섭의 표정이 바뀌었다. 여자는 참 못생겼을 얼굴이었다. 언뜻 보아도 부조화를 이루는 날카로운 콧날과 문신으로 새긴 짙은 눈썹이 부자연스럽긴 해도 자연스럽게 자리를 잡았다. 싹싹한 말투와 간드러진 웃음이 친절로 보이기보단 추태로 보였던 건, 너무 과했기 때문이다. 저렇게 태어난 건가? 저렇게 길든 건가? 밥집의 서비스라고 하기엔 넘쳤다. 능이 갈비탕은 갈빗대가 크고 고기는 질기고 짙은 능이 향이 비위에 거슬렸다. 그보다는 노골적으로 흐물거리는 기섭의 시선이 더 거슬렸다. 미숙이 기섭의 눈길을 잡았다.

"당신 뭘 보고 있는 거야?"

"보긴 뭘 봐. 뭘 본다는 거야."

기섭은 보란 듯이 대놓고 여자를 힐끔거렸다. 습관적으로 하는 짓이었다. 허세도 모자라 추태까지 드러내다니. 그를 쳐다보지 않은 채 미숙이 질책했다.

"흉하게."

가둬 놓은 말이 툭, 툭, 튀어나왔다. 미숙은 자신이 어딘가 아주 심하게 부서졌다는 걸 느꼈다. 신경 쓰지 말자고 하면서 매번 이렇게 날카롭게 반응하다니. 다 큰 자식 앞에서.

"젠장, 쓸데없는 소리!" 버럭 화를 내며 기섭이 고함을 질렀다.

그는 괴팍한 사람을 경멸했고, 그렇다고 온순하고 인자한 사람을 좋아하는 것도 아니었다. 웃기는 건, 그가 가장 싫어하는 사람이 자신과 똑같은 사람이라는 거다. 자신이 외면당하는 걸 참지 못했고 자신과 같은 부류의 사람을 견디지 못했다. 이번엔 불똥이 딴 곳으로 튀었다. 주인 여자를 향해 소리쳤다.

"이거 수입품이죠?"

"국내산이라고 했나요?"

"그럼 외국산이라고 써 붙여 놔야 할 거 아니요."

"저기 보세요, 메뉴판 아래."

간드러진 목소리가 얄밉게 샐쭉거렸다. 조금 전까지 눈에 보이지 않던 메뉴판이 떡하니 주인 여자가 가리키는 주방 한쪽에 붙어 있었다.
기왕 들어왔으니 어쩌겠는가. 미숙이 기섭을 향해 눈을 찡긋했다.

"뭐야! 내가 못할 말 했어!"

"오늘 같은 날 슬쩍 넘어가도 되는 것을." 꼭 그렇게 따져야 직성이
풀리겠냐고, 미숙의 얼굴에는 못마땅한 내색이 역력했다.

"오늘 같은 날이 어때서!"

"아이구…."

미숙은 뒷말을 넣어버렸다. 화는 화를 불러 그 순간 뱉어내는 말은
배설이 되고 말 테니까. 근데, 이상한 것은, 그때 기섭의 얼굴에 서늘
한 고독감이 드리워져 있었다는 거다. 화를 내고 있는데 평소와는 다
르게 그 모습이 낯설었다. 어쩌면 그 슬픈 모습이 그의 진실이 아닐
까, 하는 생각이 빠르게 스쳐 지나갔다.

심각하게 거칠고 빠른 말이, 여린 모습을 보이지 않기 위해 히스테
리컬하게 행동하는 건지, 상대를 괴롭히기 위한 것이 아니라면 오히
려 배척당할까 두려워 먼저 화를 내며 자신을 방어하고 있는지, 어느
쪽인지 알 수 없었다. 어느 쪽이든 정이 떨어지긴 마찬가지였다. 서로
를 향해 소리 지르며 갈기갈기 찢는 동안 뿌리 깊은 불신이 얼마나 끔
찍하고 잔인했는지. 시시때때로 보복을 일삼는 사람들처럼 행동하지
않았던가. 점점 노골적으로 대적하면서 두 사람의 간극은 회복할 수
없을 정도로 벌어지고 말았다. 서로에게 탓을 넘기며 서로를 적으로
만들어 버리지 않았던가. 이제 관계를 구축할 어떤 신뢰도 남아 있지
않다는 걸 미숙은 알고 있었다.

그의 독단적인 행동은 미덥지 않았고, 길들지 않는 포악함이 있어

안전하지 않았다. 관계는 점점 위험해지고 결국은 끝으로 몰아갈 거라고, 속말을 마저 삼키기 전 서둘러 아들이 사태 수습에 나섰다.

"양도 푸짐하고 먹을 만한데요, 뭐."

상황을 넘기고 싶었을 뿐 그런 분위기를 받아들인다는 뜻은 아니었다. 아들의 말을 듣는 둥 마는 둥, 기섭은 쩝쩝 소리를 내며 음식을 신경질적으로 씹었다. 그의 행동은 가족 모두를 괴롭혔고 동시에 따로따로 괴롭혔다. 미숙은 입맛이 싹 달아났다. 이제 그들은 다가가는 방법을 완전히 잊어버렸다. 주인처럼 지배하려 하는 남자와 그가 주인이 되도록 순순히 굴복하지 않는 여자가 있을 뿐. 남자가 원하는 순종의 미를 가진 여자는 없고, 여자가 원했을 법한 믿음직한 남자는 어디에도 없었다. 등에 무거운 짐을 지고 너무 오래 걸어온 짐승처럼 그들은 아무 데서나 화를 내고 소리를 질렀다. 쌓이고 쌓인 결핍이나 불만이 어쭙잖은 행동이나 말에도 폭풍처럼 일어났다. 말을 할 때는 귀를 닫고 침묵하면 묻게 되는, 찾으면 숨어 버리고 숨어 있으면 찾게 되는 애증의 관계였다면 차라리 나았을지도 모른다는 생각을 하는 동안 미숙은 기운이 쭉 빠졌다.

상대를 함부로 대하면서 자신에게 예의를 다하지 않는 사람을 견디지 못하는 노인처럼 기섭은 자신의 말을 거역하지 못하도록 행동했다. 쩝쩝거리는 소리가 유난히 거슬렸다. 그는 여전히 거들먹거리며 무소불위의 권능을 휘두르는 사이비 교주같이 행동했다. 미숙은 지금 그 폐쇄적이고 배타적인 단체를 빠져나갈 때처럼 단호하다. 어떻게든 그로부터 빠져나와야 한다는 생각뿐. 마음속 결지는 수시로 흩어졌다 모이기를 반복했다. 마음이 흔들릴수록 미숙은 자신을 다잡았다.

기섭 쪽으로 엉덩이를 돌리고 잔반을 거두는 주인 여자의 짙은 눈썹이 갈매기 날개처럼 휘었다. 나온 음식은 뜨내기손님에게 내놓는 성의 없는 맛이었다. 식사가 끝나자마자 이번엔 기섭이 서둘렀다.

"약속이나 한 듯 오늘 두 분 왜 이러시죠." 기섭이 시간을 잘못 보았다는 것을 아들이 일깨워 주었다. "아, 이제 정말 커피를 마셔야겠죠."

식당 마당에 풀어놓은 개가 신발 한 짝을 내동댕이쳐 놓고 차바퀴에 오줌을 내깔기고 있었다. 기섭이 한쪽 신발을 들어 개를 향해 신경질적으로 내던졌다. 오줌을 줄줄 흘리며 개가 쫓겨났다.

훈련소까지는 차로 십여 분 거리. 아직 시간은 충분하다.

차를 마시고, 문방구에 들르고, 그리고 작별할 시간은 넉넉하다. 훈련소로 향하는 길옆은 온통 사과밭. 퀴퀴한 두엄 냄새가 바람을 타고 차 안으로 흘러들었다. 겨울 동안 뿌리작업과 가지치기를 마친 나무들이 잠에서 깨어난 듯 말쑥했다. 번뇌를 벗어버린 정갈한 고요. 이제 곧 껍질을 밀며 번뇌의 새순이 움틀 것이다. 때까치가 먹이를 찾아 땅 위를 낮게 날다가 사과나무 위에 앉았다. 짙은 갈색 등과 배에는 비늘 모양의 무늬가 선명하다. 꼬리를 좌우로 흔들며 시끄럽게 울부짖는 때까치들. 저토록 까탈스럽고 영리해 보이는데 뻐꾸기의 알을 품고 보모새 노릇을 하다니. 까치는 나뭇가지에 먹이를 꽂아두고 다시 날아갔다. 보닛 위에 내리쬐는 햇살은 쨍쨍해도 바람은 여전히 차가웠다.

훈련소로 접어들면서 길은 다시 조금씩 밀리기 시작했다.

기섭이 창밖으로 가래침을 뱉으며 핸들을 다시 툭툭 쳤다. 늘어선 차들이 굼벵이처럼 천천히 기어가다 멈추기를 반복했다. 아니나 다를

까, 핸들을 치던 손으로 급하게 차머리를 돌려 반대편 차선으로 유턴
했다. "길이 이 길밖에 없겠어." 그의 말이 총알처럼 지나갔다. 무턱
대고 길을 벗어날 수는 없는 노릇이라고, 하지만 미숙은 말하지 않았
다. 그는 추격자처럼 가속페달과 브레이크를 번갈아 밟아댔다.

"우선 마을로 들어가 문방구와 카페부터 찾아봅시다."

그렇지, 아들은 아직 커피를 마시지 못했지. 도로 사정과는 달리 마
을은 한적했다. 마을 주변을 돌고 돌았지만, 문방구도 카페도 보이지
않았다. 그 많은 카페는 다 어디로 갔나. 어디에나 있는 마트와 편의
점조차 찾기 어렵다니. "훈련소 앞에는 있지 않겠어요?" 아들의 말에
차가 방향을 다시 틀었다. 결국, 돌고 돌아 처음 그 길로 되돌아왔다.
길은 조금 전보다 더 밀렸다. 그때야 비로소 훈련소로 향하는 차들의
행렬이 끝없이 이어져 있다는 것을 알았다. 어쩌나, 차라리 걸어가는
편이 나으려나. 기섭이 다시 핸들을 툭툭 쳤다. 지체 없이 방향을 바
꾸어버리는 그의 선택은 매번 치명적 결과를 초래했다. 손절매를 하
고 돌아서자 시장은 상승장으로 돌아선 꼴. 그는 손실을 거듭하다 폭
삭 가라앉고 말았다. 그런데도 여전히 거들먹거리고 여전히 화를 내
고, 처음의 자리로 돌아와서도 여전히 형편없이 굴었다.

도로변 여기저기 훈련병들의 준비물을 파는 노점상이 손님을 불렀
다. 길옆 가판대에도 아들이 원하는 건 보이지 않았다. 아직 아들은
커피를 마시지 못했다. 편지지를 구하지 못했다. 입소시간이 점점 임
박해지면서 차에서 내려 걸어가는 사람들이 늘었다. 훈련소 주변에는
카페와 식당과 문방구점이 줄지어 늘어서 있었지만 이제 지체할 시간
이 없지 않은가.

입소자들과 배웅하는 가족들이 밀리는 차 사이를 횡단해 한쪽으로 몰려갔다. 교통을 통제하는 경찰들과 얽혀 훈련소 앞은 그야말로 발 디딜 틈 없이 붐볐다. 훈련소 정문 앞에서 주춤거리는 사이 교통경찰이 달려와 수신호로 그들이 탄 렌터카를 밀어냈다. 아들이 차 문을 열고 급히 내렸다. 엉겁결에 미숙도 발을 차 밖으로 내밀었다. 그때였다. "여기서 내리면 어떡해!" 기섭의 성화에 놀라 미숙은 반쯤 내린 발목을 도로 차 속으로 집어넣고 말았다. 순간 속에서 뚝, 하고 부러지는 소리를 냈다. 쌓이고 쌓인 눈이 나뭇가지를 부러뜨리는 소리. 그의 목소리가 얼마나 혹독하고 무참했는지. 인정머리 없기는, 그렇게까지 채근할 일인가.

경찰의 호각 소리와 뒤차의 경적에 놀라 렌터카는 속절없이 밀려났다. 미숙은 고개를 돌려 사라지는 아들의 뒷모습을 찾았다. 아들의 등이 인파에 섞여 순식간에 사라져 버렸다. 아들을 쫓던 눈길이 방향을 잃고 허둥댔다. 아, 커피!

훈련소 정문을 향해 입소자들이 뛰어가고 가족들이 뒤따라 뛰어갔다. 그 광경을 바라볼 뿐인데 속에서 다시 뚝, 하고 끊어지는 소리를 냈다. 삽시간에 사라져버린 아들의 뒷모습이 어른거리고, 그녀는 아들이 앉았던 자리에 남긴 둥그런 흔적을 더듬었다. 채 식지 않은 체온을 더듬으며 중얼거렸다. 잠시 멈추어 서서 뒤돌아봐도 좋았을 텐데, 뒤돌아보길 기다렸는데……. 떠나는 자는 갈 길이 바쁘고, 남은 자는 멍한 상태에서 사라진 흔적을 더듬었다. 갑자기 몰아친 외로움을, 아들 때문이 아닌 자신의 초라함 때문이라고, 커피를 생각하는 건 더는 부질없는 짓이라고, 미숙의 몸이 부르르 떨었다.

팔과 다리와 가슴을 꽁꽁 묶었던 끈이 풀리자 몸이 조금씩 흔들렸다. 미숙은 자신의 양손을 맞잡았다. 이미 오래전 끈을 풀고 달아난 것을 붙들고 여기까지 온 건 아닌가. 시선은 갈 곳을 잃어버리고, 온몸의 힘이 아래로, 아래로 빠져나갔다. 정기가 모두 빠져나간 듯 손가락 하나 꼼짝할 수 없었다.

한참을 밀려가던 차가 훈련소를 벗어난 외곽도로에 멈춰 섰다. 기섭이 담배를 꺼내 물고 차에서 내렸다. 훈련소 앞에 잠시 내려 주었으면 좋았을 텐데, 입소하는 모습을 지켜보았을 텐데, 아들과 작별의 인사를 나누었을 텐데…, 그렇게 성마르게 재촉할 게 뭔가. 미숙은 들끓는 말들을 가만히 놓아버렸다. 그 말을 잡고 더는 구걸하지도 배설하지도 않을 것이다. 기섭은 담배를 문 채 돌아서 볼일을 보고 있었다.

담뱃불을 발로 비벼 끄며 기섭이 차 문을 열었다. 그보다 먼저 담배 냄새가 차에 올라탔다. 한 손으로 운전대를 잡고 다른 손으로 내비게이션을 검색하며 속도를 내기 시작했다. 렌터카는 다시 위험하게 내달렸다. 응급환자를 수송하는 구급차에 탄 기분으로 미숙은 기섭을 바라보았다. 그를 바라보는데, 이상하게도 지난 모든 것들이 아득히 멀어져 갔다. 어떤 선택을 해야 할지 모른 채 남의 시선에 떨며 주저했던 세월이.

그리움이나 후회가 있다면 그건 어떤 특정한 대상이 아닌 지나간 시간이 될 거라고, 그도 그와 함께했던 시간마저도 아득히 멀어져 갈 거라고, 만약 그리움 같은 것이 찾아온다면, 그가 그리움의 주인이 되지 않을 거라고, 그저 아득히 멀어진 곳에서 그때를 바라보게 될 것이라고….

그들을 앞질러 굉음을 울리며 오토바이 두 대가 광란의 질주를 하며 내뺐다. 달아나면서 한쪽 손을 번쩍 쳐들어 조롱했다. 죽으려고 환장을 했구먼. 기섭이 창문을 내리고 거칠게 경고를 날렸지만, 오토바이는 이미 멀어져 갔다.

흔들리면 안 돼. 다시 주저앉을지도 몰라. 미숙은 흐트러지는 생각들을 단속했다. 차가 방향을 완전히 바꾸었을 때, 그녀는 허리를 곧추세웠다. 결정적인 말이란 맨 나중에 꺼내는 법. 용의주도한 협상가처럼 그녀가 말했다.

"N시 기차역 앞에 나 좀 내려줘요."

그 말을 잘못 들은 듯 룸미러에 바짝 얼굴을 갖다 대고 기섭이 미숙을 쳐다봤다. 미숙은 정면을 직시했을 뿐, 그뿐이었다. 그가 무슨 말을 할지라도 수신 불량인 상태로 앉아 있었다. 그게 전부였다. 오후의 해는 등 뒤에서 눈부신데 아무것도 눈에 들어오지 않았다. 고집스럽고 불손한 자의 쓸쓸한 뒷모습마저도. 그 쓸쓸함이라는 것도 하나의 진실일 뿐, 모든 것의 진실은 아닐 테니까. 만약 연민 같은 것이 있다면, 그건 그의 슬픈 뒷모습이 아니라 자기연민일 거라고 미숙은 다시 한 번 몸을 떨었다.

어떤 생각은 서서히 자라지 않고 어느 순간 한꺼번에 자라 버린다. 그리곤 도저히 꺾을 수 없을 정도로 억세진다. 차량에 장착된 라디오가 수신 불량으로 찌지직거렸다. 기섭이 신경질적으로 오디오를 껐다. 룸미러를 통해 그가 다시 뒤쪽을 흘깃거렸다. 차는 마지막 손님을 태운 듯 급하고 차 안 공기는 적막했다. 아들의 세월만큼 쌓인 허무가 그녀를 휘감았다.

빠르지도 느리지도 않은 속도로 렌터카가 N시 안쪽으로 미끄러져 들어갔다. 그래, 우린 너무 오래 렌트한 거야. 그렇지, "이제 됐어" 그러쥐고 있던 말끝을 놓치자마자 차가 찌이익, 멈춰 섰다. 누구의 것인지 분명하지 않은, 심호흡 같은 긴 숨이 새어 나왔다. 미숙은 아무 말 없이 차에서 내렸다. 그리고 기차역을 향해 곧장 걸어갔다. 등 뒤에서 경적이 기분 나쁘게 울렸다. 기섭이 뭐라 소리를 질렀지만, 거리의 소음에 섞여 분명하게 들리지 않았다. 무슨 말인지 알아들을 수 없었으나 그가 어떤 표정을 짓고 있는지는 확실히 알았다. 야행성동물의 불빛을 내뿜고 있을 노란 눈빛까지도. 거리의 사람들은 분주히 어디론가 떠나고 돌아오고, 하늘에는 뿌연 낮달이 무심히 떠 있었다. 돌아오는 사람들의 반대 방향으로 걸어갈 뿐 미숙은 자신이 어디로 가고 있는지 모른 채 걸음을 재촉했다. 경적이 다시 한 번 길게 울렸다. 뒤돌아보지 않았다. 그녀는 뒤돌아보지 않기로 했다.

진짜 가족은 가족 같은가

가족에 관한 새로운 시각을 담은 11편의 소설

고승철 소설가

요즘 한국에서는 '소설, 쓴다'는 말이 '거짓말, 한다'와 동의어로 쓰이곤 한다. 머릿속이 텅 비고도 '사회지도층' 행세를 하는 인사들도 별 고민 없이 이런 말을 내뱉는다.

그렇다면 소설가는 직업이 '거짓말쟁이'인가. 박경리 작作 대하소설 《토지》, 톨스토이 작 《전쟁과 평화》도 거짓말 보따리인가.

2,400여 년 전 그리스에서도 이와 비슷한 논의가 있었다. '테스형'인 소크라테스의 수제자 플라톤(BC 427~ BC 347)은 '시인추방론'을 주장했다. 시인들이 유언비어를 퍼뜨려 사회질서를 어지럽혀 '이상 국가' 건설에 걸림돌이 된다며 이들을 내쫓아야 한다고 외쳤다.

'소설=거짓말'이라는 발언은 거짓말과 허구虛構, fiction를 구별하지 못하는 무지無知의 소치이다. 거짓말은 대체로 상대방을 속이려는 악의에서 비롯된다. 허구는 '지어낸 이야기'라는 의미일 뿐 '악의를 품은 거짓말'은 아니다.

소설가는 왜 이야기를 지어내는가. 독자는 사실(실제로 일어난 사건)이 아님을 알면서도 왜 소설을 읽고 때때로 감동하여 인생관이 바뀌기도 하는가. 소설가와 독자가 소설에서 추구하는 공통 가치가 '진실'이기 때문이 아닐까. 허구가 진실이라니?

소설 창작과정을 예로 들어보자. 소설가 A는 신문에 보도된 사형수 B의 사연을 읽고 눈시울이 뜨거워졌다 치자. B는 노래를 잘 부르는 딸이 오디션에 나간다는 소식을 듣고 형 집행을 연기해 달라고 청원했다. 딸은 대상大賞을 받았고 B는 딸의 노래 녹음을 들은 직후 형장으로 끌려간다. 신문기사는 이 팩트fact를 충실히 전달하는 데 초점을 맞추었다. 이를 모티브로 한 소설을 쓰는 A는 B뿐 아니라 다른 사형수 C, D, E의 사연도 알아내 사형수의 전형 인물을 소설 주인공으로 탄생시킨다. 딸 대신에 야구선수 아들을 내세워 한국 시리즈 결승전 경기를 묘사할 수 있다. B의 특수성을 작중 인물의 보편성으로 변용하는 방식이다. 이렇게 하면 B 개인의 문제를 떠나 다른 사형수, 가족, 사회 구성원 등을 아우르는 큰 그릇이 된다. 공감의 폭이 커진다는 뜻이다.

소설가는 작중 인물의 내면세계를 마음대로 들락거리는 특권을 지닌다. 자신의 작품에 관한 한 창조주인 셈이다.

'사실'은 외부에 드러난 일이다. 인간 심리와 세상이 복잡하다 보니 표면에 드러나지 않은 '진실'이 내재하기 마련이다. 소설가는 상상력으로 이 '진실'을 찾아낸다. 훌륭한 소설은 허구인데도 사실보다 더 진실에 가까울 수 있다.

'갑돌이와 갑순이' 연애 사건을 살펴보자. 팩트로만 따지면 신문 기사 거리가 되지 않는다. 갑돌이가 장가 간 후 갑순이가 충격을 받아 자살을 했더라면 보도되겠지만 마음속으로만 애탄다면 겉으로는 아무런 사건이 일어나지 않는다.

소설은 다르다. 갑돌이, 갑순이가 겪는 비통한 속마음을 소설가가 파헤쳐 절절하게 풀어낸다. 독자들은 짝사랑이 물거품 되는 스토리를 읽으며 마치 자기 일인 양 가슴을 친다. 지어낸 이야기인 줄 알면서도 눈물을 흘린다. 진실이기 때문이다. 진실의 힘은 이렇게 강력하다.

플라톤이 시인추방론을 내세운 것은 근엄한 철인哲人들의 속마음을 시인들이 속어俗語로 통렬하게 풍자, 폭로하기 때문이 아닐까. 역사상으로 문인들이 탄압받는 이유가 대개 이렇다. 문인들이 토하는 '진실의 목소리'는 정치, 종교, 윤리 등 거대하고 견고한 기득권 체제에 도전한다. 체코 출신의 소설가 밀란 쿤데라는 "모든 존재 앞에는 마법의 커튼이 드리워져 있는데 훌륭한 소설가는 그 커튼을 걷어 올려 진실을 보여준다"고 갈파했다.

소설가 윤혜령尹惠鈴의 작품들은 한결같이 진실의 과녁에 화살을 적중시킨다. 실제 사건에서 모티브를 찾았는지 모르겠으나 여러 가족관계의 복합적인 사안에 대한 치열한 고구考究와 사유思惟의 산물임은 틀림없다.

2018년 발간된 윤혜령 창작집 《꽃돌》에서도 12편의 소설 주인공은 저마다 삶과 죽음의 경계선에 존재감을 발산했다. 이 작품들을 빚어낸 작가의 관찰력이 치밀하고 상상력이 폭넓었기 때문이다. 《꽃돌》에서 작가는 양봉, 건축 등에 관한 전문적 식견을 작품에 반영했다. 단편소설 하나를 완성하려 작가가 엄청난 발품을 들인 증거이다.

　이번 작품집 《가족을 빌려드립니다》에서도 장례, 리큐르 제조, 투자 자문, 분재盆栽 등 전문 직업인을 정밀하게 묘사했다. 이는 핍진성逼眞性을 부각시켜 소설 속 사건이 진실에 가깝게 보이도록 하는 세련된 소설적 장치이다.

　소설가는 독자들로부터 흔히 "진짜 있었던 사건인가?" "소설 속의 '나'라는 인물은 소설가 자신인가?" 따위의 질문을 받는다. 소설 창작 과정에서 사형수 사례처럼 현실의 사건을 차용하기도 하고 공상과학 소설처럼 현실과는 동떨어진 먼 미래의 가상세계를 등장시키기도 한다. 실제 사건 여부는 중요하지 않다. 소설가 자신이 직접 체험했는지도 필수요소가 아니다. 윤혜령 작가도 이런 질문을 자주 받았을 것이다. 작품 속의 화자話者가 1인칭이 많기 때문이다. 작가의 가족, 친지들도 작품내용 때문에 혹 오해를 받을지 모르겠다. 하지만 소설은 소설일 뿐이다.

　작품집 표제로 실린 중편 〈가족을 빌려드립니다〉는 신종 서비스업인 '가족 대여업'의 일꾼으로 뛰어든 사내에 관한 이야기다. 낯선 손님의 아들, 삼촌, 애인 대역代役을 맡는다.

　"진짜 가족은 가족 같지 않은 가족이잖아. 그러니 가족 같은 가족이 필요하지."

　이런 문제점 때문에 가짜 가족이 돈을 받고 직업적으로 가족 노릇을 한다. 실제로 재산 갈등으로 골육상쟁骨肉相爭을 벌이는 '콩가루 집안'

이 얼마나 많은가. 진짜 가족을 상실한 이는 대역 가족에게서 위로를
얻을 수 있겠다.

생년월일이 같은 68세 남녀의 운명적인 조우遭遇를 다룬 〈예순여
덟〉은 《문학사상》 2018년 10월호에 실려 11월호 월평에 '이 달의 문
제작'으로 선정된 작품이다. 채호석蔡浩晳 문학평론가는 이 작품을 다
음과 같이 분석했다.

'노인'. '가동 연한'과 더불어 마치 우물과 같은 어두움 속에, 어두운 불가
능성 속에 던져 버린, 폐기해 버린 혹은 폐기된 수많은 것들 가운데, 사
람을 살아 있게 하는 것 하나를 다시 길어 올리는 일, 그렇게 해서 다시
생의 결절점이 만들어진다. 이 결절점이 그 '이후'의 삶을 가능하게 함은
물론이다. 기차는 기적 소리만을 남기고 사라졌지만, "최 선생의 목소리
가 따뜻하게 몸으로 스며들"었고, 화자는 이 "노래를 들으며 앉아 있을지
도 모른다."

〈셀카의 비밀〉, 〈제사〉, 〈침묵의 저쪽〉 등에서는 죽음을 다루었
다. 염습殮襲 절차, 제의祭儀에 관한 정밀한 묘사가 돋보인다. 죽음은
모든 생명체가 필연적으로 겪는 숙명이다. 그런 만큼 소설의 흔한 소
재가 되는데 그렇지만 죽음의 의미를 개성 있게 그려내기가 쉽지 않
다. 윤혜령 작가는 때로는 숨가쁘게, 때로는 유장悠長하게 죽음에 이
르는 과정을 써내려 간다. 여느 초보 소설가는 죽음에 대해 관념적으
로 접근하는 미숙함을 드러내곤 하는데 윤 작가는 매우 구체적인 상황

을 제시하는 노련함을 보인다.

〈제사〉는 형제끼리 부모 제사 임무에 대해 다툼을 벌이는 스토리이
다. 작가는 혈육끼리의 표면적인 갈등뿐 아니라 욕망의 심연深淵에까
지 자맥질하여 들어가 뿌리를 캐냈다. 요즘 현실에서 조상 제사 때문
에 의절義絕하는 동기同氣들이 적잖다. 작가의 문제의식에 힘입어 이
사안에 대한 입체적 구성을 갖춘 수작이 완성되었다.

〈침묵의 저쪽〉의 작중 인물 미연은 중병을 앓아 생을 곧 마감할 환
자이다. 그녀의 남편은 왠지 미연의 치료에 발 벗고 나서지 않는다.
남편은 죽음에 초연한 인물인가. 아니면 미연의 사후에 펼칠 생활을
도모하는 냉혈한인가.
눈 밝은 영화감독이라면 이런 작품들을 영화로 탈바꿈시킬 것이리
라. 이준익 감독이 만든 〈자산어보〉처럼 흑백 영화로 촬영하면 비장
미悲壯美가 더욱 두드러질 것이다.

〈잠을 잘 수 없다고?〉, 〈정희는 그 섬에 아직도 살고 있을까〉, 〈리
큐르 만드는 밤〉, 〈사소한, 그러나 아주 사소하지 않은〉 등도 탄탄한
서사구조를 갖춘 데다 이미지 연상효과가 큰 내용이어서 영상으로 만들
기에 적합한 작품이다. 이들 작품은 흑백 대신에 컬러 영화가 낫겠다.

이번 작품집은 '가족'을 열쇠말로 한 연작소설이다. 연작連作이라 해
서 모든 작품이 상호 연관을 가질 필요는 없다. 소설가 최인호 선생이

월간 《샘터》에 장기간 연재해 주목을 끈 〈가족〉도 각각 독립된 소설이다.

윤 작가의 이번 작품집은 부부 사이, 부모 자식 간, 형제 남매 사이, 외국인 며느리와 시부모 사이, 재혼 부모의 아이들 관계 등 다양한 형태의 가족갈등을 다루었다.

가족끼리는 무조건 보듬고 감싸주어야 한다는 전통가치가 퇴색하고 있다. 새로이 정립되어야 할 가족 가치관은 무엇일까.

윤혜령 작가는 델포이 신전의 여사제女司祭처럼 나타나 새 가치관에 대한 화두話頭를 독자들에게 '돌직구'로 던진다. 작가의 심오한 비밀장치를 이해하려면 각 작품을 재독再讀, 삼독三讀해야 하리라. 명작은 다시 읽고 싶은 고품격 작품, 태작馱作은 일독一讀만으로도 그만이다.

윤혜령 소설집

꽃 돌

2019
세종도서
교양부문
수상도서

꽃이 피면, 집으로 돌아갈 수 있을까?
벼랑 끝 인생들의 고독과 상처를 끌어안은 소설

오랜 세월 곰삭은 슬로푸드처럼 몸에 좋은 맛을 내는 소설가 윤혜령 작가
의 소설집. 15년이 넘는 세월 동안 벼려온 작가 특유의 섬세한 감각으로,
일상적 소재를 비범한 시선으로 관찰하며 삶의 감춰진 진실을 발견한다.
삶의 벼랑에 홀로 내몰린 채 위태롭게 서 있는 현대인이 어떻게 온전한 존
재로서 삶을 이어갈 수 있을지 끊임없이 질문을 던진다. 2012년 아시아황
금사자문학상 수상작 〈일기예보〉와 2017년 현진건문학상 추천작 〈줄을 긋
다〉를 포함한 12편의 단편소설을 담았다.

신국판 | 320면 | 14,800원

나남
nanam
Tel. 031-955-4601
www.nanam.net